LOCUS

LOCUS

LOCUS

LOCUS

RECREATION

R80
埃及王子III**：三位一體的女神*Reunited***

作者：柯琳・霍克（Colleen Houck）
譯者：柯清心
責任編輯：翁淑靜　封面設計：林育鋒
校對：陳錦輝
出版者：大塊文化出版股份有限公司
台北市10550南京東路四段25號11樓
www.locuspublishing.com

讀者服務專線：**0800-006689**
TEL：(02) 87123898　FAX：(02) 87123897
郵撥帳號：18955675　戶名：大塊文化出版股份有限公司
法律顧問：董安丹律師、顧慕堯律師

總經銷：大和書報圖書股份有限公司　地址：新北市新莊區五工五路2號
TEL：(02) 89902588　FAX：(02) 22901658
排版：洪素貞 製版：瑞豐實業股份有限公司
初版一刷：2018年4月

定價：新台幣350元
Printed in Taiwan

埃及王子III, 三位一體的女神 / 柯琳.霍克(Colleen Houck)著；
柯清心譯. -- 初版. -- 臺北市：大塊文化, 2018.04
面；　公分. -- (R；80)
譯自：Reunited
ISBN 978-986-213-875-5(平裝)

874.57　107002099

REUNITED

埃及王子 III

三位一體的女神

COLLEEN HOUCK

柯琳·霍克 著　柯清心 譯

致Aidan，Lex與Ashley
我疼愛你們
你們卻給了我更多更多

愛的陷阱

——摘自《埃及神話與傳說》，唐納德·麥肯齊（Donald Mackenzie）著

我手握圈套，藏匿吾身，
等待守候，不敢稍動；
美麗的阿拉比鳥
全身散發沒藥香氣——
噢，所有的阿拉比鳥，
所有來到埃及的鳥兒，
用牠們的翅翼揮散香氣
那甜美芳香的膠脂啊！
你我可以攜手，
捕獲牠們，
你我獨處
聆聽牠們鳴唱。
你若願意前來，我心愛的，
當我捕獲天上的鳥兒，
我將帶著你，將你留下
圈在愛的陷阱裡。

序幕 牢籠

「已經開始了。」

「是的，主人。綑綁您的鍊子力量在減弱了。」

「他們太蠢了，竟以為這個牢籠能永久困住我。」

塞特早已斷絕逃離的念想，可是後來有絲星星之火找到了他，那是一個人類，一個平凡人，他找到一份被遺忘已久的書卷。書卷裡頭有份強大的咒語，那咒語從像簾布般罩住他心靈的黑暗掛毯裡，抽出了一根細線。

咒語造成了小小的改變，彷彿將水泥牆磕下一小片。塞特小心翼翼地抓起這條黑線，拉著拉著，他的心靈之眼，便與那凡人的接上了。塞特賦與凡人神力，可惜那人心志薄弱，被埃及之子們輕易地擊敗了。

之後有股新的聲音對他呼喊。女人受到孤立、誤解，她握有法力。塞特對她的心呢喃，做出各種允諾，說她渴望聽取的話。然後她就臣服於他了。塞特強化她的法力，直到她逃脫將她困在地府裡的束縛，並把她帶至塞特的牢籠裡。

塞特吸乾她儲存的能量後，自己的身體飽脹得快炸了。塞特在漆黑的方尖碑裡，吸入了數個世紀以來的第一口氣，接著時空泛起了漣漪，牆壁崩裂，一道閃電射穿了空間的薄層。

塞特將手探到裂口邊緣，用他的神力加大開口，然後牆壁便漸離漸遠地退開了，直至他再也無法感知得到。星子們一顆顆出現了，天藍、琥珀和紫紅的星雲在他前方旋繞。

群星變亮了，塞特知道他們正在竊竊傳遞他逃脫的消息，但現在已無所謂了。

他明白自己該怎麼做。

他曾經以為伊西斯會成為他的伴侶，但拜垂倒在他臂彎裡的這名女子——她的形體就像散去的烏雲，幾乎無法成形——之賜，塞特知道有另一個女子，註定要成為他的人。

她美麗、強大、無可匹敵。她是顆披著血肉的毒蛇石，因此很難尋覓得到，但是有一個人握有她的心，那人此時仍將它緊握在他尚未死透的手裡。塞特很清楚要去何處找這個人。

1 鬆餅與羊皮紙

奶奶家的公雞高聲啼叫，聲音刺耳，我無法聽而不聞。我翻身舔舔嘴唇，不知怎地，感覺嘴巴又腫又麻，特別乾燥。我呻吟著在被單下挪動身體，把被子拉到頭上，擋去刺眼的日光。這光線像個不請自來的入侵者，打擾了在漆黑墓穴中安眠的我。

我心底有個意識在騷動，但我堅決不予理會。可惜那念頭已對我扎深了爪子，不肯輕易被我推開。我究竟是無法記起什麼？還有，為什麼我覺得自己像打輸了一場拳擊賽？我的頭好痛，我好想喝杯涼水，吞一罐阿斯匹靈，可是我四肢無力，沒力氣去找想要的東西。

聽到噹啷作響的鍋盆聲時，我知道沒辦法再賴床了，奶奶很快就會過來叫我。波西需要擠奶，而且我還得撿雞蛋。我的腳碰到冰冷的木地板，整個人移到床沿，但雙手竟發抖著，我突然覺得自己有危險。

我起身時雙膝一軟，很快又坐了回去。我喘著氣，抓住奶奶的拼布被，手指揪成拳頭。我像抓住救生圈似地，緊握住軟綿的布料。我雙臂沁著薄汗，一口氣喘不上來，心中充滿各種恐懼：死亡、鮮血、毀滅、惡魔。

那是夢嗎？如果是，那就是我做過最逼真的夢了。

「莉莉丫頭？」奶奶出聲喊道，「妳起來了嗎？甜心？」

「起來了。」我微微顫聲答道，一邊用力搓揉發抖的四肢，「我馬上就來。」

我努力擺脫夢魘，套上褪色的工作服、舒適的T恤和厚襪子。等我出門往農場走時，太陽已高掛在地平線上，棲踞於藍天中，像顆無所不知的眼睛般俯望我了。陽光將天上的薄雲染成淡淡的玫瑰紅與橘色。我踩著光禿禿的小徑，金色陽光烘暖我的雙肩，從奶奶花園中傳來的芳氣騷癢著我的鼻子，我覺得這世界應該會平安無事，卻知道其實不然。這鍍著金光的場景只是一種假象，因為我能感知藏匿在陰影中的不祥。愛荷華州一定出了什麼問題。

我坐到母牛波西旁的木凳上，感覺一輩子沒這麼疲倦過，不僅身體虛乏，連心也好累，像被抽乾似地——我的靈魂就像奶奶的溼毛巾一樣，水都給擰乾了，被亂七八糟地丟在曬衣繩上晾乾。我的身體在微風中搖晃，遲早會被一陣大風吹散成灰。我抬手拍拍波西的身子，吐了口不自覺憋住的氣。不久，鐵桶上便發出唰唰的牛奶噴射聲了。

妳現在是在幹啥？我看不懂這種人類的儀式。有個聲音不悅地說。

我尖叫一聲，從座位上搖搖晃晃地站起來，結果不小心踢翻了牛奶桶和凳子。

阿這就叫擠牛奶啦，妳這渾身長跳蚤的大貓。

我也猜到了，可是這種事不是咱們做的。還有，順便告訴妳，咱們身上沒長跳蚤。

「誰在那裡？」我旋身喊問，順手操起一根乾草叉，踢開一間畜棚，尋找入侵者。「我奶奶有槍。」我警告對方，沒想到自己竟然會說這種話。「相信我，你不會想要惹我奶奶。」

她爲什麼不知道我們是誰？有個帶著愛爾蘭腔的聲音問。

不曉得，也許她腦子出問題了。莉莉，我們是住在妳裡面的。原本有些被激怒的那個聲音說。

「什麼？」我以手壓住頭側，蹲了下來，心想，也許我還在做夢，若不是做夢，就是瘋了。我是不是升大學的壓力太大，崩潰了？現在居然出現幻聽，這可不是什麼好事。

我們不是妳的幻聽，親愛的。

沒錯，我們跟那頭被妳擠奶，胖到跑不動，看起來很可口的傢伙一樣，都是眞的。順便告訴妳，牛奶絕對沒有鮮紅的生肉好吃。

我心中滿是自己咬住某隻動物的畫面，我舔著肉塊，汩汩的鮮血流進我嘴裡。

我放聲尖叫，跌坐在先前拆散開來好餵牛的草堆裡。

都是妳啦，害她崩潰了。

像莉莉這麼堅強的人，才不會崩潰。

妳又知道了。

我跟莉莉在一起比較久，我了解她，知道她能應付什麼。

她顯然無法應付眼前的狀況，妳難道沒感覺到她的不滿嗎？她的心智似乎飄在我們上方，以前她的心是包覆住我們的，就像母雞保護蛋一樣。現在她走了，逃掉了，留下我們困在小小的蛋殼裡，等著狐狸來把我們當早餐吃掉。

我是伊西斯挑選出來的非洲獅子，註定要用尖牙利爪參與偉大的戰役，我才不是什麼雞蛋。

哼，沒有莉莉，我們一點力量也沒有，母雞要是死了，小雞也活不成啦。

莉莉又沒死。

她跟死了沒兩樣。

我躺在那裡聆聽，乾草刺著我的脖子和背部。我死了嗎？這裡是專為我而設的特殊地獄嗎？想到這裡，我好想把自己埋深一些，避開圍繞在我四周的瘋狂。

那兩股聲音繼續爭執，無論她們是誰，似乎真的認識我。兩人的聲音聽起來很熟悉，但我雖拚命回想，卻想不起任何事。波西走過來，推了推躺臥的我，咩咩叫著要我把奶擠完。

當她朝我的臉頰伸出長舌時，我試圖避開，結果發現我連躲都沒辦法躲。我被困在自己的身體裡了。腦動脈瘤，我一定是長了那玩意兒了，那是唯一能解釋我爲何聽到聲音，而且無法使喚四肢的理由。

門咿咿呀呀地開了，我感覺有人伸手摸我的臂膀。「莉莉？」

一名男子俯望著我，眼神慈祥而熟悉，可是我認不出他。他臉上的皮膚像老舊的皮背心般歷盡滄桑，可眼周的皺紋全都往上揚，彷彿大部分的時間都在微笑。

哈森！那兩股聲音齊聲叫道。他會幫我們忙。

「噢，莉莉。」男子大喊，「我就是害怕會這個樣子。」

這番話聽起來不太妙，男子跑開一會兒，然後帶著我奶奶回來。奶奶看男子的眼神，活像看到一頭想搶她羊的狼。不過奶奶還是幫著他，把我攙進屋子裡。等我在沙發上安頓好後，奶奶伸手拿掛在牆上的老式電話機的話筒。

「拜託妳別打電話。」男人輕聲求道。他看著我奶奶，然後看著我。

我可以聽出奶奶語氣中的憤怒與懷疑，那勉強忍抑的客氣，就像覆在活火山上的堆雪一樣，正逐漸消融。為了保護我，奶奶已經準備大爆發了。「我為什麼不能叫救護車？」她挑釁地問，要男人給個答案。

「你為什會剛巧出現在穀倉裡，在我孫女旁邊？我怎麼知道她這個樣子不是你造成的？」

「我不會賴帳，我承認她的狀況我得負一部分責任，雖然我絕不希望她生病。如果我真的懷有惡意，想擄走她，我就不會找妳來了。」

奶奶狐疑地哼了一聲，沒再回應。

男人懷著罪惡感地在手裡擰著自己的帽子說道：「至於我為何不肯讓妳找醫護人員來，是因為莉莉安娜生病的原因，並非來自人世間，只怕醫師也幫不了忙。」

我沒辦法從我所躺的沙發這裡看到奶奶，不過她沒有立即打電話給一一九，表示她正在思索男子的話。「解釋清楚。」奶奶要求道。

「事情很複雜……」男人猶豫著。

「那麼我建議你給個《讀者文摘》式的簡易版。」

男人點點頭，嚥了嚥口水，然後表示：「這是我自己的猜測，不過我認為莉莉可能患了嚴重的多重人格症，她最近經歷過一場大難，導致她的意識……退避了。我找不到更好的解釋，那是她自我保護的方式。」

「那麼你認為這場大難究竟是何時發生的？莉莉從到我這裡後，一直受我看顧。」

「那不盡然是事實。」

「夠了。我要打電話叫警察。」

「不可以！拜託妳，親愛的女士，我求妳別打。我不會故意傷害妳或她，沒人比我更有資格幫助莉莉，妳一定要相信我。」

「你究竟是誰？你怎會知道莉莉的名字？」奶奶殺氣騰騰地問。

男人嘆口氣，「我的名字叫奧斯卡．哈森，職業是埃及文物學家，她有沒有提到過我？講埃及話？」

奶奶走到沙發邊，我可以看到她猶疑的眼神。「她……她爸媽說，她對博物館的埃及區特別感興趣，過去幾個月一有空就往那裡鑽。」

我有嗎？有的話，我一點都記不得了。我今早為什麼下床？我知道自己不對勁，但說我人格分裂就太沒道理了。那些聲音就是這樣來的嗎？還有，我的心理狀態為什麼會影響我的四肢？我極力想挪動我的小指，只要抬起一根手指就行了。我專心致志，像在拿奶奶的繡線針穿線，結果我連抽動一下都辦不到。

「莉莉安娜一直在幫我……弄一份重要的研究案，我們發掘的其中一項文物，好像害她遇到問題了。」他抬起一隻手，「目前來說，她的身體並沒有危險。」男人皺起臉，「我最擔心的是她的心理狀態。是這樣的，有個咒語……」

「咒語？」奶奶揚起眉毛，翹起一邊嘴角。

「是的，咒語，一道非常古老而厲害的咒語，妳若允許，我可以向妳證實並非虛言。」他朝沙發走近一步，奶奶放下話筒，但沒掛好，正嘟嘟地響著。奶奶的淺笑消失了，她拿起塞在角落的來福槍，其實槍裡沒裝子彈，但男子並不曉得。

「你若跟我孫女保持距離，我會感激不盡。」她警告說。

男人看著來福槍，再看看奶奶，然後對她點一下頭，豎起一根指頭，彷彿想請她冷靜。男人對指著他的槍，全然不知所措。

「蒂雅？」他看著我癱軟的身體說，「妳在嗎？如果妳在，我需要妳先替代莉莉一下。」

在我猜想蒂雅是何方神聖的幾秒鐘裡，我的視線焦點一晃，覺得自己突然變小，像隔著一層薄水似地抬眼看世界。我本能地抗拒改變，知道身上發生的事，與某件極其糟糕的事情相連。但同時間，我又隱約覺得自己是安全的，有人在照護我，愛我。

「我在這裡。」我聽到其中一個聲音說，但這會兒聲音從我嘴裡冒出來。我的視線緩緩移動，身體從沙發上坐起來，「仙子也跟我在一起。」

阿我有名字的，妳知道吧，我腦中的第二個聲音說。

「仙子？」男人皺起眉頭，「阿努比斯顯然跟往常一樣，又漏掉一些相關的細節了。」

「仙子？阿努比斯？這裡究竟出了什麼事？」奶奶喝問道，「莉莉丫頭，妳沒事吧，甜心？」

「妳所說的莉莉丫頭就在這裡，她跟哈森描述的一樣，心已四分五裂，就像暴雨後的河流一樣——淤泥橫流。我只能希望她能慢慢恢復正常。」

男人揉著自己的下巴。「是的，也許吧。」他說。

「她有分裂人格的話，怎麼能叫正常？」奶奶問道。「告訴我究竟是怎麼回事！」

埃及文物學家正欲開口，有個彷若仙樂的聲音卻在我們四周響起，「請容我解釋一下。」那聲音說。

我轉過頭，盯住房間中央一個逐漸變大的亮點。我聽到奶奶倒抽著氣，一名美豔絕倫，髮色若金月，髮絲平直滑順如鏡面的女子，從一道發著光的門走了出來。她背後的光芒雖然變淡了，但身上仍自帶光芒。

「妳……妳是誰？」奶奶問，她看看哈森，但哈森只是敬畏地望著女人。

她跟我一樣，是會發亮的仙子！小仙子的聲音說。

「人家才不是仙子。」蒂雅答道，「妳看不出她是女神嗎？」

女神？我心中暗哼一聲，太誇張了吧。瘋狂的事我又不是沒見過，我們紐約早習以為常——穿著自由女神裝在街上跳舞的男生、穿高跟鞋慢跑的女人、長得像起司漢堡的快餐車、穿戴時髦的狗。可是眼下的瘋狂又更上層樓，是「我男友是外星人」這種等級的瘋狂。

若不是我看到女人神蹟般地出現，就算有照片為證，打死我也不會相信有這種事。無論這女的是誰，反正絕不是奶奶農場裡的人，她跟出現在體育館裡的巧克力杯子蛋糕一樣格格不入。

她是仙女，那聲音堅持說，我相信只有我和蒂雅可以聽得到，我可以拿我的樹屋打賭。

「她才不是。」蒂雅嗆道，我決定稱她為「外在的聲音」，「她是伊西斯的姊妹。」

「奈芙絲！」男人說著立即鞠躬行禮，「這真是太榮幸了。」

女神面容慈祥地伸手搭住他的肩膀，「我才榮幸，哈森。」大美女轉身走向奶奶，「妳一定就是我們小莉莉可敬的監護人了。」

「我……」奶奶嚥著口水，渾然忘記手裡還拎著槍。「是的，我就是莉莉的奶奶。」

「很好，你們二位有很多事情要做。」她朝奶奶和哈森微微一笑。「莉莉的訓練就靠你們了。時間緊迫，即便此刻，塞特已逃離他的監牢了，他仍銬著腳鐐，但他的爪牙都在等他召喚。莉莉若未能恢復全力，只怕一切將付諸東流。」

「什麼將付諸東流？」奶奶問。

「哈森大宰相會告訴妳一切，我不能在此地逗留，塞特正在尋找莉莉，雖然莉莉能夠掩飾我的行蹤，但即使像她那樣厲害的毒蛇石，也無法將我藏匿太久，不讓我被夫君尋獲。」奈芙絲把一卷羊皮紙塞到哈森手中。「你對荷柯特的故事熟悉嗎？那位少女、母親、老嫗？復仇女神？女妖？」

哈森匆匆點頭，「那些雖非我的專項，但我知道您所提的事。」

「很好，你知道莉莉擁有斯芬克司的神力。」女神沒理會奶奶的驚喘，繼續說道，「她會成為薇斯芮特。埃及史中，刻意低調處理薇斯芮特的概念與身分，我們這麼做，是為了替她防範塞特。然而，自古以來便有許多關於三女神的故事。我們故意把這些故事打散在歷史中，以隱瞞塞特，又能讓你找到資料。把這份羊皮紙當成指引，研讀所有故事，因為它們會讓你了解莉莉的潛能與神力。」

奈芙絲朝我走來，撫住我的臉。「薇斯芮特至為重要，自開天闢地以來，我便一直等待她的出現。」她在我額上輕輕一吻，然後轉身面對無比震驚地望著我們的另外兩人。「莉莉尚未成為她應該擔任的角色，你們必須協助她完成這項任務，治好她的問題，讓她與所愛的人重聚，他們將協助莉莉擊敗那妖孽。「此時此刻，赫里波利斯的戰役已經開打，但願我們能給你們更多時間，可是只怕連我們的力量也辦不到了。祝各位好運。」她說，語氣透著淡淡的哀愁。「祝我們所有人好運。」

說罷女神抬手一揮，一扇光輝四射的門便出現了。她穿門而過，門化成繽紛的色光，便消失了。女神驚鴻一瞥式的造訪，令我們三人半晌說不出話，房中僅聞呼吸聲。

接著波西的哞叫打破了僵局。

「呃，好吧。」奶奶說，「看來這件事比我原先所想的還複雜。」奶奶朝著我說，「妳叫蒂雅，是吧？」

「是滴。」我答道。

「妳保證我們家莉莉很安全？」

「是滴，她一直跟我在一起，現在也在聽著，不過她很困惑。」

「我們也都很困惑，親愛的。妳會不會擠牛奶？」

我皺起鼻子。「我可以藉用莉莉的記憶來做這檔事。」

「很好，那麼妳去那邊幫波西把奶擠完。還有你……」她指著男子，「把那頂髒帽子放到門邊的架子上，然後去洗把臉。我要去做鬆餅了。」

男人點點頭，「好的，夫人。」

奶奶把來福槍擺回原處，然後開始吹口哨，綁上圍裙，彷彿今天跟農莊的平日沒兩樣。

等我們幫波西擠完奶回來後，男人正與奶奶坐在桌邊，兩人中間擺了一碗炒蛋和一疊高到我們三人一定吃不完的鬆餅。但我錯了。

我的胃口奇大無比，彷若數週不曾進食。還有，住在我身體裡的兩位不斷發出奇怪的評語，例如「這蛋生吃會更好」，以及「這糖漿好像蜜蜂的汁」。我像貓咪舔碗似地，心滿意足地把舌頭伸到溫鮮奶的杯子裡。

平時我根本不敢喝溫牛奶；牛奶的動物騷味令我不舒服。可是今天，我竟然一遍遍地舔著，一邊舔掉唇上的甜奶，一邊還發乎內心地開心一顫。

吃完早飯後，仍控制我身體的蒂雅笨手笨腳地洗了碗。名叫哈森的男人拿出羊皮紙，攤到桌上。

「好，」他說，「咱們是不是該開始了？」

2 我是誰？

奶奶清了清喉嚨，「也許我們應該從頭來過，」她伸出手說，「我叫美黛。」

「請叫我哈森。」男人露出溫暖的微笑，握住奶奶的手說。「很高興見到妳，美黛。」

若是由我控制身體，我一定會皺眉頭，因為哈森發現自己握手的時間，比該有的分寸多了好幾秒後，微微臉紅了。

「好吧，我想我應該先給妳一份……妳是怎麼說的？噢，對了，《讀者文摘》版的描述。」

接著他講了一些精采絕倫的木乃伊故事，一名巫師、吸食靈魂的邪惡女妖、諸多女神，以及更多更多。他繼續講述故事，我體內的兩股聲音也專心地聆聽，當哈森講到她們出現的場景時，還不時發表一些短評和意見。

每個人好像都很篤定哈森口中的奇異事件真的發生過。我沒辦法相信，那聽起來根本不像是我。我幹嘛跟一個木乃伊離開紐約？在滿布陷阱的墳墓裡遊蕩，跟僵屍開戰？然後還為了讓木乃伊拯救世界，而犧牲自己的性命？我一定比自己想像中的更無私。

後來，本人顯然為了再度解救世界，義無反顧地奔赴地獄，或地府，尋找這個木乃伊，把他帶回亡靈所在的冥界，讓他能執行自己的任務。當然了，他的工作聽起來並不好玩，此人只能活兩個星期，然後又得死去，如此方能讓魔神繼續關在牢裡。可惜這招失效了，因為大魔王逃出來了，正打算興戰。

故事很精采，我腦裡的聲音都相信那是真的，但有些東西就是兜不攏。我的動機是什麼？我幹嘛離家去幹這些事？我怎麼會變成女神？或斯芬克司，或等等之類的東西？我又不是當戰士的料。

蒂雅覺察到我的疑慮後，停下談話，然後表示：「莉莉需要眼見爲憑。」

哈森對奶奶點點頭，跟著我走到外頭。蒂雅在穀倉附近停下來，擺好一大綑乾草，然後問哈森：「你可帶了我們的武器？」

哈森點點頭，從穀倉裡取出一包東西。「阿努比斯離開後，我把東西藏在這裡。」他打開袋子，遞給我一把弓和一袋箭，然後放下一條肩套帶，帶子的頂端，冒出兩根交叉放置的恐怖刀子。

「我想我們先試一下那把弓。」

孰料我的手指熟練地搭弓拉箭，咻地一聲把箭射出去了，一看就是多年訓練才有的嫻熟。箭頭夾著勁道射入乾草堆裡，在空中揚起一團飛塵。如果我能控制身體，一定會為蒂雅拍掌叫好。

我的聲音嘆道：「莉莉認爲這是我的技巧。」蒂雅說。

試試標槍如何？愛爾蘭仙子建議。

我聳聳肩，手指一伸，拎起肩套帶甩到肩上，火速綁定，想都不想地奔馳起來。我躍過水槽、從背後拔出兩支標槍，神乎其技地比畫一番。我翻了個筋斗，按下槍柄上的按鈕，將短柄拉成長槍，然後朝奶奶花園裡的稻草人擲過去。稻草人胸口的乾草向外炸開，金色的乾草輕輕落到地面，被射倒的稻草人癱成一坨破布。

哇塞！我心想，太神奇了！妳也太強了吧！

如果妳能加入我們，我們會更強大，莉莉。蒂雅低吼說。

加入妳們？呃……我不是已經在這裡，跟妳們綁在一塊兒了嗎？

這份神力不單屬於我們，而是我們與妳共享的。事實上，在我加入之前，妳就已經這麼厲害了。

我相當確定，幹這些事情的人不是我，我說。事實上，我甚至無法確定我爲何要跟妳交談，妳只是我在瘋狂狀態下幻想出來的人，也許這整件事就是一場誇張的夢，我遲早會在醫院裡醒來，但願會有非常帥氣的醫師告訴我，我終於從幻覺中清醒了。還有，他想約我出去。運氣好的話，最後只是頭上腫了個大包而已。

我心底又響起另一聲低吼，弄得我好害怕，我把蒂雅惹毛了。妳怎麼可以這樣！她說。怎麼可以不把我們的成就，我們的犧牲當一回事，如果妳不相信我們的能力，那就相信這個！

我的雙手抬起，我將它們清清楚楚地看在眼裡，接著我驚駭地望著自己的手指變長，多生出一個指節，長成爪子。我的視力變得銳利無比，看到一隻小蟲，爬過奶奶的番茄樹，甚至看見蟲子背上的纖毛。我聽到啵的一聲，接著就聽見樹葉沙沙作響了，可是穀倉後方的大樹，並未被風吹動。接著我聽到一隻動物在地底深處挖掘，我嗅著空氣，發現那動物竟在一哩之外。

我心頭一慌，想用手掌遮眼，身體卻仍無法動彈。我低頭看著自己的手，被眼前的景象嚇壞了。不，不，不！我不斷放聲尖叫，我移不開眼神，卻又拚命想看別處。

「她很害怕。」蒂雅難過地說，「她無法接受我們，恐怕一切都白費了。」

「只要人還沒死沒入土，就不算死局。」奶奶字字鏗鏘地朗聲說，「即使是入土了，也未必都是白費。」

奶奶繞到我面前，用雙手搭住我的肩。她的手穩健、溫暖、沉厚而令人安心。「莉莉丫頭，妳聽好了。」能看著她，聽到她熟悉的聲音，使我寬心不少，就像在困惑的汪洋中，尋獲一小片日常。「我知道這整件事有些讓人煩心，但我無法接受妳跑到一個將我隔絕在外的世界裡。說真的，這件事詭異得離奇，但咱們楊家的女人不會輕易被擊倒，該做什麼就做什麼。妳曾兩度解救世界，我絲毫不覺得訝異，我認識的孫女兒，遭逢大事絕不會退縮，而這件事聽起來還挺重要的。」

奶奶撫著我的臉頰，然後輕輕拍著。「更重要的是，我猜妳深愛卻失去的那名年輕人，就是妳前去搭救的那位，不是嗎？」

奶奶緊盯我的眼睛，尋求我的確認，可是即使我知道答案，也無法掀動嘴唇說話。不知怎地，我腦中的兩股聲音對此事竟都默不吭聲。

「嗯。」奶奶嘟囔一聲，看著哈森，但哈森只是聳肩攤手，似乎也不想置評。「好吧，丫頭，我會給妳一點時間想想，我趁機認識兩位在妳體內的女生，然後咱們再決定下一步怎麼做。」

奶奶講得好像我要開睡衣派對，而她在設基本規則。

「不過我全然期待妳盡一切努力解決這個問題。否認是一條遠在埃及的河，我絕不容許它流進我的農莊裡。」奶奶被自己的玩笑惹得發笑，卻發現別人都沒反應。奶奶按著我的肩膀，眼神歉然而憂心。「咱們越早搞定這個問題，我的孫女就能越早回到我身邊。」

頭頂上傳來轟雷聲，一陣風吹開我臉上的頭髮，紫黑色的雲朵自天際滾捲而來，宛若一群奔馳的大漠駿馬。刺人的雨滴擊打著地面，緊接著下起了冰雹，那聲音震耳欲聾。我好想用手臂擋住頭，可是那位控制我身體的女生卻仰起臉嗅著。「是什麼東西？」她問。

「赫里波利斯開戰了。」哈森喃喃說。

「走吧，」奶奶說，「咱們送妳回屋子裡。」

等大夥終於關上胡擺亂撞的門後，我們擠在小小的廚房餐桌邊，三人一起望著潑在窗上的雨水，碩大的雨珠使外頭一切變得迷濛。冰雹重重擊在屋頂上，我忍不住縮起身子，但願這場暴雨不會將屋瓦掀去。

哈森清清喉嚨，毅然轉身，離開戰鼓擂動般的窗邊。「我們現在完全插不上手，咱們的任務，是幫忙讓莉莉做好準備。」

「我們究竟要幫她準備什麼？」奶奶問。

「她必須徹底發揮實力，唯有如此，才能擊敗魔神。」

「擊敗？敢問究竟要如何擊敗？」

「很多事情我也不清楚，不過打起精神吧，妳剛才也看見了，她完全可以當一名女戰士。」

「是的，可是……」

哈森按住奶奶的手，「她是世上唯一的希望，我們得協助她相信這點，剩下的便會水到渠成了。」

奶奶用另一隻手反按住哈森的手，「我死去的丈夫以前也常這麼說。」她噙淚對他一笑，拍拍他的手，然後把頭髮甩到背後，將飛散的髮束塞回髮髻裡。「好。我們該從何著手？」

「我建議我們先從翻譯卷軸開始，妳能幫忙寫筆記嗎？」

奶奶點點頭，從冰箱上撕下她的「待辦清單」，然後把空白頁貼回冰箱上。奶奶拿著筆記和筆回到桌邊，世界末日都要臨頭了，只有奶奶還會想到她的購物清單。

奶奶真的就是這種人。我的遭遇並不是夢，而是真實。他們說得對，我要嘛力抗到底——像奶奶常說的，抵死不認——或者可以靜下心來，好好地去了解。哈森開始翻譯了，奶奶作著筆記，我專心聆聽。

「這一段談到復仇女神，她們握有鑰匙，能開啟宙斯儲放閃電的屋子。她們橫越夜空，高唱正義之歌，月光為她們引路。惡人聽到幾位大地之女的歌聲，便會知道，她們的歌曲結束時，靜悄無息的死亡便會前來尋找他們。女神永遠與日、月亮、星辰之神連結一起。當她們的生命消逝，便會發生日蝕與月蝕，星辰自天堂墜落。悲傷的月亮模仿女神的面容，讓所有人看見。」哈森頓了一下，「我想這是指阿蒙、艾斯坦和埃摩司，他們是與日月星辰相關的天神。」

等一下，所以意思是，我們會死嗎？

「你是指我們的死亡嗎？」蒂雅回應我的想法來提問。

「不知道。」哈森答說。

蒂雅只是點點頭，似乎十分認命。「請繼續。」

妳難道不擔心我們會死嗎？我問她。

我已經死過一次了，她答說，我很久前就認命了。

講妳自己就好，阿我可不想那麼早就把魂給丟了。

提醒妳一下，妳現在反正只剩一條魂了，蒂雅說，妳的肉體已經從世上消失了。

阿妳還不是一樣，仙子嗆聲說。

廢話。

妳叫什麼名字？我問。我知道控制身體的叫蒂雅，那妳又是誰？

我可以感覺另一個人被問到時，很是開心。我是愛榭莉雅，那聲音回答說，我是仙子，至少以前是，我從愛爾蘭來的。

愛爾蘭的仙子！不錯，沒啥不好。很高興認識妳，我說。

接著我把注意力轉回哈森的聲音上，「巨蛇聽見她的渴望，從巢穴爬了出來，她將以繩索綑綁牠。啊，」——學者拍著羊皮紙——「這是在描寫三女神之石，這石頭很有名，石上描刻一位叫克特栩的女神[1]，她有許多名字。這邊特別指出她是眾神的女霸主，其符號為獅子及斯芬克司，妳看這裡，看女神拿的武器。」

他把羊皮紙轉過來讓奶奶看，奶奶戴上老花眼鏡，望著哈森所指的位置。「那是她的特製標槍嗎？」

「我相信是。」哈森用手點著自己的嘴，思索紙上的圖像。「女神提到了女海妖，她們會唱歌誘捕男人，也許莉莉的歌，能用來捕抓塞特。」

「我們又不唱歌。」蒂雅哼道。

「所謂唱歌，未必指其音樂性，可以是誦念或像咒語之類的東西。」

「但我們有說出眞實名字的神力。」愛榭莉雅跳出來控制我的身體。她雖然用我的身體發話，但聲音聽起來硬是不同，自帶一種愉悅的聲腔。

1 克特栩（Qetesh），愛與美之神。

奶奶微微一笑，「妳一定就是小仙女了。」

「我是愛榭莉雅，」她說，「很高興認識妳。」

「妳能跟我們多說點名字的事嗎？愛榭莉雅？」奶奶握著筆問。

「我們發現，你若知道別人的眞名，就可以控制他們。」

「名字，名字……有了，這邊有一段提到找出真名的法力。上頭說，擁有洞視之眼、感受之心、深邃靈魂的女子，將擁有識別一切的神力。她，也只有她，能具備找出混世魔王真實姓名，並擊敗他的力量。」哈森皺著眉頭往後坐，「有可能那麼簡單嗎？」

奶奶用拇指撫著嘴唇，「事情絕不會像表面上那麼簡單。這一段呢？這段說什麼？」

「這一段講的是女神荷柯特。」

「荷柯特是希臘人嗎？」奶奶問。

「是的，她也是一位三合一女神，在這幅圖中她握了一把鑰匙。」哈森頓一下，「有意思，這是第二次提到鑰匙了。」他接著說，「她是叉路的守護神，通常被當成鬼魂的引路者。上面說，她註定要與巨人族對抗，永生不死的眾神對她崇敬有加，他們將成為愛戴她的諸王。她的象徵動物是狗，圖畫裡的荷柯特女神經常帶著狗。」

「狗。」蒂雅不屑地說，「我們用不著狗。」

「除非是指地府裡的地獄豺狼，我們講出牠們名字後，牠們就變成我們的奴才了。」愛榭莉雅補充說。

哈森抬起頭，「妳們可記得任何地獄豺狼的名字？」

「當然記得。」愛樹莉雅大笑，「像『風中撇尿的傢伙』這種名字，我永遠也忘不掉。」

「妳可以呼叫他嗎？」哈森問。

「呼叫地獄豺狼嗎？」蒂雅又說了一遍，「我們可以試試看。」她閉上我們的眼睛，然後大喊：「到我們身邊吧，風中撇尿的傢伙！」空氣在我們四周飛旋，我們聽到唧哼一聲，緊跟著是一記低吼。

妳一定得幫我們，莉莉。

我不知道怎麼做。

跟我們心意相連就好了，愛樹莉雅鼓勵地說。

我完全不懂她們要我做什麼，可是在她們的鼓勵下，我試著照她們的要求去做。

蒂雅沉穩地吸了口氣，我體內有個東西一震，感覺像抱住自己胸口往後一倒，全心相信蒂雅和愛樹莉雅會接住我。她們將我緊緊擁住，我分不清自己終於何處，她們又始於何方。我們齊聲念道：「到我們身邊吧，風中撇尿的傢伙！」

那股風旋過廚房，我感覺黑暗像暴風似地逼近，空氣中有種刺鼻的硫磺、焦炭和臭氧味，那是敵人的氣息。一片黑影逐漸成形，有個粗喘的聲音從張咬的下顎中嘶問：「妳們想幹嘛？」

奶奶倒抽口氣，哈森攬住她將她往後拉開，自己擋到奶奶前方。

我不記得這妖物對我們做過什麼，但我記得他那邪惡的氣息，和透著銅味的血腥氣。

「你能為我們所用嗎？」我們問。

「我無從選擇，只能聽從妳們命令。」

「你見過你的前女主人嗎？」我們問。

「自妳們失蹤後，就沒見過了。」妖怪的頭化成煙氣，然後換個新角度，又凝具成形，他的眼睛轉向一側。

「怎麼了？把你知道的告訴我。」

「妖后還活著，她與魔神並肩而戰。」

「亡靈饕餮跟塞特變成一夥了？」

「是的。」妖怪嘶聲說。

「你可知他們有何計畫？」

「我只聽到一些傳言。」

「什麼樣的傳言？」

「他們要找妳，他們要藉著傷害妳所愛的人來找到妳。」他答道。

我心神一岔，「艾斯坦！」蒂雅叫道。

那影子般的妖物縱聲大笑，「再見了，女神。」

「我……我命令你留下來！」蒂雅喊道。

「妳鬆開鍊繩了，」他咂著嘴說，「快逃吧，小女神，我跟妳擔保，本人的咬功，可比吼功厲害多了。」

那妖物舞著利爪向我撲來，但我們又合體了。愛榭莉雅在心中揪住蒂雅，拚命將她拉回原位，三人再次緊密相合，齊聲命令地獄豺狼離開。那怪獸張著大嘴撲向哈森的瞬間，化作煙霧消失了。

「呃，剛才那可真有意思。」奶奶說。我跟另外兩名女孩緩緩鬆開彼此。

「妳說的有意思如果是指會要人命，那麼妳說對了，確實是很有意思。」哈森說，「看來愛榭莉雅是對的，說出真名這檔事挺重要。」

「看起來是。」奶奶又問，「羊皮紙上還說了什麼？」

「上面提到了女武神，瓦爾基麗。」說完哈森開始朗讀，「三名女孩穿空跨海而來，一名在前方領騎，她的頭盔下是雪白的皮膚，長槍上閃著金燦的陽光。馬匹顫慄著，血紅的露珠從牠們的鬃髮滴入深邃的山谷裡。」哈森抬起眼，「看來她們應該是騎著飛馬，穿越雲層，衝進一場殊死之戰裡了。」

「你講的也許是獨角獸。」蒂雅表示。

「獨角獸？」奶奶張大嘴，「這事還能再更詭異些嗎？」

「恐怕是會的。」哈森說，「這裡提到莎士比亞《馬克白》裡，三名奇怪的女巫，而且還特別講到『美即是醜惡，醜惡即是美』這句臺詞。」

我的記憶突然拉回跟幾位女同學吃午餐的那天，我也叫她們三女巫。好笑的是，結果我才是那個怪人。我的記憶斷了片，像被靜電包覆住似的。不知道是什麼原因，那次聚會我一直很慌亂，那天我跑去博物館，思索選大學的事。我們的聚餐受某個東西干擾，逼得我跑到餐廳外。我的記憶到那裡就中斷了，無論我再怎麼努力，就是想不起失落的那一段。

我沒辦法幫妳，蒂雅說，我只能跟妳分享妳跟我說過話，以及我們共有的記憶，不過，我猜妳看不見的那個東西，就是阿蒙。

妳是指那個木乃伊嗎？

是啊，妳愛他，蒂雅在我心中理直氣壯地說。

愛？

有可能嗎？我愛上了這個自己不斷去救援的男子？我無法想像自己會為任何男子冒生命危險，尤其是一名兼差當木乃伊的傢伙。這實在讓人想不透。

「所以一切並不像表面上那樣。」奶奶打斷我的思緒說。

「那點會不證自明的。」哈森回道。

「我們第一步該做什麼？」奶奶問。

哈森抿起嘴瞥著我，狀似考慮收下一個積極的學徒，會有啥好處。「除了給她時間外，我們對莉莉的記憶，什麼忙也幫不上。我建議在莉莉復元之前，訓練她們精進找出真名的能力，並練習各種技能。等莉莉準備好後，便能像召喚地獄豺狼般，把三兄弟召來了。我們沒有荷魯斯之眼，無法自行喚醒他們，而且阿蒙還要再一千年才會有甦醒的能力。」

「我們不能乾脆把他們從冥界帶走嗎？」蒂雅問。

哈森搖搖頭，「在他們的身體與靈魂相結合前，沒辦法帶他們離開冥界，不過妳們召喚過地獄豺狼，他在煙霧下還是實質成形了，我相信妳們也能喚醒埃及之子。」

萬一我們做不到呢？我心想。

「莉莉懷疑我們有那份能力。」蒂雅解釋說。

哈森往前探身，堅定地說：「我有信心，如果我們能讓妳體內的復仇女神復活，就可以找到解開那道門的鑰匙。」

或許他口中的那把鑰匙，也能解鎖我的記憶。我雖然很想恢復記憶，卻又有些害怕。萬一我達不到他們的期望？萬一我沒準備好呢？萬一我造成世界的毀滅？萬一那個在門外徘徊的敵人——我對他的感受，跟對蒂雅及愛榭莉雅一樣真切——找到我們呢？現在連我奶奶的農莊都不安全了。

我思索自己需要什麼幫助，一邊緊握雙拳。指甲深深陷入我的掌心，待我將手指伸直時，看到掌肉上印出小小的彎月，嘲弄著我。想到要將那三兄弟喚醒，我便心頭揪緊，頭皮發麻。我不確定那是好事還是壞事，但有件事是可以確定的：我的人生即將永遠改變了。我憂心忡忡，甚至沒發現令我握緊拳頭的人，並不是蒂雅。

3 熟能生巧……吧

一個星期過去了，我的記憶還是沒恢復，至少不是他們要我修復的那些，但一切似乎全靠我能不能想得起來。

哈森博士不願指導我喚醒木乃伊，除非我知道自己在做什麼。召喚他們，顯然跟叫喚地獄豺狼不同。我必須認識他們——真正地了解他們——哈森才願意冒險。他擔心萬一我把咒語搞砸，會害他們永世困在冥界，那對我們絲毫沒有好處。博士似乎不信我能強大到獨力擊倒那個叫啥東東的大魔王，而無須三兄弟幫助。簡言之，他不希望我——或應該說是我們——死得不明不白。

我的——我們的——神力出了點問題，呃……根據她們的說法。

問題是，她們不管是做無聊的練習，或暢談本人過去的豐功偉業，都無法勾起我的回憶。我記得爸媽、記得高中畢業、申請大學、奶奶，甚至是博物館。只是所有埃及相關的奇怪事件我一概不知，老實說，若不是這位瘋狂的母獅閨蜜不斷告訴我，我們是如何匪夷所思地住到同一副軀殼裡，還有一位更瘋狂的仙子，一直陪在我身邊，我想我一定會用毛毯蓋住頭，躲在自己的房間裡。

腦袋裡擠一堆人的感覺，實在爛爆了。她們連平常的芝麻小事都要分享意見，幾乎什事都能吵。最後她們各自扮演一些角色，愛樹莉雅負責採收雞蛋，在廚房幫奶奶，為哈森寫筆記，並負責幫我清洗身體穿衣服。愛榭莉雅幫大家打點時，我就退縮幕後，我認不得鏡中的自己，那種凝望自己，卻看不到自己在回望的感覺好恐怖。噢，那是我的眼睛沒錯，可是眼神卻不是我的，而且面部表情也全錯了。這雖不是恐怖片裡的惡魔附身，但我還是被附身了。

我變得更加退縮，有時幾個鐘頭過去了，我完全想不起自己怎會跑到穀倉，或在訓練場上。輪到蒂雅出面時，我對所做之事毫無興趣，她負責體能訓練、吃飯（她超愛吃的），以及，很詭異地，幫波西擠奶。

我不僅失去自己，連奶奶的心都快被這兩位心靈過客贏走了。奶奶對她們的喜愛，似乎勝過愛自己的孫女，這比任何事更令我難過。奶奶對投我以大量同情的眼光，可是我看得出連她都對我感到失望。奶奶越是先跟她們談話，我就退得越遠。

有好幾次我們進房間時，逮到奶奶跟哈森近坐著講悄悄話，奶奶一發現我們，便突然坐直挪開身子，在圍裙上擦手，然後溜進廚房裡。蒂雅覺得那沒什麼，但愛榭莉雅想到奶奶跟哈森可能愛苗初萌，就興奮不已。哈森朝我奶奶送秋波，只是我一場糊塗的人生中，多添的一樁鳥事罷了。

哈森的焦點是緊盯我練功，但我只是悶悶地待在後方，看蒂雅練習。我——我們（好蠢的說法）——很擅長攻擊稻草人或跟蹤雞隻。我們可以百步穿楊地從遠方將箭射中紅心，精準無比地擲出標槍，可是每次哈森要求我們練習三人心靈合一，或再度召喚地獄豺狼時，我就退縮了。

我試了，至少表面如此，可是我心底有個東西不肯就範。蒂雅怪罪我；愛榭莉雅不斷拿激勵的話來煩我，諸如「身不強體不壯，就得動腦筋」，以及「大器晚成，不急於一時」，還有令我最煩，覺得罪惡的那句「駝鳥心態不能解決問題」。

我連夜裡都無法休息，她們無時無刻不在，兩個都是。當屋中一片靜謐，大夥都入睡了，她們仍在我腦子裡鬧騰著各種意見。經過一星期的無眠之夜後，疲倦終於勝出，我沉沉地睡去了。

在意識遁逃的夢境裡，我並非獨自一人，這一點都不令人訝異，但我感知到在我附近的人，我並不熟悉，那倒是頗奇怪。我站在一座沙丘頂端，四周是一片朝八方延展而去的沙漠。游移的沙粒遮掩可怕的東西，就像白雪蓋住枯骨一樣。

接著一縷夜風輕輕吻上我的臉龐，我抬眼望著上空的明星，幾乎可以聽見它們說話。聽到那銀鈴般的聲音悄悄敲響，彼此交疊，來回傳遞訊息時，我便忘記腳底下的枯骨了。我覺得好困惑，好混亂。

有一顆星星較其他星子更亮，閃爍的星光映在我身上。一隻白鳥自空中掠過，令所有星子黯然失色——只除了那顆最亮的——然後白鳥便消失在夜空中了。我的感官變得異常敏銳，感覺像是站在一場隱形暴風雨的中心，被人監看保護著。

一名男子的笑聲像溫暖的瀑布般淋在我身上，我好想沉在裡頭漂走。一股和風輕撫我的面頰，我轉身用指尖摸著自己的臉，可是半個人都見不著。月亮如銀鳳凰般地升起了，之前那顆令我驚豔不已的明星斂去光芒，退開，消失在背景中了。我揚起下巴，讓月光撫著我的臉，我閉起眼，跟隨橫空而過的月兒轉動身體，以便一直對著月兒。我被它的凝視擄獲，彼此間的距離中，似乎裝滿了祕密、渴望與未實現的願望。

我感覺有人用輕柔的唇吻住我的額頭，旁邊卻還是沒人。當我再度抬頭看向珍珠般的圓月時，那銀光映出兩顆狂若獵狼，充滿激情的眼眸。那眼睛在月表朝我眨眼，然後便消失了。

月亮沉落前，以其華光親吻我臉龐最後一次，然後才化入地平線中。月兒的消失令我悲傷，我期待那顆星子能回來，但它並沒有。失去了可愛的星子和熱情的月亮，難過的心情激化成一把尖刀，在我的肚子裡挖絞。

不久，四周的黑暗變得更濃了，並用它鬼魅般的冰冷手指騷癢我的頸背，那感覺輕輕滑下背脊，我屏息等待寒涼的尖指刺穿我的薄衣，像利刃刺入我的肉裡。

風在我周身鞭擊，我朝空中仰起鼻子。暴風將至，或者，在我的保護者們離去後，暴風終於能朝著我發洩憤怒了。我聽到一記殘酷如閃電的高笑，聽到馬群嘶鳴、一頭龐然巨獸的吼聲，以及人們受折磨的哭號。我眨著眼，沙漠的沙子移開，終於露出下方凹凸不平的表面，大地上是屍橫遍野的敗軍。

四處都是死人，腐爛的人體混雜著獸屍。我摀嘴壓住尖叫，淚水盈眶地跪倒在地上。

這裡雖然無光，但骨頭內部發出的淡淡薄光，使得枯乾的眼窩和挖空的胸骨格外醒目。釀禍的人是我，我知道全得怪我。「我……對不起。」我喃喃說，輕柔的聲音卻傳越沙地，「我不是故意讓這種事發生的。」

就在此時，大地邊緣竄出明豔的火焰，地平線上曙光乍現，將世界染成金光。明亮的太陽朝我伸出手，陽光灑在屍體上，它們便消失了。陽光照著我，我被擁在充滿溫暖與愛的懷抱裡，所有悲緒跟黑暗火速遁失。

萬物俱靜，我再次處於保護的泡泡裡。之前輕易被擾起的風沙煙塵，在這股強大的力量面前，絲毫不敢造次或揭露它們病態的祕密。我閉上眼睛。

陽光撫著我的臉，立即將我的淚水烘乾，留下鼓動的光芒。我原以為璀璨的星光和皎潔的月光已經很美了，但與熱力四射的陽光相較，簡直小巫見大巫。

我吸取暖意，沐浴其間，宛如蜜蜂浸淫在溢滿蜜汁的蜂巢中，那是個充滿了圓滿、意志、決心、甜蜜與夏陽的擁抱。我若能選擇永遠待在裡頭，死亦無憾。

陽光緩緩撤離，我哀求說：「拜託別離開我。」

陽光的手指纏著我的頭髮，頭皮上暖意痲癢。太陽中央乍然出現一名男子的輪廓，但光線太強，我看不到男子的面容。「我從來沒離開過。」男子的聲音，可以織出陽光普照的草地，令覆雪的海洋溫暖。

我哭道：「我如何能再次找到你？」

「到夢裡尋我。」那聲音透著漸滅的炭火餘溫。

太陽沉到地平線下了，我再次被黑暗淹沒。太陽的消失令我悲慟不已，像船錨一樣壓在我胸口。我奔下沙丘，想追逐最後幾道陽光，卻急切地絆倒了。我整個人猛然醒來。

奶奶的拼布被掉在地上，蒼淡的月光灑在床上——簡直是夢裡月華的次等山寨版。我環住自己，瑟瑟抖了起來。淚水滑下我的面龐，我雖覺得異常孤單，卻知道自己不是一個人。兩位本人專屬的鬼魅從我心底好奇地看著我。

有意思。

是挺有意思。

我大聲吸著鼻子，拿袖子擦眼睛。「很高興二位覺得本人的眼淚很有意思。」我嗆道。

唉喲，不是眼淚有意思，親愛的。愛榭莉雅說，是妳竟然又奪回控制權了。

「奪回控制權？妳稱這個叫控制？如果我能控制，妳們倆就不會在這裡了。」

這是個徵兆，蒂雅說，他在呼喚她，而且她聽到了。

我咕噥道：「哈森不是說過，像妳們這種鬼魂，天亮前都還在睡嗎？」

他是指幽靈好嘛，我們又不是鬼魂。愛榭莉雅哼道，阿就算妳別的不知道，這點至少應該要懂吧。

「反正妳們回去睡覺，管自己的事啦。」

可是妳就是我們的事，莉莉，蒂雅輕聲說，沒有妳的話，我們算什麼？

「我不知道，免費的精神院住客？妳們何不告訴我？」

眾人一陣沉默。太好了，我終於讓她們閉嘴了，可是我立即後悔說過的話。「我的話是無心的。」

妳是有心的，我們知道妳何時講眞話，蒂雅說。

「好吧，我說的是實話。」我一把抓起地上的拼布被裹到身上，包住雙腿。「但我並不想傷害妳們，對不起。」

就跟妳說咩，愛榭莉雅對蒂雅說，飽漢不知餓漢飢。

「什麼意思？」

意思是，小姐，這整件經驗或許是件好事，現在妳總算知道當乘客是啥感覺了吧。

「妳到底在講什麼？」

在講妳啊。現在妳回來掌控了，大概比較能了解我們被晾在一旁的心情了吧。

我聽到一聲低淺的吼叫，妳的頭髮散掉了，莉莉，蒂雅說。

「我的頭髮？」我抬起手，扯下鬆掉的橡皮筋，把頭髮甩到肩後。

「呃，謝了。」我困惑地說，「我沒搞懂妳的意思。」

我的意思是，妳這個傻女孩，我們可沒抬起妳的手，是妳自己抬的，而且說話的人也是妳自己。

「是我嗎？」我張開手指碰觸自己的臉和嘴唇，「是我！是我自己在動！是我！」

沒錯，妳又控制自己的身體了，不知是什麼原因引發的。

「那有什麼關係嗎？」我問蒂雅。

當然有關係，因爲如果妳又躲到後面，我們得知道如何解決問題。

引發的原因難道還不明顯嗎？是阿蒙，愛榭莉雅用輕快的夢幻語調說。

「阿蒙？」我皺著眉重說一遍，「妳是指那個木乃伊嗎？」

他只有在人世間才是木乃伊，愛榭莉雅解釋道。

「那還是木乃伊，我不懂他跟此事何關。」

莉莉，蒂雅說，他就是那個太陽。

「太陽？」隱匿在陽光中的男子會是真人嗎？我嚥著口水，想起被他擁在懷裡的感覺。「妳的意思是，那真的發生過？」

是的，你們倆在夢中會連結，蒂雅解釋說。

「我懂了。」

其實我沒真懂，至少我並不想真的去了解。她們一直告訴我，我跟這傢伙有關係，偏偏我半點都想不起來。為男人拋棄一切，根本不像我的作風。我對男生極挑剔，我心裡有一大張條件清單，把每個跟我約過會的男生全淘汰掉了。我就讀的高中裡，大部分男生連最基本的五個條件都過不了關，更別說是整張清單了。所以我會在眾人中獨獨鍾情於一位木乃伊，簡直匪夷所思。現在我的清單又要加上一項了——必須是活人。這倒是始料所未及。

「呃，這次會議很有建設性。」我告訴蒂雅和愛榭莉雅，「咱們做了一些不錯的事。二位覺得，咱們早上再集合商議進程如何？」

她幹嘛那樣講話？愛榭莉雅問蒂雅。

母獅子輕吼一聲，她是想叫咱們安靜。

呃，那，晚安了，姊妹們。

祝妳好睡，小仙子。蒂雅說，我幾乎可以感覺到她在我腦中蜷起身子，用一對亮晃晃的眼睛望著我，甩著尾巴。晚安，莉莉。

「晚安。」我滑到床上，踢著拼布被，直到被子蓋住雙腳。我扭動腳趾，證實是自己在控制後，閉起眼睛，陷入無夢的深眠裡。

令我驚愕的是，第二天早上，蒂雅和愛榭莉雅竟然給我鬧罷工。我伸著懶腰，享受舒適的淋浴，沉浸在身體自主的喜悅裡，可是後來我問愛榭莉雅要不要幫我弄頭髮時，她只答說，不用了，謝謝妳。雖然我覺得她真的很享受幫我整理頭髮，但她卻頑強地拒絕了。

幫波西擠奶的事，蒂雅也一個樣子。我故意把貓咪趕開，激她出面，貓咪們可憐地喵喵叫著，在我的腿上蹭來蹭去，然後還去撞波西的腿，直到母牛哞哞發聲警告，貓群才四下逃入一綑綑的乾草堆裡。蒂雅不甚開心，但啥都沒說。不久，連不高興都不讓我知道了。

「我不懂妳們二位想幹嘛。」我嘀咕地拿著裝滿的牛奶桶，沿小路走向農舍。「我還以為妳們一心想教我，當老二是什麼感覺。」她們沒回答，「唉，算了，那是妳們的損失。」

我坐到廚房小餐桌的椅子上，看奶奶準備早餐。我綻著笑意，奶奶若發現我恢復了，一定會興奮死了。呃……差不多吧。

奶奶把一大疊滴著鮮製黃金奶油的藍莓鬆餅，和一瓶楓糖漿擺到我面前，然後轉身繼續用淺鍋。

「我想今早只吃一顆溫泉蛋，再喝點茶就行了。」我愉快地說。

奶奶渾身一僵，手持抹刀轉向我。「莉莉丫頭？」她遲疑地問。我點點頭，奶奶一把將我拉進懷裡緊緊擁住，把我的笑聲擠成了唉聲。「妳覺得怎麼樣？」她撥開我臉上的頭髮，盯著我的眼睛問。

「我不確定，我覺得可以用『被劫機』來形容。」說這話時，我知道蒂雅和愛榭莉雅都有意見，但我不在乎。

「呃，另外兩個女生還跟妳在一起嗎？」奶奶問。

「是啊，她們還在。」

奶奶嚴肅地點點頭，眼中泛著淚光，表情看不出是悲傷還是快樂。她抬起我的下巴，打量我的臉。「妳的眼袋都出來了，蒂雅雖然吃得多，但妳看起來好像變瘦了，而妳本來就很瘦，現在都成皮包骨了，好像被丟到深坑裡餓了一個月。我不容許這種事。哈森？」她高喊道。

哈森匆匆走入廚房，一邊拿毛巾擦乾頭髮，「什麼事，美黛？」他問。

我不爽地指責道：「誰允許你直呼她的名字？」

「麻煩妳對我們的客人尊重點，」奶奶說，「是我要他直接喊我名字的，至於我為何那麼做，並不關妳的事。」

「莉莉嗎？」他踏前一步，像醫師一樣地審視我的雙眸，而不像平日的印地安那．瓊斯。「這是怎麼發生的？」

我不理他，逕自轉向奶奶，用大拇指朝哈森的方向比了比。「妳是喜歡這傢伙還是怎樣？」我譴責說，「妳不覺得那樣是在背叛爺爺嗎？」

哈森的臉脹得醬紅，對皮膚本來就黑的他來說，真是一種奇觀。羞紅從他的脖子往下擴散，遁失在襯衫的領口下。他結結巴巴地說：「我……我們……我若有冒犯之處，我道歉。」

「你有什麼好道歉的，」奶奶對他說，「你一點錯都沒有。莉莉安娜，妳讓我很吃驚，所有人中，妳最了解我對妳爺爺的愛——我至今仍深愛著他。哈森在過去幾個星期成為我的好友，並不表示我們適合同居或結婚，就算我們很合適，妳也應尊重我的選擇，至少為顧全我的顏面，用客氣的方式表達妳的感受。雖然妳的生活目前一團亂，但教養不能偏廢，明白我的話了嗎，小姑娘？」

我望著一臉肅然的奶奶點點頭，覺得被痛斥一頓，極為懊悔。就連蒂雅和愛榭莉雅也被訓得不敢作聲。「是的，夫人。」我說。

奶奶凌厲的眼神一軟，變成平時的藍褐色。她微微一笑，「那樣才乖。好了，我很高興妳能復元。哈森？最好把我們昨晚做的筆記拿過來，我知道你痛恨電腦，但我覺得我們應該整理一下，以便於搜尋，你能把我的筆電也帶過來嗎？」她轉頭對我說，「小姑娘，妳先吃點早餐，然後我們再忙別的。」

哈森離開後，我雙手叉放在胸口。「我不想做這件事，奶奶，我覺得我辦不到。」

「若有人能堅強地做到，非妳莫屬。千萬別認定自己辦不到，這場戰役有一半是信念之爭。」

我拉起奶奶的手，緊握她的手指輕聲說：「我好害怕。」

她輕輕搖著我的手，用另一手撫摸我的頭髮。「妳當然會害怕了，只有傻子才不怕，我孫女又不是傻子。」奶奶嘆口氣，「讓恐懼在妳的心中發酵吧，讓它軟化妳的稜角，別去抗拒，讓恐懼流竄妳的四肢，揪緊妳的胃，然後再把它推到一旁，告訴它，它已無法再害妳不敢動彈了。恐懼會如巨浪般撲向我們，但總能靠堅毅的決心將之擊碎。妳會克服它的，丫頭，而且會因此變得堅強。」

奶奶用手指勾起我的下巴，抬起我的臉望著。我嚥著口水，重重吸一口氣。「好。」我終於說。

「很好，」奶奶答道，「在我們做任何其他嘗試之前，妳得先恢復健康。哈森？」她對跑回來的考古學家說：「我們能做什麼？讓她多休息？餵她吃東西？」

哈森揉揉下巴。「我的理論是，莉莉的身體在她的心智隱匿時衰退了。心不在，肉體沒法存活。」

「可是我心中一直有三個人，那怎會是問題？」

「因為妳的身體是屬於妳的，所以有關係。妳的身體知道蒂雅和愛樹莉雅並不適合它，現在妳回來指揮身體了，無論記憶是否受損，應該都能開始看到更正面的結果。」

「可是我們之前還是夠強健，能做所有斯芬克司會做的事。」

「雖說如此，但妳不僅要成為斯芬克司，更要遠超過她。因為妳必須發展自己的力量，成為薇斯芮特，並扛起薇斯芮特這個名字所帶來的責任。」

我呆立片刻，奶奶剛摘下來，放在桌上的鮮花甜香，刺癢著我的鼻子。昏矇的幽光已被在窗臺上對我眨眼的金色陽光取代了，陽光烘暖我的手臂。我將一切看在眼裡：奶奶充滿希望的眼神，廚房的馬賽克瓷磚，在我肺部進出的空氣，以及兩名安住在我腦中的女孩思緒。

前一刻，我還是莉莉，一個陷落在驚悚危急更勝任何奇險故事裡的女孩。而下一刻，我卻成了完全不同的東西。我吸口氣，輕輕引領兩股內心的意識向我走來，她們在我心中旋繞。各種點子、想法、希望與夢想彼此交融，直至我們合而為一。我們成了薇斯芮特。

「可以開始了嗎？」我說。像顆新星似的，模仿威嚴的宇宙天神。

4 怪力亂神

我聽到一聲嗚咽和爪子碰在奶奶瓷磚地上的咔嚓聲。地獄豺狼出現了，他抽著流涎不止的下巴，嘶聲回應我，「女神，」地獄豺狼憤憤地扭著身體，「您有何指教？」

「埃及之子們在何處？」

「他們被隔離在冥界裡，至少，他們應該是在那裡。」

「什麼叫『應該是在那裡』？知道什麼就快告訴我們。」

「我知道很多事，您得問得更……詳細點。」他咻咻喘氣，接著放聲高笑，那聲音好可怕，奶奶往後退開一步，地獄豺狼還張嘴朝她的方向作勢咬了一口。

我瞇起眼大膽趨前一步，渾身充滿巨大的能量。我是母獅、仙子、人類與女神的合體，休敢拒絕我。我一把揪住怪物的耳朵將他拉過來，他錯愕地叫出聲，頭部化成煙霧想要逃開，卻又再次聚形。他的尾巴夾在後腿間，我抬起頭，嘴角揚起一抹蔑笑。

對抗地獄豺狼的人是我，但又不盡然是我。我身上的每個部位，都與蒂雅及愛榭莉雅同步，我可以徹底發揮蒂雅的獵殺本能，以及愛榭莉雅獨特的視角。不過還有某個東西——或另一個人——也在。我們不是三個人，而是……四個。我們開啟了一扇門，然後有人踏門而入了。我們四人齊心抬手、提問、思索得來的訊息，但我覺得那份連結相當的脆弱、細微。

我、我們、我們的，這些代詞已經沒有意義了。我是薇斯芮特，我們是薇斯芮特——這種不分你我，不，是讓我們與薇斯芮特夾纏不清的狀況——光想著就覺得痛苦。我們每個人都仍保有自己的特質，卻被鎖在不可思議的三角能量中，形成了一道連結，使我們不知自己終於何處，而另一個人又始於何方。我們強烈地感知到，我們現在……變成了別人，大夥一起成為某個全新的人。那一瞬間，我們無所畏懼，無所不能，可成為任何東西。然而，我依舊覺得有一小部份缺失。我，莉莉的心中尚有陰影。

「我建議你把我們想知道的全告訴我們，」我用宏雷般的聲音喝令道，「否則你的女神……會教你好看。」

「不管您對我做什麼，都不會比地府更令我難受。」

我笑了笑，身子一沉，一把椅子自動挪移過來，椅子刮在瓷磚地上，移至剛好能讓我坐下的位置。地獄豺狼的出現，絲毫對我不起驚擾，我翹起二郎腿，用穿著靴子的腳冷冷踢著，然後抓起桌上的奶油刀，熟練地在指間繞轉，在兩手間交互傳遞，我朝地獄豺狼的方向舞著刀，彷彿那是天下第一利器。「我自己也在地府待過一段時間，一定能想出治你的辦法。」

我用拇指揉著刀背，「你知道嗎，就算是最鈍的武器也能殺人。只是得多花點時間罷了。」

地獄豺狼退後一步，「您嚇唬不了我，女神。」

「是嗎？」我雙足垂地，身體往前一探，盯住地獄豺狼的眼睛。一開始他像被催眠似地僵住了，然後我心中的獵獅看出他的屈從。地獄豺狼微微垂首，不安地挪動身子，彷彿準備逃走。他露出牙齒，舔著自己的嘴，並皺起鼻子，似乎覺得對我俯首稱臣，極為不堪。

接著我們合作，以念力將我們的意識推向前，鑽進那野獸濁棕色的虹膜後，穿過他粗刺的皮毛和因憤怒而緊繃的皮膚。我們鑽入妖怪心中——感覺既刺激，又令人難安。「現在你可害怕了？」我問。

他無須回答——我可以感到他的畏縮，以及被人如此侵犯的驚駭。連他以前的女主人都無法掠奪他心裡的想法。

你會告訴我的，我用念力命令他說。

這回我不再發問，只是掠奪。我撕開他的記憶，尋找需要的訊息，地獄豺狼發出哀鳴，倒臥在地上，有氣無力地搔抓著。等找到我要的東西後，我才撤手，慢慢將能量收回體內，然後警告那匍匐在面前的可悲妖物，「憤怒只會害死那些衝動行事的蠢貨，我建議你找個新的嗜好，你這個沒用的畜牲。」我用靴子冷冷地踹他身體，「立刻滾出我的視線。」

地獄豺狼消失了，我得意地看著奶奶和哈森，卻皺著眉頭發現他們眼中充滿恐懼，那畏懼像嗡鳴不已的蟬聲，在四周及我們之間迴響。

我體中的人類對我們的行為感到羞愧，維繫這份神力的脆微力量斷了，薇斯芮特的法力立即離我們而去。我們分開變成了三個獨立的個體，再度被困在同一副軀體中。我覺得筋疲力盡，我的四肢抖得像需要嗑藥的毒蟲。失去法力，並非有意識的決定，事實上，我們全被這件事情嚇到了，就像橡皮筋突然斷掉一樣。無論我們之前是什麼，或是誰，反正那個東西不見了。老實說，能恢復自我，令我鬆了口氣。我坐回椅上絞著手，「妖怪已經走了，」我對奶奶說，「妳不必怕他了。」

「我怕的不是他，丫頭，我怕的是妳。」

我蹙著眉頭，揉捏發疼的太陽穴。「我們照妳希望的去做了呀。」

「不，那不是我們要的，從來不是。」奶奶走上前，伸出雙手捧起我的臉。「孩子們，妳們每個都給我聽好了，絕對、絕對、絕對不要忘記，要團結一心。一旦妳們自行其是，就輸了，剛才妳們實在有些逾越了。」

她的話是啥意思？蒂雅問。

「意思是我們做得過分了。」我口乾舌燥地為她們翻譯奶奶的話，心想，不知宿醉的感覺是否就像這樣。

宿醉是啥東東？蒂雅問。

阿就是喝太多惡魔的飲料後，那種疼痛的感覺啦，愛樹莉雅解釋道。以前每次星期天早上，我都得幫忙照顧我老爸，幫他解酒。

以前我們對亡靈饕餮施展法力的時候，並不會覺得痛，蒂雅問，爲什麼現在會痛？

不知道，我答說，也許跟我失憶有關吧。

我轉頭對哈森表示：「抱歉嚇到你了，我……不是我們在控制的。」

或者說，我們控制得太多了，愛樹莉雅說。

哈森若有所思地點點頭，「妳們擁有的神力相當驚人，也許因此妳們才會需要三位埃及之子。」

「你為何那麼說？」我問。

「我相信他們能幫助妳們……正確地使用妳們的神力，畢竟他們有經驗，尤其是擁有荷魯斯之眼的阿蒙。」哈森搭住我的臂膀，「妳或許不記得了，莉莉，但我曾經保管荷魯斯之眼一陣子，神眼的影響是……是無法言喻的，如果我保管太久，一定會瘋掉，也許這份神力也一樣。」

「所以你認為那個木乃伊，我的意思是阿蒙，可以指引我們成為薇斯芮特？」我咬著指甲問。

「我認為是。」

「所以我練習召喚地獄豺狼，倒是件好事，雖然我們因此鬧頭疼，嘴巴發苦。如果我們面對埃及之子時像剛才那樣失控，我一定會氣死。」

「妳得為我描述妳們的症狀。」哈森大感興趣地拿起筆記說。

「以後再說吧，哈森。」奶奶在廚房櫃子裡翻找阿斯匹靈，「那隻妖怪有跟妳們說，阿蒙在哪裡嗎？」

我搖搖頭，「我只知道埃及之子尚未被尋獲，不知怎地，三兄弟竟然躲過了塞特派去冥界找他們的間諜舍卜提，地獄豺狼雖然不想告訴我，但塞特打算解放地府裡的妖魔，一旦攻下赫里波利斯，便利用他們和亡靈饕餮去攻擊冥界。」

「所以諸神被打得節節敗退嗎？」哈森問，並用手中的筆敲著桌子。

我苦著臉吞下阿斯匹靈，然後點頭說：「恐怕是的，至少地獄豺狼的眼中看來如此。」

「那我們動作得快了。」哈森說，「我們得趁塞特尚未在冥界找到他們，將他們徹底毀滅之前，找到埃及之子的身體。阿努比斯跟我保證，在最終戰時會需要埃及之子相助。可以的話，我會希望有更多時間讓妳們準備，但按目前的狀況看來……」

「反正不成功便成仁。」我拿起奶油刀往桌上一拍，然後皺眉朝奶奶的方向聳聳肩，以示歉意。「我們最好出發了，我們得花點時間才能抵達埃及。」

「是的，關於那點……只怕我有一些很壞的消息。」哈森說。

「什麼消息？」我煩躁地問，不想聽任何其他與本人神聖使命相關的事。我站起來，剛才使用神力後，四肢仍在顫抖。我覺得自己像個裝滿爆米花，剛擺到爐上的鍋子——體內蓄積著能量，等待從皮膚下爆開。

可是等能量散盡後，會留下什麼？我的憂懼像是盔甲內的一道裂縫，削弱我的力量，我不確定要如何修補這道裂口。萬一等此事都結束後，我只落得剩下一副無用的空殼，被利用我幫忙作戰的諸神棄如敝屣呢？

哈森繼續說著，對我的掙扎渾然不察。知道蒂雅和愛榭莉雅跟我一樣害怕，多少給了我一些安慰，但更加糟糕的是：她們覺得等事過境遷後，她們一定便會被徹底遺忘。她們並不害怕沒人理會，或被塑造我們的諸神拋棄。她們不懂什麼「創傷後遺症」，對我所處的人世發生何事也不怎麼關心。不，她們擔心的是被徹底放逐，就這樣消失掉——不復存在。

我向她們保證，我不會讓那種事發生。哈森這時剛解釋完畢，「所以我們必須自己過去。」

我揉揉發紅的臉問：「呃，麻煩你再說一遍，對不起，我們剛才在做內部討論。」

他理解地對我淡淡一笑，眼睛都笑皺了。那一刻，我對自己老實承認，奶奶的眼光並不太差。哈森是個好人，就他的年紀而言算是好看的，尤其當他微笑時。若非他涉入這場諸神拯救世界的大戲裡，搞不好我會喜歡他。

「我剛才說，阿努比斯的態度很明確，眾神都會捲入這場戰爭，因此我們不能仰賴他們送我們到埃及。」

我雙手往腰上一插，「所以呢？我們要怎麼過去，用飛的嗎？」

「我……我在餅乾罐裡有藏了些錢……」奶奶開口表示。

我們不需要她的寶藏，蒂雅說。

母獅同學，我實在很不想跟妳說，人類是很可悲的，可是我們真的需要寶藏才能飛，埃及在大海的彼端。

不，我們不需要，莉莉，咱們叫獨角獸來就成了。

「獨角獸？」我大聲問。

我心裡的愛榭莉雅快興奮爆了，長翅膀的獨角獸嗎？她問。唉呀，我想念死飛行了。

我退到後方，讓蒂雅出面對大家做解釋，如何將獨角獸和其子女召來，帶我們去埃及。奶奶震驚到不行，哈森博士則又喜又怕，顯然以前連馬都沒騎過。

一開始奶奶並不想去，她放不下家裡的牛和穀倉裡的貓跟雞。當我堅持拒絕，沒有奶奶，我哪裡都不去，因為她是我與正常世界唯一的連繫後，奶奶勉強同意了。她去找她的雙胞胎弟弟，梅文和馬文，在我們出門「旅行」時，幫忙照顧農場。雙胞胎立即同意，說他們會不時過來看顧，因此我們可以隨時出發了。

蒂雅反駁說，我的老人家最好留下來，帶著她太危險了。我堅持要奶奶同行，確實有點自私，可是……我需要她，否則我絕不……不會騎著獨角獸，衝向未知。不管蒂雅和愛榭莉雅跟我說過什麼，反正我不覺得自己特別英勇。無論當初是什麼理由，激刺我做出她們堅稱我做過的事……但那個動機已經消失了。

蒂雅終於接受讓奶奶同行了，她解釋說，我們需要找個墳墓來召喚獨角獸。哈森問這附近可有墓園，奶奶遲疑了一下，表示附近就有一處。

不行，我們不能用那裡，蒂雅，我說，那是我爺爺下葬的地方，對奶奶來說，太痛苦了。

「莉莉告訴我，妳的伴侶埋在剛才所說的墓園裡，或許我們可以找其他地方。」蒂雅建議道。

奶奶揪著擦碗巾，對我們露出歉然的淺笑，然後轉身看著廚房窗外。「不，」她說，「如果查爾斯還在，他也會想參與這次行動，若能問他本人，他一定會祝福我們的。」

「妳確定嗎，美黛？」哈森拉起她的手，按住她的手指。

「我很確定，讓我們……讓我們去收拾幾樣東西。」

奶奶退回自己房間，哈森則收拾自身物品，放到考古工具旁邊的一個舊防水袋裡。

蒂雅退下，讓我再次主導。問題是，我不知道接下來要幹什麼。

「妳最好也去準備，」哈森揚著兩道濃眉說，「妳的武器在穀倉裡，蒂雅知道放在哪邊。」

「好吧。」我走去穀倉，找到弓和一袋裝著羽箭的箭袋，以及掛在鈎子上的皮製肩套帶。我撫著標槍上的刀子，把標槍收入鞘裡，直到法力起作用，把刀釦緊。我拿起肩套帶，用指尖拎著。

我低頭看著捲起來的連身工作服、沾泥的靴子和前釦式的軟棉襯衫，然後抬手摸摸自己亂七八糟的馬尾。「這身打扮實在不像能傳喚獨角獸的人。」

我們可以自己製作衣服，蒂雅建議，其實很容易，只要用斯芬克司的法力，想著要穿什麼，自然就會出現什麼。

「好吧。」我說。

別忘了閉上眼睛，噢，還有，妳通常喜歡先清洗過。

我唰地張開眼睛。「清洗？」

是啊，我們經常不洗澡，但妳很喜歡鬃髮如絲，皮膚泛香的感覺。我個人是比較喜歡我們純天然的氣味啦，妳自己決定吧。

「呃，好，謝了。」我吐口氣。「好，開始了。」

我閉起眼睛，專心凝神，感受體內的能量翻騰。刺刺的細粒擊著我的皮膚，我害怕地叫出聲，張開眼睛。

這沙子很正常，蒂雅說，沙子會磨亮妳的皮膚，其實不該花這麼長時間的，莉莉，妳不夠專心，怎麼了嗎？

「我不知道，」我開口回答，卻立即後悔，因為沙子飛進我嘴裡了。我吐出沙子，用意念回答她，大概是我不知道自己要穿什麼。

我來幫妳，愛榭莉雅用輕快的聲音說。

蒂雅立即打斷她，不成，妳不懂需要什麼穿著，我來幫她，妳在一旁看著就好。

沙子肆虐我全身，以及我身上的衣布，包括我的鞋子，全化在沙暴裡了。我尷尬地用手環住自己，慶幸當時決定在穀倉裡做這件事，因為只有波西看得到。我的頭髮在風中翻飛，長長的髮束鞭擊我的裸背。沒有用，蒂雅說，她試圖將她的意念與我相融，施用斯芬克司的法力。

我到底哪裡做錯了？我問。

我用手掩住臉，我的身體被鞭得直打哆嗦。接著愛榭莉雅說話了，不能像以前一樣只有妳們倆，我也必須參與。愛榭莉雅加入我們，沙子便在半空中一凍，接著輕若飄雪地落在我身上，像之前那樣聚成了衣裳。

我抬起手，撫著覆在臂上的布料，布上的圖紋看起來有些像魚鱗，每個小小的弧片都反射著光，我一轉身，便在太陽下映出各種金屬的光澤。衣服硬如鍊甲，卻輕易地隨我的身體移動伸展，感覺就像名牌T恤。露出手指的皮手套長及手肘，每邊手腕上都覆著設計精美的金屬片。

一層像胸甲的東西護住我的身軀，且與肩套帶相連，此時肩套帶為了搭配我的皮手套，而變成了灰色。輕柔帶著暗紋的緊身褲塞在軟靴裡，膝蓋與小腿部分，罩著閃放綠光的護套。

我身上最沉重的，要屬那件銀斗篷了。斗篷從我肩膀垂下，長到可以刷地。我擔心斗篷會妨礙取箭，便抬手去試，結果竟訝異地發現，斗篷在肩套帶處有個大開口，我可以輕鬆地抽取武器。

我撫著斗篷上緣，發現有一頂毛皮襯裡的帽兜。帽兜不用時，可以捲起來塞好。我摸摸頭髮，照著穀倉裡的小鏡子，我的黑髮纏起來盤成了美麗的髮型，並用一個小小的心甲蟲髮夾，固定在頸背上。

我的脖子上掛了一條細緻的項鍊，項鍊與斗篷相連。鍊子中間垂著一顆美麗絕倫的祖母綠心甲蟲，寶石外緣飾著鑽石與黃金。我知道這飾物的名稱，那名字就在我舌尖上了，我卻說不出口。「好美啊。」我把玩寶石說，開心地發現指尖上傳來細微的搏動。

這是阿蒙的心甲蟲，蒂雅解釋說。

「心甲蟲？」

是的，他在離開人間之前送給了妳。

「是嗎？」

哈森找到心甲蟲，幫妳放到妳的箭袋裡保管。

我用手掌按住心甲蟲，它溫暖了我的手。我閉起眼睛，幾乎能感受到陽光愛撫我的臉。我吸口氣說：

「我想，我們應該去看看奶奶和哈森是不是準備好了。」

看到我的打扮後，奶奶挑起眉毛，但什麼都沒說。我在穀倉時，對這身神奇的打扮覺得很自然，但穿著新衣在農場裡走動，感覺挺驢的。蒂雅和愛榭莉雅跟我擔保，這裝扮非常適合我們要去的地方，而且她們很以這種裝扮成果為傲。斗篷可以保暖，盔甲能保護我們，靴子十分厚實，地獄豺狼想張嘴咬前得先三思，而且我必須承認，這靴子穿起來超級舒服。

奶奶穿了牛仔褲、牛仔靴，頭上戴了爺爺的呢帽，在下巴綁緊了繫帶，肩上還扛了沉重的袋子，看起來就像要騎馬出遊的女人。

反觀本人，倒像是要參加漫畫大會。我對奶奶怯怯地咧嘴一笑，幸好她對我的服飾保持沉默，她硬灌了我一瓶水，分散我的思緒，並在我手中塞了第二罐水，然後遞上一顆蘋果叫我吃，親自開車載我們去墓園。

由於戴了肩套帶，我沒辦法繫安全帶，但我不擔心會在沒有什麼車輛行駛的鄉間路上出車禍。哈森坐在後座，他撫著自己的帽沿，最後才嘀嘀咕咕地把帽子戴到頭上。他檢查自己的袋子，確定需要的物品都齊了，幾乎連瞄都沒瞄我的打扮一眼，不過倒是很快地幫我髮上的心甲蟲髮夾畫了速寫，說它跟某個不知何時挖到的東西一模一樣。

墓園一下就到了，我們踩著荒禿的小徑，小塊的墓石從高長的野草後方冒出來。我們走向爺爺修護良好的墓碑時，我猛冒胃酸。奶奶一定不久前才來過，墓碑底部瓶子裡的花朵尚未枯死，其他墓地的野草雖然都除淨了，但當時這裡必然相當醒目。

我轉頭看著奶奶，發現她眼中閃著淚光，但表情十分堅毅。「現在就看妳了，ㄚ頭。」

蒂雅？我不知道該做什麼。

我也不知道，愛榭莉雅說。

別擔心，我記得如何召喚獨角獸，蒂雅說。

蒂雅開始在我腦中念咒，我大聲跟誦，大地一陣搖晃，附近一棵樹應聲裂開，在空中噴出一團閃亮的煙塵。奶奶叫出聲來，哈森把奶奶的頭攬到他肩上，不過他看起來跟奶奶一樣害怕。

我閉上眼睛，一邊咳嗽。雷鳴般的奔蹄聲在我們四周迴響，聽起來像萬馬奔騰，我往後退開，好怕大家會被踩扁。我轉著圈，因為蹄聲似乎來自四周，不過我還是什麼都沒看到。接著樹的裂口爆出光線，我遮住眼睛，伸手取背上的標槍，身邊空氣一陣晃移，感覺像是出現了某種古老而危險的東西。

蹄聲重重踩踏，熱氣吹在我臉上，有個低沉的嘶鳴，一個新的聲音鑽入我腦裡。啊，小斯芬克司，我們又見面了。

5

召喚

獨角獸揚起的灰塵，加上驚恐的心情，在我舌上形成一股苦味，可是當我定睛去看獨角獸時，又忍不住驚嘆。獨角獸甩開鬃毛時，幾乎泛出天使般的晶光，彷彿那是大教堂彩色玻璃透下的光線。在世界上，在我讀過的書中，很難找到比獨角獸更具仙氣和美麗的動物了。

哈囉，母獅子，獨角獸跺著步子在我心中說。

你好，獨角獸，蒂雅回道。

哇咧，他好可愛，愛樹莉雅說。

等一等。他可以聽到妳們倆的聲音嗎？我問，一邊避開獨角獸潮溼柔軟的鼻子。我的動作並未令他退卻，獨角獸很快拉近我們的距離，再次把頭蹭到我身上，像忍不住似的。我被他的自在與熟悉嚇到了。

看起來好像是，蒂雅答說。有意思，以前沒有妳幫忙的話，他根本聽不到我說話，不過他可以感應到我。這些不死的傢伙現在顯然能聽到我們的聲音了，連單純如獨角獸都能聽得到。還有，別太在意他，莉莉，他對年輕處女有癖好。

妳小心一點，母獅子，獨角獸眼神一凜，警告道，妳或許是莉莉的好夥伴，但卻尚未獲得我的信任。

我會努力爭取的，尤其我們此時極爲需要。莉莉已經……忘記她是誰了。忘記她是誰？獨角獸發出輕哼，甩著鬃毛。怎麼可能？

我們回到人間時，她的心便分裂了，蒂雅說。

喂，我就在這裡，我可以自己說。我朗聲表示：「是的，埃及的事我全忘光了，我不是沒辦法做事，只是……」

她不記得阿蒙，蒂雅肅然地說。

獨角獸轉頭透過濃密的睫毛，瞇著漂亮的眼睛看我。近距離的他，身上散著星光、夜風與冬季沙漠的氣息。他的注視令我渾身不自在，我把重心挪到另一隻腳上，拉開的一兩吋距離雖然不算多，但還是讓我能更輕鬆地呼吸。「總之，這位是哈森博士，這是我奶奶美黛。」我指著兩位同伴說。

哈森博士正以人類的極速飛快寫著筆記，為這隻了不起的獨角獸描畫速寫。我看得出他有一千個問題想問，奶奶把帽子往後推開，摀住嘴巴，雖然她忍住沒講，但我幾乎可以聽到她說，天啊，我滴媽呀！我揮手比著他們又說：「得麻煩各位載我們去埃及，我們得喚醒木乃伊，讓他們幫忙跟壞人打仗。」

獨角獸又不是馬，哪能隨便讓人騎。

我立即話鋒一轉，此時萬萬不能惹毛獨角獸。「不是的，我的意思不是那樣。」我轉向奶奶和哈森博士又說，「二位最好給我們一分鐘時間。」兩位老人家聞言走到遠處等著，奶奶悄聲向哈森博士提問。

獨角獸轉身作勢離開。

你在害怕，納布，蒂雅指責他說。

蒂雅！我在心中斷罵道，但她根本不理我。

我什麼都不怕，獨角獸扭身反駁說，就連死，都無法損毀我的品格。

但你很不安，蒂雅很堅持。她在解讀我們感受到的訊息時，沉默了一會兒。你……你畏懼滅絕者，她終於說了。他的惡臭已沾上你的毛髮了，你休想否認。

獨角獸仰頭面對太陽，彷彿尋求太陽的祝福。當他垂下頭時，獨角獸說道，這是一場我們贏不了的戰爭，如果塞特發現我在幫妳們，會滅去我所有的子女，我不能冒這種險，我是唯一能保護他們的人。

有時保護意味著參戰，愛榭莉雅說。

納布跺著腳，然後以頭頂我們，害我踉蹌了一下。諸神奪走了我的靈魂，帶走我最心愛的人，然後又摘去我的角，我何苦拿自己的族人冒險，去幫他們？如果妳們能有很好的理由，請告訴我。

我正想跟蒂雅說，早就告訴妳了吧——別惹獨角獸。沒想到卻聽她揚聲表示，我沒法替諸神辯駁，我們獅子也受過他們懲罰，但我還是能拋開自己與尊嚴，你難道無法也這麼做嗎？

唉，妳以人類的身分活很久了，思想已開始擬人化了，納布說，我活著就是爲了我的孩子，他們是我唯一的希望，我怎能置他們於險地？我能給他們最好的建議，就是避開戰爭，別去招惹塞特。

我沒料到獨角獸竟會如此怯懦。

如果我能揮手叫蒂雅閉嘴，我一定會那麼做。蒂雅跟獨角獸顯然結過梁子，我只能嗯嗯啊啊地聽他們唇槍舌劍，你來我往，並希望蒂雅清楚自己在做什麼。就算沒有長角，但那麼大一匹雄馬，真的可以把我們踩得粉碎。

也許妳的期望太高了，獨角獸終於說，我沒有角，沒有神力，要如何攻擊？我殘缺不全，深受羈絆，拿什麼去戰鬥？

你可以用牙齒和蹄子迎戰，像任何其他野獸一樣，用你強壯的四肢和一顆堅強的心！蒂雅大聲說。

獨角獸歪著頭，堅強的心？試問破碎了的心如何堅強得起來？妳嘗到初戀的滋味了，是吧？年輕的母獅。愛也許賜給妳勇氣和夢想，不知妳所愛的人，是否不見了，妳才會如此急切地想赴湯蹈火？

這番話令我停下步子，哇，妳戀愛啦，蒂雅？跟誰呀？什麼時候的事？我問。

她再度不理我。

你是頭偉大的野獸，蒂雅說，但偉大不表示有智慧。你可想清楚了，塞特打算毀掉我們所有人，就算你活到最後，他還是不會放過你。等塞特找到你，你臨死前便會明白，原來自己本可當名英雄，結果卻選擇畏懼，寧可躲在地洞裡，像隻可悲的老鼠一樣，當蛇在你門前潛遊時，只懂得拚命將洞挖深，不肯慨然放手一搏。你根本不是我所想的那頭獨角獸。

我們贏不了的，母獅子，他太強大了。

你難道還不明白嗎，納布？重點不在輸贏，我們無法控制我們的死亡，只能選擇要如何活著。何況，勝者未必是英雄，知其不可而爲之的人才是眞英雄。

仙子樹總是告訴我，彼此相助，自有平安，如果我們互相幫忙，就能挺過任何難關。你不願跟我們一起打拚嗎？愛榭莉雅充滿希望地問，拜託啦？

獨角獸哼著聲，重重跺步，轉身奔回樹旁，然後他踢著後腿，搖甩著頭，在我們四周繞著大圈小跑。

最後他終於回到我身邊，用鼻子碰著我的肩膀，當我抬手拍他的脖子時，納布閉起眼睛，輕聲喟嘆。罷了，他終於說，我跟妳們去吧，而且我會尋求兩個孩子志願過來幫助兩位老人家，其他的獨角獸則繼續躲著，我不會再讓他們有危險了。為了我們大家好，但願妳說的是對的。

我很高興看到你的馬腦袋終於稍微想通了。

提醒妳一句，我不是馬，妳也不是什麼家貓，妳若能放尊重點，我會很感激。

等你做出值得我尊重的事，我自然會尊敬你。

「謝謝你。」我很快地說，一邊拍著獨角獸的肩膀，希望藉此打斷爭執。

獨角獸甩開鬃毛。不客氣，莉莉。來吧，咱們去喚醒埃及之子。他昂首發出詭異駭人的嘯聲，聽得我胸口心臟亂撞。轉瞬之間，我們便聽到來自另一個世界，鬼魅般的奔蹄聲了。

一匹金色母馬和另一匹公馬從樹心裡一躍而出，走向他們的領袖，同時不斷發出嘶鳴，上下晃動他們的頭。我把奶奶拉回來，帶她到母馬身邊，扣住她的手，助她上馬。奶奶把手指探到獨角獸發亮的鬃毛中，拍著她絲滑的頸子。

「她叫卓拉，她挺喜歡妳。」我告訴奶奶，「卓拉說很慶幸能遇到一位經驗老道的騎士。」

「莉莉，」奶奶探下身說，「我還以為他們是獨角獸。」

「他們是呀。」

「那他們的角呢？」

「蒂雅說，這件事說來話長，她稍後再告訴妳，不過簡而言之，他們的角被削掉了。」

「削掉了？噢，可憐的孩子。妳千萬別掛意啊，妳是我有幸騎過，最漂亮的動物，我不是瞧不起老鮑伯，他是匹好馬，不過妳不僅是普通的馬，對吧，甜心？」

我留下奶奶去跟她的獨角獸講甜言蜜語，跑去幫哈森博士。他不像奶奶那般輕鬆自在地跨上馬背。

「他叫凱德，」我告訴哈森，「他說如果你抓緊他，用腿夾緊他的身側，他一定不會讓你跌下來。」

「好的，呃，我盡量。」哈森博士說。

我正想離開，蒂雅建議我給他一些警告。「蒂雅說，你何不把帽子收進袋子裡，萬一途中帽子掉了，就沒辦法回去撿了。」

「我會記住的。」哈森邊說邊摘下他的寶貝帽子，用手撥著濃密的白髮，慎重考慮這件事。

我抓住獨角獸的鬃毛，輕輕跨上他背部。妳一點都不記得我了嗎？莉莉？獨角獸在我坐定後問。

不記得了，對不住。

我也很遺憾，我覺得我們在一起時很難忘。

我相信一定是的，我說。

不過，能有第二次機會，給人留下第一印象，其實也不錯。

說罷，獨角獸挺身昂立，在空中踢動閃亮的蹄子，然後朝樹幹裂口直奔而去。窄窄的裂口看起來根本塞不下他的身體，但我才抬手想護住自己不撞傷時，我們已經穿過裂口了。

一切徹底翻轉，就像整個世界變成了相片的負片。原本明亮，幾乎可聞到週日早晨甜香的鄉間，變得寒冷幽暗，彷若世間一切美好悉盡抽空，僅餘留沉在底下的廢棄殘渣。我們大步奔過樹林，但光禿枯瘦的樹幹上，並無蔥蘢的枝葉，長長的枝子向上揚伸，似是向上方冷然的藍月祈求賜死。

一般該長著穀物的農地上一片陰鬱，唯一的色彩，是一灘灘的血紅。我們趨近一看，原來地上覆著血紅的小花，饒是如此，我並未稍感舒服。愛樹莉雅和蒂雅跟我一樣擔心，接著天上開始飄起細雪了，雪花落在我暖熱的皮膚上，卻沒有融化，反像灼熱的灰燼般燙人。

獨角獸，這是什麼地方？這詭異的地方竟聽不到任何鳥叫或風吹樹葉的聲音，令我不寒而慄。林子裡一片死寂，整個鄉間似是困在永恆的子夜裡，只有亡靈會出來活動。

叫我納布吧，獨角獸答道，通常我不會選擇這條路徑，但這就是你們所說的捷徑了。我想最好走沒什麼人走的荒徑，以免惹來注意。

沒什麼人走的荒徑。我心中泛起不祥的預感，感覺有把尖利的槍尖在我體內扭絞。我渾身哆嗦，好怕前方會有什麼。寒氣滲入我的皮膚，我拉起皮毛襯裡的帽兜蓋住頭部，並謝謝愛樹莉雅想到了這件事。

哈森和奶奶靜靜地在我兩旁奔馳，連我心裡的兩位同伴也都默不作聲。我們馬不停蹄地疾馳了好幾個鐘頭。最後，就在我覺得納布應該停下來，讓大夥歇息時，他告訴大家，目的地就快到了。路徑變窄了，周邊的樹林長滿厚實的冬苔，樹枝在上方交纏，而且越來越緊密，直到我們再也無法看穿，見不到陰霾的天空。

我們在更黑的通道裡疾馳，參差的樹枝像突出的利齒般伸著，使幽暗的路徑看起來像隻張大嘴巴的餓獸。接著我們從怪獸口中墜落，撞在黏呼呼的屏障上了。

我們穿越到另一邊了。在我能看到任何東西前，先感受到了照在身上的暖陽。陽光刺痛我冰冷的皮膚，但痛得舒服，就像泡入過燙的熱水澡裡一樣。重心在移動，我們衝入了清晨的天空，我發現我們就在高處，我想底下應該就是埃及了。我們一群人正在墜跌。

風在我四周呼嘯而過，我聽到奶奶和哈森在納布啪地張開沉重的翅膀時，高聲喊叫。我們飛穩了，愛榭莉雅開心地高呼著，我終於不再害怕，開心地跟她一起飛翔，雖然我緊夾納布的腿已經痛到不行了。我不確定自己的僵緊的手指，還能不能從他的鬃髮裡解開來。

哈森一定是給他的獨角獸下了指示，因為一夥人轉彎往東邊飛去。太陽剛越過地平線，將大地染成粉橘。我們降落在沙漠上，遠離埃及任何現代城市。地面上四散著巨大的石雕，這裡以前必然是神殿。石頭像搞丟的拼圖般堆疊著，它們的祕密很久前便被遺忘了，還未被發掘。

「我們在哪裡？」我邊走邊問，想拋開雙腳疲軟的感覺。就連奶奶如此經驗豐富的騎士，一路折騰後，似乎也有些禁不住了。

哈森急著想帶我們去目的地，結果從座騎上跌下來。我們扶他站起來，他怯怯地看著奶奶，然後答說：「我們在廢棄的舊神殿裡，這邊離盧克索約四十五分鐘。我曾帶他們兄弟過來，我本想把兩人帶到別處藏起來，可惜沒時間。妳知道的，」他意味深長地瞄我一眼，「我們後來很忙。」

哈森把袋子放到其中一處直豎未倒的建物附近，那袋子像丟到麵粉板上的麵團般掉到沙地上，在四周揚起棕褐色的沙團。沙子輕輕落到我們旁邊，覆到鞋子上。哈森打開袋子後，首先拿出他的帽子戴到頭上。

眞有他的，我對蒂雅說。

接著哈森從袋裡拿出一把工具，小心地拿它碰觸一連串的象形文字，再用輕柔的刷子清理石頭表面，然後往石頭一按。岩石一陣震搖，四周的沙子像瀑布般往下落，石子移開了，露出一個開口。

「跟我來。」哈森收拾工具，拎起袋子。我們往下走入地底的漆黑空間，才走了幾步，溫度至少降了十五度。幾根高長的雕柱撐起上方殘存的神殿天花板，在開口透入的些微光線中，映出深重的陰影。我用手撫著石頭表面，並快迅眨著眼，適應黑暗。一層詭譎的綠光點亮了房間，我可以輕鬆地看出四周的景況。

頭上的岩石開口已經閉上了，雖然沒了光線，我卻還能見物。是夜視嗎？我問蒂雅。

獅子在黑暗中視物的能力本來就比人類強，她答說。

奶奶一個踉蹌撞在我身上，我伸手扶她，並出聲引導哈森，告訴他還剩幾步路。接著哈森扭開手電筒，光束霎時刺破了黑暗。

我們到達底部後，哈森引領大家進入一個房間，然後點燃火炬。我在哈森點亮火炬之前，便已能輕易看出前面的形狀了。有三副精雕細繪的棺具擺在臺子上。哈森點起第一根火炬時，我的視覺從灰綠色的夜視模式，轉換成全彩模式。

這幾副棺具好美。

我好想伸手去摸離我最近的那副磨亮的棺木，撫著畫在表面上，漆色豔麗的心甲蟲。我繞著棺具，蹙眉研究邊側上描繪的金字塔戰役。我瞇起眼睛，看到一男一女站在金字塔頂端。棺具的蓋子上，原本應畫著面容安詳、雙手交疊的木乃伊，卻畫了兩個相互擁抱的人。

女的有黑長的頭髮，夾雜著金色的髮束。她的臉呈側面，遮住了男性一半面容，男生則畫成看向前方。他那道優雅如飛鳥的彎黑眉毛下，是顆明亮的綠眼，那眼睛似乎看穿了我。男子的頭部後面，是一顆如光圈的太陽。他抿著豐厚的嘴唇，彷若有話卻不能說出口。這副擺放屍骨的聖櫃也太美了吧。

「這是阿蒙。」哈森博士說，「妳們必須以神力召喚他，我們無法像以前那樣叫醒他了，因為我們倆都沒有荷魯斯之眼。」

「就算我知道荷魯斯之眼是什麼，也不記得怎麼使用了。」

「妳可以辦到的，莉莉。」哈森說，「就像召喚地獄豺狼一樣，妳們只需想出他的真名就行了。」

「我哪裡辦得到？我得先鑽進對方的靈魂才行，蒂雅原本就知道地獄豺狼的名字了，而且這傢伙又不在場，無法給我任何線索。」

哈森考慮了一分鐘，「也許看到他會有幫助。」

他開始去挪棺蓋，我突然非常恐懼。

「哈森，」奶奶輕輕拉住他的手腕說，「我不確定這是最好的辦法。」

博士頓了一下，看著奶奶，然後看著我。「妳以前就見過他們腐爛的樣子了。」

「也許吧，可是我不記得了。」

奶奶堅持說，「就算如此，可她當時又沒愛上他。」

我蹭著腳，「就技術上來說，我現在也不愛他，所以……如果你覺得會有幫助，那就動手吧。」

奶奶同情地瞄我一眼，但還是點點頭，走過來攬住我的肩膀。棺蓋重重摔落地上時，我的四肢都起雞皮疙瘩了。哈森博士輕手輕腳地撕開纏在死者臉上的包布，揮手要我靠近。「其實真的沒那麼糟糕，」他說，「阿努比斯保存屍體的經驗非常豐富。」

我深吸一口氣，答道：「幸好。」然後怯怯向前走近幾步。白色裹布下是一張臉，即使死了，那分明的五官依舊俊美。他看起來像埃及天神的灰色雕像，我明白自己以前為何會被他吸引了。我盡了最大努力，可是對躺在那裡的男子，依然想不起任何回憶。

他的聲音聽起來如何？他是個嚴肅的人嗎？很有男子氣概？我們可有任何共通處？他有幽默感

嗎？我無法想像我們倆會在任何情況下搭在一起，奇怪的是，蒂雅什麼都沒說，顯然是要我自己想清一切。

「妳辦得到嗎？」哈森打斷我的思緒問。

「我試試看。」我嘀咕說。

哈森指示說，當賽扶之氣——天知道那是什麼？——攪動時，奶奶便幫他打開卡諾皮克罐，釋出木乃伊的力量。哈森把罐子藏在棺具底下，一處精細的小開口裡。等他們準備好後，哈森會對我點一下頭。

蒂雅和愛榭莉雅與我心意合一，我閉起眼睛，伸出雙臂，感覺能量盈體。我以薇斯芮特的聲音喊道：「阿蒙。」我深吸口氣，「我呼喚你從冥界前來，回復人形，用我的能量引導你，來到我們身邊吧！」

一行人等著，但一點動靜都沒有。我抬起頭，用另一個蒂雅提供的名字呼喚他，「揭露者，我們呼喊你，向前來吧！」

還是沒有任何變化，蒂雅和愛榭莉雅散開了。「沒有用。」我說。

也許是因爲妳想不起他，所以認不出他的眞名，蒂雅表示。

但那不就是我們的神力嗎？

是啊，可是我們在想亡靈饕餮的眞名時，也是掙扎半天，愛榭莉雅又說。

如果我們先從艾斯坦開始，也許比較容易，蒂雅建議。

我反正無所謂，因此便告訴哈森，想先喚醒艾斯坦。哈森點點頭，收起第一位木乃伊的卡諾皮克罐，接著打開第二具棺蓋，掀掉覆在木乃伊臉上的麻布。蒂雅衝向前，「艾斯坦！」她用我的聲音喊道，然後很快又退到後方，由我出面。她的悲愁一波波地襲向我們。

啊，原來妳愛的是這一位，我說，這是什麼時候的事？

他……我……很複雜，蒂雅終於說道，艾斯坦以爲……是妳。

妳的意思是，他以爲我愛上他？

是的。

我的朋友，妳跟我得好好談一談。

別嘲笑我的感情，莉莉，我無意讓事情變得複雜，只是湊巧發生罷了。爲了妳，我拚命無視自己的感受，可是我……我好想他。

當蒂雅透過我的雙眼凝視男子的面容時，我感覺到她心中的渴求，這名男子也相當俊美，或許有點太俊了，我心想，反正絕不是我的菜。我不信任太帥的男生，不過我倒挺喜歡他下巴上的小溝，看起來頗有個性。

我們三人再度融合心靈，企圖喚醒艾斯坦時，房中突然充滿閃光。一名女神從明光中走出來，倒在我們前方地面上，女神夾在腋下的盒子隨之掉了下來。女神慌忙地拾起盒子。

「夫人！」哈森躍向前扶她站起來。

女子頭髮蓬亂，平滑黝黑的皮膚淨是瘀傷，身上衣服撕爛破裂，但她卻傲然地盡可能挺立著。

「妳們沒法喚醒他了。」女神說。

我踏前一步，還來不及發問，蒂雅已經說出答案了。「瑪特，很高興見到妳。」

「奈芙絲告訴我，妳把自己的記憶封鎖了，我希望妳能及時恢復。」

我很想問她這話是什麼意思，什麼叫我把自己的記憶封鎖了？還有要及時幹什麼來著？可是我好害怕聽到答案。於是我問：「我為何無法喚醒他？我還以為那是你們大家希望我做的。」

「妳喚不醒他，是因為冥界做了折衷措施。我把埃及之子藏到密牢裡，保護他們的安全，好讓妳有時間帶他們出來。」

「噢，呃，妳不能直接用神力帶他們出來嗎？」

女神兩手往腰上一插，「密牢的目的，就是要忘記密牢在哪裡。諸神找不到，連我自己都無法告訴妳密牢在何處。」

「那豈不是有點難搞？」

「未必，還是會有辦法的。」

她拍掉盒子上的灰塵，喃喃念咒，然後打開盒子，從裡頭取出一根羽毛。是正義之羽，蒂雅說。

「拿去吧。」瑪特說，「妳會比我更有能力保護它。」

「好。」我用兩根手指接下羽毛，「所以妳只是要我幫妳保管羽毛而已嗎？」

瑪特懊惱地嘆口氣，「是，也不是。」她深吸一口氣，然後解釋說：「妳將用它去召喚唯一未受過審判的那位埃及之子的心。他是尋路人，有了他的協助，妳將找到密牢，釋放另外兩位埃及之子。不過動作要快，我們無法抵擋塞特太久。」

她仰起頭，彷彿聆聽我們無法聽聞的聲音。「我得走了，阿努比斯需要我幫忙。」瑪特抓住我肩頭，「祝妳好運，莉莉，要快。」她轉過身，又頓住了。「噢，等妳喚醒他後，把正義之羽交給妳的長輩保管，最好別冒險，在宇宙大戰中搞丟羽毛。」

說罷女神便消失不見了，閃亮的細塵飄落在她之前所站的地方。

我抽了一口氣，「聽起來戰事好像進行得不太順利。」

「是啊，」哈森答說，「聽起來是那樣。」

「所以我想咱們應該喚醒另外這一位……尋路人是嗎？」

他的名字叫埃摩司，愛榭莉雅說。

「埃摩司，好的。」我沒等哈森博士掀開棺蓋，便走向第三副棺具，手中緊抓著正義之羽，心神與愛榭莉雅和蒂雅緊緊相鎖，然後以暴風般的宏聲大喊：「尋路人，我以正義之羽召喚你的心，並命令你恢復人形！」

羽毛閃著光，彷彿從內部燃動，接著光從我臂上淌下，灌注我全身，直到光線強到奶奶和哈森必須遮擋眼睛。一股強風將我的頭髮往上掃直，哈森撲過去找隱藏的小櫃子，並拔出卡諾皮克罐，快速地逐一打開。

銀色的粉粒像四道月光，從每個罐口爆射出來，光粉凝聚成光團，但其中一道光化成一隻長頸鳥，光球一顆顆沉入依然緊閉的棺具中，消失不見了。

我的能量消減後，蒂雅、愛榭莉雅和我分開來。哈森、奶奶和我全站在那裡面面相覷，不知道接下來怎麼辦。

接著我們聽到碰一聲，我往後跳開，從肩套帶中抽出標槍。又是碰一聲，哈森奔向奶奶，將害怕到喘氣的奶奶抱在懷裡。頂上的塵埃落如雨下，我瞇著眼睛，豎起耳朵聆聽可怕的聲音出處。

當第三記聲音傳來時，棺具蓋子向上炸開，就像底下有顆炸彈似的。我掄著標槍，移動重心，作勢攻擊，這時那纏著布的人形突然坐了起來。

我嚥著口水，看木乃伊撕掉臉上及手臂上的裹布，然後轉頭看我，不急不徐地清著喉嚨。木乃伊的聲音又乾又啞，「能不能幫我點忙，莉莉？」木乃伊問。

6 他方

我呆立住，朝那個在破布下窺望我的人張大了嘴。

莉莉！愛榭莉雅說，妳快點回過神，那是埃摩司啊。

我不……我不是……我……沒辦法，我用可憐的聲音對兩名同伴說。讓我來。

我千謝萬謝地退到一旁，讓愛榭莉雅出面。她很快走到埃摩司身邊，對他嘖嘖彈舌，彷彿他是在泥巴裡玩耍的頑皮男孩。

「瞧你把自己搞成什麼樣子，老兄。」她說，「這怎麼行。」

她麻利地拆除埃摩司頭上的纏布，等終於拆完後，埃摩司咔咔地左右扭動脖子。

「你脖子一定會痠一整天，阿不過你應該要覺得運氣好啦，這比死掉要好多了。」

「確實沒錯。」男子說著對我……對愛榭莉雅……對我們溫柔地笑了笑，愛榭莉雅則繼續往下拆掉他臂上發黃的痲布。

我的媽呀，我心想，這傢伙跟另外兩位一樣俊俏，他的笑容可以融化月亮了。等一等，這不像我會講的話，跟另外兩個女生共用一顆腦袋，實在很難保持清醒，三人的思緒如此夾纏不清，真的不是辦法。蒂雅，我罵道，別那麼大聲行嗎？

又不是我，她嘀咕說，搞不好是妳，不過連我都承認這傢伙的牙齒挺漂亮，如果他是獅子的話，會是個絕佳的獵者及保護者。還有，他的身材肌肉很結實，之前被他抱住時，我還滿享受的。

什麼？別說了，我不想知道，別跟我提任何跟他身材有關的事，好嗎？反正……別再說了。

我不懂妳在不高興啥，我記得妳也挺喜歡跟他接近的。

我……唉！我真的痛恨蒂雅知道我……我們這方面的事，或知道我的過去，那感覺超爛，彷彿我的身體在記憶斷片時被偷了。等等，的確就是那樣沒錯。

愛榭莉雅已拆到木乃伊手上的布了，每根手指都各別纏著布，布一拆掉，男子便彎動指頭。奶奶走到男子另一側，很快地克服要幫木乃伊拆布的這檔事。她向來像經驗豐富的獸醫，自己處理接生小牛或照顧受傷的家畜等事。我猜這並無太大的不同，如果我真的想親自動手，一定會很羨慕這種能力，可是現在，我樂得交給愛榭莉雅處理。我的身體還能感覺到一切，就已經夠糟了。

奶奶自我介紹，說她是我奶奶，男子禮貌地欠身行禮，至少那是他被綁成那樣後，能做的最大限度了。男子表示很榮幸見到莉莉的長輩，對於奶奶跑來埃及，似乎絲毫不覺驚擾。

等兩條手臂都拆完後，愛榭莉雅開始拆去他胸口的布，並請他抬起手臂。埃摩司乖乖照做，把掉在眼前的黑髮從臉上撥開。蒂雅說得沒錯，這傢伙的手臂肩膀淨是粗實的肌肉。

奶奶來到棺具底處，幫哈森拆去男人腳上的布。不久，男人的胸口露出來了，他袒裸著胸膛——一片堅如花崗岩的胸膛。我的身體若由自己控制，一定會張口結舌。

愛榭莉雅快拆到他腰際時，整個人橫探在他身上，把一綑纏布從一手換到另一隻手上，可是埃摩司攔住她，拉起她的手——我的手——按到自己胸口。「謝謝妳，」他說，「剩下的我可以自己來。」

即使他的胸膛和我的手之間隔著布塊，我還是能感受到他的體溫。我還以為他或棺具會有腐臭味，可是他並不臭，雪松的香氣蓋過了一切，我忍不住張開鼻孔，加強版的感官力開始爆發。

幸好這位木乃伊的氣味挺好聞，幾乎像沐浴在月光下的森林。就連裹布，聞起來都比較像是最近才翻過的泥土和枯葉。他的臉就在數吋之外，一對灰眼好奇地打探我。我的脈搏變快了。

我以前好像沒有跟男人那麼貼近過，至少我不記得有。我發現自己並不會很介意，事實上，剛剛獲得自由的這位木乃伊，大概是我見過最帥的男生了。我竟會覺得他帥，這點令我渾身不自在。

愛榭莉雅厚著臉皮說：「你確定嗎？我不介意幫你拆掉全身的布。」

愛榭莉雅！我罵道，突然覺得超尷尬，我們摸這傢伙也摸太久了，不過他也還沒放開我的手，但我們的接觸實在超過太久了。

我要愛榭莉雅退開，但她硬是不理我。接著男子放聲大笑，那聲音如此開朗快樂，就像冒著白沫的浪在岸上碎開一樣。我發現男子的笑聲，比他的長相更吸引我，那應該代表某些意義吧。「也許等下次我醒時再說。」

「好，」哈森走向前，「我想剩下的最好由我來幫埃摩司，妳們女生帶著我的手電筒，到隔壁小室去等。」

之前對這位木乃伊男神的懼怕，已輕易瓦解，就像上方的神殿柱子一樣。我想我現在沒事了，愛榭莉雅。

阿妳確定嗎？我跟埃摩司在一起很自在，我不介意先主導一段時間。

我沒事，我答道，何況，我必須習慣這一切，若是每次遇到嚇人的東西，就躲到妳們二位後面，對我恢復記憶毫無幫助。

我可以感受到愛榭莉雅的不情願，但她還是主動跟我換了位置。我們一行人等待時，我向她跟蒂雅保證，一定會很快輪到她們掌控。

哈森叫我們回去，我訝異地看到新成員打扮得有如戰士，他身披皮長衣、厚厚的緊身褲、軟靴和銀飾護腕。在很快打量他一遍，按捺住女生在超級男模面前會發出的咯咯傻笑後，我提出唯一能想到的好問題，「你的武器呢？」

他好奇地抬起頭，「我從沙子裡傳喚武器，妳不記得了嗎，莉莉？」

「只怕莉莉什麼都不記得了。」哈森博士說。

「這話是什麼意思，她不記得？」

「她進入人間時，把埃及的事全忘光了。」

「她受傷了嗎？」

「喂，我人就在這裡。」我在空中揮揮手，「你可以直接問我。」

「對不起，莉莉。」埃摩司說，「妳在我們最後一役時受傷了嗎？」

「應該沒有。蒂雅？」我問。

我們沒有受任何能干擾妳心智運作的傷。

「她說沒有。」

埃摩司踏近一步，抬起雙手，「我能試試嗎？」

我皺著眉，覺得在這名魁梧的陌生人旁邊有點緊張。「試什麼？」

「我的本領之一，就是以法力療傷。我若能碰觸妳，便可感受到傷害的肇因，然後對症治療。」

「好……吧，我想可以試試看。」

哈森與奶奶好奇地看著男子拉近我們的距離，抬起一雙大手扣住我的脖子。他的碰觸非常輕柔，對一個或許能獨自舉起一輛卡車的人來說，輕到令人訝異。男子閉起眼睛，我感覺到他的能量在我體內震動、刺麻，接著一股輕柔的震動竄過我的四肢，但並不痛，感覺挺舒服的，就像由內而外地受到指壓按摩。

「如何？」我問把手移開退後的埃摩司，他黯然地望著我，情況顯然不妙。

「沒有什麼要治療的，她很好，體膚無傷，那兩位與她的心相連的女生也是。」

「啊，」我說，「那麼你是在擔心……」

「莉莉，」他猶豫地說，「如果妳的身體沒問題……」

「那就是我的……什麼？靈魂嗎？我的……腦袋有問題？」如果非選不可，我寧願靈魂出狀況，而非本人的腦袋。不過老實說，我希望兩者都沒事。

埃摩司一手搭住我的肩膀，「我無法診斷，也許等我們離開人間，我能感應到更多。」

「所以哈森跟你說了，我沒辦法喚醒其他人？」

埃摩司點點頭，轉頭看著另外兩具木乃伊。「我得帶妳去找他們，妳得進入密牢裡，才能讓他們與肉身重新結合。」

「你確定這間密牢不是像亞歷桑那州或其他奇怪的地方嗎？」

他搖搖頭，「不會的，瑪特藏匿我們的地方，在宇宙遙遠的角落裡。」

著。

「遙遠的角落……」我話音漸歇，沒把話說完。我轉身對著奶奶瞠大眼睛，奶奶拉起我的手用力握

「沒關係的，丫頭。」

「只怕您和哈森得留在這裡了。」男子表示，並對奶奶說，「人類無法越過我們要去的路徑。」

他告訴哈森：「你得留在這裡守住我兄弟的身體，照顧他們，以免塞特的爪牙發現他們的藏身處。我會施一道咒語，將這座神殿藏起來，唯獨眼睛特尖的人才能找到。受命的宰相具有一定的法力，只要你還活著，他們的身體就無法被毀滅。」

哈森博士傲然地挺直身子，「我定當完成任務。」

「很好。」男子答道，「你能幫我拿些我們到達密牢後，喚醒他們的必要物品嗎？」

哈森點點頭，溜進擺放棺具的房間。

木乃伊拍了一下我的肩，「我先離開一下，去尋找最佳的路徑，妳可以跟他們道別了，我們得快點，莉莉。」

說完他大步走上窄小而布滿沙子的臺階，無視火炬已漸漸熄滅。我張口結舌地望著他離去。「奶奶，我辦不到。」我結結巴巴，比手畫腳，「你們真的期待我就這樣跟著這個，這個……陌生人，糊里糊塗地跑到宇宙另一邊去嗎？」

對我們來說，他不是陌生人，愛榭莉雅表示。

閉嘴，我答道。我可以感覺她們對我的不滿，別忘了，他對我來說相當陌生。

奶奶攬住我。這時哈森博士拿著他鼓滿的背包進來。「哈森，你確定我們不能去嗎？」

「如果埃摩司說不行，那就不可能去了。之前莉莉得先變成斯芬克司，才能穿越這些路徑，便足以證明，我們熬不過這趟旅程。」

他們倆都沒再多說什麼，我看得出奶奶不想影響我，她只緊緊地抱住我。「妳想做什麼，丫頭？」她在我耳邊低聲問。

我家奶奶總是知道我需要聽什麼，她會讓我鬧騰發洩一番，然後把問題丟回給我，要我擔起責任，考慮各種選擇，然後做出正確的決定。

我在她柔軟的肩上嘆了口氣，扮演該有的大人樣。「我想去買鞋，但我得去宇宙中間，喚醒更多木乃伊。」

我往後退開，奶奶捧起我的臉，「妳向來是勇敢的女孩。」

「我並不特別覺得自己勇敢，不管我想不想要，這大概就是所謂的時勢造英雄吧。」

「我一向覺得妳是最棒的。」

「好吧，妳可以把那句話刻到我的墓碑上。」

「別亂說話，莉莉安娜。」奶奶抑住剛才的不悅，抓住我的肩膀，親吻我的額頭。

她幾乎從不叫我莉莉安娜，但那挑動了我的神經，也許我的話太貼近事實了，奶奶不願去想將我葬在爺爺墓旁的可能……如果我還有屍骨可埋的話。

更有可能的情況是，我們在太空中迷途，飄流於群星之間，蒂雅說。

謝謝妳的說明。

說不定我們不會死，至少幾千年內不會，她又說。

那更好。呃，姊妹們，咱們上路吧，我說。

「你們倆待在這裡不會有事嗎？」我問，一邊朝階梯走去。

「我在這地區有認識的人，可以為我們送補給品過來。」哈森說。

我點點頭，想到要丟下他和奶奶，就有點難過。

我爬上臺階，發現根本無須用到夜視能力。上方的通道大開，我出去時，手握標槍，左右掃視沙漠，見到埃摩司伏在沙子上，用指尖感知地面時，我鬆了一口氣。三頭獨角獸好奇地看著。

埃摩司看到我們，便起身大步朝我走來。「納布和卓拉會帶我們去，凱德待在附近，萬一哈森和令祖母需要他，可以幫忙。」

「好滴。」我垂頭喪氣地對朝我小跑而來的獨角獸邁去，卓拉顯然是我這次的坐騎。我躍到卓拉背上，扭頭對奶奶悽然一笑，把正義之羽交給她。「祝我好運。」我說。

「妳們兩位女生要好好照顧我家莉莉。」奶奶答說。

蒂雅正想回應，但被木乃伊男搶話：「我以我不朽的靈魂為誓，當盡力保護她。」納布跑到我旁邊。奶奶對他點了個頭，我只挑著一邊眉毛。

木乃伊揚抬手臂，開始念咒：

安眠墓中的先祖，

您們建造此地，

長眠於斯，

您們築起的圍牆已化爲飛塵，
但留存其中的力量長存不滅。
將神力賜予這座堡壘。
莫讓敵人發現。
保護它，莫讓滅絕者，
和永不安歇的人發現。
遵從法老的先祖們，
現請遵從於我。
爲諸神服役，
爲埃及之子效勞，
在審判之日，
您們的心將會從輕發落。

大地隆隆震搖，四周嘶嘶地冒出小沙坑，將這塊區域圍成一個大圈。沙底下有物鑽動，當幾十條蛇鑽出來時，我嚇得倒吸一口氣，牠們翻騰著黑色的身體，彼此頭尾相接，在神殿四周圍成大圈。接著牠們張大嘴顎，咬住前面的蛇尾，等蛇群全都接連起來後，便當場凍住，化成了石頭。

「他們可以……可以跨越那個圈圈嗎？」

「妳是指令祖母嗎？」埃摩司問。

我點點頭。

「我不建議他們跨越這道界線，但亡靈不會傷害他們。」

我望著呼吸急促的奶奶，她勉強對我露出開朗的笑容，並揮著手。

男子回完禮後，跳到納布背上。「我們得立刻出發，莉莉，別擔心他們，他們暫時會很安全。」

說罷，納布扭身奔向一座像山洞般，有開口的沙丘。卓拉跟上去，我回眸望著奶奶，直至隨埃摩司衝進黑暗之中。

我雖然結合了三個人的感官能力，還是看不見東西，連伸在自己面前的手，或獨角獸閃亮的鬃髮都看不見。好不容易，我能辨識遠處的光，以及在光前移動的黑影了，我猜應該就是納布。卓拉安慰我說，這條路本來就很暗，可是我渾身每個細胞都渴望光線。

我們猛地衝出黑暗，撞進了陽光裡，我還以為此地會與無人行走的荒徑相似，但這裡的地貌截然不同，幾乎可說……像外星球。不，它的確是外星球，我們從俯瞰一大片谷地的山洞開口出來，前方平原上蜿蜒著一條閃亮的河流，那曲折的水流不是藍色，而是紫的。

高大的樹木伸著粗壯的枝子，狀似雨傘。我們旁邊有棵多刺的仙人掌，枝臂伸得像一個上下顛倒，有生命的奇胡立吊燈[2]。近乎黑色的多刺植物上，長著放送焦糖香氣的金色花朵。

在山腰上築巢的禽鳥，看上去反而更像蜥蜴。牠們的翅膀是長斑的藍膜，而非羽毛，長長的尾巴和身上的皮都生著鱗片。不過我發現有隻鳥嘎嘎地發聲警告後，牠們畢竟還是露出羽毛了——這些鳥的頭上長有羽冠。

兩顆月亮照亮天空：紅色的目前是彎長細薄的新月，像《愛莉絲漫遊仙境》裡的微笑貓。第二顆灰藍色的月亮，像眨動的眼睛般在地平線上偷窺。兩個月兒都清晰可見，雖然還有顆日正當中的豔橘色太陽。

你把我們帶到哪裡了，納布？蒂雅問展開翅膀，準備從懸崖邊躍下的獨角獸，這不是你以前帶我們走過的路。

是的，納布答道，這條路不一樣，這是剩下唯一我們能走的路，也是最危險的一條。其他路都毀了，塞特的守衛破壞了我們之前走的路徑，他的爪牙到處在監視我們。

納布從崖邊一縱，木乃伊緊附在他背上，卓拉很快地跟著跳下去。這回我沒辦法像愛榭莉雅那樣享受飛行了，在快速降落的過程裡，我努力不吐出來，狂亂地抓著卓拉的背部。等我們快到底部時，兩頭獨角獸觸著地面，收攏翅膀，稍微滑了一小段路。他們緩下速度，改用步行，繼續往前小心翼翼地沿河邊穿行，他們的蹄子噠噠地敲在異域太陽下，閃閃發光的平滑、多彩的河床岩石上。

我們爲何不用飛的？我問卓拉。

這裡有獵食我們的怪物，牠們視獨角獸爲餚饈。

那麼盡早離開這裡不是更好嗎？

2 奇胡立吊燈（Chihuly），世界知名玻璃藝術大師。

距離太遠了，連獨角獸都無法很快飛到，而且如果我們穿行得太快，這裡的植被會受到驚擾，而刺激飛過天空的獵食者。我們明亮的皮毛，在此地的天空中，會變成醒目的標的，獵食者老遠便能瞧見我們了。

所以……意思是我們只能以龜速前進嗎？

是的，不過倒也沒那麼慢。我們在此處行動得小心，這趟路要耗掉好幾個星期，萬一我們的行動受動物拖累，時間就拉更久了。

我不確定自己在期待什麼，可是我沒料到會離開那麼久。幸好本人有法力，衣著不是問題，但我們沒有其他補給。我心中的兩位同伴似乎不太擔憂。我瞄向紫河，吞著口水，我已經覺得口渴了。

我們沒帶任何食物，我對獨角獸說。

我們可以吃草，卓拉說。

是的，我不耐煩地答道，但我們呢？

我們去獵食，蒂雅說。

沒錯，妳們去獵食，卓拉重複說，我們會跟妳們說哪些動物可以吃，且不會反過來獵食妳們。種類不多，但可以食用的野菜相當多，而且河裡魚產豐富，有些魚甚至不會咬人。

很好。我突然把我在國家地理頻道上看過的所有怪魚節目，全部重播一遍。我好像沒那麼想喝河水了，尤其發現那些籃球大小，鼓著肚子，像綠西瓜般散布在陽光下的，其實是外星青蛙時，更是倒盡胃口。牠們大聲聒噪，我們一接近就趴下去，相互疊滾著逃入河裡，再從河中眨著乒乓球大的黃眼睛，狐疑地窺伺我們。

我們像演連續劇似地持續走了好幾個鐘頭，這段時間我為了不想聽蒂雅說話，問了獨角獸各種問題。我不理會蒂雅，令她很傷心，可是她談的每件事不是涉及我們的過去，就是跟吞食血淋淋的肉有關，令我很不舒服。

我沒跟獨角獸聊天時，便打量那個在我們面前找路的男子。他經常從納布背上下來，四處蹲下去研究地面。他雙肩僵硬，身體緊繃，似乎跟我一樣對周遭極為不適，不過我對他的存在十分敏感，彷彿他是一根在我身邊移動的沉默火柱。他有時在前面，有時在後方，但我總能感受到他在看顧我。

奶奶很愛研讀聖經，因此我知道猶太人跟隨摩西穿越荒野的故事。我不知道這位木乃伊能否分開紫海，或從岩石裡變出水，但不可否認的是，我覺得有他在，心中較安定。我很樂於跟隨這位私人火柱，雖然他一靠近，我的神經便會發刺。蒂雅和愛榭莉雅兩人全心信賴他，每次我把他當成木乃伊，而不是男人時，她們就不高興，但她們不會逼我跟他交談。

有一回，他的手抬在空中時整個人僵住了。納布輕輕出聲，然後把頭轉向一片樹蔭濃密的矮林。林子裡有沙沙聲，一群背部長刺的黃肉動物家族，從藏匿處現身，奔向河邊。我的五感爆發，想都不想地張弓射箭，並吐出一口不自覺憋住的氣，感覺自己在體內癱倒下來。我抖著手把弓揹回肩上，對自己的所做所為，震驚到無法形容。

蒂雅？是妳嗎？我問。

不是我。

是愛榭莉雅嗎？

也不是我。

呃，絕對不是我，我堅持說。

納布載著埃摩司，向我們小步跑來。

「剛才發生什麼事？」埃摩司問。

「我……我們也不太確定。」

他歪著頭，用一對灰眼定定地打量我。「能把妳的手給我嗎？」

我把手伸過去，他用手蓋住，然後喃喃念咒，再把我的手翻過來細讀我的手掌，彷彿在研究我的生命線。「是薇斯芮特的能量。」他終於說道。

「可是我們都不記得有過射殺那隻動物的念頭，連蒂雅都還沒起心動念。」

「薇斯芮特要確保妳們能活下來。」

「你講得好像薇斯芮特是個人。」

「在某方面而言，她是。」埃摩司八成看出我對此事的苦惱。「來吧，」他又說，「這事咱們以後再談，很有多事妳必須理解。這裡很適合紮營過夜，獨角獸說，我們最好別在黑夜裡趕路。」

我樂得能伸伸腿。我跑去收集柴火，木乃伊則去檢查我們的獵物。他好奇地發現，我並未使用伊西斯送的神箭，那些箭都還安放在箭袋裡。那支平凡的木箭飾著藍色羽毛，跟之前蟋蜴鳥的羽冠十分相似。這支箭是從哪裡來的？我怎會知道要抽那支箭，而不用其他神箭？

幸好埃摩司把肉處理好了，我不必去挖內臟。他彈著手指生火，指尖冒出像閃電一樣的東西，很快便將我收集來的柴火點上了。

等肉架到烤肉叉上，冒出肉汁時，太陽已然下山，另一顆杏桃色的月亮升了起來。我雖拚命忍抑，還是被肉香勾得口水直流。「瞧瞧那個。」我指著變紫的地平線說，「又一顆月亮。」我轉頭對我的同伴說，結果發現埃摩司已經走入林子裡了。納布和卓拉跑去找可食用的草地，一時片刻裡，只有我一個人。當然了，我從來不算真正獨處，向來有蒂雅和愛榭莉雅陪著，但這件事已不再像一開始那樣，令我困擾了。我想我已漸漸習慣了她們的伴陪。

「好像只剩下咱們幾個女生了。」我說。這話顯然說得過早，我話語方落，埃摩司便從林子裡拎著一個滴水的皮袋走來了。

「你拿的是什麼？」我問他。

「水。」他把袋子交給我說。

我接過來，懷疑地看著。「是，呃，紫色的？」我問。

「沒錯，這個世界的水色本就如此，不過水是乾淨的。我從天空集水，也親自嘗過了，獨角獸跟我保證可安全飲用。」

我小心翼翼地嘗了一口，「呃，是甜的。」我把水袋往後一仰，大口灌著。

「我也覺得很好喝。」男子坐到我旁邊，向前探著身子翻動烤肉。

「所以你也可以從岩石裡頭喚出水嗎？」我擦著嘴邊的水問，「那不就跟摩西一樣了。」

「我忘了妳不記得我的本領了，暴風雨之神是我其中一個名稱，我可以呼風喚雨，還有閃電。」

「那倒方便。」

他淡然一笑，如天上的新月般淺亮。「偶一為之還挺好用的。」

小火堆閃動的火焰在他眼中舞動，像灰眼深處召喚的火紅寶石。我覺得那對眼睛裡隱藏許多的祕密，說不定那是個寶庫，唯有大膽的獵人才能找尋得到。我還感知到一些並不危險的動靜，彷彿他體中湧動著潮水，邀對方前來一游，但不至淹溺。此人表面上雖淡定得跟凍結的湖面一樣，實際上卻深不可測。

「所以，」我說，「既然我們要重新彼此認識……」我伸手讓他來握手，「我叫莉莉，很高興認識你。」

他接住我的手，但沒握住，只是輕輕拉著，然後像是不捨地放開來，兩人的手指要離不離地多逗留了一會兒。接著男子一笑，笑得如此燦爛真誠，美若詩人的十四行詩。他肅然的神情被笑容趕跑了，就像兩種表情水火不容似的。「很高興再次認識妳，莉莉，在下埃摩司。」

「埃摩司。我喜歡這名字。」我屈膝用手抱住。「不過這不是你唯一的名字，你剛才說，暴風雨之神是你的名字之一，你還有別的名字嗎？」

「是的，我有很多名字，尋路人是另外一個。」

「你知道我有找尋真名的法力。」

「薇斯芮特有很多法力。」

「是啊，說到那點，剛才獵殺外星動物那件事，你有何看法？」我指指棍子上的烤肉問。

「我想……」他頓了一下，看著我，然後彎身把火上的烤肉拿起來吹一吹，再遞過來。「小心燙。」

「接著說，」我啃著肉，吃起來有點像野豬，「你說你認為薇斯芮特與我們是各自獨立的人。」

「也許『各自獨立』並不是很適切的說法，因為我不認為沒有妳們，薇斯芮特能夠存在，至少無法完整地存在。薇斯芮特就是妳們，但她是妳們三個人的綜合，唯有妳們彼此緊緊相融，她才會出現。」

「呃，是啊，那點我們已經知道了。」我用手指拔下一大塊肉，塞入嘴裡放懷嚼著，並吮著大拇指上的肉汁。

「不，妳並不知道，不全然明白，莉莉。我探查過妳們的命運之路，妳們的旅程終點，在妳們擊敗塞特後，就只剩下薇斯芮特了。蒂雅，莉莉，愛榭莉雅……妳們三個人都不存在了，薇斯芮特因妳們而生，妳們的思想、感覺、欲望，她都能感受得到，但她不是妳，不是妳們任何人，不盡然是。」

我吞嚥著，烤肉卡在我喉裡。蒂雅和愛榭莉雅跟我一樣感受到冰寒的懼意。「我們會完全消失嗎？你……你確定？」

「我對自己的本領有信心，就像我使用短棍一樣。」

「你聽起來很有把握。」我盯著火堆，渾然忘記手上的烤肉串。

「很抱歉告訴妳這項消息，」他說，「我知道這件事一定很令妳難過，而妳已經這麼脆弱了……」

「是啊。」我把烤串放到岩石上，讓埃摩司幫我吃完，然後故意裝堅強地說，「不好意思，我……我們……得去上小號。」

埃摩司困惑地皺著眉，我進一步解釋：「我們不會去太久。」

他看似聽懂了，便點點頭。

我越過林線後，開始拔腿狂奔。我的呼吸變沉，五感增強，我聽到遠方鳥禽的叫聲、嚙齒動物在地底下刮響，以及某個東西沙沙地穿越草地。這些強大的本領令我怒火中燒，我只希望有一刻能活得像個人類，我試圖抑制這些感官，將它們關掉。我用力到氣喘，胸口堵得慌。埃摩司的話有效地滅絕了我小心維護的希望種子，我原本期望事情結束後能全身而退。

過了好一會兒，我才發現背後有黃金色的光束，像跟隨演員的舞臺聚光燈般照著我。我踉蹌地放緩速度，回頭看到被我破壞的地面。三顆月亮的明光，把大地映得有若牡蠣的內殼。之前呈綠色或綠紫色的各種植物散射著色澤，像被人用螢光漆塗過似地從內部發亮，月亮則是黑光。

我剛才走過的長徑，不但被照亮了，而且所有植物都朝我的方向傾斜。我聽到有個東西咚地擊中我的斗篷，我拉過斗篷，發現原來是顆向我飛來的厚實水果，約有金橘大小，果實軟嫩多肉，但顯然已經摔壞了，撞擊時爆開來落在地上，在後頭拖出一道黏呼呼的汁液與果籽。

我遲疑地退開幾步，另一棵植物也朝我噴吐，但這一次是尖刺。其中一根刺穿透覆在我大腿上的厚布。「唉喲！」我大叫一聲，拔起腿上粗若織針的大刺丟掉。

咱們得慢慢走，蒂雅提醒我說，這些植物被咱們刺激到了，獨角獸之前警告過我們。對，慢慢來。

我小心挪步，離開那條有發光植物的路徑，運用起我的夜視能力，穿過黑暗。我仍盯著發光的植物，但已經離開得夠遠，它們無法朝我扔果子或尖刺了。然而就在這時，亮光一個個滅掉了，我再度陷入黑暗中，只能憑感覺沿來時的路徑摸回去。那不成問題，因為母獅是追循氣味的高手。

我如履薄冰地悄聲走著，這時我覺察到林子裡有隻動物，是隻獵食者，而且很大。

我們得跑了，蒂雅說。

不行，躲起來！躲到樹上，愛樹莉雅喊道。

若用跑的，植物會攻擊我們，我說。

被植物攻擊，總比被野獸攻擊好，蒂雅辯說。

我同意她的看法，便拔腿開跑。

我們已經很接近了，再一兩分鐘就能回到營地了。我們進入一片長滿球狀莢果的區域，奔過去時，追獵我們的野獸退回去，不再追擊了。我正想鬆一大口氣，其中一顆大球卻突然從面前冒出來，發出一閃一閃的黃光，並散發濃香，就像新翻的泥土和花朵。

我慢慢往後退一步，然後再一步，但接著黃球綻開了，絕美的橘色花瓣向後展開。那是我畢生見過最大的花朵，香氣迷人至極，宛如沾滿巧克力的草莓，滴著濃稠的花蜜。花兒雖美，我卻知道自己必須逃離。

我繼續後退，但一根長長的橘色雄蕊射出來纏住我的臂膀，花蕊力道極大，比我還強。我拚命拉扯，卻被緊緊纏住。我伸手從背後抽出標槍舉到頭上，花朵的葉子瞬間射出細細的針刺。

大部分細刺都射在我的斗篷上，卻也有不少射中我的手和脖子。我舉步踉蹌，揮標槍掙脫手臂上的刺，可惜動作雖快，另外兩條腫大的花蕊又射過來取代被我砍斷的那根了。針刺上的藥性來得極快，不久我的身體只靠那植物撐著了。

在我閉眼之前，曾試圖出聲喊埃摩司或納布，可是我的嘴唇發麻，連臉都失去知覺。蒂雅已經睡著了，這點我覺得挺有意思。我還以為我們會同時昏倒，在我也昏死之前，最後聽到的是愛榭莉雅的聲音。愛榭莉雅在心中不斷呼喊一個名字，埃摩司。

7 月影

我被木柴劈啪的爆裂聲吵醒，我發出呻吟，試著移動身體，四肢卻異常沉重。

「放輕鬆，莉莉。」有個聲音說，「我就在妳身邊，妳很安全，我已治好妳身上的傷了，妳的身體正在抗毒，但速度很慢。妳中了很多刺，我的法力似乎無法讓妳恢復活動力。」

「埃摩司？」我想說，但舌頭像嘴裡的異物。我稍微挪動，感覺厚重的斗篷像雪被似地蓋著我。斗篷原本十分溫適，可是我的感官變強了，身體漸漸覺得像是埋在雪堆中一樣麻木。輕柔的皮毛搔著我的鼻子，想到之前整個人被舉起來，往巨大的花朵嘴裡送，我便渾身寒顫。

那朵花打算吃掉我，這個長著鋸齒突出物，像紅寶石閃閃發光的植物星球，簡直就是我個人版《異形奇花》[3]裡的那間屋子。所有美麗的夜光花卉都想吃肉，而我就是肥羊一隻。我要是能動，一定會去踹卓拉的屁股，誰叫她講得不明不白。她說植物會受到刺激，刺激個鬼啦，應該是飢餓吧。

我張開眼睛看著火堆後方，在微風中擺動的葉子，此刻所有會生長的綠色玩意兒，似乎都惡意地對我擠著眼，它們或伺機阻攔我的去路，或等著將我吞食。這些植物看起來一點都不像獵食者，我若是獅子，光想到這點，就會毛髮直豎了。說到毛髮，住在我腦子裡的那隻大貓竟然還沒醒。

蒂雅？我問。

她還在睡，愛榭莉雅答道。

我不明白，爲什麼毒性對我們三個人的影響會不同。我的意思是，妳們共享我的身體，因此我的身體昏厥時，妳們應該也都跟著昏倒。

好像不是那樣，那樣，那妖花想把我們咬成肉塊的整個期間裡，我都是醒的，我聽見埃摩司大戰妖花，在妳的皮膚失去知覺之前，我都還能感覺他抱著我們。

所以妳沒受到毒性影響嗎？

好像沒有。那感覺有點像被困在仙子樹裡，我沒法張開妳的眼睛或移動身子，妳的身體對我一點反應都沒有。

那樣算正常嗎？我問。仙子是復元力特快還是怎樣？

愛榭莉雅想了一會兒。若不是我自己的身體，我不確定是否還一樣。不過我從來沒被植物傷過，我當仙子時的身體，是被火蠍子殺死的，所以動物能傷害我。有一次我被刺扎到，很痛，可是我一拔掉刺，傷口就自行癒合了。也許仙子樹的母樹賜給我療癒的力量。

我們以前能那樣嗎？我是指在妳加入之前？

不知道，我以前沒跟妳在一起，而且我們從沒討論過這件事，咱們得等蒂雅醒後再問她。

妳覺得她該不會有……危險吧？

3《異形奇花》（Little Shop of Horrors），搞笑恐怖片，劇中有一棵食人植物。

應該沒有吧，不會比妳之前糟。妳睡著時，我還能感覺得到妳，妳的意識並未受到任何傷害，妳只是……沒有反應，蒂雅的感覺也一樣。

好吧。

我再次挪動，這回我的舌頭肯合作了。「埃摩司？」我啞聲說。快速的腳步聲從我視線外的地方傳來，然後拿著一皮袋的水，跪到我面前的埃摩司便出現了。他輕輕扶我坐起，命我喝水，直到我喝光袋子裡所有的甜紫水才罷休。

喝完後，他拖了一根木頭過來，讓我把背靠在木頭上坐起。我有些部位已恢復知覺了，但其他部位則還刺痛著，彷彿睡著似的。有條手臂已恢復足夠的力氣，能調整雙腿，讓它們不至怪模怪樣地塞在身體下。埃摩司移到我身邊，靠坐在同一根木條上。

「獨角獸負責守衛，好讓我們睡覺。」他說。

「我昏過去多久了？」

「幾個鐘頭。」

「你需要的話就去睡吧。」我看他累到雙肩都垮了。

他搖搖頭，「得等妳先睡才行。」

「我想我還要好一會兒才睡得著，至少我得先搞清楚發生什麼事。我們被一隻巨獸追殺，蒂雅不清楚那是什麼，但她很害怕，如果連蒂雅都畏懼，那麼我並不很想知道究竟是何物。」

「外頭現在沒有東西了，若有大型獵食動物在四周覬覦，獨角獸會警告我們。我想那巨獸不願越過那片花球，我們四周好像長了一大片。明天我們繼續趕路時，還得越過它們，不過應該一下就過去了。」

「至少那是個好消息。」

「納布說，抓住妳的植物叫釣魚球，它們用美麗的光引誘獵物，然後緊緊抓住，這邊有三種這類植物——釣魚球、陷阱花和觸蔓。一個誘妳進來，一個等妳踩入它的陷阱，第三種會在葉子上分泌黏液，妳一踩到它的藤蔓，就會抓住妳。好像連獨角獸都無法躲開第三種植物，幸好妳是被最容易應付的釣魚球花逮住的。」

「最容易應付？真的假的？我可沒掙脫它，我是被你救的。」

「是啊，不過現在我們明白，為何在這地方行走得放慢速度了。」

「還有要小心踩步，我覺得用飛的會更安全。」

「獨角獸說，觸蔓不會長在釣魚球附近，因為競爭太激烈。他們還說，天空的狩獵者比地上的動植物更危險。」

我交疊起雙臂，「你是在開玩笑，對吧？」

「我不懂妳的意思。」

「意思是你在嘲弄我，你不會是認真的吧。」

「我一向很認真。」

我用眼角餘光瞄他的表情，看來埃摩司說的是實話。想到至少還要在這個險惡的地表跋涉六天，就心驚肉顫，為了讓自己分神不再煩憂，我決定改變話題。

「所以你一向很嚴肅，呃？」我想起愛榭莉雅幫他拆解纏布時，一番話惹得他哈哈大笑的情形，那種開朗真誠……簡直不可思議，甚至極具感染力。我對此人好奇心大起，不知他究竟藏了什麼祕密。「為什麼？」我問。

「什麼為什麼？」

「你為什麼會一向嚴肅？我覺得你好像並不喜歡那樣。」

他不安地聳聳肩，「我的一生……十分複雜。快樂稍縱即逝。」

「你怎會那麼認為？」

「也許妳不記得了，不過我曾愛過一名女孩，她與我截然相反。她是春天，是希望，是生命與歡笑。跟她在一起，我會忘卻自己。我為她的笑顏和眼中的晶光傾倒，她的快樂與活力，填補了我空洞的靈魂。

「那是在我們沉睡千年再甦醒後的時段，兩個星期轉瞬即過，我從未如此心滿意足。然後在儀式進行的兩天前，我發現艾斯坦熱情地抱著我所愛的女孩。」

「噢，天啊……那太糟了。」

「是啊，太糟糕了。我發誓要宰掉引誘她的艾斯坦，我這輩子從未如此忿恨地揍人，我從不失控，那不是我的本性。倒不是因為我不願打架，而是因為我知道……我不會輸。」

「你怎知道自己不會輸？」

「因為我知道每個敵人會採用的套路，可是在痛扁艾斯坦一陣子，把他的臉打到跟爛番茄一樣後，我漸漸恢復自制力了，這時我才終於聽到笑聲。我所愛的女孩正在嘲笑我和艾斯坦，覺得自己能將兩名天神玩弄於股掌之間，很是得意。我直到兩百多年後，才有辦法原諒艾斯坦。

「艾斯坦破壞了一切，但他有充足的理由。我願意為蒂昂貝犧牲一切，我太盲目，愛她太深，看不清她的本質，最後我的犧牲與對她的感情，只招來嘲弄與拒絕。」

「我為你感到遺憾，埃摩司。她拋棄你這樣的男人，實在太蠢了。不過切莫因此對幸福卻步，那是你該得的。」

「看到妳這張熟面孔，令我非常開心，妳是我的……呃，也許妳不記得了，但妳是我朋友。」

「我很想有個朋友，我的男性友人不多，現在想想，好像半個都沒有。有個不上班時，幹木乃伊的朋友，好像怪怪的，不過總比沒有好。」我用肩膀撞他的肩，埃摩司回以明朗的笑容。「那咱們就是朋友啦？」我問。

他接過我的手，與我十指交扣，動作比一般男性朋友的更親密些。我猜也許是文化或人神之間的差異，這動作跟人世間的意義大概不同吧。

「既然你是尋路人，你有沒有看到我不久之後會如何？我不是指薇斯芮特的未來，而是我的？我會被植物之類的東西吃掉嗎？下次你應該會給我一些警告吧？」

埃摩司渾身一僵，手指在我手中緊了起來。「路徑會變動，我看到的是各種可能的未來，妳可以走的路途、可做的選擇，有些路徑會比其他更顯眼，那些是妳最可能走的路。當時我並不知道妳會跑掉，因為我沒研究妳現在的路徑——我只把心力放在大的方向上——不過回答妳剛才的問題，是的，我看過妳前方的路。」

「然後呢？」我興奮地問，「我們會成功嗎？我們會喚醒你的兄弟，擊敗塞特嗎？」

「通向我兄弟的路，此刻是最明亮的路徑，我可以相當篤定地說，我們會喚醒他們。等他們醒後，路徑又會通往不同的方向。」

「什麼意思？」

「意思是，妳必須做選擇、犧牲。妳將來會做什麼，尚不明朗。」

「犧牲？」我吞著口水，「你是指薇斯芮特的事，我會失去自己嗎？你說過，你在路徑盡頭，只看見薇斯芮特，如果你指的是那個，老實講，我真的不想知道。」

我本希望他會告訴我，我將來的選擇與薇斯芮特無關，說他可能看錯了，蒂雅、愛樹莉雅和我，最後會平安無事。當然了，腦子裡住了一頭母獅和一位脾氣暴躁的仙子，我不知道返回真實世界後，我能有多OK，但我寧可跟她們倆一起過後半輩子，也不要為了讓薇斯芮特誕生，而永遠消失。

埃摩司轉頭用憂心忡忡的灰眸凝視我，手依然沒放。月光映在他臉上，埃摩司像在發光。「我在妳的未來看到很多事，莉莉安娜・楊，許多事極為凶險，令人心碎。」他很快地用指尖輕觸我的下巴，「我真希望自己能移除那些傷痛，把妳藏起來免於凶險。雖然我的生命之路與妳交織，但我自知無法影響妳的方向。我不能成為妳的絆腳石，阻礙妳的未來。」

淚水從我眼中泛起，「我不想失去自己，埃摩司，我不想變成薇斯芮特。」

他將我擁入懷中輕輕抱住，然後搭住我的肩膀，往後退開。「現在先別想薇斯芮特了，妳必須先專心做手邊的事，今天爬這座山丘，明天攀那座山，一步步向前，妳會有所折損，也會有許多收穫，這就是凡人的負擔。切莫忘記，選擇權在妳手上。」

我抽著鼻子，擦擦眼睛。「謝謝，謝謝你當我的朋友，我之前並不知道自己有多麼需要朋友。」

「我也一樣，需要妳這樣的朋友。」他壓低聲又說，「妳根本不懂我有多麼需要。」若非本人有斯芬克司的超強聽力，便聽不到最後那幾個字了，不過我決定不予回應，等以後有空細想再說。

我調整靠在木頭上的坐姿後，開始傾訴心中的各種憂懼。我分享這場奇異的經驗，讓他知道我抵達奶奶農場後發生的一切，和遇到哈森的事。

他問我對喚醒阿蒙一事有何感受，我表示自己尚未做好討論阿蒙的心理準備，細心的埃摩司體察到這個所謂的男友，令我壓力山大，便巧妙地改變話題，輕鬆地聊著艾斯坦、阿蒙和他自己年少時的故事。埃摩司最後終於說道：「妳得休息了，莉莉，我們明天還有好長的路要走，拜託去睡了。」

「你也會休息嗎？」

「是的，很快就會。讓自己舒服點。」

我躺下來，望著靠坐回去的埃摩司背影。他仰著頭，彷彿在研究星象。我發現這是打從我醒來，腦袋裡有了聲音之後，首次感覺到安全。就像現在終於有人能夠理解：知道太多，且要為此負責，是何種感覺了。埃摩司以奶奶和哈森都辦不到的方式去了解我。

我可以信任埃摩司，我本能地知道他不會逼我做任何不想做的事，或變成任何我不想要的人。「晚安，埃摩司。」我說。

他垂眼看著我，對我溫柔一笑。「晚安，莉莉，好好睡。」我們彼此相覷時，我的心抽了一下。接著他再次抬頭望著天上的月亮，不知他在空中看到什麼路徑，我也跟著仰望群星。我眨著眼，漸漸迷糊起來——陷入半昏半醒的狀態。

不久我聽到喃喃的低聲，那些聲音彼此交疊，像流過岩石的潺潺河水，悠哉穩健。我像置身夢中。

「妳得讓莉莉的身體休息，愛榭莉雅。」埃摩司說。

「你怎會知道是我？」

「我在乎妳，當然看得出來。」

「聽到你那麼在乎真好。」

「回去睡吧，愛榭莉雅。」埃摩司咯咯笑說。

「就一下下，親愛的。」愛榭莉雅回答說，「我一直想問一個問題。」

「什麼問題？」

「你說你把我們治好了，你能看出莉莉的心有什麼毛病嗎？你說如果我們不是在人間，治好的機會可能會更大。」

「我試過了，但很奇怪，她心裡有個空間隱匿了起來，我探不到。我想那跟她的法力有關，瑪特說，莉莉是毒蛇石。不知怎地，這個空間與妳和蒂雅的分隔開來了，但也是這項力量使得塞特找不到妳們，所以我也不敢隨便動它。就算我試了，也沒把握能治得好。」

「也許等我們喚醒阿蒙後，他能夠治得好。」

「也許。」

「你打算告訴我，你在隱瞞什麼嗎？」

「隱瞞？」

「我可以讀你的心，帥哥。我看得出男人是否在迴避事實。你對莉莉說謊，可把我嚇歪了。阿你幹嘛那樣做？」

他笑了笑，眼中閃著頑皮的月光，「仙子對男人到底都懂些什麼？」

「我懂得夠多了，以前我也在人間活過，雖然被擊倒了，變成別的東西，但我還記得男生撒謊時的表情。」

埃摩司歪抬著頭，「妳讓我想到月亮。」他說，「大部分時候妳都躲在別人的影子裡，可是當妳徹底散放光華時，沒有人能躲過妳的明光。妳知道即使妳戴著莉莉的面容，我還是能看得見妳嗎？雖然只是隱約的五官輪廓，但確實是妳沒錯。」

「嘴巴眞甜，不過我還是要好心地提醒你，你仍舊沒有回答問題，老兄。」

埃摩司嘆口氣，「莉莉不需要知道我看到的東西，那只會徒增她的困惑。」

「少來，幹嘛那麼神祕兮兮，你要的話，我可以幫你。我的法力雖只能用在人間，但也滿強大的。」

「我曉得。妳可知我能追尋兩種方向的路徑嗎？」

「什麼意思？」

「意思是，我可以追尋過去與未來。」埃摩司瞄著地面，「總之，我很遺憾妳遭遇那樣的事。」

「我覺得最好別抱持遺憾回顧過去，只要記取教訓就行啦。不幸有可能會跟隨你一輩子，使你最後只剩下兩種選擇，怨嘆命運，任命運擺布，然後張開手擁抱悲傷；或者繼續奔跑，讓悲傷追不到你。我選擇了後者。」

「可見妳比以前的我聰明，我讓不幸逮住我了。」

「那就掙脫它的掌握呀。我娘總說：『愛情甜如蜜，但上好的蜜，反而在平淡無奇裡。別去繁忙的蜂窩裡找蜜，免得挨螫。』聽起來，你好像被螫過，埃摩司。」

他甜甜一笑，月光融在他的黑髮裡，使頭髮明亮得有如他的眼眸。「我有啊。」

「晚安，埃摩司。」

「晚安，小愛。」

翌日早晨，蒂雅回來了，我們把她錯失的進度全補上，不過她還記得一些片段，就像做了場夢。大夥跟獨角獸一起推測花的毒性對她影響如此巨大的原因，能想到的最佳解釋，就是蒂雅比愛榭莉雅或我，更像它們平時的獵物。

想到毒性會影響蒂雅和愛榭莉雅的意識，就令人難安。我相信哈森應該能想出更站得住腳的推論。蒂雅不願掛懷此事，她對那隻追獵我們的動物，比對植物的興趣大。她覺得被植物殺死，對獅子而言是奇恥大辱。

接下來幾天，我們有了固定的作息。蒂雅教我如何跟蹤並追捕獵物。每次我們抽箭，箭尾都是藍色羽毛，但檢查時，箭袋依舊是裝滿了伊西斯給我們的羽箭。

埃摩司想出各種說法，解釋這種現象，最主要的論點就是，我們下意識地留下最強大的箭支，以待將臨的戰役。我不願往那個方向想，我的解釋是，箭袋被施過咒，只產出我們需要的箭支。蒂雅什麼都不信，寧可捨箭，鼓勵我們用爪子和刀去獵食。

有時，當我們吃著奇形怪狀的魚、野菜、可食用的花朵，以及埃摩司從天空喚來的紫甜水時，我會感覺埃摩司的眼神在我臉上逗留過久，而且他經常騎在我身側，找我聊天。

他對各種事物都感興趣，我們會長談當代世界，埃摩司對我提出無數問題。他想知道所有的事，從水如何運至城市，變成熱水澡——他很愛我這個時代的淋浴——到我在學校讀什麼，汽車如何運作，他統統想知道。

可是他也非常客氣地詢問蒂雅當母獅時的生活，她失去姊妹的事——這事我並不知道實情，至少我不記得——還跟愛榭莉雅大談她在故鄉愛爾蘭的生活。埃摩司發問時，我讓每個女生親自回答，我很樂於給她們掌控身體的時間。

愛榭莉雅跟埃摩司說了一則有趣的故事，她十歲時，常去幫一名老婆婆採蘋果，老婆婆背駝得很嚴重，再也搆不到樹了。有一天，愛榭莉雅的紅色髮髮被樹枝纏住了，她大聲哭號，直到老婆婆出現。「妳希望我怎麼做，小妞？」老婆婆問。「我搆不著妳，沒辦法救妳脫困。」

「去拿把斧頭。」愛榭莉雅大叫說，「把樹砍倒，我的命比蘋果樹重要多了。」

「唉。」老婆婆說，「可是蘋果樹得長很多年才能結果子，我從小就照顧這棵樹了，這樹對我來說非常重要，它的蘋果餵養我一整年，我寂寞時，小鳥會棲到枝頭唱歌給我聽，樹沒了，只怕我也活不了啦。」

「那我該怎麼辦？」愛榭莉雅哭道，「我總不能永遠留在這上頭吧！」

「就在此時，我學到了年少時最重要的一課，」愛榭莉雅告訴埃摩司，他正興致勃勃地聽著，「老婆婆沒再說什麼，她沒爭辯或提出其他理由，掄起斧頭，準備毫不猶地砍下去。就在她要揮砍之前，我對她喊道。

「等一下！別砍。我請她拿刀給我，雖然我哭得很慘，但我把一頭漂亮的紅髮全切了，直到終於掙脫樹枝為止。其實我剛剛被纏住時就應該想到了，可是我不願放棄自己的頭髮。我是個相當虛榮的小女孩，儘管我的犧牲代價較小，我寧可要別人犧牲，也不願自己付出。那天我學會不再那麼自私了，直到今天，每次看到蘋果，我就會想到那位老婆婆。」

「妳肯幫她真好。」

「噢，我才不想幫呢，大家都以爲她是巫婆，我老爸好怕她。她來找我時，老爸都怕到不敢拒絕她。」

「人們常以為那些長相不同的人，擁有法力。」

「問題就在那裡，對吧？其實她眞的是巫婆，她介紹我認識仙子樹。老婆婆是仙子樹的守護者，自知不久人世，她去世的那天，我就變樹的守護者了。」

獨角獸向前走著，埃摩司和愛榭莉雅安靜片刻，然後埃摩司說：「妳想念妳的紅頭髮。」

「唉，是啊，好漂亮的，卷得跟南瓜藤似的，而且紅得像野生的虞美人，我想念死了。」愛榭莉雅很快地撥弄我的頭髮，把頭整成她那天早上梳理的模樣。「莉莉的頭髮不是不漂亮，我只是想念鬈髮的感覺罷了。」

埃摩司伸手拍拍我的腿，同情地看了愛榭莉雅一眼，但沒說什麼。之後愛榭莉雅便退開了，由我出面主導。

不久我開始注意到埃摩司的一些貼心舉動了。例如在騎行一整天後，他會扶我下馬，或在我獨自走進樹林時，在我的斗篷上留一朵明豔的紅花。他總是能知道何時是我，何時是愛榭莉雅或蒂雅，他會恭喜蒂雅功夫了得地在河裡捕獲獵物，或只是跟愛榭莉雅打個招呼，問她對某件我們剛才討論的話題有何看法。

到了第六天，我的腦裡擠滿各種記一半的小故事，以及與埃摩司跟愛榭莉雅的圍爐夜話相關的夢。其中一個夢是，有位身形嬌小、細瘦的綠眼小仙女，瘋狂地愛上了月亮，她在月光下恣情跳舞，對月亮輕聲唱歌。每晚月亮西沉時，愛到癡狂的仙子便放聲大哭，以為月亮死了，可是等第二天晚上月亮再度出現，又狂喜不已。她相信仙子死時，月亮會送出一道光來接住她，將她帶到天上與他同住。可是仙子無法選擇死亡時間，只能等待，她夜復一夜地抬著頭，渴望地望著月亮。

還有另一個故事或夢境，是一名困在月中的男子。男子俯望人間，看見一名美麗的女孩。男子對她一見傾心，但他知道兩人永遠無法在一起，因此只能看顧著她，每天學習以新的方式去愛她。不過這個故事裡的女孩，可以選擇何時死亡。

後來漂亮女孩發現自己被許配給一名自己不愛的男人，女孩為了拒婚而跳塔自盡。月亮急著救她，伸出光明的長臂接住女孩，可是因為放射的光線太強，月亮的力量因此被削弱。結果女孩盲了——人們說是因月而發狂。

男子懇求諸神幫忙，諸神讓女孩陷入沉睡，不會變老，美貌永駐。男子能永遠凝望女子的容顏，他心愛的人永遠不死。男子以光臂擁住她，但兩人的心依舊無法在一起。他的愛，並未給他帶來撫慰，他就像一個面對盛宴，卻無法進食，備受煎熬的男子。男子四周的光芒變得黯淡了，月亮被黑暗環伺。

時光荏苒，月亮上的男子悲慟不已，他終於告訴諸神，願意放女孩走，讓她得到安息了。諸神笑了笑，用祂們的手指碰觸女孩的雙眼。女孩醒來，看見月亮，並在月亮上找到心愛男子的面容。「現在她真正屬於你了。」眾神說，「因為你已證明了她的幸福，比你的更重要。」

新娘衝入男子懷中，哈哈笑著任男子抱著她旋轉。兩人不再受月亮的限制，時空的隧道拉在了一起，兩人在另一個世界展開新的生活。他們的腳踏在汪洋般的藍草地上，看著月亮的光暈，知道那是在提醒他們，在考慮自己之前，要永遠先想到對方。

若是忘記之前的教訓且變得自私，便會再度遭受分離之苦。他們在瀕臨危險時，月亮會發出警告，因此月暈表示凶兆，至少是天氣惡劣的徵兆。最糟的狀況，月暈預示著迫在眉睫的損失與悲慟。

我想著這些故事，一邊隨埃摩司沿河邊走。我們之間有某種氛圍在改變，埃摩司攀上山脊找路時，我發現他背上的肌肉令我著迷，癡望著他伸在地面上的結實前臂。埃摩司雖然討厭戰爭，卻生了一副戰士的身材。還有，跟他併肩相伴數日後，我不僅發現他內外皆美，且已無法想像沒有他相伴了。

我沒料到自己竟這麼快就依賴他的出現與伴陪，或許對未來的恐懼觸發了這種反應，但我有這種感覺並不奇怪。我的整顆心，每一個心跳，都告訴我那是對的。或許這件事尚不成熟，也許我應該等一等，先跟蒂雅及愛榭莉雅談一談，但我並未察覺她們有任何不安，事實上，她們私心還挺期望的——至少那是我的感覺。

埃摩司說過我必須做選擇。自從我在奶奶的農場醒來，就沒有過可以做選擇的感覺。救世的重擔落在我肩上，我聽到自己以前做過什麼，愛上了誰，可是我一件都想不起來。我知道的只有此時此刻，我的感受是真的，無論是對是錯，感覺就在那裡，因此我做了一個選擇。

埃摩司回到我身邊，我的呼吸變得急促，隨著他接近而心跳加重。埃摩司把一雙大手放到我腰間，扶我下馬，我環住他的脖子，等站定後，並未因此走開。埃摩司的黑髮在落日下閃著金光。我大膽地撥開他面頰上的髮束，用指尖貪戀地撫摸他粗糙未刮的鬍渣。

埃摩司輕柔地解開我環在他項上的手，在我的手腕上印了一記輕吻。「妳確定這是妳要走的路嗎？」他柔聲問，凝望的眼神有些浮動，似乎不是很想知道答案，但我還是能看出他的銀眼中發出精銳的光芒，召我趨近。我的心跳得好快，覺得自己像一顆發出璀璨鑽光的新星，我的光芒蓋去了落日的餘暉，可以獨自照亮整個世界。

「這條路徑令我快樂。」我率直地說。

他刻意緩緩抬手捧住我的臉，表情從謹慎嚴肅，化成男孩稚氣的歡喜。「也令我感到快樂。」說完他吻住我，一記甜美醉人的吻，令人雙膝發軟。事實上，我們確實跪到地上了，但他仍拒絕鬆開我。他以手扣住我的腰臀，不肯鬆去，把我拉到他溫暖的身上。他堅實的胸膛彷若盾牌——護住了他的心口，敵人應該會害怕他的強大與力量吧，然而這樣一名男子卻為我而傾倒。

他雙手纏住我的髮，愛榭莉雅仔細整理過的髮型被他弄散了。金色的心甲蟲髮夾隨意地落在地面上，但無所謂，尤其當他抓起髮絲，用溫暖的手指捲著時。我環住他，將他攬得更緊，再多的撫觸與親吻，似乎都不足夠。埃摩司抽身時，我們都在喘息，但他臉上露出極滿足的大朵笑顏。

他用拇指撫著我的顴骨，我屏住呼吸，期待他用絲柔般的唇再度吻我。埃摩司生得如此瀟灑俊逸，能讓這樣的男子，用此刻看我的眼神瞅著，彷彿我是他全部的世界，這是所有女生夢寐以求之事。我雖不想煞風景，但我的好奇心蓋過了一切。「你見過這條路徑嗎？我們倆的路徑？」

埃摩司的笑意放淡，變得嚴肅起來了，他沉聲凝重地說：「從我們初見面的那一刻，我就知道有這種可能了。」他閉起眼睛，臉上的悅色略微黯淡，「妳必須了解，這情況不是我造成的。」他說，好像我怪罪他害我喜歡上他。「妳本有成千上百種選擇，會讓妳走向不同的方向。」

「但這是一條可能性最高的路。」我說。

「是的，」埃摩司坦白說，「而且我並不後悔走上這條路。」他拉住我的手，慢慢親吻手心，「希望妳也不後悔。」

「不會的。」我輕聲呢喃，他銀灰的眼中透出光彩。埃摩司臉頰上粗短的毛髮，在我手腕內側的敏感帶上擦動，令我的脊骨陣陣酥麻。

埃摩司抬起頭，我身體踉蹌著，但被他扶穩了。「我見過這麼多奇事，看過如此多的路徑，但妳是我唯一見過，並抱在懷中的真正神蹟。」

接著暴風雨之神，所謂的尋路人、治療師，以及最重要的，埃摩司，起身將我拉起。他用健碩的身體抱住我，將我緊擁在胸口。我覺得安全而受庇護，覺得好溫暖，更有甚者，我感覺到被愛。然而即使在這安全的天堂裡，我卻感覺到有滴雨珠落到我額頭上，另一滴噹地落在突在肩套帶外的槍柄上，肩套帶剛才被我隨意地扔到地上了。

埃摩司抬眼望著天空，太陽已落，藍月升空，陰暗不祥的光暈環著月兒。埃摩司皺眉說：「走吧，心愛的，暴風雨要來了，我們得找地方避一避。」

8 邪惡暴雨

天空開裂，密集的雨幕打擊在河流的岩石上，刺急的雨珠重重捶擊我們的背部，這暴雨飄散著苦味——像焦油和燒灰。埃摩司走開幾步，想找尋路徑。等他折返時，頭髮已往後撥開，渾身透溼了。連獨角獸都垂著頭拖步前行，他們長長的睫毛黏在一起，紫色的雨珠從睫毛尖上一顆顆滴落，像淚水似地淌下面頰。

紫黑色的烏雲遮去了星月，閃電擊落在附近，發出嗆鼻的臭氧與焦木味。植物似乎都蜷縮起來，把葉子捲起，攏緊枝子依靠樹幹。轟隆的雷聲撼動大地，我的心跳得好急好亂。

我拉住埃摩司厚實的臂膀，「你不能阻止這場暴雨嗎？」我大聲喊問，得揚起聲，才能蓋過嘈雜的暴雨讓對方聽到。

埃摩司搖搖頭，「事有蹊蹺。」他吼着回答我，「我的法力沒有用，不過我發現離這裡不遠有個山洞，足夠容下我們和獨角獸。」他對我露出安撫的笑容，但那笑容太僵硬，不像笑容，倒像苦臉。事情太不妙了。

一行人被暴風雨蹂躪一個多鐘頭後，終於來到山洞了。埃摩司率先低頭走進去，等查看過後即回來拉起我的手，帶我進去。獨角獸緊緊跟隨，他們的背部肌肉抽動著，一邊甩頭，甩掉身上及鬃髮裡的雨水。

我抓起散在肩上的溼髮扭乾。縱有蒂雅的夜視能力，但我連五呎外的東西都看不到，因此我不確定埃摩司四處走動時，會不會被絆倒。他離開我身邊後，不久便回來了，說找不到生火的乾柴。埃摩司出聲念咒，皮膚自內部發出光來，雙眸如霧中明亮的車前燈，難怪他也能在黑暗中視物。

「那是什麼？」我驚奇地問，拉起他的手，翻面檢視裡頭發出的光，一股舒服的暖意從他裸露的皮膚滲入我體中。他的身體在漆黑的山洞裡散出銀光，但我更感興趣的是，他體內的能量如何能發出照亮我的光。

「我們兄弟全都有這種法力，不過妳大概忘了。」

「好……好神奇啊。」我拉起他的手，貼到自己的鎖骨上方，那撫觸令我心頭狂跳，我倒抽一口氣。

「這樣會弄痛你嗎？」

埃摩司輕聲笑道：「不會。」他伸伸手指，輕撫我的下巴，我的髮根和背脊一陣酥軟，他粗著聲說：「以後我們會有更多像這樣的時刻，心愛的。」

他往後退開，撿起幾顆大石頭，逐一揉摸石子表面，並喃喃念了幾句埃及話。石頭開始發出與他皮膚裡相同的銀光，埃摩司把石頭放到山洞各個角落和裂隙中，然後告訴我，要去換新衣服。我不甚情願地扭身背對他，走到山洞邊緣，給他一些隱私。

灌進洞裡的風，吹扯著可能是異星蜘蛛在岩石間織成的細黃絲網。我碰觸其中一張蛛網邊緣，絲網便黏到手指上了。接著我托起一顆發亮的石頭仔細檢視，發現有張半毀的殘網，上頭附著閃亮的雨珠。

我渾身一抖，以為會看到什麼夜明蜘蛛，或某種撲向我的恐怖玩意兒。我在石頭上擦著手指，刮掉蛛網。我越過洞口來到洞外，洞穴遠處底下的紫河幾乎呈黑色，沖刷河岸的河水像被拋棄的追求者般，一心想破壞曾經馴服它的一切。

埃摩司換上一身乾衣走到我旁邊，手裡拿著另一顆發亮的石頭。他已淡去體內的光了，害我有些失望。我好想等他再次燃亮身體時碰觸他。雨珠落在埃摩司手中的石子上，嘶嘶作響地消失了，彷彿石頭是燃燒的火。我好奇地伸手去摸，發現石頭是暖的，但並不會燙到皮膚。

「我在這裡等，」埃摩司輕聲說，「妳去換個衣服吧。」

我點點頭，留下他站在山洞口，自行到後邊陰暗的空間裡。我在陰黑的山洞深處，覺得自己脆弱而迷茫，就像不小心誤入夢界的人。剛才幾小時發生那些事時，蒂雅和愛榭莉雅竟詭異地安靜，不過，此刻她們還是與我合力製作新衣著。

四周揚起飛沙，旋風將我的頭髮吹乾，等沙暴減緩下來後，我身上出現了柔韌的綠色亞麻長衣，猜想是愛榭莉雅挑的顏色。另外還有舒適的緊身褲和軟底鞋。我腰上掛了一條飾著金色小亮片的腰帶，完美無瑕地配合我的動作。

綠色心甲蟲就釦在腰帶中央，我思忖其中的象徵意義，一時間覺得那是種極美，也極為沉重的束縛。它提醒我，我曾經屬於一位我不復記憶的男子，我好恨無法選擇自己所愛。

我小心翼翼地取下寶石，收到箭袋裡以策安全。我知道我跟埃摩司的新感情應該令我感到罪惡，可是我並沒有。那個曾經愛上阿蒙的女孩已經消失了，也許永遠不在了。我撫摸身體與頭髮，竟發現髮絲鬆長地垂在背上，沒被愛榭莉雅打理成複雜的髮髻。

我很高興全身終於恢復溫暖乾爽，便走回埃摩司身邊，我忍不住深受他吸引，所有塑成新我的元素，全朝同一個方向結合動轉——埃摩司。我像一團大鐵球，而他就是我的磁石。

我來到他身邊，抱住他的腰，把臉倚在他背上，緊貼住他。「屏障倒下了。」他靜靜地說，扣住我交纏的手，用力地按著。

我轉過頭，用下巴抵住他的背脊，「什麼意思？」

「我無法再控制暴風雨，表示塞特或至少他的爪牙，已經控制住這片土地了。我們此次旅途只怕十分凶險，幸好我們已快要準備離開這個世界了。」

我輕哼一聲：「我們之前經歷的難道還不算凶險嗎？」

「整體而言，算相對輕鬆了。」

強風肆虐，似乎證實了他的說法。風在洞穴裡呼嘯飛竄，像野獸終於甩開束縛的鍊子。洞口的石子像小雪崩似地紛紛崩落，我想起月暈，心中充滿恐懼。我希望月亮只是在警告我們有這場暴風雨，我無法想像埃摩司會從我身邊被奪走。我還抱他的雙手緊握成拳，我絕不容許發生這種事。

「這是一種不會對人傳送好事的妖風。」我輕聲嘀咕，接著發現那並非我的想法，而是愛榭莉雅的，我們又融合在一起了。

「沒錯。」埃摩司心不在焉地應道，盯著風雨交加的夜晚。他拉起我的手，將我拉到他面前，用下巴抵住我的頭。我的雙手仍緊環著他。他心思恍惚地撫著我的頭髮，手指穿過頭髮，揉著我頸背上柔軟的肌膚。

閃電一而再再而三地劈落，用殘酷的鞭擊照亮大地。我看著外頭的地景，然後回眼看埃摩司。閃光映在他臉上時，在埃摩司的五官上打出陰影，那一瞬間，他看起來像他死去的兄弟。他依然俊美，但黑色的眼窩卻使他像夜裡剛從棺中醒來的鬼魅，欲找尋一位伴他回墳中的對象。

埃摩司低頭看我，我看到他眼中的冷漠、疲累與擔憂逐漸消失，最後僅餘下明亮滿足的清光。

「來吧，心愛的。」他說，「在暴風雨減弱前，我們什麼也無法做。」

「如果暴雨不會減弱呢？」

「我還能感知到它的力量，這場暴雨會持續到早上，我們好好休息，明天再出發。納布跟我保證，我們已經離跳躍點很近了。」

我點點頭，跟著他往山洞深處走。獨角獸彼此相依地站著睡覺，各據相反的方向。「他們為什麼要這樣睡？」我問。

「他們各自守衛不同的方向，那樣就沒有人能趁他們睡覺時偷襲了。」

埃摩司壯碩的身體靠在山洞岩壁上，他拿自己的斗篷蓋住我們倆。我坐在他身邊，把頭倚到他肩頭。他雖然放鬆，我卻仍能隔著襯衫，感覺他臂上鼓起的筋肉。像白錫般閃閃發亮的石頭，加上獨角獸毛皮與鬃髮上散出的微光，山洞裡像被塗上了一層夢幻浪漫的柔光。

我睏盹地點著頭，思緒已變得渙散，但仍忍不住望著這位把我當稀世珍寶般摟在懷裡的男子，凝視他立體分明的五官。我終於沉入半醒半睡的靜謐空間裡了，我聽到低沉的談話聲，那聲音撫慰了我，彷若在將睡未睡之際，聽著心愛的人為你說故事。

「妳們倆都需要休息了，愛榭莉雅。」埃摩司說。

我可以看見他、聽見他，並感受他的撫觸，可是我知道他看的人並不是我。「我知道，」我的嘴巴說，「只是……只是，有件事情我得知道。」

「什麼事？」

「你愛的是誰？」

睡夢中的我看著埃摩司，望著他明亮如月的眼眸，那眼神空茫疏遠，似是隱藏著祕密，但有可能只是我的想像。

「妳想問我什麼，愛榭莉雅？」

「這是個很簡單的問題，帥哥，我問你，你到底愛我們哪一位。是蒂雅、莉莉還是我？」

「我的愛必須僅局限於妳們其中一人嗎？」

「那我們的呢？你不也討厭跟你兄弟分享感情。」

埃摩司的身體僵了一會兒，然後表情變得跟即將被遠方暴雨襲擊的大海一樣陰沉，看得我忍不住發顫。可是那暴雨來得快，去得也急，表面上一切立即又恢復了平靜。

「等時機對了，我的兩位兄弟便不會是障礙了。」

「莉莉現在也許以爲她愛上了帥氣的你，你如此瀟灑魁梧，笑顏迷人，甜吻如蜜，可是萬一她記起來了，你如何置阿蒙不顧？」

「若是那樣的話，我想她就得權衡各種選擇，再做決定了。」

「你要知道，她不會是唯一做決定的人。」

「我知道，我怎會不知道？」

「如果能有個人支持你，或許對你有幫助。」

埃摩司笑了笑，「妳支持我嗎，愛榭莉雅？」

「我不確定耶，畢竟阿蒙長得很帥。」

他頓了一下，用指尖觸著我的鼻尖，然後問：「那麼妳會選誰，愛榭莉雅？」

「你還沒回答我，卻反過來問我，不公平。」

埃摩司嘆口氣，拉起我的手，用手指纏住。「我不確定能夠區隔我對妳們每個人的感情，」他說，「我很尊重妳們三位，在乎妳們三位。」

「可是你有愛上我們三個人嗎？」

埃摩司笑得溫柔，卻十分勉強，不似以往的歡燦。

「啊，這算是有答案了，是吧？」我的心在胸口裡發疼，像心臟的部位被塞進一顆燙熱的石頭。

我繼續字斟句酌，用發麻的嘴唇說：「很好，阿如果你想把我淹死，就讓我死個痛快，別用淺水來折磨我，心愛的，讓我的心碎個徹底。」我用話嘲弄他，吵開來算了，讓他氣急敗壞地說出實話來打擊我。我在他眼中什麼都不是，只是個老早前就從歷史消失的女孩，一個可卑的殘影。

我為身旁的他傾倒；渴望碰觸他，並被他撫觸；覺得他比珍貴的珠寶還要璀璨動人，他的手臂比仙子峽谷中，最柔軟的窩巢還要舒服，可是結果還不都一樣，接下來他要說的話，必定會像擊垮敵人般地打倒我，像利刃刺穿我，令我死無葬身之地。淚水不聽使喚地從我眼中淌落，緩緩滴下我的面頰。

埃摩司捧著我的臉，用拇指為我拭去清淚。「那天妳躲在樹裡，頭上戴著蘋果花冠。」

「我……是的，我戴了。」我吃驚地答道。

「妳知道那男的可以輕易地殺掉妳，就像砍死那棵樹一樣嗎？」

「我寧可死，也不願苟且偷生。」

「會受辱的人是他，而不是妳。當時我若在那裡，一定會宰掉他。」

「可是你又不喜歡殺人。」

「我是不喜歡，可是任何會毀壞妳的天真——妳的純美——的男人，都沒有資格走在地球表面或任何其他地方。」

他輕輕用指尖劃過我的額頭，撥開被淚痕黏住的髮束，掖到我耳後。我揪痛的心再度跳動起來，但那聲音如此輕巧歡喜，像鼓棒敲在鼓皮上的樂音。

仙子會心碎而死，仙子一旦愛上一個人，就永遠不會移情別戀，我從沒想過那種事會發生在自己身上。我怎會在地府裡戀愛？難道仙子樹不計一切地救我，就是為了讓我在這個寂寞的星球中凋敝，沒有人愛，沒有人要嗎？

我真希望埃摩司能速戰速決，對我痛下殺手，別在他的刀上塗蜜，凌遲我了。他手指的每次撫觸都是一次折磨，提醒我，我只是戴了他心愛女孩面容的人，莉莉才是能撫著他的背，將他攬在懷中的真實女生。我能給他這樣的男子什麼？我到底在期待什麼？

埃摩司終於開口了，「愛榭莉雅，」他說，「不管妳信不信，有些事我也不知道，有些路徑我看不到。妳說話時，我多半知道是妳。我認得出莉莉的聲音，還有蒂雅的，可是有時妳們的靈魂會交融在一起。妳們的相異之處，莉莉、妳或蒂雅的特質，深深吸引了我，讓我逐漸愛上。我知道這不是妳想聽的，不全是。

「但還有件事我希望妳能理解，我追索過妳們三個人的命運之徑，我看著妳們成長，看到妳們做選擇，而我大部分時間都在觀看妳的，我找了好幾個鐘頭，不，事實上是好幾天。在我們分開後的那幾個星期，在我應該跟艾斯坦一起守護冥界的那段期間內，我查看了妳的道路。

「我了解妳，知道妳在世間是什麼樣的人，了解妳頑皮的仙子觀點，也知道妳現在的狀態。

「如果妳問我，我能否只愛那名有一頭紅鬈髮的嬌小愛爾蘭女生，她生氣時會跺腳，瞇起一對綠眼——如果妳想知道，我是否會戀戀不捨地撫著她肩上的雀斑，親吻她蘋果般的臉頰，和笑起來有如藏著美麗禮物、菱角般的甜嘴，那麼答案是肯定的。」

我發出淺淺的輕喘，「你確定嗎？因爲你說出口的話，我都會相信。」

「要不妳以為我幹嘛夜復一夜，犧牲寶貴的睡眠，坐在妳身邊聽妳訴說妳的故事？我連入睡時，都像隻熱情的小狗，在夢裡追著妳。我渴望能躺在一大片三葉草中，把頭枕到妳腿上，讓妳用手指穿過我的髮，用悅耳的聲音輕撫我的耳朵，伴我入眠。事實上，自妳首次與我說話後，我就對妳念念不忘了。」

我撫住他的臉，「我對你也是。」

他立即展顏柔笑，埃摩司半閉著眼親吻我，那感覺如此不同而煥然一新，這記吻十分獨特，僅屬於我所有。

「妳嘗起來像草莓、石楠和仙子的魔粉。」他喃喃說，鬍渣子磨在我臉上。埃摩司低聲傾吐甜蜜的山盟海誓，搔癢我耳後的柔嫩皮膚，修補我原本受傷滲漏的心。不久，我心上的裂痕都被填平了，把我對他的愛留藏住，飽脹地再次灌注到我的血管裡。

我用手臂環住他的脖子，緊抱住他，感覺幸福就要從體中爆發而出，讓閃閃發亮的快樂，像下雨般灑向周邊一切事物。埃摩司閉上眼睛，輕擁住我，我心滿意足地用嘴唇探索他的臉頰下顎，留下一道輕柔的吻痕。

埃摩司扣著我的頭，把我貼到他胸口，然後哼著輕快的曲調，一首我兒時記得的曲子。那讓我想到夏日在野花群中的小憩，我直接摘著樹叢裡的熟莓果吃，把光溜溜的腳趾浸到冰涼的溪流裡。我微笑著閉起眼睛，漸漸入睡，覺得一切似乎都會很美好，我將永遠與埃摩司相伴。

那是最美的夢了。可惜所謂的永遠，並未如願地維持太久。

我猛然驚醒，埃摩司不見了，黎明前的空氣悄悄地漫進山洞，帶來威脅性的寒氣。發亮的石頭已經暗去了，唯一的光源來自穿雲而過的薄橘月色。月光射過洞口，將一切染紅，洞裡彷彿被地獄來的水給淹了。

獨角獸都醒了，他們悄悄地挪著腳，緊張而不安地像是感覺到遠處有獸群狂奔。「怎麼了？」我問納布，「埃摩司去哪裡了？」

納布跟卓拉還來不及回答，有個黑影已從洞口進來了。「莉莉？」埃摩司說，「我們得快點走，對方追上來了。」

「追上來了？」我火速起身拿起埃摩司的斗篷抖開，走過去把衣服交給他，並開始繫自己的肩套帶。埃摩司將我轉過身，幫忙我穿，接著他把自己的斗篷披到我肩上。

「是之前想獵我們的同一隻怪獸嗎？」蒂雅跳出來問。

「我不確定，」埃摩司說，「無論來者何物，反正旨在毀滅我們。」

埃摩司很快吻了我的額頭一下，扶我騎上納布。「納布跑得最快，」埃摩司解釋說，「萬一出了事，我會告訴他走哪條路，咱們先分開，我去引開野獸。」

我搭住他的臂膀，「不行，埃摩司，我們不能分開。」我又主宰自己的身體了。

他努力擠笑安慰我，「我們盡量避免就是了。」
必要時可以用飛的，納布說，到邊陲的距離並不會太遠。

埃摩司點點頭，同意納布的評估。

大夥離開山洞，循著只有埃摩司能見到的路徑。半圓月從飛掠而過的雲層上端窺探，埃摩司經常駐足，不斷改變路徑，無論他看到什麼，全令他面色凝重。一隻怪鳥從陰黑的樹林裡發出怪叫，先是像嗚嗚的貓頭鷹，最後卻變成尖叫。我不確定那是自然的叫聲，或是怪鳥抓到了什麼，並用致命的利爪刺死對方。

即便太陽升起了，林梢仍罩著濃重的霧氣，襯得地面的陽光顯得妖氣而詭譎。埃摩司從沙中喚來武器，每聽到聲響，便握住手柄。他眼窩凹陷，英俊的面容看來憔悴而憂慮。

暴風雨雖然已經離開了，但樹林仍是一片敗象，枝上的葉片捲曲著，令我想到把頭埋在沙裡，希望不會有人注意到牠們醒目軀體的鴕鳥。長得很像蘆薈的帶刺綠色植物緊緊地裹合著，看起來就像剛剛種到地裡的長杆，詭異極了。它們像一排排沒有標示的墓碑般立在苗床上。

隨著太陽攀高，我們來到一座山丘頂處，俯望整個山谷，剛好瞧見第一隻衝進空地裡的動物。那東西用後腿立著，嗅聞空氣，來回轉動頭部。此物甚巨，狀似迅猛龍和長著利牙的貓生出來的寶寶。牠的皮上長了甲片，或許因此不會被長刺的植物拖慢速度。怪獸朝我們扭過頭，發現有獵物時，再次發出巨吼。

我看到牠臉上不止有一對在黑暗中發亮的眼睛，而是兩對，甚至更多，簡直像電影《哥吉拉》裡走出來的東西，可惜大蟋蜴哥吉拉偏偏不在場。「埃摩司？」我喊道，「我想咱們有麻煩了。」

一群怪獸幾乎同時從樹林裡跳出來，如山羊般迅捷地衝上多岩的山腰。牠們用爪子刨抓著大步攀躍，太陽光映在牠們的身上，獸群發出得意的吼叫。不消幾分鐘的時間，獸群已跑到我們上方了。

「納布，快走！」埃摩司大喊，獨角獸立即開始狂奔。被鬧醒的植物登時起了反應，伸出枝子攫住我的頭髮和斗篷。我一手緊揪納布的鬃毛，一手抽出標槍揮砍糾纏的樹枝。接著我本能地拔箭射中附近一棵樹幹。我灰心地發現，我從箭袋抽出的是伊西斯的箭。樹幹中箭後，枝子當即僵住，接著枯萎。我又對攻擊我們的異型妖樹射出兩箭，那兩種妖樹也是即刻定住。我在心裡數著，八、七、六。還剩六根箭。

恐懼在我的血管裡竄流，如沖刷乾枯河道的水流般凶猛，背後的獸群向上奔騰，緊追不捨。幸好四周的樹林，已不再阻擋我們的去路了。

埃摩司轉身從我身邊衝過去，正面迎擊第一頭野獸，用短棍痛搗妖物的頭骨。他在想什麼？他以爲自己可以撂倒一整群怪獸嗎？

埃摩司想引開牠們，蒂雅說，他好英勇。

他好蠢，我嗆道，「納布，折回去。」

不行，斯芬克司小姐。

「快給我折回去。」

埃摩司不會無端冒險，妳要相信他，他知道自己在做什麼。

我確實信賴埃摩司，但我如何能放他隻身去冒險？埃摩司固然厲害，但我也不差。納布扭身衝上一道新的急彎，讓我看清底下的狀況。我張弓射箭，一箭射入一頭野獸的胸口。五，我心中數著。那動物掙扎著倒下，但其他獸隻不斷湧來。我再次射箭，四、三，埃摩司此刻暫時安全，三頭野獸滾落山腰，非死即重傷，但牠們對神箭的反應並不像植物那樣強烈。埃摩司再次衝上來，改走一條新徑，我知道那條路很快會與我的交會。

我們來到另一道彎口，埃摩司很快追上我們，他喊道：「你們還好嗎？」

「我們沒事。」我回喊。

「我們得用飛的！」他大聲說，「對不起，納布，可是我們沒得選擇了。」

罷了，納布表示。但願幸運之神會眷顧我們。獨角獸的肌肉在我身下一緊，同時展開雙翅，唰的一聲竄入空中。卓拉跟在後頭，一行人很快離開山頂，把那片食肉的林子遠遠拋在底下。那群張牙舞爪的怪獸登上山頂，對著飛走的獵物大聲咆哮。

片刻之後，獨角獸轉往西方，離開升起的太陽。一股有如千隻鳴蟬的聲響自我們周圍騰起，此起彼落，吱喳個不停，宛如一群隱形的蟲子在我身邊飛繞，然後轉向埃摩司。當鬧聲消失時，感覺反而更恐怖。我們朝上飛升，高得害我不敢往下看，但我還是偷瞄了，結果忍不住失聲尖叫。

我們下方有隻巨獸正往上衝，張開的巨口中長滿了鯊魚般的利牙。我們飛入雲堆裡，致使我一時間無法看清。接著一對無羽的巨翅尖翼穿雲而出，看起來像魟魚翅似的，接下來出現的，是怪物的鼻子和魚雷般光滑的身軀。

快點，卓拉，納布警告說。

這隻大型獵獸的四周，蜂繞著小鳥般的生物，牠們像鯽魚似地跟在牠身側。那吱吱喳喳的聲音又回來了，我發現那是怪獸的回聲定位方式，因為鬧聲一出，怪獸便重新調整角度，繼續追擊。逼近的怪獸張嘴去咬卓拉的腳跟。

埃摩司出聲施咒，將怪獸暫時定住，讓牠徒勞地拍著寬大的翅膀，接著牠又繼續追上來了。

我試著幫忙，運起神力想搜尋怪獸的名字，可是牠身旁飛繞的小妖讓人抓不到核心，彷彿牠們用靜電或分散我神力的鬧聲，包覆住巨獸。我試著射出寶貴的神箭，雖然一箭中的，卻未能減緩怪獸的飛速。剩兩支了，我心想。

把剩下的省起來吧，蒂雅說，這怪獸對神箭沒反應。

我們快到了，納布大喊。

我僅能看出天空有個黑洞，獨角獸伸長了脖子，朝黑洞快馬加鞭。我們就快到了，這時那群怪鳥落到我們身上，我發現牠們其實更像巨大的蜂隻，而非飛鳥。牠們嗡嗡叫著，巨型飛鯊越逼越近了。

牠無法跟著我們進去！納布大喊，堅持住！

納布和我率先穿過洞口，納布的頭和前腳沒入黑暗裡，蜂群一頭撞在屏障上，驚嚇得四散飛開，令追殺我們的獵獸困惑不已。有幾隻妖蜂撞在我背上，從我的斗篷上彈開。我的手掌與臂膀沒入空無裡了，就在我身體其餘部分穿過之前，脖子上被叮了一下。我伸手從髮下拉出一根粗刺，往納布身旁一扔。

埃摩司很快追上我們，我回眸望向背後，仍能看到殘餘的蜂群，也看到了困惑的飛鯊不停地盤飛，搞不清我們去了哪裡。紫粉色的天空變成了黑暗的星空，不久我們便被群星環繞了。

「我們在哪裡？」我悄聲問納布。

這裡是過渡空間，夢之搖床，妳之前曾來過一次，但妳不記得了。

「我有嗎？」

有的。

我揉著自己的手臂。越來越冷了。

蒂雅出了點力，我的身體很快暖了起來。謝謝妳，我對她說。

之前飆高的腎上腺素漸漸退去了，我的四肢變得好沉。我們輕鬆地飛著，疲累的獨角獸緩慢但穩健地揮著翅膀。現在沒有怪物追殺我們，想把我們當早餐吃了，蒂雅發話說，我們得談一談。

「怎麼了？」我問。

私下談，她說。

噢。妳還好嗎？是不是心裡有疙瘩？

我覺得我們應該談談他的事。

他？妳是指埃摩司嗎？

是的。

我們眞的得現在談嗎？愛榭莉雅問。

我覺得我們……我認爲我們……應該談。

蒂雅？我說，蒂雅沒回應。「蒂雅？」我大聲說。

她好像睡著了，愛榭莉雅表示，接著她遲疑了一會兒。噢，糟了。

愛榭……莉雅？我頭腦混沌，就像被植物扎到時那樣。我伸手探向頸背，摸著剛才被螫的地方。那邊腫了一個包，螫傷之處還滲著黏液。「那蟲子……蟲子……一定是……給我們下……毒了。」

不！納布在我心中大喊，愛榭莉雅，妳一定得負責掌控，莉莉不能在此地睡著！絕對不行！

我……我撐不住了，我才想開口時，我的頭便往後一仰，突然失去重心。我聽到愛榭莉雅在我心中尖叫，然後一切就黑掉了。

9 死亡之眠

「莉莉！」

有人尖聲喊我的名字，像世界末日似地一遍遍高聲呼喚。我只想睡覺，這要求過分嗎？現在是暑假，大學又還沒開學，爸媽幹嘛鬼吼鬼叫？

我的頭好痛，尤其是脖子底下，接著那喊我名字的聲音突然不見了，疼痛也戛然而止。沉默來得如此平靜而快樂。我撇除所有煩憂，擺脫所有盤踞在心中的事。

我不知道自己睡了多久，等我醒時，我慢慢地甦醒，伸展四肢，像隻愛睏的貓一樣扭動肩膀。這是長久來，我第一次感覺不到匆忙，不被需要，也沒有責任。

等我終於眨開眼睛後，我竟然看不懂眼前的景物。濃霧罩住我的身體，我坐起時，霧氣環到我的腰際，覆住雙腿。我身上是一襲簡單的素衣，在我身上飄飛。天空布滿了星雲和各種彩虹色的旋繞銀河，可是四面望去，除了白霧，空無其他。我在光溜溜的腳丫旁揮著手，看到的地板也是白色的。那不是花崗岩或大理石，但質地堅硬滑溜。

我在哪裡？我心想，這是我做過最怪的夢。

一個悲傷的聲音答道，我們摔下來了。

記憶像滾下山的石頭，一下子全回來了。呃，也不是一切的一切，但也夠多了。我並不是在紐約市、在自己溫暖的床上，過該過的暑假。之前我在另一個星球上騎著獨角獸，還有，噢，對了，我有兩位住在我腦子裡的旅客，我好像愛上一位甦醒的木乃伊，還有，我必須拯救宇宙。

「愛榭莉雅，」我問道，「蒂雅呢？」

她還在睡，那個世界的毒素對她影響最深。

「好吧，這回我昏倒多久？還有，弓跟箭袋，或插標槍的肩套帶呢？」

不知道，我在這邊也沒辦法知道時間，我不確定我們的武器是不是丟了。

「妳覺得這裡會是天堂嗎？」我問，「我們是不是摔死了？」但這不是我能想到的最糟結果。

阿我沒有不敬的意思啦，不過我覺得我若死了，應該會自成一隻鬼，而不是寄居在妳的腦子裡。

「也對。」

我開始走路，雖然我沒地可方去。蒂雅醒時，我和愛榭莉雅都鬆了一口氣。她建議大家試試法力，結果沒用，我們連斯芬克司的神力都施不上。經過不知道多久的時間，有個東西起了變化。

一開始，我們以為是滂沱大雨，但雨珠太大了，且並未真正觸及地面。等雨珠接近時，我們發現那其實更像泡泡或旋轉的玻璃碟。閃亮的碟片快速地環繞我們飄著，我看到裡頭映出的影像是動態的。

「那是什麼。」我伸出指尖輕輕碰觸地問。

「我不會去摸那玩意兒，至少還不能碰。」有個男性的聲音在我背後說。

我火速轉身，蒂雅衝到前頭，一把將我推開，急切地喊道：「艾斯坦！」

英俊的男子露出帶點狂妄的笑容，一邊嘴角挑得斜高。若非蒂雅喊出他的名字，我不見得能依據他的棺具，就認出他來。他的表情如此生動，實在難以跟之前見過的屍體連在一起。「哈囉，母獅小姐。」他微微欠身說。我覺得男子平易近人的笑容，對他自己實在沒什麼好處，我不信任那種到處亂放電的男生。不過話又說回來，我第一次見到埃摩司時，也不信任他。

妳愛的就是這位嗎？我問蒂雅。

他是埃摩司的弟弟，蒂雅解釋道，沒再多說。

是啊，我猜到啦。他怎會在此地？問他我們現在在哪裡，還有我們究竟發生什麼事。再順便問他，我的記憶怎麼了，納布和埃摩司跑哪去了？他可以帶我們回到他們身邊嗎？

蒂雅嘆口氣，妳最好自己問吧，說完蒂雅與我交換位置。

我還來不及問他任何想問的事，他反倒先問了。

「妳們幾個女生到底幹了什麼事？」

「幹了什麼事？這話什麼意思？我們什麼事也沒做。」我插腰衝他皺眉，「對了，我是莉莉，很高興認識你，蒂雅跟我說了很多你的事。」

其實蒂雅除了談到他在整件埃及故事裡的角色外，並未真的提到他什麼。蒂雅顯然略過一些更有意思的細節。

艾斯坦把雙臂交疊在胸口，用絕不馬虎的眼神打量我的臉。「哈囉，莉莉。」他揚著眉毛答說，「呃，很高興也認識妳。」他朝我示意地比劃了一下，「咱們稍後再搞清楚妳們發生了啥事，首先，我們得先把各位女士送出這裡。」

「是的，敢問『這裡』究竟是哪裡？」

「看起來妳們三位好像迷路，被困在『夢之搖床』裡了。」

「好，」我說，「那我們要如何脫困？有沒有像門或之類的東西？」我滿懷希望地四下環顧。

「只怕妳們還不明白此事的嚴重性。是這樣的，妳們三位全都變成了夢，成為幻想之物。唯一逃離這裡的辦法，就是有人夢見妳們，用夢將妳們帶回現實。」

「我不明白，那麼你又怎會在這裡？」

「我並不在這裡，不是真的在這裡，是夢中的我在此處，那是我身為埃及之子的法力之一。」

「呃，那麼你為何不夢見我們？除非這已經是夢了？」我樂觀地說。

艾斯坦搖著頭，「目前我並未擁有我的肉身，我被困在瑪特的密牢裡。」

「那麼埃摩司或哈森博士呢？」

他用手心揉揉下巴，「是有可能辦到，但他們得逐一將妳們帶回去。妳們各有不同的夢界，只能透過自己的夢，返回人世間。我不會對哈森抱太大希望，他最近的夢，都跟某位與他近水樓臺的人有關。埃摩司是我們最大的希望。」

「奶奶。」我喃喃說。

「她是令祖母嗎？」他問。

我點點頭，「我想她和哈森博士有些情愫。」

「有意思。」艾斯坦眨著眼，然後笑了笑，伸出一隻手。「我們去找愛榭莉雅的夢好嗎？埃摩司最有可能先夢到她，讓她恢復存在。當然了，如果納布有跟他解釋發生什麼事的話。」

「為什麼他最可能先夢到愛樹莉雅？」我問。

艾斯坦立即瞟我一眼，但選擇不回答。我腦裡的仙子也沒補充任何洞見。大夥默默走了一段時間，艾斯坦邊走邊用奇怪的眼神瞄我。「呃，」他停下來，指著一片反光的飄浮碟片。「咱們到了。」

那影像朝我們旋過來，裡頭的場景是愛爾蘭草原，有棵大樹為其遮蔭，綠草上開著藍色的花朵。我可以聽見附近溪流潺潺，感覺一股暖熱的微風輕吹過我的皮膚。

「碰觸碟片，妳就會進入愛樹莉雅的夢境了。埃摩司會進入她的夢，將她拉出來。他那麼做時，妳和蒂雅請繼續待在她的夢裡，但愛樹莉雅會消失。」

「阿你這話是什麼意思，我會消失？」愛樹莉雅竄出來主控我的身體。

「意思是，妳會去到埃摩司肉身做夢的地方。妳就像個幽靈，他無法觸摸或見到妳，但納布看得見。到時妳再告訴納布，叫埃摩司接著連續夢到蒂雅和莉莉，等莉莉回到她的肉身——當然了，這是假設埃摩司和納布已找回莉莉肉身的情況下——妳和蒂雅便會自然而然地再次進入莉莉的腦子裡了。」

他推論式的演說裡有很多的假設，聽得我渾身不安。要是我的話，一定會挑出來講，但現在主控的人是愛樹莉雅。

「阿你眞的可以叫一個人去夢一件事，然後讓它發生嗎？」愛樹莉雅充滿疑慮地問，這點我深感同意，我從未聽說過叫自己去夢見某人的說法。

「妳一定會很訝異，人的意志對自己夢有多大的影響力。」艾斯坦輕聲說，「相信我，我可是箇中專家。」他抬頭閉起眼睛，「是的，他準備好了。動手去摸那個夢吧，祝妳好運，我會很快與妳們二位見面。」他又說。我猜他指的是我和蒂雅。

我朝著夢伸出一隻手，而另一隻手似乎有自己的意志力，逕自拉住艾斯坦的手臂。他原本扭頭看著另一個在我們背後打繞的碟片，可是手被拉住後，他頓了一下，然後與我四目相對。「別擔心，」他柔聲說，拉起我的手按著，「我會來找妳的，我保證。」

就在這時，我另一隻手觸及那個碟片，碟片便被吸入我體內了。艾斯坦與白霧登時散去，我們在漩渦中打轉，天空在四周旋舞。那藍與白的分線終於停緩下來。我仰躺著，手臂枕在頭後，仰望碧藍的春季天空。

身下的地面感覺好柔軟，我拔起一撮綠草，開始數著三葉草的葉片，尋找稀有的變種四葉草。我把頭轉向一記鬧聲，發現自己躺在一片紅色有彈性的東西上。

我快速坐起身，發現那紅色的東西也跟著我移動。那是我的頭髮，我拉過一束，發現頭髮好長，長到要伸長整條手臂，才能拉住髮梢。當我鬆手時，髮束就又彈回披散在肩上的亂髮裡了。

剛才的聲音是松鼠匆匆爬上附近樹幹的腳步聲，地面上突著粗大的樹根，我讚嘆地望著巨樹，發現樹幹得夠粗，才能支撐上方沉重的綠蔭。春日的鳥兒啁啾地鼓著翅膀，開心地彼此追逐，在枝子上跳進跳出。

我伸出手臂，發現自己修長的四肢細若小鹿，蒼白如波西的乳汁。我的皮膚像棉花糖跟奶酪，我伸在三葉草上的光裸雙腿，像是塗在新鮮豆子上的奶油。我撫摸自己的臉，感覺嘴唇、臉頰和下巴的輪廓，那形狀與我原本的極為不同。我的鼻子十分小巧，我真希望能有面鏡子，看看自己到底長什麼樣。我發出咯咯的笑聲，最後終於望向我該看的方向了。

我的腳依然光著，而且現在有點髒了。我在晨陽下扭動腳趾，然後把腿收到綠色的手紡洋裝大裙子下。我解開刺著脖子的綁帶，摘掉草帽，甩開一頭鬈髮，然後把手探入腰上圍裙的寬深口袋裡，開心地找出一把野草莓。

我摘掉梗子，把一顆肥大的草莓塞入口中，享受爆散的甜汁。

「希望妳幫我留了一顆。」一個熟悉的聲音說。

我正想回答，卻發現自己無法答話。另外一個人替我說了，「我一向會幫你留的，帥哥。」

埃摩司坐到我身邊，手蹭過來攬住我的腰，然後張嘴等我餵他草莓。我從口袋掏出一顆，拔掉綠梗，假裝餵食，卻把草莓塞進自己嘴裡，然後哈哈大笑。

「噢，妳會付出代價的。」埃摩司說。

「是嗎？」我逗他說，「這裡有誰敢對我怎樣？」

「妳這個小女生，是想測試本人的男子氣概嗎？」埃摩司假裝生氣地把我推回草地上，我的頭髮散落兩側。他兩手各撐在我頭側，垂下身子，直到嘴唇離我的僅剩幾吋。

埃摩司輪廓分明的五官似乎十分柔和放鬆，原本緊繃而稜稜角角的下巴與顴骨變柔緩了。他往下靠，輕輕親吻我的唇，彷彿想藉由他的吻觸，記下我的唇形。埃摩司抬頭喃喃說：「我可跟妳說過，妳有多美嗎？」

「你這油嘴滑舌的惡魔，你說過了。你以爲拍馬屁就可以哄人家把草莓讓給你吃嗎？」

他開朗的笑聲溫暖了我的心，埃摩司坐起身，把我也跟著拉起來，他摟住我的腰，將我抱到大腿上，緊摟著把鼻子貼到我的頸子上。接著埃摩司用他的吻令我發狂——從一隻耳朵慢慢吻至下巴，再吻到另一側的耳朵，然後再吻回來。當他的唇印在我耳後根的軟骨時，我輕輕顫抖。

等他終於抬起頭時，我渾身發顫，但他卻咧嘴一笑，張開手，讓我看到他偷走我口袋裡所有草莓了。我驚抽口氣，「你比油嘴滑舌的惡魔還要壞，眞的，你是一個現場被活逮的小偷！」

「在愛情的遊戲裡，當小偷比當乞丐強。妳是打算要我求妳，賜給我更多草莓吻，或者，小愛，我應該用偷的……」

「你想用甜言蜜語騙我，我可沒那麼容易上當。何況，眞正厲害的竊賊不會浪費時間說話，只會動手去偷而已。你騙不了我的，埃摩司，你是乞丐，不是小偷。」

他的笑容有如小溪尾端果園裡的綠蘋果般清脆、酸澀。光看著他，就令我像是嘗過青蘋果般，嘴唇發皺了。與埃摩司在一起，我願意冒險品嘗生命中所有的酸楚，只為了一嘗與他在一起的甜美。

他那雙如冬日海岸般的灰眸召喚我靠近，我再次吻住他。這回埃摩司的吻變得更加深沉激烈，像月光吸引潮水般，將我的神魂帶往一個我不確定我是否會想去的地方，但我仍深受那股神祕的吸引。

結束這個吻之後，埃摩司撫著我的頭髮，他的笑容集甜美與憂傷於一身。「我們得走了，心愛的。」

「我不想走。」我緊揪住他的手，「我們不能就待在這裡嗎？待在這個平靜，我可以獨占你的地方？」

「那莉莉怎麼辦？妳跟我一樣，可以感受到她心中的痛，看到我們這樣，她很難過。」

「莉莉可以找尋自己的幸福快樂，這份幸福是我的。」

「愛榭莉雅。」埃摩司淡淡地訓斥，就像輕柔的沙漠雨滴，但即使雲淡風輕，她還是能感受餘威猶存。「我很訝異，一個因其他人犧牲了性命，才得以存活的女生，竟會如此輕易放棄別人。莉莉需要妳，在這個地方，人很容易忘記真實的世界，去躲避、忽略日復一日的日升與日落，僅聚焦在愛與歡笑上。但這片草地不是真的，這些動物、石頭和溪流根本不在乎我們，這不叫生活。

「我想與妳過日子。」埃摩司接著說，「把生活過得有滋有味，或至少盡我們最大的努力去過。」埃摩司輕抬起我的下巴，讓我看著他。我眼中含滿淚水，心都快碎了。他接著說：「小愛，妳曾經告訴我，有了愛，便很容易分享一顆馬鈴薯。我雖很喜歡與妳分享夢境，跟隨妳的腳步走在這條路徑上，但我所認識的那名女孩，不會讓情如姊妹的兩位朋友獨自受苦。」

我大聲吸著鼻子，「那我會怎麼樣？我們會怎麼樣？」

「我不知道。」埃摩司老實回答，將我抱緊。「但願我能知道，能清晰地看見未來的道路，可是路徑到了薇斯芮特便終止了。在那之後便是一片未知。」

「我不想失去你。」

「我也不想失去妳。我們無法改變風的方向，我的愛，但我們可以順風而行，才不會被吹垮。」

「那你……你可以答應我一件事嗎？」

「任何事都行。」

「萬一……萬一我出事了，你絕對不能忘記我，我是指不能忘記我現在的樣子。」

埃摩司用一雙大手捧起我的臉，深情地笑著。「看見妳現在的模樣，是我永遠無法忘懷的事。即使我再繼續活上千年，每次閉眼，我都將在夢中見到妳美麗的容顏。」

我摀住他的手，「好吧，那麼我準備好了，親愛的。」

四周綠地搖動，我的身體騰入空中，像被吸入了漩渦裡。

旋轉停止後，世界也變了。原本布著雲團的藍天，成了一大片星光閃爍的黑幕，周圍是一片無邊的大草原。愛樹莉雅不見了，她的夢也隨她消失了。她在我心中蟄居的那方空間，此時空空蕩蕩，感覺好不對勁。可是這念頭才起，似乎旋即便忘了。

高長的草在溫爽的微風中搖曳，送來附近河流的氣息、夜花的濃香，以及被太陽烘暖的金合歡樹香。天空傳來飛鳥的振翅聲，牠們獵食日落後出沒的蟲子，叫聲在樹林稀疏的草原上傳響。就我目力所及，我是四周唯一的大型獵食動物，雖然我挺喜歡這樣，卻感覺有些孤寂。

莉莉知道某個東西不見了，我的心在痛，但莉莉現在並不負責掌控。這是蒂雅的夢，而蒂雅覺得很……平靜，很舒坦。我陷在她的夢境裡，就像在自己的夢中一樣，隨著她體驗每個味覺、香氣和聲音。我穿過草原，草尖搔著我的小腿，我攀上一連串的岩石，直至來到一片平坦的山巔。我的四肢矯健強壯，皮膚柔軟，比剛才爬過的棕色岩石顏色略深。

我找到適當的定點後，坐到一塊平石上。石頭被夏日的太陽曬得還有餘溫，我往後用手掌撐靠，眨著眼睛，發睏地思索自己現在的模樣。沒想到我在自己的夢裡，我竟以人類的姿態出現。我挺想念自己的尾巴和利齒，但我也喜歡現在的裸肩和臀部的弧度。我渴望奔跑，測試我那雙修長的腿，那伸在與我以前皮毛同色的短裙下的長腿。

現在我也有鬈毛了，以前我老嚷嚷想擁有鬈毛，這下子可完美了。我濃密的頭髮從額前往後梳，剛好長至肩頭。我能快速地用手耙梳，解開任何髮結，而且不需太費心整理。我還不知道髮色是什麼，但我並不是特別在乎。

風沙沙地吹著長草，我坐起身。星光映在我身上，使皮膚泛光。我忍不住盯著自己的手和臂膀，這是我的手，我的臉；我的皮膚；我凹凸有緻的纖長身材；我的氣味。是我的，不是莉莉的。我不知道這點為何會如此重要——或這念頭為何會令那位在我心中默默觀看的人傷心——但這真的很重要，非常非常重要。

岩石的影子像墨色的水潭般伸過大地，樹上的葉子發出輕嘆。微風穿過，親吻每片葉子，在離去前低訴它的祕密。輕風愛撫我新的身體，搔癢我的肌膚，弄得我頸背上汗毛直豎，似乎有事要發生了。

「原來妳在這裡。」下方傳來一個聲音，我竟未察覺此人的到來，一定因為變成人了，才會這麼遲鈍。

我垂眼一看，「哈囉，艾斯坦。」

英俊的男子抬起頭向我走來，臉上似笑非笑。他白色的亞麻長褲和寬鬆飄逸的襯衫在暗夜中格外醒目，但仍無法與他星光般燦爛的笑容相比。我輕喟一聲，很高興能見到他，但又同時感到害怕。

「上面的空間能容得下兩個人嗎？」他客氣地問。

「可以，」我答道，「你若樂意話，可以上來跟我一起。」

「我樂意得很。」

我聆聽他迫近的聲音，但是沒扭頭去看他。我的心像在打一場自己無法理解的仗，除了我，沒有人知道。當他拉近兩人的距離時，他的迫近成了一件實際可觸的事了，我好想低吼警告他，我是個強大的敵人，無法輕易被擊倒，但我保持沉默。艾斯坦可以不費吹灰之力地破壞我集最大力氣所築起的無形防禦。

艾斯坦坐到我身邊，我用眼角瞄他。他並未如我預期地用征服者的眼神看我，甚至沒有露出獅子享受獵物的神態，反而十分安靜地看著四周的地景，逕自沉思。「我喜歡妳的夢。」他終於說，「好平靜。」

我不知如何應對，便說：「我還以爲入我夢的人會是埃摩司，不是你。」

「他會的，不過他可能得多花點時間。埃摩司對妳的了解，不像對愛榭莉雅那麼深，他很難追蹤妳的夢。」

我吸著鼻子，微微挪動身子，扯著自己的裙襬，突然覺得這樣穿著很奇怪，好像自己是個假扮人類的冒牌貨。「是啊，呃，他確實最了解愛榭莉雅。」

艾斯坦立即露出好大一朵笑容，一副恨不能再多說一些的樣子，但他咬住嘴唇。不知怎地，我覺得這個動作好迷人。艾斯坦選擇暫時保留想說的私密話，說道：「我想，妳大概不介意在等待時，有人相陪。」

說完，艾斯坦轉向我，他英俊的面龐離我如此之近。當他眨眼時，我發現他長長的睫毛就像細羽一樣，他的諸多優點，又添一樁了。

被他發現我如此明目張膽地欣賞他，我應該要覺得尷尬，但我不在乎讓他知道，不再掛意了。我們之間堵著一扇門，此刻的我，沮喪地坐在門的另一側，希望能再度打開門，踏入照亮他臉孔的那片光裡。

「妳似乎不太像自己，獅子小姐。」他說，「當然了，妳的外貌除外。」他指指我的新身體。

我收回長腿，向他探身，然後挺直肩背，正色說：「我覺得自己從來不曾像現在這麼自在，不過你若認爲我變成人類太超過了，那就直說，不必拿話來哄我，艾斯坦。我是母獅子，寧可你坦白說。」

「是的。」他輕聲而認真地表示同意，「我知道，我就欣賞妳的坦率，我並不討厭妳化成人形，事實上，我覺得很適合妳。」

我點點頭，「謝謝，那麼我想坦白地跟你討論我們之間的關係，艾斯坦。我知道你一定會對之前我們倆在夢裡的事感到失望，你以爲你抱著的是莉莉，相信你吻的是莉莉，但其實不是。

「我沒辦法回到過去矯正錯誤，可是我並不後悔那次的經驗。我倆曾有的激情現已化成灰燼，被風吹散了，但我依然能感覺到那烙印在我記憶裡的熱度。」

「關於那場夢，妳說的一切都是真的嗎？」他問。

「我無意誤導你，如果你要問的是這個。我對你說過的話，都是誠摯而發乎至情的。」

艾斯坦沉默良久，我的心在胸口沉跳，像穿越叢林的大象般重重敲著。

「謝謝妳。」艾斯坦終於說。

「謝什麼？」我訝異地問，他的回應實在出人意料。

「謝謝妳發現我有值得被愛之處。」

我想告訴他，我覺得他非常值得人愛，也許其他人更配得上莉莉，讓她更快樂，但我很清楚，要我來選，我會選擇艾斯坦。可悲的是，對我來說，這種選擇並不存在，我沒有權利選擇莉莉的伴侶，一如我無權擁有這副身軀。

這些千愁萬緒太複雜了，遠非一頭母獅子所能表達，我只好簡約地說：「我從沒想過自己能夠去愛。」

他拉起我的手，撥弄我的手指，不肯看我的眼。我好喜歡看我們倆十指交扣，看不同的膚色交疊在一起。這令我想到夜裡的蒼穹——繁星點點，夜色絲滑。也令我想到，在自己的夢裡，至少我是屬於自己的。

「但是妳可以，不是嗎？」他的語氣並非詢問，「妳是一隻懂得愛的母獅子。」

我輕嘆一聲，「莉莉試著協助我了解愛，明白激情與愛的差別。一開始我很混淆，現在我明白愛是什麼了。也許那表示我有了改變，不再只是一頭母獅。」我坦承說，「不過老實講，我不清楚自己現在是什麼。」

「妳看起來確實不再像一頭獅子了。」

「是啊，」我輕聲答道，「不像了。」

「所以妳想明瞭愛情，想知道存乎男女之間的愛，才會來到我夢裡，是嗎？」

「是的。」

「我明白了。妳對這樣的探索感到滿意嗎？」

「什麼意思？」

「意思是，妳嘗過愛情的滋味，測試過愛情了，妳是喜歡呢，還是準備邁向別的目標？其他新的人類經驗？」

我皺皺眉，「我經歷過各式獨特的人類經驗，有些喜歡，有些並不喜歡，有些則令我感到困惑。如果你想問的是，我是否享受我們的邂逅，那麼你應該知道，我在那之後經常想起那段經歷。」我咬著臉頰內側，「那是我跟莉莉在一起時，最寶貴的回憶。」

「可是現在妳已跟埃摩司有過那種經驗了。」

「是的，可是……」我用手掌在大腿上揉著，不確定該如何解釋。

「可是什麼？」

「那不一樣，他不是爲了我，雖然我們之間有激情與溫柔，但他望著我的眼睛時，看的卻是別人。」

艾斯坦伸手拉起我另一隻手，「所以，」他說，「妳認為我們之間的情愫，現在已經結束，且永遠消失了。」

「即便我暗自希望，你對我的感情，跟對莉莉的一樣，可是當莉莉選擇別人時，又能如何？」我用手貼住他的面頰，「我喜歡你的模樣，艾斯坦，你的心跳就像溫暖我背部的烈陽，你說的話，字字都說中我心坎裡。你的笑容如滿布繁星的天空，我渴望身心能與你相靠，可我知道你看著我時，眼中只見到莉莉，你親吻她的芳唇，緊擁她時，我體中有如怒火中燒。那好殘酷，像獵者在玩弄它的獵物。

「我求你設法減輕我的折磨，幫助我逃開，派我去命運等待我的地方——不管那是什麼——別再把我關在這個半生不死的美麗盒子裡。你說過，你夢見過莉莉，你在夢中看到你們將來彼此相愛。如果這是眞的，那麼懇求你，至少等我們擊敗滅絕者，等我離開之後，你再爲所欲爲吧。」

「那麼我的折磨怎麼辦？」

我立即抬眼看他。

艾斯坦接著說：「妳談到『可能的夢想』，妳說得沒錯，我確實看到莉莉與我一起過活，但我還看到其他的夢，一些我從沒告訴瑪特的夢。當時我以為是自己崩潰之故，但現在我沒法那麼篤定了。後來發生的各種事件，讓我把一些問題看得更清楚了，而其中一項就是妳。」

「我？」

「是的。我很確定。」他抬手描著我其中一邊眉毛，柔緩地用指尖劃過，然後沿我的臉頰劃到我唇上。「我喜歡妳這個樣子。」他說，「這樣更容易看見妳，真實的妳，而不必隔著莉莉的面容。」

「我只有跟你在一起時，才覺得踏實。」那真的是我說出來的話嗎？如果是，艾斯坦並未做出回應。我已閉上眼睛，享受他的撫摸了，當我睜眼時，他依然撫著我的嘴唇，眼睛望著相同的方向。

我輕抽一口氣，見他低下頭來。他的吻與我記憶中的不同，這次更加飢渴、霸道，我輕吟著回應。艾斯坦發出呻吟，將我攬得更緊。他仰抬起我的頭，勢若將我吞食。「蒂雅，」他啞聲低語，嘴唇仍在我上方留連不去。

「再喊一次我的名字，」我揚著下巴，讓他親吻脖子。

艾斯坦笑了笑，「蒂雅，」他再次呼喊，「妳別放棄，答應我，妳絕對不會放棄，再給我一點時間。」

我的眼睛被淚水刺痛，「沒有時間了，此刻是我所有的一切，艾斯坦，就是現在，這裡。」

他握住我的肩頭，輕輕將我推開，「不，不會的。難道都沒人告訴妳，貓有九條命嗎？」他露出調皮的眼神說。

「那是神話。」

「是嗎？」他挑釁地撫著我的手臂，「最頑強的靈魂，是那些承受最多苦難的靈魂。妳承受過的事，弱者早就受不住了，因此莉莉才會需要妳，妳們仨才會彼此需要。等大業完成之後，我們再商議如何展開妳的第二次生命。呃，技術上來說，應該是第三次，因為我想，在莉莉的腦中算是一次了。」

「你就是在尋找這個嗎？與我共度一生，而不是莉莉？」

他咧嘴一笑，「通常追求的人應該是男生。」

「啊。」我把手臂放到他腿邊的石頭上，挨過去擠到他胸口，直到他的背部靠到後方的石頭。我用兩手將他困住，讓他無處可逃，然後把頭抬到與他齊平的地方。「但我是女獵人。」

艾斯坦抬起頭，略微露出自己的頸子，這是屈服的表徵。我飢餓地盯住他鼓動的脈搏，但我感受的不是殺戮的渴望，而是別的東西。艾斯坦眼中映著星光，抬手扣住我的脖子將我拉近。「在這一刻，」他說，「我不在乎被獵。」

他拉下我，用我渴求的激情親吻我，他的手輕柔地搖著我，我知道我們彼此需索。之前擔心自己在他心中不如莉莉的憂思，早如湍流裡的雜物，東流而逝了。

等我抬起頭時，艾斯坦開心地撥開我臉上的頭髮，「我喜歡妳這副身體。」他說，「希望妳能留下它。」我抬起一邊眉毛，將他推開。

「你在嘲笑我，艾斯坦，說這種我們根本辦不到的胡話。你為何要夢想遙不可及的事，白白浪費我們在一起的短短數個月？」

他坐起身，「蒂雅，妳可以相信已經證實的事，也可以相信夢想，信念是力量的關鍵，而奇蹟就是那樣造成的。另一條路雖然容易，但我喜歡妳，並非因為妳是只挑容易的路走的女孩。」

「你……你叫我女孩。」

「妳……本來就是個獅女孩。」他用拇指揉著我的下巴，「而且是我吻過最美的女孩。」

一滴珠淚自我眼中滑落，艾斯坦環住我，輕撫我的背，接著卻頓住了。「埃摩司。」他輕聲說。

埃摩司靜靜站在我們底下往上看，灌木叢的雜草在他腳踝邊緩緩搖動。我皺起眉頭，我竟然再次錯失有侵入者的跡象，剛才夜裡甜美熟悉的蟲鳴聲，突然全安靜下來了，但我一心只想著艾斯坦，壓根沒注意到。

埃摩司的手臂交疊胸前，瞪著艾斯坦，眼露「老子要慢慢宰掉你」的凶光。我從艾斯坦懷中抽身，自高大的岩石一躍而下，輕鬆地穿過空中，像貓一樣輕悄地蹲落在地上。埃摩司的目光轉向我，顯然被我的模樣所震懾。

「蒂雅？」他問。

「是的，你準備好了嗎，埃摩司？愛槲莉雅還好嗎？」

「愛槲莉雅很好。」

他拉起我的手，感覺有點霸道，我從埃摩司身邊抬眼看著站到岩石上的艾斯坦。星光灑在他的髮上，襯得他彷彿由內而外地發光。我從沒見過這麼漂亮的人物，但艾斯坦說得對，浩瀚星海中，會有一個屬於我們倆的地方，若是沒有，至少我曾與他共享最後的溫存。

我抬手揮別，聽到他散在風中的輕語。那很可能只是我的想像或願望，可是我好像聽到他說，我愛妳。我本想回應，但還來不及，便已被捲入一陣漩渦中了。

我不斷旋繞，等我的腳終於踏到地面時，我完全知道自己在哪裡——我在曼哈頓。

10 太陽出來了

我所站的這條街道，熟悉得有如自己的臥房。我知道街上每個店家、每棟大樓，甚至連拉著馬車穿越中央公園的馬匹名字都知道。不過被我稱為家的繁華都市，卻空蕩蕩地，高聳入天的宏偉建築微微搖晃，用漆黑的窗眼俯視著我。

自從在奶奶的農場醒來後，這是我在新的第二回生命中，首次體驗到孤獨的滋味。愛榭莉雅走了，蒂雅離開了，寒冷的冬風吹過陰鬱的城市，我哆嗦著搓揉胳臂，不懂為何我的夢境會如此可怕陰沉，死氣沉沉。

蒂雅和愛榭莉雅的夢都可以理解，她們的夢裡也沒人，但卻十分安寧。這個地方一點都不安寧，簡直詭異到了極點，甚至可說像世界末日。我走過街區尋找人跡——任何人都行——注意到堆在大樓旁的灰雪。雪堆縮在陰影裡，彷彿怕被陽光滅去。

地上都積雪了，我以為城裡會像過感恩節、聖誕節和新年時那樣充滿歡樂與希望，可是這裡完全嗅不到耶誕的氣氛，櫥窗裡沒有擺設節慶的燈飾、禮物、彩燈或花圈。事實上，那些展示商品的櫥窗看來像十幾年沒人進去過了，所有東西都蒙著灰塵。

當我試圖打開自己居住的豪華旅館大門時，竟發現門鎖住了。我不斷按著門鈴，卻無人應門。我吐了口氣，窗子跟著起霧，我望著骯髒的窗玻璃上的反影。窗上女孩的臉龐十分熟悉，那是我母親塑造出來的，一名方方面面都完美無瑕的年輕女子。我的棕色長髮整齊潔亮地垂著，乖到連風都吹不動，我的儀態端正自若，就像我的父親一樣。

我一身名牌——寬鬆合身，腰繫一條細皮帶，前扣式的絲襯衫——連高跟涼鞋都是，涼鞋外露出塗著完美指甲油的腳趾。我雖打扮得像自己，衣著卻不合天氣。我可憐的腳趾凍到發青，我難受地挪著身子，挫折地跺著腳，也為了讓腳恢復一點知覺。我對自己的倒影呼氣。

在這場夢裡的，是那位自信、堅定、即將成為紐約社交名媛、符合所有人期許的我。一名屬於這座城市，朝氣勃發、家境優渥，準備去上大學，展開新生活的年輕女子。

可是我覺得自己與這模式格格不入，我的假面下，藏著極為不同的東西；我對著回瞪我的女孩皺眉，決定拋下她，繼續前行。

我想去試試下一個街區，便快速穿越無人居住的地方。我在人行道旁，發現一座廢棄無人，搖搖欲倒的報攤。報攤在微風中搖擺，有如把所有東西嘔到路上的醉漢，街道及人行道上四處都是垃圾。

緊附在報攤邊的報紙和破敗的遮棚，似是護著報攤，以免受到進一步破壞，而廣告和雜七雜八的垃圾則卡在攤子中。道路劇烈地晃動，急切地想擺脫一切。我拾起被風吹爛的報紙，看著報上日期。但日期列印之處竟然一片空白，報導上是模糊不明的文字和看不懂的符號。

我是不是快瘋了？這一切是我心中編造出來的嗎？埃及？木乃伊？我的法力？

我無法接受自己不是在夢裡，而是漸漸忘記自己在精神病院中。我把報紙扔到一旁繼續前行，經過的熱狗攤，熱狗全溢到人行道上了，冷掉的肉看起來有若灰色腸子，我還經過一個堆滿腐爛蔬果的露天市集，走過一間又一間的無人空店。

每個街區都跟上個街區一樣詭異，沒有人，連無人搭乘的車子都沒有。無人的高大建物感覺像在鬧鬼，風吹過大樓時，我想像每個翻飛的簾子或吹動的百葉窗後方，躲藏著某種邪惡的東西。

垃圾堆積如山，撕破的袋子將垃圾散得到處都是，彷彿被野狗肆虐過。而其中最不自然的，就是這裡沒有紐約的喧囂，這座惡夢城市中，唯一會移動的就是棄置的垃圾。垃圾從一處滾到另一處，似乎也想逃走。

我覺得公園或許能提供安全的庇護，或至少景象會不一樣，便越過大街進入林子裡。一開始我覺得比較安全，公園頗乾淨，而且公園本來就應該很寧靜，因此裡頭沒人，並不會像空蕩蕩的都市那樣令我神經緊張。

地面和樹上雖覆著積雪，但小徑十分乾淨。我挑了條路，朝公園深處走去，直到小徑突然中斷。路面上橫著一大條裂隙，白雪蓋住了裂隙前方的地面，蒸氣從溝隙深處冒了出來，我考慮一會兒，決定不再往前探索。我看到另一條小徑，便涉過積雪，雙腳凍到發刺，直至踏到路面，才又立即舒服起來。

走了幾十步後，那條路也被碎落的水泥塊堵住了，我止步環視四周。我極目遠望，看到許多參差殘斷的小徑，而且有些在……在移動。小徑相接時，只維持一會兒的時間，然後我若仔細聆聽，便會聽到一記呻吟，然後啪地一聲，小徑又移到新的地方了。

我突然發現自己又回到大街上了，不知怎地，那條小徑將我送回出發的地方，我像被困在艾雪[4]的錯視畫裡，之前雖不怎麼害怕，這會兒卻真的恐慌起來了。

我轉身開始奔跑，躍過一道又一道的裂隙，在謎宮般的道路上穿行，我知道無論如何，自己必須保持前進。有人在耍我，不管我轉往哪個方向，總覺得有眼睛盯著我。樹林後鬼影幢幢，可是當我去直視陰影，又什麼都看不見。

我的肺吃力地呼吸著，我又凍又累，滿眼是淚。我來到另一條小徑的盡頭，頹然蹲下，雙手抱住膝蓋。我若不知道自己要去往何方，又如何前進？我就像一條缺乏支撐的橋梁，稍稍震動，便要坍塌，整個墜入河裡。

接著我聽到女子的笑聲，感覺並不討人喜歡，絲毫無半分的暖意或甜美，而是冷冰且充滿惡意，像包覆著黑巧克力的怨恨。更慘的是，我認得那聲音，害我止不住地打著哆嗦。

我不知道她叫什麼名字，也不確以前在哪裡遇見她，但我知道她代表我所憎恨的一切。她屬於這種地方，此地非常適合她。我感覺肩頭被一隻冰寒的手壓住，聽到塗著指甲油的指甲噠噠地敲著玻璃，以及高跟鞋叩叩叩地踩在結冰的人行道上。我猛然起立轉身，卻看不到任何東西。如果附近能夠有人聽得到，我也許會尖叫出聲。

我試著聚集力，卻毫無成效。

接著我聽到一個聲音。快跑，小莉莉，那聲音說。跑到公園中央，妳可以在那裡找到我。那聲音溫暖而熟悉，與女子天差地別。我很信任它。

我拔腿狂奔。

---

4 艾雪（M.C. Escher），荷蘭版畫家，以錯視藝術作品聞名。

腳下的小徑突然斷裂移動，我絆倒了，擦傷了手掌和膝蓋。傷口刺痛，但我還是爬起來繼續奔跑。四周的禿樹移動著阻去我的道路，數百隻黑鳥竄入空中，之前我並未在樹上看到牠們。黑鳥盤旋，然後朝我衝來，把我當成討厭的稻草人似地追著，作勢報復。

我奮力穿過樹林，枝子不斷纏住我的頭髮、衣服，我的襯衫被扯出來，奔跑時在背後揚起。斷裂的小徑不久全消失了，地面上的樹木被拔扯著，先是斷成一半，然後從地面上消夫，被吞入天空中打開的一個黑洞裡。我蜷縮著等待吞樹的怪獸過來把我吃掉。

不久灰色的高樓大廈也淡去了，像被一片濃霧遮去似的。樹林此時已全消失，雪地上僅有倒下的松樹和扯斷的枝子，它們像骨頭似地散在地上，風在四周呼嘯吹掠，我知道這個夢景已成了我最大的夢魘，我不斷奔逃，新月的薄光從淡淡的雲層後追逐我，直至月沉。

月亮消失後，天際線變得陰黑不祥。酷寒的雨水夾著雪片飄降而下，像利針般刺痛著我。我咳嗽著擦去臉上的冰珠，把溼漉漉的頭髮往後撥。我雙腿發疼，邊跑邊滑地朝前方吐著白氣。我的腳底、鼻子、耳朵或手指已經沒有知覺了，但能感受到在胸口重擊的心臟。

我從來不曾如此害怕，我心臟緊抽，大口喘氣地揪住自己的胸口。女人的笑聲又回來了，一道綠光注入視野中，侵蝕掉雪地上的曙光，我體內的氣被抽走了。我掙扎著，卻逃不出那將我緊固住的隱形妖物。

接著一道明光射穿暴風雪，那揪住我心臟的力道消失了。一束曉光，射向我和一座陡然出現在白色地景上的金色神殿。陽光照出一條直通殿門的路徑。就我所知，中央公園沒有這樣的神殿，但我還是很感激有東西能為我遮風擋雨，避開那個想吞噬我的惡魔。我擠出所有剩餘的力氣，向神殿推進。

我走近時，金色的門一下子打開了，我一進去，門便轟然關閉，外面的風雪立即安靜下來。我彎身喘氣，顫著手擦臉，清去眼上的雨水。等我喘上氣後，繼續穿過寬大的大廳，在後邊拖一道帶著融雪的腳印。我讚嘆大理石牆上的精美浮雕，浮雕刻著金字塔、神祇、各種戰役、妖怪與戰士。

我來到另一組門邊，門上有太陽的金雕。我用手指描著太陽，然後推門走進一個有圓頂和弧形梁柱的房間。房間的視覺焦點是臺子上，一座三名女子的大理石雕像。她們向上展臂，指尖相觸，沐浴在從天花板射下的純白光線中。

我環著雕像走繞，從不同角度研究。幾名女子抬著臉，像似仰望天空，伸手探向某個東西。我覺得她們好熟悉。

「這是薇斯芮特的誕生。」我背後有個聲音說。

我火迅轉身，看到一個被藏在華麗布幕後的凹室，後方有光在擾動。

「你是誰？」我趨近問。我聽出他就是指引我迷途的人。「你為什麼要躲起來？」

「我不是在躲避妳，小莉莉。」那聲音說，一隻發光的手推開布簾，一名閃亮到我幾乎無法直視的男子穿過布幕向我行來。「而且妳已經知道我是誰了。」

「不，我不知道。」我退後一步，腿撞在雕像上。

「妳知道。」

男子走得更近了，看著他，就像直視太陽核心。我的身體因他的逼近而變暖，我本能地向他探身，蒸氣從滴溼的衣上騰起，如果我去摸他明亮的皮膚，不知手會不會灼傷。我雖有疑慮，卻知道會是安全的，觸摸他會很療癒，他的光將驅散所有的黑暗。

我伸手將冰冷的手掌貼到他胸口，結果詫異地發現，手指不僅很快恢復知覺，而且暖意貫穿我全身。

不，不單是暖意，而是一種平靜、快樂、歸屬。

「妳很冷，而且還受了傷。」男子發光的指尖伸向我的頭髮，「讓我來幫妳，小蓮花。」他輕吐了幾個字，像是某種咒語，光芒籠罩我全身，等光線退回他體中時，我身上已裹了一襲奢華的絲袍，還有柔軟的拖鞋了。我手心及膝蓋的刺痛割傷已然消失，身體和頭髮也都乾了，但有些變成金色的髮束，還纏在他指上。

男子緩緩垂手走開，我雖看不到他的臉，但他的身形和垂垮的雙肩，透出一股悲涼。我束緊腰上的皮帶，回味著溫暖安全的感覺，雖然我寧可多穿點衣服。

「你……你是阿蒙，對吧？」我問男子。

「是的。」他輕聲回答。

「為何我看不到你？為何我記不得你？」我轉圈環顧四周，「我們在哪裡？你怎會在這裡？我為什麼不是在夢裡，還有，埃摩司呢？」

他朗聲大笑，「妳還是問太多問題了，至少這點沒變。」發光男伸手指著他的凹室，「我們在等待時，要不要坐下來讓自己舒服點？埃摩司等一下過來，我嫌他太快，但妳或許會嫌慢。」

「謝……謝謝你。」我僵硬地說，不知該做何感想。我跟隨男子來到一張豪華沙發，上頭鋪著綴了珠寶的蓬鬆墊子。

我小心翼翼地坐到沙發的一端，男子似乎顧慮到我，最後選擇坐到中央。雖然我偷挪著身子遠離他，但我覺得他不僅注意到了，還覺得很受傷。袍子滑開露出了我平滑的大腿，我匆匆調整袍子，尷尬得臉都紅了。由於我看不清他的五官，因此無法知道他是否看見了。不過就算他看到了，也沒說什麼。

「我若告訴妳一個祕密，應該就能解答妳大部分的問題。」

「祕密？」

「是的，一個只有我們倆知道的祕密。」

「什麼祕密？」我不安地挪動身子問，然後抱起一個墊子，再多隔出一些空間。

「妳記得什麼是心甲蟲嗎？」他問。

我點點頭，想到那漂亮的寶石原本屬於他，便忍不住皺眉。我把心甲蟲取下來，塞到箭袋裡了。「我記得。」我答道。

「我們此刻就在妳的心甲蟲裡。」

「什麼？」我張大嘴，大叫一聲，「怎麼可能？我不是應該要進入我的夢界嗎？」

「妳的夢被亡靈饕餮逮著了，她無法在妳的夢裡傷害妳，但她可以把妳困在夢中，困惑妳。艾斯坦被迫編織一些新的夢，引開她的注意，我則趁機協助妳逃到這裡。現在妳安全了，艾斯坦會到夢中找到埃摩司，將他帶到我們所在的地方。」

「亡靈饕餮是怎麼找到我的？」

「只怕得怪我了，亡靈饕餮嘗過我的心，因此她能潛入我的夢裡，並藉此進入妳的。」

「原來如此。我知道艾斯坦有進入夢境的法力，埃摩司應該到我的夢裡找我，但那並無法解釋為何此刻你會在這裡，或亡靈饕餮怎能透過你來找到我。」

「我在這裡，是因為我們還相互連結，而且……因為我擁有妳的心甲蟲。」

「連結究竟是什麼意思？我們是……像訂婚之類的嗎？」我有點害怕聽見答案，但我必須知道，才能了解事情的來龍去脈。

「妳在返回人間之前，把妳的心甲蟲給了我。妳希望我能找到妳，就像妳能找到我一樣。」他抬著頭，「訂婚是什麼意思？」

「意思就是打算結婚。」

「啊。」他頓了一下，斟酌接下來要說的話，「妳對我們的事記得什麼？」

「呃……什麼都不記得了。我只知道別人跟我說過的事。」

他把發光的手放到兩人之間的沙發上，我本想伸手按住他的手，卻只緊緊把墊子抓在胸口。

「莉莉，」他說，「連結的意義，得由妳自己定義。」

「可是對你來說又是什麼？」

「我不確定我們現在該討論這件事。」他悲傷地說。

「你認為我們該談什麼？」

「我們應該談更重要的事，例如妳為何無法記起來。」

「你知道原因嗎？」

「心甲蟲只是這祕密裡的一部分，還有更多的祕密。妳在大戰亡靈饕餮時，瞥見了自己的未來，妳曾使出薇斯芮特的法力一段時間，但妳都忘了。轉化成薇斯芮特，把妳嚇著了。」他往後靠，將臂膀擱在沙發的椅背上。如果我向他靠近一吋，他發光的手指就會碰著我了。我移得更遠了，我知道他發現我在避他。

阿蒙嘆口氣，「妳習慣隱藏自己的感受，小莉莉，妳想逃時，就會故意裝得很自信。妳沒有順著命運之路去走，也未全心接納兩位住在妳心中的女生，妳脫離了路徑，離開了她們。」他遲疑著，然後又說：「也離開了我。」

我動也不動地坐著聽他說話，他字字實言，但我好想摀住耳朵否認一切。我怎會如此懦弱？怯弱到寧可卸甲棄兵，避戰而走，而不願正面迎戰？也許還有一些事他並不知情，我懷抱希望地想。也許我有其他逃跑的理由，是他所不知道的。

阿蒙頓了一下，接著又說：「妳在返回人間之前，用毒蛇石的法力，將妳的記憶從心中抹除，然後把記憶藏在這裡——在妳的心甲蟲內——交給我保管。蒂雅或愛榭莉雅都不知道妳做過什麼。」

「等一下，你是說，我的記憶就封鎖在這裡？那為什麼我無法取得記憶？」

「現在這只是夢境版的，不過壁畫和雕刻中，儲放了一些片段的記憶，等我親自把妳的心甲蟲還給妳後，喪失的記憶就會自然恢復了。」

我難過地說：「原來我是個寧可逃跑，躲避自己問題的逃兵。」

「我不認為塞特和他的爪牙是妳的問題，莉莉。」

「但我還是放棄了，我在眾神需要我時，逃到了宇宙的另一邊。在蒂雅和愛榭莉雅需要我時，在……」我重重噓著，抬頭看著他，「在你需要我時。」

「我會永遠需要妳。害怕自己的敵人，並沒有什麼好羞恥的，不肯嚴謹看待敵人的英雄，不過是個傻瓜，尤其像塞特這樣厲害的敵手，而且妳太低估自己了。我自認比任何人更了解妳的心，妳害怕的不是特定的對象，即使是塞特那般強大的人。」阿蒙低下頭，「妳害怕的也不是愛情。妳愛過，且仍然坦率地去愛。」

聽到這裡，我咬著唇，想到埃摩司，阿蒙有可能知道我和他哥哥之間的事嗎？

「妳害怕的是失去自己。」他說。

「怎麼說？」我嚥著口水，沒想到他的話竟戳中我的痛點，點出那些我試圖忽略的東西。

他意有所指地看著雕像，那尊被他稱做「薇斯芮特的誕生」的雕像。「噢，」我說，「那個呀。」

我還來不及反應過來，阿蒙已伸出他發光的手碰觸我的手。暖意滲入我的皮膚，將我體中注滿陽光。那碰觸來得短暫，但不知為何竟令我泛淚。

「我並不……」他才開口，又重說了一遍，「這件事我們並不怪妳，有一段時間，我也曾逃避自己的命運。如果當初我沒那麼做，也許現在妳就不會是這種處境了，可是我們已來不及改變過去，唯一能做的，就是替未來舖路。還有，就像我的兄弟一樣，妳的未來有些我看不到，即使用了荷魯斯之眼。」

他平靜地坦承：「事實上，我獲悉妳喪失記憶時，心中有絲竊喜，我寧可失去妳，讓妳待在人間，也不願為別的事，為了讓別人誕生，而失去妳。我對妳的愛——感情，與妳能否解救宇宙無關。無論妳選擇什麼，決定走哪條路，我都會支持妳。只要妳允許，我一定會陪在妳身側。妳明白了嗎，小莉莉？」

此人無疑是了解並關心我的，他能洞識我靈魂最深處的恐懼，而且不覺得我因此變得懦弱。那正是我需要聽到的話，我不確定艾斯坦，甚至是埃摩司，能說出同樣的話來——我不當英雄沒關係——就連奶奶都沒那樣說過。我很擅長察覺別人的反對，即使極為細微。這傢伙沒有批判我，他了解以前的我，明白我的潛質，以及我希望成為什麼樣的人，但最重要的是，他給我自由，讓我能夠……做自己。

「我……我想我懂了，可是你還有一件事沒告訴我。」我說。

「什麼事？」

我拉起他的手，再雙手握住。他低頭看著兩人交疊的手，我聽到他淺淺地吸了口氣。我那顆有如冷硬紅寶石的心臟，似乎融進了沙子裡，我覺得內在好空洞脆弱。「為什我看不到你？我是說，我可以看到艾斯坦和埃摩司，甚至是他們夢裡的蒂雅和愛榭莉雅，可是為何我看不見你？這說不通呀。」

他緩緩抬起另一隻手觸著我的下巴，我看望著他發光的臉，享受他溫暖的碰觸。「當兩個人這樣彼此相連，」他輕聲地說，「則人間或天堂，都沒有任何東西能將我們分開。妳無法看到我，只有一個原因，雖然那理由令我心碎，但我能夠理解，也能接受。」

「什麼理由？」我悄聲問。

「妳看不見我，我心愛的，是因為妳不想看到我。」

「不。」我搖著頭，眼中淨是淚水，「你錯了，不可能。」

「噓，小蓮花，別激動。」他將我攬入透亮的懷裡，緊緊抱住。我的臉頰能感受到他的心跳。當淚水輕輕從我臉上滴落時，阿蒙撫著我的背與頭髮，手指像水流般滑過我鬆落的髮束。

「為什麼？我為什麼要這樣對你？」我問，一股突來的強烈情緒，像溫泉一樣地從我心中竄起。我好怒，不是氣他，而是氣我自己。我的心重重地跳著，又急又密，像隻追擊獵物的狼一樣。我好想窮究造成這種痛苦的原因，但我知道追究的過程，會毀掉某種珍貴的東西。

「無所謂了。」他在我耳邊低語。

「當然有關係，阿蒙。」我環住他的脖子，然後閉起眼睛。「不要。」說罷，我親吻他發亮的臉頰。

「不要什麼？」他柔聲問，稍稍抽開身。

看著他，知道他的五官隱而不現都得怪我，真令人難過。但我強逼自己張開眼睛，情真意切地說：

「不要讓我忘記你。」

阿蒙僅頓了一瞬，便低下頭來吻住我的唇。一開始他的吻好輕巧，像羽毛刷在我身上，但我索求得更多。

阿蒙似乎感受到我的情緒，我很快被陽光包繞，感受環伺的暖光——那樣安全而撫慰著我，同時又極具挑逗撩撥。

我本可開心地永遠浸淫在阿蒙的這場幻夢裡，但他抽開身了。他退開後，我難過地發現阿蒙依然是一團坐在我身邊沙發上的金光。他愛撫我的臉，「等時機對了，妳自然會看到我。」

我抓住他的手腕，直視應該是他眼睛的地方，「我一定會想辦法的，我跟你保證。」

「我知道妳會，我等妳，直到天地滅絕，我會一直等妳，這點無須置疑。」

「我不會讓你一直等的。」

房中迴盪誦念之音，光線穿透金門的中央，接著門轟地一聲打開了。阿蒙起身作勢保護我。

「莉莉！」有個聲音大喊，那是我極為熟知的聲音。

我連忙站起來，「埃摩司！」

高大的埃摩司來回看著我和阿蒙，即使他覺得渾身發亮的阿蒙很奇怪，但並沒多說什麼。或者阿蒙在別人眼中，還是他原本的模樣，唯獨我只見到他的光。

阿蒙轉身朝我伸手，我握住後，他將我拉近，他的暖意最後一次包圍住我，我好想就此留在其間。

「跟埃摩司去吧，我的愛，要注意安全。」他在我額上親了一下。

「我會去找你。」我說。

我無法從他臉上看出他是否笑了，但從他的語氣中聽出來了。「我會屏息等待妳的來臨。」說完他看向我背後，「埃摩司，好好照顧她。」

「我當然會，兄弟。」埃摩司答道。

我對阿蒙撇嘴笑了笑，然後看著埃摩司，他也是滿面笑意。「準備好了嗎，莉莉？」他慎重而客氣地問，有如一隻飢餓的狗，期盼一頓餐飯。

「好了。我們走吧。」

我走向埃摩司，最後回眸看向阿蒙，我伸出手，埃摩司接過去，接著一片漩渦在我們上方展開，將我們吸入空中。金色的神殿跟被拋在後方的黃金男子一起消失了。

11 崔弟船長！

我們在金光中急速地飛轉，但很快就把光團拋到後方，失去金光令我十分難過。埃摩司緊抓住我，我閉起眼將臉貼在他胸口。等我們終於放緩速度後，他輕輕抬起我的下巴。我們倆飄在一片黑沙灘的上方，一小堆營火正輕聲燃響，我看到獨角獸守護著兩具睡在營火旁邊的身體。

埃摩司喃喃念咒，其中一副身軀升入空中。那是我的身體，這種靈魂出竅的經驗令我渾身發涼。我的頭垂晃著，溼掉的頭髮掛在臉龐四周，夢中的我不自覺地朝我的身體飄近，直到我的手碰到肩膀，然後我就……回來了。

我張開眼睛，顫巍巍地站到地上，光裸的腳陷在溼黑的沙子裡。我很訝異自己仍穿著阿蒙為我作的袍子，而不是從納布背上摔下時所穿的衣服。埃摩司也很快回到他的身體，走到我背後了。

我發抖著搓揉雙臂，從他身邊走開，檢視四周的狀況。夜景好美，薄薄的彎月發著銀光，輕輕掠過海面。波浪輕緩地在岩石上碎散開來，唰唰的潮聲聽得我十分睏頓。我好累，身心都疲累已極。

埃摩司走到我面前，擋住我的視線。他搭住我的肩問：「妳還好嗎？」他緊張的神情繃得五官更加分明。我們之前共享的親密感，那種令我快樂自由，像在秋收滿月下狂舞的森林精靈般的感覺，已蕩然無存了。我知道，埃摩司也知道。

太陽一時被月亮遮去，現在我既已知道太陽還在，便再也無法忽略它，或無視它賜與的溫暖了。愛樹莉雅與蒂雅已從我心中離去，我的情緒就僅是我自己的。我有了不同的視角，就我所見，埃摩司似乎也一樣。

他雖輕輕抱著我，感覺卻十分遙遠，冷漠。埃摩司變成了一道過於陡峭，無法攀爬的懸崖，他眼中的柔光消失了。

「我不會有事的。」我勉強說。

他的灰眼千思萬緒，可惜我無法解讀。氣氛十分僵冷，我把雙手收在腰際絞著。我停下動作，開始去撥弄袍子上的結，不敢再看他。我們之間的距離像插滿了刀子，每一秒鐘的沉默，都深深割傷了我。等埃摩司終於開口時，竟是呼叫愛樹莉雅和蒂雅。「時間到了，女士們。」他從我身邊轉開，對著四周喊道。

「妳們的宿主已經回來了。」

我當場愣住。宿主？我對他來說，就只是那樣嗎？只是一個讓他真心所愛的女子住宿的身體嗎？他怎能如此殘酷？這不像埃摩司。至少我不這麼認為，可是說真的，我究竟了解他多少？

埃摩司很可能在生氣，尤其看到蒂雅跟艾斯坦，而我與阿蒙在一起後，任何男生都不會高興。可是我也有生氣的權利，不是嗎？他明知我看見他跟愛樹莉雅在一起會難過，他自己在愛樹莉雅的夢裡，甚至都承認了。我還以為我們之間情分特殊，那是屬於埃摩司和莉莉的珍貴新關係。我一直很仰仗他，需要他，我還以為自己已開始……開始愛上他了。

上一刻，就算不覺得幸福，至少還平靜地一個人待著，但下一刻，我腦中的兩股聲音便又回來了。我突然覺得心裡好擠，思緒紛雜，我勉強騰出空間容納兩位女生，完成之後，竟訝異地發現自己其實挺想念她們。

唉，莉莉，愛榭莉雅說，語氣有些難過。我很遺憾。

我也是，我答道。

我相信那個笨男生不是故意要講那種話的，她說。

蒂雅沒接話，她蜷臥的舒適角落裡，不久便傳出了舒服的呼嚕聲。

這感覺就像心碎後，有兩位閨蜜前來安慰妳。我心中難過，她們也陪我傷心。想到我失去的——我們所失去的東西——眼淚便撲簌簌地掉了下來。我們全失去了某些東西。

我們離開埃摩司，留下他和一對在我們背後尋看的灰眼，然後沿著海灘漫步。納布慢慢跟在後方，但沒說話。大家似乎都意識到我們需要時間重新調整，重新學習——我們的哪些經驗僅屬於個人，而哪些是三人所共享。

溼沙黏在我的腳上，每一步都留下至少一吋深的足印。流在我腳趾上的水溫暖而宜人，我覺得自己像個多孔的岩石，每道水浪都將我注滿，退去時則再次令我感到空虛乾枯。那些真實的孔洞將我由裡而外地撕開來，我不確定自己是否能修補它們。

等我們離得夠遠後，三人再次彼此相融，運用法力製作新衣。沙子在我四周騰起旋飛，猛力擊打我的皮膚，像埃摩司的話語一樣令人疼痛。結束後，我垂眼一看，訝異地發現，我套了一件舒服溫暖的格子衫，底下是柔軟的T恤，牛仔褲則塞入結實但時髦的靴子裡。

「謝了，各位。」我喃喃說，轉身走回埃摩司的小營火邊。我拍拍納布的背，跟在他身側一起走回去。等到達營地時，我的心已累到覺得任何話都無法彌補剛才的錯了。我坐到斗篷上，用臂膀枕著頭說：

「我想睡一會兒，埃摩司，你也該睡了。」

他坐到我對面的營火邊答道：「妳睡吧，我最近睡很多。」

我閉上眼後一下子便睡著了，雖然作著夢，還是能聽見愛榭莉雅的聲音，她在嚴厲地訓斥某個人，我自己挺害怕她的潑辣勁，對那個冒犯她的傢伙頗感同情。最後連愛榭莉雅的高聲怒吼，都不足以驅走我的睡意了，世界變成一片漆黑。

我被浪潮與海鳥聲擾醒了。我渾身僵硬，關節痠疼地呻吟坐起，抓起一根枝子攪動營火的餘燼，可是火還是生不起不來。埃摩司不見了，納布也是，但卓拉則在附近。

「其他人去哪裡了？」我問。

他們去找早餐，獨角獸卓拉答道。

埃摩司很快便回來了，他在一顆岩石上放了幾條魚，然後跪下來重新生火。他稍稍抬眼看我，但很快又移開眼神，他嘟起嘴，彷彿想說話，卻說不出口。我大刺刺地看他清理魚的內臟，然後烹煮。附近一隻海鳥開心地攫走內臟興奮地嚼食著，一邊用黑眼珠看著埃摩司。

早餐做好後，埃摩司遞給我一份，然後坐下來撥弄自己那一份，卻不見他吃。我扒了幾口，但食物卡在我喉嚨後方，像是舌頭太腫，無法嚥下。我終於把早餐擺到一旁，用腳去推埃摩司的腳。「說吧，埃摩司，我看得出你有話想說。」

埃摩司看我時，我緊張到皮膚發麻，覺得眼睛發熱充血。他回頭看著自己的魚，「我不確定妳要我說什麼，莉莉。」

「告訴我，你對我很失望，說這全是謊言，說你從沒愛過我，我們的道路並不像你所想的那樣合在一起，任何話，所有的話都行，反正……告訴我就對了。」我屈起膝蓋，抱住雙腿，即使埃摩司什麼都還沒說，我已經覺得肚子挨他一拳了。

我想到埃摩司親吻愛榭莉雅的情景。他們倆身邊環著三葉草、嗡嗡慢飛的蜜蜂，和飄送蘋果花香的微風。當他看著愛榭莉雅時，眼睛會皺起來，臉頰一鼓，像小小的月亮。愛榭莉雅好愛他的唇貼住她的皮膚，還有他溫暖的呼氣搔癢她裸露的喉部時的感覺。

埃摩司皺著眉，「那些事我都無法對妳說，莉莉。」

「為什麼不行？」我幾乎抑不住憤怒。

「因為那些都不是事實，我的感情不是謊言，我真的愛妳，我們的路徑確實交疊，我親眼看見的。」

當我懷疑地瞥著他時，埃摩司又說：「妳為什麼不問我，妳真正想知道的事？」

他在說什麼？難不成他要我直接指控他對愛榭莉雅的愛多過對我嗎？那有所謂嗎？對愛榭莉雅來說是有的。她好安靜，但我可以覺察到她的悲傷、包容，以及對我的擔憂。同時間，她對埃摩司的愛如此明顯，無論我想不想要，都會影響我的感覺。那些感情撲天而來，令我做出反應。我想被埃摩司抱在懷中，讓他安慰我，撫摸我的頭髮，可是我還是我自己，他對愛榭莉雅的愛，並不是最令我困擾的事。

「你為何不跟我說他的事？」我終於輕聲問道。

埃摩司僵硬地點點頭，表示這就是他一直等待的問題，但他緊抿著嘴角，似乎並不想回答。

我繼續追問：「你明知道我失去對他的記憶，你還是占我便宜了。」

「我是的。」他直接了當地說，「但那不表示我所看到的、跟我的感情都是錯的。」

「但為何我會覺得很不對？」我喃喃說，「事實上，這種情況的點點滴滴，感覺都是錯的。」

「別那麼說。」

「為什麼不能那麼說？會傷到你嗎？那很好，我很高興這話會傷到你，因為你傷了我。我目睹愛榭莉雅的夢，你對她的依戀是如此明顯。」

「那不表示我對妳一點感覺都沒有。」

我起身走到海岸邊緣，「那不一樣，差遠了。」我說，聲音蓋過海浪聲。

埃摩司走到我背後握住我的胳膊，他的嘴搔著我的耳朵，我發現自己還是希望他能愛我，吻我，並像之前那樣地抱我。

「我很尊重妳。」埃摩司低語道，「我很欣賞妳，覺得妳面貌姣好，身形漂亮，我想讓妳待在我身邊，保護妳免於受傷，在我殘存的歲月中照顧妳。我們在一起會很幸福的，莉莉。自在而滿足，那樣難道還不夠嗎？」

我轉過身，這時埃摩司抱住我的腰，意圖將我拉入懷中，但我用雙掌抵住他的胸口，硬將彼此分開。「我心中有一部分希望如此，」我悲傷地說，「也許那不重要。」我對他擠出疲憊的笑容，我好想靠過去，迷失在他的親吻中。愛榭莉雅不是唯一想這麼做的人，可是在夢界裡，某個東西因為我，因為我們大家而改變了。

我們不知未來會如何，就算我們其中一人將來能獲得幸福，那就表示結局會使另外兩人失望。我們三個人都不願去想那件事。「我們暫時先把感情的事拋到一旁，專心做手上的事，我想會比較好。」我說。

「如果妳那樣希望的話。」埃摩司鄭重其事地說，然後僵挺起背，慢慢步離我們。

阿妳傷到他了，愛榭莉雅說，妳非得那麼尖銳嗎？他是很敏感的人。

是他先傷害我的，我嗆道，反正現在有差嗎？咱們有任務在身，我們爲了男生情緒擺盪得還不夠劇烈嗎，我們應該專心對付塞特。

我同意，蒂雅說，想東想西的沒有用，事情會發生就會發生，反正薇斯芮特會挑選我們的伴侶，這件事情咱們沒有說話的餘地。

薇斯芮特，沒錯，我差點忘了。我很快與她們分享我在夢中見到阿蒙的事，她們很震驚亡靈饕餮竟能滲透進來。我跟埃摩司提這件事時，他點點頭，表示艾斯坦已經跟他說過了。薇斯芮特能重新取得足夠的法力，用這種方式奪勢，對我們來說並不是什麼好兆頭。

「只怕還有更多的壞消息。」埃摩司說，「我偵察過我們的路徑，到我兄弟身邊最快的路，是沿著天河走。獨角獸在天河使不開，因為飛行的時間過久，他們會累，而且一路上沒有安全的地方讓他們休息。」

「那我們該怎麼辦？我們如何去找你兄弟？」我問。

蒂雅建議，何不找崔弟來？

「崔弟？誰是崔弟？」我大聲問。

埃摩司抬起頭，眼中透著好奇的晶光。

「妳認為他會載我們嗎？」他揉著下巴問，「他似乎挺喜歡妳的。」

他當然喜歡我們了，蒂雅說，我們可以用他送的錢幣召喚他。

「什麼錢幣？」

哈森藏在箭袋裡的那枚錢幣，就放在阿蒙的心甲蟲旁邊。

她的話令我心頭一凜，我沒跟埃摩司多做解釋，逕自走到營火邊找到我的肩套帶，標槍仍插在刀鞘裡，箭袋和弓也都在。我把手探到袋子深處，握住心甲蟲拿出來。

我低眉凝視這物件良久，緊緊握著，等我抬頭時，發現埃摩司正在打量我。我將心甲蟲牢牢抓在掌心中，然後四處翻找，最後找到上面印著鳥的硬幣。我把硬幣交給埃摩司，趁他不注意，將阿蒙的心甲蟲塞入牛仔褲的口袋裡。

「班奴鳥，」他敬畏地說，將掌中的硬幣翻面，用手指撫著另一面。他給我看硬幣上的船，和一名傴著身子搖槳的男子。「我雖然聽過這些硬幣的故事，但這輩子從沒看過。硬幣有兩面，這表示妳受到班奴鳥及擺渡人的保護，妳可知這有多麼稀罕嗎？」

我聳聳肩。蒂雅主動表示，我們在赫里波利斯見過這隻鳥，這枚硬幣跟班奴鳥爲我們在第一段行程時，支付的那枚硬幣很像。事實上，搞不好是同一枚硬幣。

我把蒂雅的話轉述給埃摩司聽時，他張大嘴巴。「妳們真的看見班奴鳥了？他還幫妳們付路費？」

「是啊，至少蒂雅是這麼說的。」

埃摩司瞪著我們，用銳利的眼神看透我，像在尋找我無法給他的答案。他似乎想說點什麼，卻被我打斷了，「這有用嗎？我們可以用硬幣呼叫崔弟嗎？」

「噢，可以的。」他答說，「我認為應該很有用。」他把錢幣放到我手中，招手說：「跟我來。」

我跟著他來到水邊，他教我怎麼做，我把手臂往後伸，大聲喊道：「擺渡人！我以這枚硬幣，要求載渡！」然後手臂往前一甩，盡可能把硬幣遠扔入水中。我看到硬幣在晨陽下的空中飛轉，金光閃爍，硬幣落入水中，一道光芒射入天際，消失於上空。

「剛才發生什麼事？」我問。

「他能夠的話，一定會來接我們。」

「他為什麼不能來？」

「崔弟應該會忙著載運亡靈，尤其現在我們正在打仗。」

「但瑪特不是說，冥界遭到破壞了嗎？他要把亡靈送往何處？」

「我不確定，崔弟有可能還是把他們載往那裡，然後扔下他們，任其自生自滅，直至恢復常規。我們三兄弟在人世的期間，偶爾會發生這種狀況，亡者等待我們回去。我們在地球上醒來的兩個星期過後，常會有大批亡靈等著被領去審判。有些人自己跑掉了，但最後會被防止亡靈逃離的各種妖怪吃掉。逃離冥界沒有什麼真正安全的方法，除非你是天神，神祇可以隨意去來。」

「噢……那麼……你可以像諸神那樣來來去去嗎？」

埃摩司低頭瞥著我，「不行。」他答說，「我們必須留在冥界，直到我們被喚回肉身中，去達成我們的任務。不過現在塞特掙脫了，再也沒有讓我們留在人間的理由了。」

「所以你的意思是，等這一切結束後，假設我們都沒掛掉，你、艾斯坦和阿蒙都會……怎樣？你們都會留在冥界，維持……死亡的狀態嗎？」我努力嚥著突然卡在喉頭的硬塊，可是一點幫助都沒有。

「很有可能會是那種結果。」

妳們倆知道這件事嗎？我指責愛榭莉雅和蒂雅。

知道，蒂雅答道。

那……愛榭莉雅愛上埃摩司或妳愛上艾斯坦，又有什麼意義？不能長相廝守，愛不愛又有什麼差別？我們連跟一個人在一起都無法辦到。我問她們。

愛榭莉雅回說，唉呀，親愛的，所以這些難得的幽會，才會顯得如此珍貴。

我將雙臂交疊胸前，「哼，我無法接受。」我大聲說。

「無法接受什麼？」埃摩司問。

「總得有個什麼獎賞吧，」我揮手狂亂地指著，「某種拯救宇宙的獎賞，對吧？事情不都應該那樣嗎？你說你預見我們在一起，什麼時候？在什麼地方？紐約嗎？還是冥界？你在哪裡看到我們有幸福的結局？我們是活著還是死了？」

「我跟妳說過，我看不到結局，看不到哪裡或時間點。我只知道自己的感情，我看到的淨是幸福快樂，圓滿與愛，這些是我瞥見的景象。」

「你瞥見的景象是包括我或愛榭莉雅或薇斯芮特？你到底跟我們之間的哪一位在一起？」

「我看見妳們所有三個人。」

「最好是啦，那樣倒很方便，不是嗎？」

「妳在生氣。」

「我當然生氣。我為了解救宇宙，犧牲掉自己的身分，變成薇斯芮特，這已經夠慘了，結果我剛剛才發現莉莉安娜．楊將來會如何。現在想想，為了選擇主修科系傷腦筋，實在很無聊，不是嗎？我剛還在頭痛自己究竟愛上哪個傢伙，結果根本無所謂。你們全死光了，不可能跟你們任何一位過日子。所以，你知道怎樣嗎？」我用手指戳他的胸膛，「不管你看到啥，統統別說出來！還有，你也別來惹愛榭莉雅，我們都不需要把希望放在一個男生，和一個不會存在的未來上。」

我激動到下巴發顫，冷冷地抬眼瞪他。我希望埃摩司能告訴我，我錯了，一切都會沒事，我會有個歡樂的結局，至少我們其中有一個人能活下來，擁有快樂的人生。可是我顫抖的身體被內在的焦慮燒傷了，埃摩司輕輕摸著我的臉答道：「如果那是妳想要的，莉莉，那麼我會按妳的要求去做。」

我搶在眼眶的積淚尚無機會掉落前，猛然扭身，大步走回營火邊，毅然戴上我的肩套帶、弓和箭袋。別跟我說話，我警告什麼話都還來不及說的愛榭莉雅和蒂雅。

卓拉用頭頂我，我用手指耙梳她的鬃毛，解開纏結，撫平她滑亮的皮毛。我的心情跟她的鬃髮一樣糾結，我聽到埃摩司大喊：「他來了！」我回眸往肩後望去，一手仍搭在獨角獸身上。

我遮著眼，看向水面。「我什麼都沒看見！」我吼回去。

「他不在那裡。」埃摩司指的是海洋，我大步走向他，「他在上頭！」埃摩司指著天空。

一個黑色的龐然大物出現在雲層裡，在它垂得更低之前，我僅看得出一點輪廓。我不確定自己在期待什麼，但我萬萬沒想到會看到一艘飛船。船隻往下沉降，在空中盤飛，最後水花四濺地落在海上。船隻的位置太遠，涉不過去，我們得用游的。

埃摩司扭頭對獨角獸說：「謝謝二位，你們為了幫助我們，冒了奇險。」

卓拉推推埃摩司的臂膀，我抱住她絲滑的脖子，「好好照顧妳自己。」我低聲在她抽動的耳邊說。卓拉哼聲回應，然後回身快速奔下海灘，她的身體觸及海浪時，融進沙子中消失了。

我回頭看著納布，納布說，騎上我的背吧，小斯芬克司，我送妳上船。

「埃摩司怎麼辦？」

他自己可以過去。

埃摩司扶我坐上納布的背，等我坐定後，納布展翅奔至沙上，揮動雙翼乘風而上。我低頭看著埃摩司，吃驚地發現他已化成一隻漂亮的銀鳥，那是除了納布之外，我見過最大的飛行物。我們以前知道他可以變成鳥嗎？我看著飛翔的埃摩司，問大家說。

妳以前跟我提過他們有這種法力，蒂雅表示，但他們在地府時，沒法使用這種法力。

他……他好美啊，我說。他真的好漂亮，化作鳥形的埃摩司堪稱絕美。陽光在他發亮的銀翼上閃燦，他向我們飛近，然後跟在我們身側，一雙長腳伸在後方，頸子向前伸張。埃摩司抬頭，用一種我無法解讀的表情望著我。他在接近船隻時，揮翅數下，放緩速度，然後變回人形，輕輕降落在甲板上。

納布在船邊打繞，不像我預期地那樣放慢速度。我想道別了，他說。

謝謝你，我答道，謝謝你所做的一切。

我並沒有做太多事。

還是謝謝你，沒有你的話，我們沒法進行到這個地步，你眞的好勇敢。

不，我在事情關己時，並不勇敢。

我感覺埃摩司正看著我，但納布還在船邊繞圈。怎麼了嗎？我問獨角獸。

可以的話，我想在離開前，給妳一些建議和警告。

請說。

我想警告愛榭莉雅，小心啊，年輕的仙子，莫讓新的愛情蒙了心，而忽略妳們全體最大的利益。若非妳夜夜拖累她的身體，莉莉有可能擊退螫傷她的妖物。莉莉會摔下來，害妳們所有人困在夢界中，都是因爲妳自私地利用她的身體，滿足自己的慾求。

愛樹莉雅被他的斥責傷著了，退回我心中的角落，把自己的心全擋起來不讓我們看了。我們稍後再討論這件事，我柔聲對她說。那麼你的建議是？我問納布。

別奪走大家的希望。妳很受傷，對未來感到畏懼，這點我可以理解，可是別忘了，沒有妳，大家就什麼都沒有了，切莫忘記這一點。

我連像你這樣強大的獨角獸，都說服不了，不肯加入我們的陣營了，我還能有什麼希望？我問。

或許當妳再次詢問我時，我將做好準備，加入妳的陣營，並死守到底。

我不會客氣的，我警告說。

我想妳也不會。祝妳好運，年輕的斯芬克司，再見了，我們暫且別過。

「再見。」我說，納布朝船身垂降，我抬腿測量距離，等準備好後，從獨角獸背上滑下來，像貓一樣地輕輕落到甲板上。納布大聲嘶鳴，收起翅膀，然後落入海中。我衝到船側，卻只見到一層閃閃發亮的沙子，緩緩沉到海波底下。

我轉身，發現埃摩司正激烈地與船長——我猜應該就是擺渡人——爭吵，憤怒的紅色污斑悄悄爬上擺渡人的脖子，他滄桑的面容很難看出年紀，一對眼眸與海洋同樣深不可測。「我告訴你！」男子吼道，「你們不能走那條路，尋路人，那路徑不安全，你們還來不及眨眼，就會被阿佩普吞掉！」

「我也告訴你，我們就是要走那條路，如果我們被阿佩普找到，我就認了，我們會合力擊退他。」

「你那樣說是因為你根本沒見過那妖物，你若是見過阿佩普，就會知道沒有什麼打得過他。你只能避，任何其他做法，只表示你根本不屬於天河。」

埃摩司疊著手，鄙夷地瞪著男子。船長氣呼呼地在空中揮手，然後轉過身，彷彿希望只要不看到埃摩司，他就會自己消失。

男子把眼光定到我身上，抬起一對粗眉，然後臉上綻開大大的笑容。

「哈囉，小女孩，很高興看見妳毫髮無傷，沒折手斷腳啊。」

12 穿越蟲洞

「哈囉。」我猶豫地回應說，「很高興認識你。」

男子的粗眉在額心微微皺著。「認識我？妳在說啥呀，小女孩？我無法相信妳已經把我給忘了。」

「是啊，呃，顯然我故意移除掉以前所有的記憶，把記憶封鎖起來了，但我想不起原因。」

男子嘟囔著斜眼瞄我，他歪著頭，一眼幾乎閉著，另一眼則瞠得老大。「真的假的？」他的手沿著下顎揉向脖子，發出砂紙般的摩擦聲。「呃，我不怪妳，看起來妳好像沒聽取我的建議，還是跟那些個沒靈魂的傢伙混在一起了。」他用大拇指比了比肩後的埃摩司，「拜託告訴我，妳衝動地甩掉上一個男友，不會只為了再交另一個跟他同類型的男生吧？交一個就已經夠糟了。」

我皺著臉，他的假設有點太接近事實。「什麼沒靈魂的傢伙？」我問，希望他能改變話題。

「是啊，就是那幾個守護者。」他哼著鼻子，往船外吐口水。蒂雅解釋說，他指的是艾斯坦、埃摩司和阿蒙。男子繼續說道：「我看哪，守護者的工作最近做得不太稱職，他們失蹤一陣子了，亡靈現在擠得滿滿的，無處求助，只能緊抓在船身四周。」

我點點頭，「冥界遭到破壞，瑪特把……把守護者藏起來了，以免塞特傷害他們。」

「難怪。每次我剛運完一船人，碼頭上就擠著一堆亡靈，求我讓他們回船上，我的船有好幾次差點翻掉。情況越來越糟了，現在只要我們離碼頭靠得夠近，我就直接把亡靈丟到船外了。」

我心中一震，緊張地左右瞄望。「可是我沒看見任何人啊。」

「等我們升空，穿越入口，妳就會瞧見了。亡靈在日光下是看不見的，除非他們對某個凡人有特殊的依戀。」

「噢。」我揉著胳臂，偷瞧埃摩司，他正在施咒，再三檢視我們的路徑。

「妳確定妳要跟著那傢伙走嗎？」男子問。「他帶咱們走的這條路線，會進入險惡的水域裡，我們不太可能毫髮無傷地從另一邊出去。」

我吐口氣，淺笑道：「那又不是什麼新鮮事了。」

男子湊過來，表情極為嚴肅。他身上飄著香料、蠟燭與海洋的氣息。「如果妳希望我把他扔到船外，給我個暗示就成了。」他輕蔑地說，「我想應該不至於害死他，反正妳說一聲就是了。」

他偷偷垂下一隻粗厚的眼皮，對我擠眉弄眼，我差點咯咯笑出來，可是愛榭莉雅浮上檯面，氣呼呼地罵道：「阿你這個臭不要臉的！休想對我們家埃摩司幹這種事！」

男人眨眨眼，驚詫地瞪圓了雙眼。他紅著脖子，用粗大的手指著我的臉，「誰給妳這種權利亂用莉莉的嘴？」他回嗆，「我看見妳啦，妳立刻給我出來，回妳該去的地方——給我滾到船外，妳這個邪惡的仙女。妳沒有資格糾纏這位可愛的年輕小姐。」

「我才不邪惡，」愛榭莉雅用我的聲音說，「而且我也沒有纏著她不放，我跟蒂雅一樣，都是莉莉的一部分。」

男人將一雙粗臂膀往胸口一疊，「是嗎？」

「是啊，而且還有……」

「都停了！」埃摩司說，我們根本沒注意他走過來。他站到我和魁梧的船長之間。「請你尊重愛樹莉雅，擺渡人。你們已經浪費太多時間彼此認識了，所以，麻煩你盡你的本分，載我們上路。」埃摩司的表情跟地獄豺狼一樣猙獰，「立刻出發。」他又說。

愛樹莉雅退回去了，埃摩司出面後，她有點洋洋得意。我緩緩升到檯面上，再次控制自己的身體。我怒目瞪著埃摩司，氣他如此霸道。船長又沒什麼惡意，至少我不覺得有。埃摩司看到我的眼神，轉身默默走向船首。

看到高壯的船長被埃摩司喝退，並垂著頭，讓我很不舒服，理由有幾個。第一，我很訝異自己竟然挺喜歡這位船長，其次，埃摩司對愛樹莉雅似乎太過保護了，這點讓我很不爽，他不該那麼沒禮貌。還有，我想聽船長進一步解釋，他所說的糾纏是何意思。

我啃著大拇指指甲。我有可能眞的被兩名亡靈纏上嗎？我是不是被附身了？我知道其他人都認定，我們註定會成為薇斯芮特之類的東西，但我不打算排除任何可能性，尤其船長似乎意指愛樹莉雅的靈魂可以從我身上移除。

僅是動了驅逐她們的念頭，就令我自覺是背叛了。我真的很在乎她們，但話又說回來，這是我的身體，不是嗎？若有可能再次全心、完整且正常做自己，那麼試著設法找回自己，這種念頭有錯嗎？

船夫不悅地低聲嘀咕，一邊拉扯各種纜繩，拉起下在山頂上的船錨。埃摩司留在船首，監看我們的進度，半晌後他轉身望著大海。我看得出他希望我走向前，站到他身邊，但我決定留在船長旁邊。船長請我幫忙時，我非常樂意。受邀陪他一起工作，感覺好正常，令我想到奶奶。

「我說的話還是算數。」男子壓低聲音說，一邊幫我捲纜繩。「我很樂意幫妳把那個流浪者踹到另一邊去流浪。」

這回我真的哈哈笑出來了，雖然愛榭莉雅再度想衝出來罵人，但被我硬壓回去。她氣嘟嘟地退到我腦後生悶氣。「咱們還是暫時讓他留下吧。」我也喘著氣低聲回答他，一邊意有所指地抬抬眉毛，然後咧嘴笑著，表示我是在開玩笑。「麻煩你再跟我說一次你的名字好嗎？」我問得稍微大聲些，「蒂雅講過幾遍了，但我記不起來。我知道你是神話裡的冥河擺渡人，但是你看起來不太像神話裡的人物。」

「是啊，很多人都那麼說。我叫崔弟，流浪三兄弟都喊我『擺渡人』，那三個傢伙很不尊重我。」

「太可惜了，其實他們不像表面那樣壞。崔弟，也許他們只是不了解你罷了。」

「我們算常見面的了，他們至少應該待我友好一點，不能因為痛恨自己的工作，就拿我出氣，他們困在這裡又不是老子的錯，我這工作也不是自己選的。」

我正想追問他三兄弟的工作內容，但崔弟朝一個箱子點點頭，示意我過去坐好並抓緊。蒂雅叫我用船側的繩纜纏住胳膊，稍後她會盡可能回答我的問題。我照她的話去做，強風吹灌船帆，直至帆布鼓脹得有如巨大的氣球。

原本平靜的海面自底下揚起，巨浪衝向沙灘，雖然我們遠離地面，但浪尖還是濺過了船身。當一道大浪的噴沫打在船側時，崔弟大喊：「抓緊！」船身嚴重傾斜，用雲霄飛車的滑度從浪背上衝下去，然後攀上另一道浪，接著又是一道浪，每次的浪勢都迅速加大，最後我實在擔心翻船。

我出聲警告埃摩司，以為他會摔倒，可是他定定望著前方不理我，雙腳像鎖在鋼條般緊釘原地，我只能從他那隻纏住欄杆的手，看出他正在努力維持平衡。接著，就在我們攀上一道大到足以淹沒一般貨船的大浪時，船身再度騰空，以驚人的速度往上衝。等海面遠退到我們下方時，船身擺平了，用一種搖搖擺擺的舒服節奏，穩定地前行。

不久，一縷縷薄淡的雲煙從我們四周飄過，我還來不及解開臂上的繩纜，我們已深入一片雲堆裡了。我將手伸到面前，連看都看不到。露珠在我的手臂臉上凝結，吸入的空氣又溼又冷。

我們航行得更高，穿破雲頂，一片雲海攤展在我們下方，陽光染亮了蓬鬆的雲端，使它們看似一大片毛絨絨的粉紅色棉花糖，顯得異常厚實，我好想拉近一朵雲，躺上去小憩。我們繼續行進，空氣變得更冷了，我的臉頰和耳朵發麻，渾身發抖。

「就快到了。」崔弟說，「再撐一下。」

藍天一開始微微搖晃，接著黑暗占去整片天空。空氣太稀薄了，我深深地吸著氣，掏空的肺部刺得發疼，但崔弟搭住我的肩膀，我的呼吸變得容易些了。

「等咱們進了入口，妳就沒事了。」崔弟保證。

崔弟指著前方某個漆黑、參差，像張大呵欠，想吞滅我們的開口。

「那是什麼？」我問。

「宇宙層的一道破口，呃，比較像是裂縫，不算破口。」崔弟咕噥地揉著自己的下巴。「就像一條從這個領界通往天河的運河。」崔弟移向方向舵，船帆移位，船身咿咿呀呀地改變航向。「把穩了。」他對三桅帆船說，然後拍拍欄杆。「準備了。」

船首撞上那道破口，整艘船搖晃了起來。我腳下沒站穩，撞在船側，肺部立即一揪。我咳嗽著抓住自己的喉頭，徒勞地想吸氣。我們前方的埃摩司和整艘船的前半部已消失不見了。埃摩司！我張嘴想喊，深怕他已摔到船外。崔弟抓住我的胳臂，珍貴無比的空氣再次灌入我的體內。

「他沒事，小女生，妳待會兒就明白了。」

僅才一眨眼的功夫，我們就被黑暗吞沒了，我不單看不到埃摩司或崔弟，連聽都聽不到他們。我的感官唯一能感知到的，就是我仍在船上。即使我試圖啟動獅子的夜視力，也仍舊全盲。我抓緊欄杆，船身猛然往下時，我尖聲驚叫，我們急速下墜，像滾下山坡似地往前傾。接著我們倒往一邊，然後是另外一邊。若非本人抓得牢實，恐怕早已掉到船外頭了。

船身終於平穩下來，崔弟鬆開我的手臂，我環顧四周，夜視能力總算發揮功能了，而且還十分強大。被星星照亮的黑色漩渦像墨色的河流環在船側旋繞，上空的星子璀璨如鑽，就像我久遠前夢裡所見。我可以聽到它們細碎的低語，沙沙地響著如隨河搖擺的蘆葦，聽起來好舒服，好平靜。

「好美！」我說。

「這是最棒的河段。」崔弟說，「所以阿佩普才會在宇宙的這個地方住下來。」

「這位阿佩普是……？」

崔弟張口想回答，話語未出，我已發出駭然的尖叫。我們四周開始出現一縷縷的幽魂，有些人靜靜站著從欄杆外望過來，有些在甲板上蜷成小球，哀哀地哭泣。有個小女孩吮著手指，用一對大眼望著我。一名半馬半人的男子不安地挪動，因為其他鬼魂逼近他身邊，他焦急慌亂地揮動鬼魅似的尾巴。

聽到我尖叫，大夥全看著我。越來越多的幽靈出現了，多到讓我覺得自己被亡靈包圍。他們咧著黑色的嘴，發出沉默的尖叫，回應我的叫聲，而那些附近的亡魂則用雙手壓著臉頰，模仿我的動作。我轉著圈，伸出爪子朝空中揮舞，想趕開他們。我銳利的爪尖只能穿透他們的形體，彷彿他們只是由空氣凝成。

等發現我的斯芬克司之爪毫無效用後，我慌亂地往後退開，直至撞到船的欄杆。我緊抓住船側不放，希望能避開他們。亡靈越逼越近，好奇地盯著我。也許他們未料到竟會遇到一副肉身，他們伸手朝我抓撓。我發出嗚咽，閉緊眼睛，想甩開每次被鬼手探穿身體時，血管中泛起的寒意。

直到我聽見崔弟大吼「退開，退下去，你們這些該死的鬼魂！」時，我才睜開眼睛。甲板上那些發亮的東西稍稍後退，身體彼此相疊。

擺渡人並沒有開玩笑，鬼魂數量之多，這艘船根本容納不下。各種形狀大小的鬼魂緊緊擠成一團，彼此之間連塞進一張紙的空隙都沒有。大部分鬼魂站著，手臂身軀互相交疊，我看得出他們並不喜歡這樣，光看都很痛苦，就算他們能疊合在一起，還是會很不舒服吧。換作我也不會喜歡。我再次望向船側，發現在欄杆上的鬼魂不僅只有幾十隻，而是有好幾百個。

那些抓不到木條的幽魂，只能抓住其他的亡靈，形成一條駭人的長鍊，遁失在幽黑的深水裡。他們上下浮動的頭，像落海的滑水者般，在船的尾浪裡拖行，但他們抓的不是鬆垂的繩子，而是同伴們蠟黃的四肢，景象驚悚嚇人。我無法想像比這更糟糕的運輸方式了，崔弟的船像個地獄新娘，行過幽黑的走道，後邊拖著亡靈的長紗。

當崔弟走過去把一個個亡魂甩到一旁，甚至將一些鬼魂扔到船外時，我拉住他的手——需要有個實質的東西讓我聚焦——「他們是不是……」我重重吞嚥，「在外頭會不會淹死？」

崔弟搖搖頭，「他們已經死了，不過他們很可能會被吃掉，那麼他們就是真的死了，死絕了。」

「吃掉？」情形越來越糟糕了，「什麼樣的怪物會吃鬼魂？」

「亡靈饕餮就是其一。」埃摩司走近說，我很高興他能出現。他霸氣地拉住我的手臂，並訓斥崔弟說：「你應該早些警告我們，船上載了這麼多鬼魂。」

「怪我嘍？是你們在老子忙得半死的時候把我叫去的。何況，若非你們幾個兄弟失職，老子現在也不會有那麼多亡靈攀在船上！」擺渡人臉色醬紫地吼道。

我鼓起勇氣，這費去了我全部的力氣。我從埃摩司身邊踏開，埃摩司皺著眉。「沒……沒事的。」我苦笑著拍拍崔弟的手說，「我會習慣他們。」雖然到目前為止還看不出我有習慣的跡象，但我不想被當成膽小鬼。蒂雅說我們在地府裡見過類似景象，而且之前都挺過來了。我雖然背部痲癢，像蟲子爬過，但我還是挺直背脊，努力振作。

崔弟低下頭，「其實這樣最好，小女孩，有這麼多亡靈能填飽他的肚子，才能轉移阿佩普的注意。說不定我們能有機會。」

「你確定這是正確的路徑嗎？」我問埃摩司，希望他回答不是，那樣我們就可以走別處了，最好是某個我們能讓這些乘客下船的地方。

「是的，就目前所知，瑪特藏匿我們三兄弟的密牢，就在迷途島上。迷途島要越過混沌之水邊界，超出諸神的領地。連天神都不敢闖到那麼遠的地方。」

「如果那裡如此險惡，瑪特為何要將他們關在那裡？」雖然旁人甚多，我還是好奇地問。

「瑪特不像伊西斯那般擅於編造咒語，瑪特大概施了某種特別的咒，將他們送至一個塞特到不了的地方。」埃摩司答道，「咒語的用字很弔詭，瑪特會把我們送到那麼遙不可及的地方，可見她真的狗急跳牆了。」

「如果連諸神都覺得危險，我們又如何能夠保命？」我問。

「不會有事的，心愛的，我會緊盯著路徑。」

我雙眉一蹙，「別喊我心愛的，你已經沒有資格那樣喊了。」

崔弟掌著舵，一邊竊笑，但沒往我們的方向看。

埃摩司靠近我說：「並不是妳們所有人都那樣覺得。」他嘀咕說。

「是嗎？哼，現在做主的不是其他人，只怕你只能面對我了。」

「我不介意面對妳，莉莉。」埃摩司柔聲說著並抬起手，用指節輕輕刷過我的下巴。我雖然鐵了心想生他的氣，手臂還是有些酥麻。埃摩司似乎感覺到我的軟肋了，便低頭輕輕親吻我的太陽穴。「我得盯緊前方的路徑，好讓崔弟載我們往正確的方向走。妳能跟我一起到船首嗎？我會盡量不讓亡靈接近。」

我想過去，我的意思是，我是真心想去。愛樹莉雅渴求接近他的深情與酸楚，一波波地襲來，為了抗拒這股渴望，我差點泛淚，但我還是忍住了。我搖搖頭：「我寧可跟崔弟待在一起，如果你不介意的話。」我說，不知道那是否表示我已認命去跟恐怖的鬼魂在一起了。

埃摩司抬眼看著船夫，無奈地重重嘆口氣。「小心點，」他警告說，「崔弟不會讓亡靈靠近妳，但前方還有麻煩，我希望到時妳能待在我身旁。妳能答應到時會過來找我嗎？」

我看著他月光流瀉的眼眸，然後點點頭說：「好的。」

埃摩司滿意地折回船頭，視而不見地穿越眾多亡靈。我顫巍巍地找到一個箱子，坐到崔弟身邊。埃摩司說得似乎沒錯，擺渡人四周有道鬼魂不敢跨越的圓圈，於是我把箱子盡可能挪近，不去理會隱形的手指在我背上滑動的刺涼感，那些手搔著我的背脊，害我汗毛直豎。

「妳跟那個傢伙在一起，可有大麻煩了。」崔弟發出嘖嘖聲，說，「小仙子可喜歡那傢伙了，妳知道吧，除非她走，否則我看妳很難擺脫那傢伙的影響。我可以把糾纏妳的亡靈逼走，小女生，如果那樣會有幫助的話。」

「沒關係，崔弟。」我說，「那兩名女生現在是我的一部分了，我們得一起經歷這趟，我們三人齊心協力，直到最後。」

「那結束之後呢，會怎樣？」崔弟問。

「我們……我們也不知道。」我靜靜答道，然後怯怯一笑，「也許我們最後會變成你船上的亡靈。」我還顧身邊的旅客，無法想像失去自己的肉身。「現在你可以跟我講阿佩普的事了嗎？」我問，希望改變話題有助我忘卻被鬼魂包圍的恐懼。

乾巴巴的老船夫用銳利憂慮的眼睛垂眼看著我，然後再次抬眼，按照埃摩司的指示，微微調整方向。

「這座島呀，」他說，「之所以稱為迷途島，不是沒理由的。等你靠近了就會看到這座島在引誘你，那景色可美了，是很漂亮的地方，就像烏托邦一樣，一片祥和。問題是，那島會滑開，你一靠近，島嶼就消失了，令船夫抓狂。那些見過這座島的人，皆窮其後半生追逐它。」

「你沒見過它嗎？」

「我曾經航行島嶼附近，我不是故意的，是因為被阿佩普趕到那裡。妳要知道，這裡是他的家。」

「你看到迷途島時有瘋掉嗎？」

「沒有，我挺聰明，到了附近就把自己的眼睛蒙起來，不過我的乘客都瘋了，亡靈沒辦法遮住自己的眼睛。」

「後來發生什麼事？」

「他們跳船了，連最後一位都跳下船游向迷途島，結果輕易地就被阿佩普吃掉了。我一直蒙住眼睛，直到船隻來到較溫和的水域。」

我嚥著口水，「那麼到時咱們也得蒙住眼睛嗎？」

「我想是的。」

「那所有這些亡靈將會……」

「將會成為妖怪的食物。」我看著四周的鬼魂，盯著一個坐在崔弟圓圈邊緣的小女孩，她睜大眼睛望著我。我突然為他們感到難過，不再覺得害怕他們了，尤其知道他們正邁向第二次死亡。

他們只是在世為人時的影子版罷了，在某個地方，會有某個人在哀慟他們的亡逝。他們原本是父親、祖父母、醫師、孩子、教師。其中有些並非人類，但我想它們也有家族吧。想到他們的亡靈結局如此悲慘，就十分不忍。

這時蒂雅開口告訴我第二次死亡的事。基本上，我知道亡靈饕餮能做什麼，可是大家在農場裡跟我說時，我故意不予理會，假裝全都不是真的。當時我沒把艾斯坦、埃摩司和阿蒙可能歷經第二次死亡的事，放在心上。如果我們死了，蒂雅和愛榭莉雅會遭受第二次死亡，然後永遠滅絕。或許我也會，我不確定情況是否會那樣，因為就技術層面而言，我還活著，至少我是這麼想的。

一大群鬼魂抓附在桅桿上，他們的身體像破爛的旗子在微風中飄動，臉龐呈現出各種表情，但最普遍的表情是聽天由命。一股不祥的刺癢傳遍我全身，就像皮膚上有蟲子搔爬般令人難安。埃摩司之前提過會遇到凶險，原來他早就料到了。

「所以阿佩普會吃掉亡靈是嗎？」我問。

「噢，阿佩普幾乎什麼都吃，過去幾百年他變得有點發福懶散，不像年輕時那麼拚了。」

「原來如此，那他究竟是什麼東西？」我接著問，其實並不想聽到答案。

「我沒跟妳說嗎？我還以為我講過了。」

我搖搖頭，「沒有。」

「噢，好吧，阿佩普是一條巨蛇，最原始的巨蛇，有些人稱他是惡魔，有些人說他是巨龍，不過我親眼近距離看過他，阿佩普是條如假包換的蛇。當然了，是條很特別的蛇，比妳見過的任何蛇都大。他在星群間爬行，把天河當成他的獵場。不過他的家，他的巢穴，則在那座島上。他喜歡待在那裡，只有肚子餓時才跑出來，不過他經常肚子餓。」

「艾斯坦和阿蒙就被困在那裡嗎？」

「好像是。」

「他們安全嗎？」

「如果他們待在密牢裡，應該夠安全，阿佩普只要見不到或聞不到他們，就不會去驚擾他們。」

「難怪沒有人能找到他們。」我說，「他們被一條宇宙巨蛇保護著。」

「我倒不會用『保護』這兩個字，因為他根本不知道他們在那裡。」

崔弟拿了條說是阿佩普後代的黑鰻魚給我當晚餐，我婉拒後，不久便迷迷糊糊地睡著了。應該過了幾小時吧，船身一震，我整個人跳起來。幽靈輕聲的低語變成了狂亂的高叫，就像乘以千倍的恐怖蟬鳴。「怎麼回事？」我大聲喊著站起來，崔弟緊張地拉起繩纜綁起來。

「阿佩普發現我們了！」他高呼道，「正在吃咱們船後的幽魂！」

我回身望著船後的水域，亡靈上下翻騰，急切地想抓住他們的同伴。崔弟指著浪底下潛游的東西，我看到一個巨大蜷曲的活物升起又潛入水中，那東西閃著光，鱗片美如彩虹。等我仔細一看，看出那身體事實上是黑色的，因為極為烏亮，反射在上頭的星光把鱗變成了綠、藍與金色。

若非我實在怕得要命，一定會很想趨近去看那妖物。我看見一圈又一圈的軀塊，卻不見阿佩普的頭。我拉過背上的弓，搭起箭，瞄準從水裡浮出來的巨塊。「沒用的，小女孩。」崔弟搭住我的手臂說，「妳的箭對他沒有用。」

「連伊西斯的箭都不管用？」

「連她的都不管用。」

「那我們要如何對付他？」

「我們不必對付他，因為我們能做的，就是希望他趕快吃飽，然後滾回家睡覺。」

「所以我們毫無辦法保護他們嗎？」

「沒有，別去想這件事了。」

「別去想？」我不可置信地重述說，「他們在外頭尖叫哪。」

「是啊，如果妳被他吞掉，也會尖叫的。」

群鬼悲切的哭號在水上此起彼落，我瞥見阿佩普的尾巴，比半掛式的卡車還要粗，如果那只是車尾，我真不願意見到它的引擎。我試著遵循崔弟的指示，那些亡靈對我無益，我沒有義務救他們，可是我心裡難過透頂，知道自己必須有所行動。

蒂雅率先加入我，接著愛榭莉雅也添入她的火力。我們召喚薇斯芮特前來，一股巨風從我們四周捲起，我的血管中滿注著能量。當我找到妖物的真名時，我用如雷的聲音，以呼嘯的狂風擊向阿佩普。「無用的巨蛇，」我大喊，但我們三個都知道這名字不太對。「過來。」

水下的翻騰靜止了，六坨清晰可見的黑塊沉入水波下，我不確定自己的專注力是否足夠，能真正有效地發揮薇斯芮特的法力。我對她的法力還是感到害怕，覺得若全心投入，徹底對薇斯芮特讓步，便會失去自己，因此我會有所保留。我們每個人都是，沒有一個人想失去自己的身分，我們都希望這樣的程度就夠了。

有幾分鐘的時間，什麼動靜都沒發生，接著船邊的海水分開了，一顆龐大的頭顱從天河裡冒出來，在我們上方空中擺動，黑色的水珠嘩嘩地落在我們頭上。阿佩普身子一斜，用女巫鍋爐大小的貓眼盯著我。

愚蠢的人，他在我心中說，敢打擾我用餐的人，都會變成我的食物。

13 迷途島

我驚駭地僵立原地，張大嘴巴。一條長長的叉舌從怪物嘴裡吐了出來，測嘗空氣，看得我渾身無可抑制地打著哆嗦。我們雙方動也不動地四目相視，即使埃摩司和崔弟已雙雙站到我們之間。

埃摩司喚出落在船隻甲板木條間的沙子，做成一把閃亮的武器，殺氣騰騰地揮著，他纏著繩索的手臂隨時準備砍出去。崔弟用龜裂而指節粗大的手，抓著兩條尖頭長棍，從他輕握的姿勢，看得出他很擅於使棍。

「別看他的眼睛，小女孩。」崔弟說，「阿佩普會用目光催眠，能教妳乖乖走進他的肚子裡，讓妳以為自己進了花園。」

巨蛇張開大顎，彷彿一記邪笑，露出粗大尖利的獠牙，在星光中閃閃發亮。妳掃了我的興，阿佩普爆躁地說，聲音直穿我的心。通常我喜歡給獵物反擊的機會，不過等他們上了你們的船後，就沒剩什麼鬥志了。

阿佩普來回晃著腦袋，似乎想把崔弟和埃摩司推到一旁，可是兩名男子都好厲害，竟然沒被嚇退。綜觀一切，我覺我們根本沒有勝算，尤其手邊的武器又如此不堪用。巨蛇太大了，他只需費些許力氣，便能擊碎我們的船，然後叼起我們，隨時吞掉。

「這女孩不是故意要吵你的。」崔弟打斷我的思緒說，「要吃就吃那些亡靈，別害還活著的人，亡靈多得是，夠你吃飽的，別那麼貪心。」

我覺得崔弟的話超級帶種，失去這些乘客，顯然不會讓他良心不安。大蛇嘶嘶作聲，從水中舉起一段沉重的蜷身，然後重重拍下。船隻一定是被他的身體擊中了，大夥身體斜往一側，掙扎著努力站穩。

啊，大蛇說，你說的固然沒錯，你載運的亡靈氣味極濃，表示船上滿載幽靈，可是我才吃完第一道菜，現在我的胃口被勾起來了，準備飽餐一頓。

亡靈們聽到這番話，發出哀吟，渾身哆嗦，他們彼此推擠，避到船隻最角落裡，每個人都慌急地盡量遠離阿佩普，那妖物輕點著長了角的巨大頭顱，想將他們看個清楚。我瞥見巨蛇的軟腹，軟腹上閃著光，像覆著平滑的石榴石。我再度感到震驚，沒想到即臨的死亡，看起來竟如此美麗。

阿佩普說，即使他們能餵飽我，我還是不容許法力如此強大的年輕女孩闖進我的地盤。崔弟，你應該知道不能將這種人帶到此地，你已經很久不敢進入我的水域了。

埃摩司接著說話，「偉大的阿佩普，我們要去替諸神辦事，塞特逃出來了，我們必須不計一切攔阻他，您一定也意識到他造成的混亂，我們保證不會在您的地盤裡久待，如果您容許我們平安通過，我們絕不會造成您任何損傷。」

妖蛇身子一揚，巨大身側上的蛇鰓抽動著，噴出又鹹又髒的水，沿著長滿鱗片的身體淌下。髒水濺在木甲板上，滾騰地冒著蒸氣。我過了一會兒才發現原來阿佩普是在大笑，而不是噴出毒液，想將我們悶死。他轉著頭，然後快如閃電地往下一沉，瞪著埃摩司。妖蛇的烏眼閃著邪惡的晶光，他只要一咬，埃摩司就完蛋了。

你們這些可悲的小鬼傷不了我，巨蛇嘶聲說，簡直是異想天開。至於塞特和其他天神的事，我才懶得理會，他們彼此相殘互相攻占，壓根不干我的事，那只表示我會有更多食物罷了。好了，你們倆讓到一邊吧，讓我跟這位自以爲認識我的小女孩談一談。

阿佩普僅遲疑地等待一秒鐘，看他的話是否被聽進去了。接著他把頭往後一揚，重重拍在甲板上，將之擊碎。崔弟和埃摩司全掉到碎開的洞裡了，我本能地伸出爪子，插到船側，以免跟著他們掉下去。

我來不及想出更好的去路，只能七手八腳跑到甲板洞口大聲喊問：「埃摩司？崔弟？」

沒有回音，我在黑鴉鴉的船體裡，看不到他們任何一人的身影，他們可能被桿子刺穿，或摔斷了骨頭，躺著無法起身。船身咿咿呀呀地震晃，接著在我眼前緩緩開始自行修復。碎掉的破片升入空中，然後回歸它們該有的位置，轉瞬間，甲板便修復了，將兩名掉下去的男子封在黑漆漆的船體裡。

我錯愕地張大了嘴，徒手敲著甲板。「不！」我大喊，「埃摩司？你聽得到我嗎？」還是沒有回應，至少在我聽到嘶聲之前。我僵在當地，背後就是要獵殺我的妖物，一股溼熱的空氣揚起我頸背上的汗毛，另一道熱風再次吹向我，我知道那是蛇妖的口臭——難聞而噁心。我慢慢轉身，獨自站在那裡面對妖物。我抽出背上的武器，按下按鈕，將短柄變成長槍。

妖蛇臉上露出令人生厭的狂喜，我看著他，突然有種莫名的好奇。這妖物是殘缺的，薇斯芮特的法力仍在我體中嗡嗡震動，我迫切地想叫出他的名字。蛇妖雖然強大，但我在他身上看到一種匱乏、病弱，永無止境、無法滿足的飢渴。他是……畸形，不自然的。他在宇宙間並無目標，阿佩普是個變異。蛇妖雖近到足以吃掉我了，但他對我似乎很好奇，就像我對他一樣。

「你是由什麼創造的？」我問。

什麼？妳剛才說什麼？巨蛇不可置信地問。

「我說，你是由什麼創造的？我知道不是由某一個人，不是亞曼拉所創。你比亞曼拉還要古老，不是嗎？你比宇宙還要古老，對不對？」

我渾身不對勁，有股不祥的預感，覺得自己問了不該問的問題。接下來無論發生什麼事，世界將會遭到破壞，讓惡魔像腐土上的香菇般茁生。巨蛇渾身一震，彷彿我的話深深刺中他，鑽進了他的血液裡。

水珠流下我的太陽穴，穿過我的頭髮，我不確定那是海水還是汗。無論何者，反正令我打從骨子裡發寒。水滴像小蟲般，在我的頭皮上蠕動。亡靈全安靜下來，緊抿住嘴巴看我們說話，連氣都不敢喘。他們像躲避光線的蟑螂般，擠在船隻陰暗的角落裡，蒼白的四肢像麻花似地纏在一起。

我朝妖物踏近一步，「你從深處，深不可測的深處誕生。你吞噬這些可憐的亡靈，是為了避免自己遭到吞吸，回到你所來的地方。」

*妳到底是誰？*蛇怪喃喃問道，*妳怎麼會知道這些事？*

我將一支標槍收回皮鞘裡，撥開臉上被海水打亂的頭髮，然後伸出一隻手。這動作讓巨蛇嚇了一跳，他挪開身，致使船身劇烈擺盪，但巨蛇並未退回水裡。我越過甲板，用手去摸他黑色的身側，孰料這蛇的身體竟是暖的。

「是的，」我輕聲說，比之前更加輕鬆地施用我的法力，「你的路徑斷了，悲傷與失去的沉痛，磨利了你的長牙。」

我碰觸他時，心中見到的是一片絕黑，連光都無法穿透。他以前存在虛無之中，就像一個黑洞，那壓力雖然駭人，至少是他所熟悉的。後來一陣天崩地裂，阿佩普被從中撕成兩半，身體的一部分被切斷了，還有一半在此地落了戶，也就是我們所看到的這一截。

我完全無法理解巨蛇的心情，他此時的存在之境，詭譎又嚇人——是最恐怖的那種牢獄。可是他害怕的不是無垠的漆黑；而是擔心自己丟失的另一截。

「現在我明白了。」我撫著他平滑的黑鱗，對巨蛇說。「你是飢餓，是荒涼，是自己性格的奴隸，那丟失的一截能使你變成完整，你最渴望的是團聚。你知道事情是如何發生的嗎？」

我不知道，巨蛇嘶聲說，我曾經到過宇宙的邊陲再回來，卻找不到另一半的行跡。也許我們的斷裂是一場意外，是宇宙劇場裡的大壞蛋故意砍斷的，我是被遺棄的那一半，我絕不可能知道原因。

「說不定你能被治好，」我說，「我可以試著幫忙。」

沒有人能幫得了我這種人，是我的天性造就出現在的我，我就是飢餓的化身。他眼神一變，表情變得比烏亮的皮還要陰沉。

過來吧，年輕人，他狡猾地說，聲音使船上所有鬧聲與在四周攪動的水聲全消失了。妳是舒緩我灼痛喉嚨的良藥，進入我的嘴裡吧，我會像暴雨覆住海洋般罩著妳。妳將淹溺在我體內，但那將是場寧靜的死亡，宛若躺在軟厚的青苔上，由蒼弱的月光慢慢抽去妳體中的生命。

我乖乖聽從，爬上長著青苔的小丘，然後躺下來，把頭枕在軟綿的床上。眞的好寧靜，那聲音說得對，這才是我的道路，我的目標，以我的身體餵養這飢餓的宇宙。我感覺到一陣刺痛，腿被壓住了，但我很快地忘了這件事，又回去休息了。我的嘴巴有個怪味，像咬到爛桃子，那發苦膨脹的味道變成了灼燒，像火似地舔著我的血管。我發出嗚咽。

接著傳來巨大的爆炸聲，劇烈地搖晃床上的我。四周好暗，只有門底下有一道光。我的腿被釘在床上，痛極了。那門突然一開，卻開錯了邊。那戳住我的腿的東西抽開了，接著我才恍悟自己身處何處。原來我在巨蛇的嘴裡。

我剛才直直走入阿佩普的口中，他的利牙刺穿我的小腿，毒液已經生效，灌竄我全身，麻痺我的四肢了。巨蛇的身體來回扭動，我滑出他的大口，抓住他溼滑的尖牙，隨著他左右搖擺。

妖蛇朝船身俯衝，我的胃跟著往下沉，我瞥見狂怒的埃摩司，身上滴著天河的水，他看起來好美。我們從他身邊經過時，埃摩司瞪大了眼睛，作勢想抓住我，可是巨蛇動作太快了。埃摩司雙臂高舉過頭，朗聲念咒。他聲音清亮，即使蛇頭高豎在船身上方，我還是能聽得見。埃摩司的咒語使天空降下巨大的火石，沉重的隕石落在我們四周，有些落入天河裡，發出嘶嘶的響聲，有些擊中蛇身，每顆火石都引發一次爆炸。

毒液發作了，我的雙臂再也無法支撐我的體重，我往河中墜去，像顆沉重、飄散苦味的隕石般重重落下。我還曉得去祈望自己不會撞死，我擊中水面時，聽到骨頭的撞擊聲，可是等沉到水波下後，疼痛很快便消失了。我昏厥前的最後一個念想是，巨蛇說得對，死亡就像一場寧靜的淹溺。

可惜痛楚又回來了。一開始是微疼，像有東西搔刮我的肋骨，接著我發出呻吟，希望疼痛能夠停止。可是痛感很快地加劇了，我胡亂拍擊著，像不小心踏進一片蜘蛛網裡。我頑固地揪住疼痛，將它往身體深處塞，像貓抓到老鼠似地緊揪住不放，不肯讓它散到全身。「不要，」我含糊不清地說，「別煩我。」

「我得治好妳，心愛的。」

我的神經刺痛，像被上千隻大黃蜂螫咬。我感覺啵地一聲，水從我耳中滲出，流下脖子。這時我聽到蟋蟀叫了，牠們齊聲鳴唱，來回搓動著牠們的小腳，不知道我是跟牠們一樣死了呢，還是依然活著。牠們的鳴唱喧鬧而擾人。

「停止。」我對牠們喊。

「停止什麼，心愛的？」發亮的男子靠在我上方問。

「叫那些蟲別再叫，吵死了。」

「我想她是指亡靈，」有個熟悉的聲音說，「安靜！」男子喝令道。

嗡鳴聲突然靜止了。我用腫大的舌頭舔著發麻的嘴唇，「謝謝你。」我喃喃說完，便睡死了。

我再度醒時，先靜靜躺了一會兒，評估身上的傷勢。

埃摩司把咱們治好了，愛榭莉雅說。

蒂雅呢？我問。

我在這裡，莉莉。

妳們還好嗎？

我們沒事，蒂雅說，不過咱們得好好討論一下，不能轉頭背對獵殺者的問題。

我知道，我會更小心的，抱歉害妳們倆受累了。

我緩緩張開眼睛，看到崔弟站在船舵邊。「妳也該醒啦，」他說，「我還以為妳要一路睡到島上哩。」

「埃摩司呢？」我輕聲喊道。

「在睡覺。」崔弟說著，朝我背後某個東西點點頭。

我扭過頭，看見埃摩司背靠著船艙，頭低垂至胸口地睡著。

「他花了好大力氣才把妳搶救回來，」崔弟說，「我還以為他救不了妳了。」

「我的狀況有那麼糟嗎？」我問。

崔弟靠向前，揚起粗濃的眉毛，「妳都死啦，小女生。我實在不知道他是怎麼辦到的，但他做到了，親自把妳從冥河裡打撈出來。」

我點點頭，向埃摩司稍稍挨近。他金色的皮膚變得暗灰，指尖發藍，彷彿被白霜凍過。他的下巴灰瘀，臉頰有些紅腫。我知道自己的模樣也好不到哪裡去，我的衣服很多地方都還是溼的，乾掉的地方布滿刮痕，我甚至不想垂眼看自己死白的四肢或腿上仍黏著血塊的傷痕，雖然傷都已經治癒了。

「我們安全嗎？」我問，「阿佩普怎麼樣了？」

「他承受不住飛落的火石，溜開去舔他的傷口了。不過妳別擔心，他會回來的，他離開前曾大肆破壞，我們家三桅帆船得自行療傷，阿佩普匆匆溜開之前，發飆將船擊斷。我失去了半數以上的亡靈。」

船上看起來確實沒那麼擁擠了，「你覺得阿佩普回來之前，我們會有多少時間？」想到巨蛇還要回來搞第二回合，我就心驚肉跳。之前我表現不佳，雖然暫時令他分了心，但最後我們還是輸了。我不確定第二回我們能僥倖存活。

「很難講，有可能很快，或乾脆這段期間就不來煩我們了，得看他心情。如果咱們運氣好，我們可以找到那兩兄弟，趁阿佩普知道我們在那裡之前，趕緊溜之大吉。」

「但願如此。」

我猶豫一會兒後，伸手撥開埃摩司額上的濃髮。他嘴唇微張，像斗篷似罩在他肩上的憂慮，在他熟睡時被掀掉了，隱約露出了那位快樂自在，出現在愛榭莉雅充滿陽光草莓的夢境裡的男子。

無論如何，我愛他，那不全是愛榭莉雅的心情，有時我會對自己承認，我希望埃摩司快樂，若無法再見到他月光般的笑容，感到被他擁抱的慰藉與溫暖，就太讓人難過了。也許另外兩個女生說得對，我們應該把握每一刻幸福。幸福無法持久，末日即將來臨，這點我們都知道。

我把治療用的護身符掛到他脖子上，希望在他入睡時能發揮神效，然後靠回船上，挨到埃摩司身邊，把頭倚到他肩上。我拉起他的手，與他十指交扣，埃摩司僅稍稍動了一下。

「最好抓緊時間休息，」崔弟說，「我們不久就會到迷途島了，你們得隨時保持警覺。」

我對他感激一笑，然後閉上眼睛，身體隨著船身擺動。

莉莉。我心中注滿了陽光。我一下驚醒，「阿蒙？」我昏沉沉地喃喃問，不想起身，埃摩司在我身邊動了一下，然後揉著眼睛。

「很好，正想來叫你們哩。」崔弟說。

「怎麼了嗎？」我緊張地站起來說，「阿佩普回來了嗎？」

「沒有，是那座島。我們到了，大約一小時前找到島嶼，不過它消失了，這是我第二次瞧見迷途島，別直勾勾地盯著它，否則它又會消失在煙霧裡。」

「現在離得夠近了，我不必看也能找得到。」埃摩司說著將我轉向他，檢視我的傷口，然後看著我的臉。他的指尖循著他的眼光，碰觸到我的臉頰。那撫觸輕巧如蝴蝶的薄翼，但我的皮膚仍因此發燙。不知道他看著我時，瞧見了誰？是蒂雅？愛榭莉雅？還是我們三個人？也許那已不再重要了。

「妳感覺怎麼樣？」他問，「還會痛嗎？」

「我正想問你同樣的事，崔弟說你為了將我帶回來，耗掉了自己的能量。」

「沒什麼。」

我拉起他的手捧著，雖然莽撞，卻覺得該這麼做。「不，怎會沒什麼。」

他低頭看著我們的手，眼神一亮，仔細地盯了我一會兒，然後嘴角揚起，綻出一朵希望的笑。埃摩司摁了摁我的手，不痛，但頗為霸氣，我踏前一步。「我還是會再做一次的，心愛的。」說完他垂向我的耳朵，呼氣暖熱著我的頸子。

看到我點頭，他在我耳垂旁的鬢邊輕吻一下，我渾身立即疙瘩豎起。我環住他的腰，把頭埋到他胸口說：「謝謝你。」

他用大手罩住我的頭，輕輕撫弄我的頭髮，我是如此陶醉其間，因此當埃摩司對崔弟說「往右」時，我吃了一驚。船身一斜，若非埃摩司將我緊抱，只怕我得去抓欄杆了。「現在打直。」他又說，「就是這樣，我可以感覺到他們就在附近，莉莉，把妳的眼睛閉緊了。」他說。

「你最好也閉上眼睛，老弟。」崔弟說，「別直接看它。」

「你可以感覺得到你兄弟嗎？」我貼在他胸上喃喃問，兩人一起隨船搖擺。

「可以。」

又過了一會兒，崔弟表示：「你們兩位可以張開眼睛了，有幾個亡靈見著迷途島，就迷失了。不過現在船已經在島邊下錨了，所以夠安全了。幸好有你在船上，老弟，你還挺給力的。」

埃摩司萬分難捨地離開我，去幫崔弟整理帆布，我揉著臂膀，覺得離開他溫暖的懷抱後好冷。即使知道過去的一切，我仍一心想接近他。我覺得自己像經過酒吧的酒鬼，慢慢拖著步子，讓酒的誘惑從窗口滲出，向我招手。我因渴望獲得不該得的東西，而四肢顫巍巍。我走向崔弟問：「現在咱們到了，這島還會飄移嗎？」

「不會了，一旦我們在島邊下錨，它就不會再飄走了。」

我點點頭，把目光從崔弟粗獷的鬍子，移到船首外的景色上。一開始島嶼被濃霧所蔽，接著陽光穿雲而下，我看到綠色的山巔，像海裡的鯊魚鰭般將灰色的濃霧劃開。當山巔再度消失時，我有種危機四伏的不祥預感，覺得像被一群可怕的獵食動物團團圍住。

我們施用薇斯芮特的法力製作新衣。我抬手一摸，發現被風吹亂、又鹹又重的頭髮，現已乾乾淨淨地編好，垂在我背上了。我穿了件白T恤，塞在卡其工作褲裡，套在T恤上的長袖白色襯衫在腰際綁了結，腳上是雙牢實的健走靴。

一會兒之後埃摩司出現了，他也換了新裝。他的頭髮往後梳理，烏黑得有如天河裡湍流的波浪。他疲倦地對我笑了笑，然後把護身符還給我。「謝謝妳把荷魯斯的禮物借給我。」他說，「它已為我發揮最大的作用了。」埃摩司語意含混地說，我把項鍊掛回脖子上，不知埃摩司為了治癒我，究竟耗費掉什麼，我爾後一定得詳加查明。

崔弟拉起我的手，扶我踏上神奇地出現在船側的小艇，「這倒方便。」我踏進小艇裡坐下來，「鐵達尼號的船長一定會給這種魔法按讚。」

他爬到大船上，開始垂放繩纜，讓我們垂降下去。「我當時也在場看著，那麼棒的船竟然會沉到海底，實在太糟蹋了。我載了許多亡靈搭最後一次航程，我不忍心苛責那位犯錯的船長，至少他也跟著船一起沉了，也算是勇敢啦。」

等小艇在天河中浮上浮下時，我抬眼看埃摩司收起繩纜，然後抬手，身體升入空中，朝我們飄降而下。他坐到我旁邊的條凳上，但我看得出他用過法力後，極為疲累。我拉住他的手，壓放在自己手中，他虛弱地捏捏我的手指。

崔弟坐到船舵邊，在空中轉動手指。小艇往前一衝，快速朝島嶼的方向行進，彷彿裝了驅動馬達，但就我所見，是崔弟用了法力讓我們破浪前行。星星般閃亮的飛魚在我們的小艇邊急馳，還有一隻較大的，看起來介於黑海豚與海馬間的動物從水裡躍出來，然後又水花四濺地鑽回水中。

我瞥見用青翠綠光逗弄我的島嶼，但島嶼被滾滾濃雲遮住了，讓人極難辨識大小與形狀。小船擱岸後，濃霧在我們面前散去，迷途島亮出它雄偉壯麗的面貌。一座巨大的天堂從深黑的天河裡冒了出來，高山聳踞，山巔雲霧掩蔽，各種蔥蘢蓊鬱的樹木，在窄薄的黑色沙灘邊，隨著溫暖的微風輕擺。

「好美啊。」我悄聲說。

「是很美。」崔弟同意道，「等妳在林子裡鬼打牆，懷疑自己是否能再見到陽光後，就知道有多美了。」

「你這話是什麼意思？」我問。

崔弟揉著臉上的鬍渣，瞅著前方的叢林說：「這整座島……一旦你們踏到島上了，它就不會放你們走啦。至於我，它應該不太在乎，因為從我這裡得不到什麼，可是像二位這種活人？這麼說好了，它不太可能對你們善罷干休。」

「可是埃摩司會找到路徑的。」

「有可能，有可能。不過話又說回來，島嶼這種東西本來就很令人困惑，還有別忘啦，阿佩普住在這裡，有可能正候著咱們再走進他嘴裡。如果阿佩普還不夠糟，那麼你們要知道，這座島跟巨蛇一樣，也會催眠術，它會有辦法困住你們的。」

想到再度走入大蛇口中，我就無法動彈。恐懼在我血管裡流竄，變成冰涼的汗珠，喘不上氣。

「你應該在我們上島之前告訴我們。」埃摩司說著，安慰地搭住我的肩膀。我抽抽顫顫地吸著氣。

「噢，就算我說了，也改變不了你們的心意。」崔弟答說。

「他說得對。」我按住埃摩司的手，轉頭面對他。「我們得營救你兄弟，沒有別的選擇了。」我滿懷希望地又說：「所以如果這座島嶼對崔弟不感興趣，我們可以請崔弟帶路，就不勞你出手了。」

「我是很想幫忙啦，可是我不能離開我的船，不能把三桅帆船丟下不管。讓還在船上的亡靈等待已經很不該了，我只能給你們一天左右的時間，去尋找另外兩位守護者，之後亡靈的力量就會逼使船隻繼續前行，到時我就得隨船同行了。」

看到我垮下臉，崔弟正色說，「妳可不許罵我怯懦啊。」他邊說邊抬起下巴。

我搖搖頭，走向他，他粗糙龜裂的手在身側抽顫著，「我不覺得你懦弱，崔弟，我只是有點害怕未知罷了。」

崔弟閉起一隻眼看我，然後勉強點點頭，將我拉到一旁。「我也是，不過那傢伙人還不賴。」他意指埃摩司。埃摩司正蹲在地上朝地面揮手，尋找路徑。

他烏黑如沙的濃密黑髮垂在額上，掩去了灰亮的眼睛。「我以前對他的評斷不是很公平，」崔弟接著說，「他顯然很愛妳，而且願意為妳冒生命危險。我還以為守護者都是沒心沒肺的冷血漢，跟藏起來的鱷魚一樣，可是看到他跟妳之後，我的想法變了。」

「他一點也不冷血，」我聽到自己說道，「埃摩司只是把情感都藏在心裡，真的。阿你若只看他外表，也許會覺得他很嚴肅很嚇人，可是一旦你打破他的心防，就會知道他溫柔甜美得像聖誕節初生的小貓咪了。可憐的寶貝。」

我站在那裡，一臉呆萌地癡望著埃摩司，甚至沒意識到崔弟還在那裡，直到他清清喉嚨，對著沙子吐痰，我才眨眨眼，身子一抽，轉頭面對他。

「會不會太誇張啊，」崔弟說，「妳應該感到丟臉才是，小仙子。」

「什麼？」我困惑地說。

「妳們家仙子把妳霸占了，妳都沒發現。妳們三個真是越來越分不開了。」

愛樹莉雅開始在我心中哭泣，「別說了。」我告訴崔弟，「你傷到她的心了，她又控制不了自己的感情。」

「或許不能，反正……多小心就對了，莉莉。在這令人困惑的島上已經夠糟了，何況還有那令人怯步的東西。」他指向叢林，深色的枝幹變成了參天的綠葉，呼喚我們靠進。「妳們三位得好好控制自己，萬一讓迷途島看出妳們的弱點，它就會徹底進行攻擊，像鯊魚逼近擺動的魚兒一樣。」

「我們會小心的。」我跟他保證，「你能在沙灘上等候嗎？」

「會的，我會盡可能在此地久留，不過假如我和我們家帆船因某些原因而不見了，你們離開時千萬別回頭看這島，它一定會將你們困住。如果阿佩普回來，我就……呃……但願他不會回來。小心安全，莉莉。」他說，「還有，動作要快。」

「我們會的。」我心虛地應道，一邊調整標槍的肩套帶，以及肩上的箭袋。

「妳準備好了嗎？」埃摩司問，他走到我背後，把我的弓調到更舒服的位置。他面色凝重，顴骨使他看來異常冷酷，幾乎像頭窮凶餓極的野獸。

「好了。」我答說，渴盼能看到他恢復快樂明亮的眼神，看到那個很久前，在愛榭莉雅夢中的他。我對他擠出安撫的笑容，然後摸著他的臉。他將我的手拉下，親吻我的手心，他的唇輕軟如花瓣。我緊閉眼睛一會兒，然後埃摩司握起我的手，在前方引路。

我們一起走到叢林邊陲，最後再看後方的崔弟一眼，然後鑽進迷途島幽暗的樹林下。

14

島上土著

叢林環伺，不消片刻，我便再也聽不到擊岸的浪濤了。埃摩司在我們進來之前，似乎挺有自信，可是等大夥來到樹下，他的笑容便消失了，步履也變得猶豫起來。走了還不到十分鐘，埃摩司停下來，緩緩轉著圈子。

他蹲下來伸著指尖尋找方向，試過幾遍後，挫折地嘆了口氣。「通向我兄弟的路徑模糊不明，當我施用法力時，出現的不是一條，而是許多路徑，我只要跟著其中一條走，便發現路會斷掉。它們並不是真正的路徑，只怕我帶妳們走錯方向了。」

「有沒有任何路徑比其他的路看起來更顯眼？你能感應到你的兄弟嗎？」

「似有若無，我只知道他們很近，卻找不到詳細的位置。」

「崔弟說，他最多只能等我們幾天。我們該怎麼辦？」

一群大鳥呱呱亂叫地從上方飛過，我抬眼一瞄，渾身寒慄，我發現牠們在監視我們。怪鳥長長的鳥嘴啪啪響地咬著，聽起來像似對談，令我想到尋找食物的小型翼手龍。

埃摩司又唉聲嘆氣地研究了一會兒路徑，然後說：「不管如何，我們不該留在此地。」

「贊成。」

我們往前推進穿過叢林，汗水自我的太陽穴滴到脖子上，我煩亂地拭著汗。當前面路徑走到盡頭時，埃摩司低聲念咒，手中便出現一對黃金大砍刀。他砍掉矮叢，以便通行，可是我們才剛砍斷，叢林就自行在我們後邊長回來了。要離開這裡，顯然跟進來時一樣艱難。

我雖覺得溽熱，但斯芬克司的法力賜與我燃燒能量及調節體溫的本領，我可以在叢林裡健行數小時而不覺得疲憊。埃摩司的狀況與我不同，為了轉移兩人的注意力，我問埃摩司：「所謂路斷了，是什麼意思？」

「斷掉的路是一種異常，非自然的現象。宇宙萬物各具一條始於渾沌之水的路徑，路會從那邊伸展出來。斷掉的路表示，在那東西到達自然的終點前，就受到損傷或被移除了。」

「你是指像塞特滅絕某種東西嗎？」

「是的。」

「所以這座島嶼才會隱藏起來嗎？因為它曾被滅過？」

「不是的，塞特尚未碰觸這座島嶼，如果迷途島被他動過手腳，早就不存在了。」埃摩司揉著下巴，大砍刀差點割到他自己的頸靜脈。「就我所見，我覺得這座島嶼存在於塞特之前。」

「有意思，跟阿佩普一樣。」

「阿佩普？」

「是啊，他也是殘斷的，有一部分身體被斷開了。阿佩普並不清楚原因，但他渴望與另一半的自己團圓。」我推開一片厚實的綠葉，穿過埃摩司剛闢出來的路。「我們看到的是他飢餓的那半段，可悲的是，無論阿佩普吞吃多少亡靈，永遠也不會覺得飽足，除非他能恢復完整。」

埃摩司揚起武器一擊，一條葉子茂盛的粗藤便落在他腳邊了。「光是阿佩普一個就夠糟了，我可不想遇到他另外那半截。」埃摩司幫我開路，讓我跟隨。

「是啊。」

我問能否幫忙，但埃摩司固執地搖著頭。他要確定後方的我離得夠遠，以免被他的刀刃意外傷及。跟在後頭的我，得以趁機欣賞埃摩司健碩有形的背部與胳膊。他的肌肉不像我所認識的那些男生，得靠蛋白質棒和健身房硬練出來。埃摩司的身形，是辛勤的勞動與實際的戰鬥塑成的。

我可以從他每次揮臂、武器的角度，以及他面對敵人時的站姿看出來——而此時，埃摩司面對的是一片濃密的矮林。那汗水閃爍的堅實身形，不是為了讓女人或旁邊健身椅上的男人羨慕，或為了獲得三流電影裡的小角色而練出來的。埃摩司的每一條筋肉，都經過千錘百鍊，看他勞動，就像看到大力士海克力斯在幹活。我不僅欣賞眼前的景象；對他更是讚賞有加。更有甚者，我尊敬他。埃摩司令人忘記呼吸，我腦裡的兩個聲音也同意我的看法。

我們向前挺進了一個小時，然後再一小時，又一個小時。叢林裡很熱，我的皮膚又燙又黏，我正想著自己在紐約的按摩浴缸時，埃摩司停下腳，氣喘如牛地彎下腰，顯然已筋疲力盡了，但他依舊死都不肯讓我幫忙。我正想著為何笨到忘記帶水壺時，埃摩司站起身，然後僵住了。他的眼睛盯住我肩後的某個東西。

我火速回身，一開始看不出引他注意的是什麼，只發現到有棵樹。至少，我以為那是樹幹。但再仔細一瞧，才明白那是一根雕著細緻面容的粗樁，殘破的布塊如鬼魅的衣服般，在木樁四周飄盪，一條條的貝殼項鍊，掛在應該是脖子的地方。

「那是什麼東西？」我舉臂擦臉，呼出的熱氣吐在汗溼的手臂上，我踏向前檢視樁子。

「是根圖騰，那是一種警告，我們若越過去，就會有生命危險。」

「那又如何，」我理所當然地說，「反正已經有條大蛇準備等著把咱們當早餐吃了。」

埃摩司走到我背後，細細研究圖騰上的雕刻，他連聲商量都沒有，便大膽地越過圖騰說：「我覺得我們無須太擔心。」

有個東西晃了一下，我伸手扯住他的手臂，阻止他前行。「阿你是頭昏了嗎，我的大帥哥？」我手插著腰說，「你不覺得咱們應該要稍微小心一點點嗎？」

埃摩司折回圖騰邊，令我鬆一口氣。他搭住我的肩，盯住我的眼，「愛榭莉雅嗎？」

「幹啥？」我大剌剌地一笑。

「莉莉呢？」

「她就在這裡，不過莉莉比我更容易相信別人，我覺得還是先確定一下，你在恐怖的叢林裡趾高氣昂地亂跑前，知道自己在幹嘛。」

「妳是說妳不信任我嗎？」他眼中閃動著頑皮的光芒。

隔在我們倆之間的空間突然燥熱起來，埃摩司雖然沒動，但我發誓，我們之間的距離變近了。我抬手想打發他走，結果卻把手貼到他身上。當我撫觸他胸膛的線條時，所有疼痛與苦楚便像沙漠的雪般融化了。我的天啊，他的身體好像石頭雕的，「呃，那個，」我努力啟用腦細胞，「信任有兩種方式，我覺得你應該稍稍感謝我，把你從邊緣拉回來。」

他從我肩上抬起一隻手，用發亮的手指撩起一束頭髮，將髮束變成閃亮的銀色，「那我該怎麼表示感激呢，小愛？」

「我如果仔細想的話，一定能想出辦法。」我咧嘴一笑，抬起臉準備迎接他的吻。埃摩司屏住氣，我閉上眼睛等待，可是吻一直沒落下來。我張開眼睛，不解地蹙著眉，他露出懊悔的表情，並加上我所熟悉的固執。

「就我們的情況，信任是一條有四個方向的街道，若把我兄弟算進來的話，甚至有六個方向。所以為了維護本人的自尊，我寧可不拖她們下水，我不會用那種方式去占莉莉和蒂雅的便宜。」

我往他胸口一捶，憤怒在血管中竄流，燒熱我原本就過熱的身體。「你好壞，阿你眞的很壞！」我大喊，「我會……」

埃摩司將他的唇印在我的唇上，硬生生截斷我的話。他將我緊攬在身上，用溫度籠罩住我，兩人之間像爆開了一座火山。他的心跳與我的融合為一，宛若叢林裡重重敲擊的狂野鼓聲。埃摩司斜傾著頭，我發出呻吟，我不再是蒂雅或愛樹莉雅或莉莉了，我只是一個被她深愛的男子親吻的女孩。他的手環住我的腰，然後是我的脖子，接著纏入我的髮裡，解開我的辮子。

當這難分難捨的親吻結束時，我只是癡望他激情四射的灰眼，試圖呼吸。他甜蜜地親吻我潮溼的額頭。「別再逗弄我了，女人，否則我會吻到妳心搖神馳，不再與我拌嘴為止。還有，妳們任何人都不許再說半個字，說什麼妳寧可吻艾斯坦或阿蒙之類的話。我雖然木納寡言，但我很愛吃醋。」他拉起我的手，帶我穿過圖騰。

一個小時後，我們蹲伏在矮叢裡，望著一座小村莊。當我們看到一名非常矮小的人，從小屋子走出來，身上只穿了一條蔽體的葉子裙時，愛榭莉雅興奮地用我的聲音悄聲說：「是小妖精[5]！」

不對，我在心中對她說，我不認為那是小妖精，妳有看到任何金罐子嗎？

埃摩司用一根手指壓住嘴唇示意我不要出聲。他仔細打量我們看到的幾個村民，看了老半天，害我的腳都開始抽筋了。愛榭莉雅不甘地退開，由我掌控。我靠近埃摩司問：「你在看什麼？」

埃摩司轉頭看我，眼睛一瞇，「是莉莉嗎？」

我點點頭。

「我在找武器、戰士，和他們是否擁有法力的跡象。」他答道。

「你有看見那些東西嗎？」我問。

「沒有，不過我覺得不對勁。」

「是啊，是不對勁。」我同意道。

「蒂雅？」他問，「妳感覺到什麼了嗎？」

蒂雅很訝異埃摩司直接點名她，心裡還挺感激的。我退到一邊，讓給蒂雅主導。我歪著頭，張開鼻孔。「村民人數比我們看到的還要多，」蒂雅說，「多非常多。」

「我正是擔心這點，可是他們都在哪裡？」

蒂雅深深吸氣，空氣灌入我們肺裡，蒂雅僵住了，我的背脊一涼，所有神經繃到最高點。「在我們上面！」她嘶聲說。

這時四周迴盪著高亢的號叫，小小的身體從樹梢往下縱，從藤條上滑下來。我們還來不及起身，便被他們團團圍住，用長槍抵住我們的身體，並用幾十根箭瞄準我們了。最高的那名戰士雖僅高及我的肚臍，但絲毫無損這幫人的凶惡與可懼。他們的臉龐和黝黑的身上塗著灰，看起來有如鬼魅。

他們說著我聽不懂的語言，但埃摩司和蒂雅卻能夠明白。我藉著取讀蒂雅的心思，去理解他們的含意。

「你們擅闖我們的獵場！」最高大的戰士踏向前說。

蒂雅雖明白他的話，卻無法反駁。埃摩司雙手舉在空中，以示並無惡意。埃摩司為我們發言，蒂雅則在腦中幫忙翻譯。「我們不是有意要冒犯，我在尋找我迷途的兄弟，各位可曾見過他們？他們躲藏在一處黑暗的地方。」

戰士們面面相覷，短暫交談，最後其中一人發出嘶聲，眾人全都安靜下來。「我們不會去黑暗的地方，那是禁地，那些去尋找黑暗之地的人都沒回來過。」

「我們沒有選擇，我們必須找到我的兄弟。你能為我們帶路嗎？」

眾人憤怒地揮著長槍，彼此爭吵起來。「我們不能幫助擅闖者！」男子對埃摩司大吼，雖然他們得動用兩三個人疊羅漢，才能達到埃摩司的高度。

5小妖精（leprechaun），愛爾蘭傳說中的矮妖精。

埃摩司雙臂往胸口一疊，「那麼也許我們可以去跟各位的國王請願，我們有很多東西可以交換。」

我警戒地抬眼瞟他，我們沒東西可換，連水都沒有。我舔著乾裂的嘴唇，口乾舌燥地囁著。埃摩司的表情非常冷靜自信，連蒂雅都擔心起來了，而跟蒂雅相比，我算是嚇呆了。

最高的村民不安地挪動，考慮我們的提議，最後終於勉強點頭，大聲指示同伴，要眾人拿長槍戳抵我們。埃摩司將我拉近，為我擋禦，然後我們便任由村人粗魯地押著，走進村中了。少數幾位在村裡亂晃的婦女大聲叫嚷著，把孩子攬入懷裡。她們躲進用樹葉、少許布料和樹枝串成的小屋子裡。

他們要我們坐到一個大火坑邊，坑上有幾個大鍋子，鍋中正滾著濃稠的東西。「你們在這裡待著。」大個頭戰士警告說，「我去請國王來，也許他會幫你……」他邪惡瞪著我，咧嘴一笑，髒污的牙齒頗為尖利，「會把妳煮來當晚餐吃。」男人被自己的冷笑話逗得狂笑，至少我希望那是個笑話。

他往前探身靠近，閉起眼睛，嗅著我的脖子和頭髮。「妳是塊很棒很軟的肉。」說完又是一陣發自丹田的歡笑，然後逕自消失在最大的一間小屋裡。也許他剛才說的不是笑話。我們其實沒等太久，但我覺得每分鐘都好漫長。想到村裡的婦女和小孩這麼少，我就覺得想吐。這些人真的是食人族嗎？我不知道。他們會吃自己部落裡的婦孺嗎？我苦著臉，聆聽在火上烹煮的鍋爐裡，發出啵啵的沸滾聲。

蒂雅覺得食人族的事很刺激，開心地跟我講述一頭母獅在她的小獅子死後，將幼獅吃掉的故事。我相信自己聽得一臉驚懼，但蒂雅用崇敬的語氣談著，並解釋那是一種自然的本能。做母親的重新吸收幼獸亡屍的能量，以便繼續餵養其他更健康的孩子。不過大家都同意，我們沒有人想變成菜單。

不久，蓋住小屋入口的布塊抖了一下，高大戰士走了出來，背後跟著另一名男子，男子穿著彩布製成的裙子，光著胸膛，臉上並未塗灰，只戴了一面細緻的面具，那面具與我們先前看到的圖騰刻紋頗為相似。國王比其他人稍高，但也才四呎多而已，不知是否因為如此，他才會成為領袖。國王毫無畏懼地走向我們，但他並沒有看著我們，或與我們談話，反是對村民們說：

「這些闖入者前來向我們乞求協助，我們應該幫他們嗎？」

「不該！」村民人紛紛喊道。

光腳的國王在我們四周踩踏，揮舞一根棍子，腳踝及棍上的貝殼嘈雜地喀喀作響。「他們在尋找禁地，」男子說，「不理會我們的警告，他們是來偷取我們的食物，或是要來變成食物的？」

蒂雅只聽到群眾不斷高嚷「食物」，「食物」，害我們搞不清到底是哪種食物。

「說不定他們是諸神派來的，身為各位的國王，我必須查明原因。」

眾人紛紛高喊同意，我去拉埃摩司的手，他十指扣住我的手，摁了摁，以示安撫，並極其輕微地對我點一下頭。

「把卜卦用具拿來！」一名男子匆匆走進主要的屋子，取來一個袋子和一個看似長嘴鳥的頭顱。我望著鳥頭空洞的眼窩，男子把袋子裡的東西倒進頭骨中，塞住開口，然後來回搖動頭骨。最後，男子把鳥頭舉到自己頭上，用手捧著頭顱底部。鳥嘴張開時，從中滾出六顆畫著符號的石頭，石子滾落在草地上，其中一顆停在我的鞋子邊。我仔細一看，發現它們其實根本不是石子。

是棕櫚果，蒂雅在我心中說，非洲部落常拿它們來占卜。

蒂雅雖知其一，卻不知這些棕櫚果究竟預測了我們什麼。男子探向棕櫚果，用瘦長的手指翻動果子，發出各種嘀咕聲。等他滿意後才站起身，在面具下露出詭譎的咧笑。求求你別殺我們，我在心裡想。

蒂雅在心裡對我輕哼一聲，覺得我們絕對可以輕鬆撂倒逮住我們的人。我很想擁有她的自信，但我的務實性格不容許那樣，反而是在腦中，回放所有看過的，英雄在叢林裡遭遇攻擊後被綁起來的冒險電影。下場都挺慘的，不過當然了，我們並沒被綑起來，至少還沒有。

男子帶著勝利的表情，抬手要群眾安靜，他在宣布調查結果時，叢林變得好詭譎。男子用那種可以獲得艾美獎最佳男演員的誇張語氣說：「我們的兩位闖入者，必須接受扁蒲的考驗！」

圍聚四周的戰士重重跺腳，興奮歡呼。「扁蒲是什麼？」我湊到埃摩司耳邊問。

「是一種葫蘆。」

「噢，聽起來不是太糟糕，葫蘆的考驗能有多危險？」

三個矮小的戰士像是在回應我問題，他們走過來，每人拿著一顆裝飾過的短頸棕色葫蘆，頂端有個黑洞。他們凶邪地搖著葫蘆，在我們四周跳舞，然後把葫蘆放到國王面前，國王跪在一片編毯上。「我們先慶祝，然後再開始考驗！」

眾人抬來一些弦樂器及各種各樣的鼓，戰士們排排站好，開始跺腳歌唱，他們圍著火坑移動，聲音混合一連串天衣無縫的彈舌與哨聲。其中一名婦人開始擊著水槽裡的水，製造出擊鼓的節奏，那聲音在我耳中迴盪。火堆上煮滾的食物被舀出來傳遞下去，有些人並共享葫蘆裡的水。

一碗香噴噴，熱騰騰的燉菜從我鼻尖底下傳遞過去，可是沒有人要給我或埃摩司吃。那香氣帶著苦味與泥土味，就像燒焦的肉混著燉爛的菜，加上異國香料。愛榭莉雅發牢騷說，眞希望那是麥糊，好想吃一口啊，他們眞的應該給咱們一點什麼，至少給個水吧。

什麼是麥糊？我問，努力不去想自己有多口渴。

就是像粥的東西。

不管他們吃什麼，我都很想吃。

等我們讓這些人看到我們的爪子後，就可以自己打獵了，蒂雅說，我不明白我們幹嘛還不動手。

埃摩司知道我們無法自己找到另外兩個人，我說，他在等著，看土著是否會協助我們。我們暫先順勢而爲，等找到感覺再說。

母獅不玩順勢而爲這一套，母獅要嘛開殺戒，要嘛悄悄溜走。蒂雅答說。人類學會了伺機咬下最大的一塊肥肉。我說。

講到肥肉，聽起來就流口水。母獅在我心裡哀號。

我嘆口氣。妳的本能要妳做什麼？

信任埃摩司，蒂雅坦承說。

我也是，愛榭莉雅也說。

那咱們就等吧。

我按捺住，像埃摩司一樣定定坐著，他的手擺在膝上，靜靜坐在那裡休息、觀察，彷彿他是盛宴上的賓客，不像我們，一副快餓死渴死的樣子。為了打發時間，我試著整理一頭亂髮。綁好的髮辮滑脫了，但我不想把手上的牌全亮出來，以法力梳理頭髮，於是我將頭髮弄鬆，雖然明知道看起來很可能像一堆橫七豎八的乾草。

約莫一個鐘頭後，村民安靜下來，音樂和舞蹈都停止了。空掉的碗從國王手上撤走，他拍拍手上的灰塵，站起來招手要我們跟著做。接著他命三名拿著葫蘆的男子走過來，他們上前彎低身子，將祭品放到前方。

「在你們獲得選擇葫蘆的特權之前，得先通過三項測試。」國王說。

「三項？」我苦著臉重述道。

被我打斷的男子皺著眉。

「不過你們要知道，就算通過三項測試，但只有一個葫蘆裡，藏著你們要找的寶藏。你們會在一只葫蘆中找到前往禁地的地圖，另一只葫蘆裡裝的是疾病，第三只是死亡。」

我抬起一隻手，「等一等，你是說，我們得先通過三項測驗，然後才能得到結果，但結果可能還是死路一條？」

男人木然地看著我，埃摩司雖「翻譯」了我的話，但做了更動，以配合他的目的。埃摩司表示：「我們願接受葫蘆的挑戰，也明白結果或許不如期待。」

我用手肘頂他肋骨，但埃摩司不理我，逕自拉起我的手緊緊握住。

「很好。」國王表示，「我們開始吧。」

他舉起手指吹出哨音，一名穿著要掉不掉的葉子裙的小男孩跑向前，將一個挖空的碗型葫蘆遞到國王手上。國王把葫蘆交給埃摩司。

「你的第一項任務，就是把碗裝滿水。」國王揚起一根杖子在我們面前搖晃，「但是你不能用我們的井、湖泊、河流或池子的水去裝。如果你成功了，便能喝葫蘆裡的水。」

我呆若木雞地站在那裡，心想他是在打謎語嗎？就像斯芬克司的謎題一樣。蒂雅、愛榭莉雅和我在腦子裡來回討論，試著想辦法。我們甚至沒注意埃摩司在做什麼，直到被他的念咒聲環繞。戰士們蹲下來，手摀耳朵，害怕得發抖。他們的國王挺立著，眼中閃動好奇的晶光。

埃摩司編織咒語，雲朵在上空中集結。埃摩司揚起手，我看到雲朵費力地抽顫著。閃電劈下，雷聲在空中隆隆作響，雲色轉黑，接著驟雨滂沱，轉瞬間已徹底將我淋溼。溫暖的雨水令人精神一振，洗去了汗水和跋涉叢林時的積垢。我張開嘴，讓水流下我的喉頭，舒解我的乾渴。

隨著時間過去，碗漸漸地填滿了，村民們好奇地看著。等碗裝滿水後，雨停了，雲層破散開來，陽光穿射而下，玫瑰從地上茁生，向上捲曲。泥地現在黑得跟樹皮一樣了，戰士們臉上的塗繪和身上的飾紋被沖刷得僅剩一塊塊的顏料，看起來好怪。

「好！」國王開心大笑，「現在你們可以喝水了！」

埃摩司把碗遞給我，我感激地接過來，大口順著碗沿灌著。水溢過碗邊，進一步打溼我的襯衫，但我不在乎。等喝足後，我把碗還給埃摩司，他喝著剩下的水，水從他嘴邊流下他喉頭，消失在胸膛裡。喝罷後，埃摩司把空掉的碗交給國王。

「非常好，」國王說，「現在做第二項測試。」

他命令我們跟隨他。不久我們離開村子，穿越叢林，來到一棵樹前。「你們的下一項任務是，把這棵樹砍倒，給我們當柴燒，但不得使用任何工具。要小心螞蟻。」他指著一坨又棕又紅的顫動土墩，現在我才看出那是一堆活物。「你們干擾這個地區，螞蟻是不會對你們客氣的。」

說罷村民們便離開，讓出一大塊地區給附近的蟻群了。埃摩司和我繞樹而行，推一推，測試它的穩度。此樹粗大牢實，根扎得極深，即便有斧頭，也得花很長時間才能將它砍倒。埃摩司立即用沙子製出武器，卻想起這樣不合規定，便停了手。

「我的爪子能算武器嗎？」我問他。

「我不會冒那種險。」他答說，任手中的武器消散，「唉呀！」他拍著自己的脖子，然後輕跳著從臂上刷掉幾隻螞蟻。「退後，」他警告說，「螞蟻很危險，這種螞蟻會吃活物，啃掉骨上的鮮肉。」

蒂雅出面說：「以前我跟這種螞蟻交手的經驗很豐富，我見過牠們攻擊跑不過牠們的老獅子與幼獅。到了第二天就什麼都不剩了，連枯骨都難以辨識。」

眞的嗎？我問她，這種螞蟻叫什麼？

等一等，愛榭莉雅說，咱們可以叫出牠們的名字，轉而利用這些螞蟻！她興奮地說。

「愛榭莉雅的點子不錯。」蒂雅說。我們三個人連解釋都沒給埃摩司，便逕自合為一體，召喚法力。薇斯芮特的聲音迴盪著：「聽好了，小東西。」龐大的蟻群向外四散，朝我們擁來。我們各自感到心慌，但彼此緊依，雖然螞蟻已爬上我的雙眼和身體了。

蟻群開始咬時，愛榭莉雅本想掙開，太多了啦！她大喊，我們沒法把牠們的名字全叫出來！可是蒂雅堅決地攔下她，把她扯回來。我們必須找到共通的稱呼，她鼓勵說，必須叫出這群螞蟻的稱呼。

不對，我在心中大喊，要叫出蟻后的名字！因爲她控制了其他蟻群。

我們奮力地伸張推進，終於擺脫被螞蟻啃咬，以及在衣下鑽動所帶來的痛楚。我們齊聲大喊，讓風將聲音傳送出去，「凶惡的愛比西娜！帶來死亡與生命的人！蜜與火之后！聽我們的命令！」我們感覺蟻后屈從地聆聽著，轉瞬之後，蟻群便遵從蟻后的指示，開始移動了。

蟻群環繞大樹開始工作，我很訝異牠們竟能如此迅速地啃掉樹幹，一個鐘頭過去後，我們聽到樹幹斷裂的聲音。埃摩司將我拉到一旁，讓樹幹倒進叢林裡，大樹倒落的過程中，壓斷了附近其他樹木的枝子。然後薇斯芮特的力量，彈指間便從我們身上消失了。

一名戰士很快出現，帶領我們回到村裡。國王從屋子走出來，把面具掀起來放在頭頂上。他撫著下巴，坐到地墊上，並示意要我們坐下。他對其中一名婦人點點頭，女人坐到我們旁邊。她帶了一碗白色的黏糊，聞起來有點像藥，但味道相當刺鼻。

婦人把黏糊抹到我們身上被螞蟻叮咬之處，我雖被嗆到皺鼻子，但立即慶幸塗了藥，因為咬傷不再疼痛，也不再那麼刺人了。婦人敷藥時，國王問道：「告訴我，你們是怎麼辦到的？藥師可以降雨，但沒有人能在蟻口下倖存，更別說是讓牠們把樹啃倒了。」

埃摩司聳聳肩，「如果我們完成測試，取得你的幫助，尋獲我的兄弟，也許我們會為你示範我們的法力。」

一直跪著的國王突然坐回去，考慮埃摩司的話。「算了，無所謂。」他揮著手說，「沒有人能活過第三項考驗。」

「第三項考驗是什麼？」我問。

埃摩司忠實地為我翻譯，國王答道：「你們得先吃東西，就當是最後一餐了。」

這回送到我們面前的，是一頓完全不同的餐飯。太陽正要落山，樹林拉出了長長的斜影。村民紛紛從小屋中出來，在我們對面擺滿煙燻魚、烤肉加香菇之類的東西、煮蛋、胡蘿蔔燉香料、蜜山藥、一種我不認識的水果，和一碗應該是白蟻的東東。國王撈起一把蠕動的蟲子塞進嘴裡，開心地咀嚼。有幾隻白蟻從他唇邊爬出來，又被他塞回去，而且還一邊吮著手指。

我避開白蟻和不知是哪種東西的烤肉，拿起山藥和胡蘿蔔，然後小口地吃著水果，埃摩司則端起一整盤魚，狼吞虎嚥一番。樂師又回來了，這回他們狂野地舞動，害我十分緊張，想到原始部落把金髮女郎獻給金剛前，嗑了毒的瘋狂舞蹈。

我在卡其褲上把手擦乾淨後，又問了一遍：「第三項測試是什麼？」

開心的國王目不轉睛地看著舞者回答我的問題，埃摩司譯道：「還不算太糟，」他說，「只要打敗阿南西[6]就好了。」

「這位阿南西是……？」埃摩司問。

「阿南西非常飢餓，她雖不像巨蛇那麼貪饞，但也差不多了。不過阿南西不喜歡亡靈，真的，她愛吃肉。」

國王終於看向我們，他咧嘴一笑，一口利齒在火光下閃閃發光。「阿南西住在叢林遠端，她被擾動時，我們會拿女人獻祭。她最喜歡吃女人的肉了。」

我吞著口水，「女人的肉？」

埃摩司再次追問，「阿南西究竟是什麼？」語氣咄咄逼人。

國王眨眨眼，「阿南西是隻巨大的蜘蛛。」

15 蛛網

我雙臂往胸口交疊，「聽起來，你們的葫蘆闖關簡直等於找死、找死，最後還是找死。我不想再玩你們的遊戲了。」

埃摩司沒有翻譯，他用一種混雜著「也許妳不該那麼說」，以及「我以妳為榮」的表情看我，灰色的眼睛閃爍著，嘴角微微上揚。我挑著眉毛，示意要他做點什麼，埃摩司嘆口氣，貼切地傳達本人的心情，但語氣不若我那麼衝。國王歪著頭考慮本人的話，此人顯然相當奸巧，而且很喜歡嘲弄我們。

以前我在父親的派對上，也遇過像國王這樣的人。那些人擁有百萬富豪的笑容和尊貴的聲望，但坐在我們身邊的這位矮小吃蟲的島嶼土王，奸猾程度絕不亞於那些紐約市裡，穿昂貴西裝的傢伙。事實上，他也許比那些人更聰明，且顯然更有自信。

國王端著一碗盛滿香熱液體的碗啜飲，熱氣從碗上飄捲而上，透出新鮮好聞的香味。我聞出某種像肉桂或茴芹的味道，如果有人拿給我吃，我可能會想試試。國王粗獷的面容看來變年輕了，或者因為被茶飲

6 阿南西（Ananse），西非神話人物。

的蒸氣撫平了，要不就是對我們幸災樂禍的關係。

「葫蘆的考驗一旦開始，」國王喝到一半說，「就必須得到結果。我若沒記錯，是妳的男人同意接受挑戰的。就算再危險，你們倆也都得有始有終。我的人民對那些不守信的人相當不客氣。」

「不守信？」我嗆道，「難道我們有選擇……」

埃摩司把手放到我膝蓋上，插話道：「你若不反對，我們想盡快會一會這位阿南西。」

「沒問題，沒問題。」國王說。

「埃摩司，」我嘶聲說著抓住他的手臂，「我覺得這是個爛點子，我們不該在這裡浪費時間娛樂這傢伙，我們應該去找你兄弟。」

「我知道表面上理當如此，莉莉，」他小聲答道，「但這位國王和他的村莊，是我目前在島上找到的，唯一沒有斷掉的路徑。」

「什麼意思？」我問。

「我也不確定，只是我看到葫蘆後，研究可能的路徑時，有一條路徑發出明光，如果我們能熬到遊戲最後選擇葫蘆的部分，我應該會知道選哪個葫蘆。」

「好吧，但我們得先打敗巨大的蜘蛛，才能選葫蘆。這可不在我的死前願望清單上。你明白我的意思吧。」

「我不懂什麼是死前願望清單，然而對我們來說，面對蜘蛛跟面對蟻群並無差別，事實上，我覺得可能更容易些，因為我們僅需對付一隻妖物。」

「好吧，我明白你為何會那麼想，可是就我看過的大蜘蛛電影……」

電影是啥呀？」愛榭莉雅問。我腦中重播著恐怖蜘蛛片的畫面，停都停不下來。

我嘆口氣，「罷了。算你們好運，腦子裡沒有好萊塢片中，晝伏夜出的長腳蜘蛛影像。說不定這隻大蜘蛛並沒有那麼可怕。」我說，想說服她們跟自己。蒂雅絲毫不怕蜘蛛，愛榭莉雅則挺喜歡蜘蛛，她在地府時，有段時間甚至養了一隻當寵物，那蜘蛛幫她織了一張睡覺用的吊床。

顯然我們這群人裡，我是唯一畏懼那頭想吃我肉的巨大蜘蛛的人。我兩手一揮，「算了，萬一我們被吃掉，可別怪我沒跟你們講。我會一直叨念到咱們死在這座島上為止。」我身邊的大個頭對我露出安撫的笑容，可是老娘拒絕在這種情況下接受安慰。

我不是那種看到蟲子就會尖叫的無腦金髮女演員，可是我們要面對的是巨大的蜘蛛啊。哥吉拉到曼哈頓時，紐約客都聰明地逃到城外了。現在的感覺，就是該要逃出曼哈頓了。我似乎是咱們這群人裡唯一的理性之聲，可惜沒有半個人肯聽我講話。

矮國王站起來拍手說：「你們得把武器留在這裡。」

一名戰士把弓從我肩上扯下來。我拉住自己的弓說：「別鬧了。」

「我們會好好保管各位的武器。」國王向我們擔保。

既然埃摩司沒給我選擇，我只能勉強同意，看著自己的武器消失在國王的小屋中。兩名戰士走向前，用自製的粗繩把我們的手腕綁住，我把綑住的手腕抬給埃摩司看，狠狠瞪他一眼，然後心不甘情不願地跟著他和村人，再次走入叢林裡。

我們抵達指定地點後——那是一小片豎著一根高大木樁的空地——小矮人直接將我領向木樁。他誇張地把我綁在樁子上，像把女生獻給金剛那樣。其實我只要輕輕一推，就能將他推倒了，但我還是按所有其他人的希望，配合演出。我咕噥著想踹他的腿脛，因為他把繩子綁太緊了，弄得我發痛。等矮子認定我無法逃脫後，便去幫他的同伴。

這期間，埃摩司還幫忙押他的傢伙找到一棵能綁他的樹。「真是夠了。」我低聲嘟囔說。我覺得這場小遊戲演得夠久了，等埃摩司也綁妥後，綁我的傢伙跑去敲某個像掛鈴的東西。「很好。」我說。那傢伙匆匆從空地上跑走了。「搖鈴叫人來吃飯就對了，還能再誇張一點嗎？」我對著他奔逃的背影喊道。

樹頂的密葉搖震著，我怒目看著空地對面的埃摩司，「我告訴你，這一切全都怪你。」我大喊說。

「一切都會沒事，心愛的。」他的回答傳過我們之間的空地。

「夠了，別在這種時候嚷嚷什麼心不心愛的！」

「妳只要專心凝神，運用法力便可。」他揚聲說，語氣寬慰，讓人一聽就明白。我扭動身體想掙脫束縛，但繩子綑得太緊了。

阿我等不及要看怪物啦，愛榭莉雅說。

我也很好奇，蒂雅說。

「都給我閉嘴。」我說。這樣的困境，令我對每個人感到惱怒，我終於讓自己安靠在樁子上。「專心凝神。」

我閉起眼，三人交融能量，可是在連結完成之前，我聽到有根樹枝斷了。我抬眼倒抽口冷氣，看見一條毛絨絨的棕色巨腿從樹林裡伸出來，輕輕垂到空地上。那腳落到地面，看來粗如小樹的樹幹。我眨著眼，懷疑是自己的幻覺，接著另一條腿也跟過來了，然後又是一條。

我害怕到血管發寒，嘴巴乾澀。為什麼我愛的那些人如此智障？蒂雅和愛榭莉雅在我心中嚷叫，可是她們的聲音感覺好遠，彷彿被消音或擋在玻璃後面了。我無法克服自己的恐懼，去聽她們說什麼。那幾條長腿抬起來又放下去，而我只能愣愣看著它們前進，不敢往上抬眼，我不想看到她的嘴、長牙或一堆映著我影像的眼球。

埃摩司在空地對面大吼，但是他的話也絲毫不起作用。最後，那些腿不再移動了。其中兩條腿跨過我身上，另外兩條在我的視線邊緣，現在它們靠得更近了，我看到腿的末端尖利硬實，像爪子一樣地陷入地面中。我感覺到妖物的存在，她來自遙遠的年代而老邁，妖物盯著我時，我的皮都在發刺。我再次不知所措，卻絲毫無能為力。擾動的空氣冰涼地吹著我汗溼的皮膚，我頸背上的細毛全豎了起來。

那些腿震動著，我忍不住往上看，蜘蛛的身體也是毛絨絨的，比腿色稍黑。她的腹部極大，背上突著一堆瘤，八成是她的吐絲器。蜘蛛矮下身子，直到頭部和身體幾乎躺於地面，長長的觸鬚在我兩側抽動，我終於直視這隻妖物了。

她毛絨絨的頭頂上，有半打或以上的黑珠子在眨動，我過了一會兒才意會那是她的眼睛。蜘蛛背上到處是淺綠的瘤，像是香菇和青苔的結合體。不知道那是天生的，或只是阿南西在叢林蟄居後才長出來的。

兩個大如雙扇門的下巴咬合著，像剪刀似地開了又閉，而且每邊都掛著一根黑色的利齒，其中一根滲出一滴白色液體。我抖如秋葉地用背部緊貼椅子。跟這隻蜘蛛比起來，金剛簡直算是美女了。

那妖物擺動觸鬚，伸出來戳我。我擠出吃奶的力氣，勉強抑住尖叫。觸鬚戳了並不會痛，但觸鬚十分短硬，且會纏在我頭髮裡。觸鬚尖端爬過我的臂膀和掃過頸子，感覺有點像狗掌上的肉球。那些觸鬚撤回去後，蜘蛛把頭湊近。我發現她的長牙不僅尖利，而且兩側都像刀刃。我重重嚥著口水，想到那利刃應有助妖物肢解她所吃的女孩。

蒂雅？我在心中結結巴巴地說，愛榭莉雅？可是兩位同伴都沒回話，反倒是有個新的聲音鑽入我的腦裡。

喂，哈囉，我心中聽到有人說，很難得遇到能用意念說話的女孩，妳跟平時的祭品不一樣，看來妳在不對的時間，跑到不該去的地方了，親愛的。

我急欲避開一切，去找蒂雅和愛榭莉雅，可是無論我怎麼試，就是找不著她們。有根觸鬚將我拍回木樁上，無法與內心的夥伴交流，感覺很不對勁，就像丟失了一部分的魂，或嗑了藥什麼的。那根觸鬚將我按住。「唉唷！」我慘叫一聲，往下一瞧，昏頭脹腦地發現那不是觸鬚，而是有根長牙刺入我大腿裡了。

乖，別擔心妳沒辦法交談，我的毒液還會讓很多事情變得難辨。

林子裡的樹開始消失，逐一淡出不見了。我的視線邊緣漸漸變白，身體抽了一下，兩下。不痛，並不太痛，雖然應該要很痛才對。我八成是被毒液麻痺了，因為我只能感覺到拉扯，蜘蛛的腿擦在我身上，鬚毛微微刺癢著我。

噢，天啊，那聲音說，好討厭他們把妳綁這麼緊，他們明知道我不喜歡獵物受傷。

淚水撲簌簌地流下我的面頰，我卻無法抬手拭淚。我最後又抽搐了一次，身體跌向前方，不過在我撞到地面之前，已被攔腰抬起了。刺人的絨鬚擦在我的背部和腿上，接著我快速地穿過空地，在世界整個暗掉之前，最後只記得我聽見埃摩司的尖叫。

等我恢復感覺時，正仰望著一枚滿月的柔光。我的腿微微脹痛，但只是悶痛，感覺很遙忽，像一記回聲，不值得留意。我在舒適的睡袋裡輕輕來回搖動，夜風吹在身上，感覺涼爽而舒適。我想呼喊埃摩司的名字，可是舌頭好腫，嘴裡有股怪味。

一名婦人在附近哼唱，唉呀，眞好，妳醒了，她說，聲音好柔，像一位你喜歡的阿姨，妳的織錦快完成了。

聽起來不錯嘛，我心想，然後再次放鬆，任思緒飄飛，胡亂想著英俊的騎士、城堡和美麗的織錦。幾分鐘過去了，但有個東西在阻止我睡回籠覺，一股不安的騷動在警示我，這場美夢是假的。我眨眨眼，發現眼睛非常乾澀，事實上，我眼裡有泥沙，而且臉上沾了葉片。我在睡袋中翻身，試圖抬手，手臂卻動不了。我垂眼一看，不明所以地瞪著纏在我身上的白布，瞬間記起一切。蜘蛛！

「妳……」我舔著嘴唇又試了一遍，「妳對我做……做了什麼？」

我的左邊有些動靜，頭頂上葉子沙沙作響，我隔著飄旋而下的樹葉尋找陰影。我剛才一直忙著織妳的織畫，我會爲我所有女孩編造一幅。

「什麼？」我扭著頭問，很高興能把臉上的葉子甩掉。

我會給妳看的，蜘蛛說，要有耐心。

我的身體懸掛著來回擺盪，蜘蛛在四周跳繞，但黑暗中我看不到她。我的四肢開始刺癢，我動著手指，喚出爪子，雖然費了一點時間，但爪子終於出現了。現在我知道自己雖聽不見蒂雅或愛榭莉雅的聲音，但她們仍與我同在，否則我無法駕馭斯芬克司的法力。我盡可能靜悄悄地來回鋸著綑住我的黏絲。

「埃摩司呢？」我問蜘蛛，讓她分神，一邊繼續鋸著。

妳是指妳的男人嗎？他在這裡，我通常不吃男人，他們太……對我來說太腥了。我喜歡女人，女人柔軟多了，較易溶解，吃起來爽口又飽足。不過這次我會試試妳的男人，他看起來挺乾淨的，如果溶解得夠久，說不定會很好吃。當然了，他得等一會兒。你們倆這種個頭，一次眞的吃不了。

太貪吃的話，會破壞我的身材。

我聽到溶解兩個字時頓了一下，然後加緊速度鋸著。我終於掙脫一隻手，接著又鬆開一條腿了。

別一直扭來扭去，蜘蛛說，妳會把妳的織錦弄壞。

我不理她，逕自解開另一條手臂和腿。我抓著蛛網，劇烈地搖晃，裹住我的絲繭落到森林地上了。蛛網的絲又黏又溼，我低頭一望，看到幾十道半透明的絲繩，在粗大的枝子間交叉纏繞。我伸手往上抓住另一道蛛絲，然後開始手腳並用，小心翼翼地朝最近的一棵樹橫跨過去。

我的腳差點滑開，但我輕鬆地站穩後又繼續前進。遇到兩條交叉的絲繩時，我會沿新的絲繩摸索，等覺得安全後，再繞過連結的蛛絲，往新的路徑攀去。我終於看到幾層蛛網下，有另一個繭了，猜想應是埃摩司的身形。我改變方向。

我花了幾分鐘才來到埃摩司身邊，我雖推著他的繭，拍打他露出來的面龐，並呼喊他的名字，卻得不到任何反應。我不確定該怎麼做，我有斯芬克司的力量，十分強壯，或許能扛得動他，可是我無法扛著他在蛛網上爬，便決定至少先試著將他鬆綁，並希望埃摩司能在我鬆綁完成之前醒過來。

我才解到一半，便被蜘蛛發現了。原來妳在這裡，她說，那樣做沒有意義，他至少還要一個小時才會醒，他是個大傢伙，得給他雙倍的毒液。過來吧，該看看妳的織錦了。我的感官雖然敏銳，蜘蛛竟能神不知鬼不覺地溜到我旁邊，簡直太強大了。她射出一片蛛網，纏住我的腳踝。

我還來不及吐出半個字，蜘蛛已一個縱跳，將我的腿往上一扯，拖在她背後了。我每經過一片蛛網，網子便跟著震動，這妖物還害我的頭撞到樹枝。噢，很抱歉，她往下喊道，一邊繼續往上爬，希望沒傷到妳的腦，那是我最愛吃的部分。

我懶得回話，並再度嘗試連絡蒂雅及愛榭莉雅。她們倆都沒回應，兩位都失蹤了，我要如何取得薇斯芮特的法力？我苦苦尋思。

我已經把另外兩人的腦子阻斷了，跟妳說一聲。蜘蛛彷彿看透我的心意。那妖物停下來，收回纏在我腳踝上的長網，把我提向她。等我來到她想要的位置後——位於樹梢的一張蛛網尾端——她移動龐然的身體，像體操選手似地繞著蛛網，將我的腿固定住。我挪動身體，以便坐到樹的主幹與分枝交接處，這地方十分細薄，幾乎載不動我的重量。幸好蛛網夠結實，連大象都撐得住。

「妳剛才說，妳把她們的腦子阻斷了，是什麼意思？」我問道，充塞頭腦的血液鼓脹著流回我的四肢。

蜘蛛阿南西從蛛網上爬出來，她的腳如芭蕾伶娜般，輕巧無比地沿著網絲游走。她寶石般的眼睛映著天上閃爍的星光。她們太擾人了，她說，如果我把她們放進來，織錦會變得太複雜，模糊掉整個主題。

「我的織錦有主題？」我問。

噢，有的！蜘蛛說，語氣掩不住的興奮。以前我會編織宇宙，親愛的。我將一個個星球與星子接在一起，將每顆繞行的月亮連到星球上。夜空裡仍看得到那些偉大織錦的殘片，不過大部分人都不再能從織錦的殘片中讀出意義了。

沒有任何蛛網比我的更偉大、幅員更遼闊。人類與諸神仰望群星時所編織的故事，就是得自我浩大的天空織綿，但如今那些故事多半僅淪於猜測，只有我知道眞實的故事，只有我遵照了宇宙誕生前的故事源頭。現在我默默無聞地留在這裡，爲一個乏味、可卑、無足輕重的島民部落編織織錦。不過，我還是喜歡磨練自己的技巧，即使主題十分單調，我還是盡量把作品編到最美。

「原來如此。」我說，「可是妳難道不想讓我這麼有意思的人，在妳身邊多待一陣子嗎？說不定我能激發妳，創造出更多的藝術作品呢？」

噢，我不覺得有必要。是這樣的，部落的人既然拿你們二位獻祭，很可能好幾年都不會來理會我的需求了。何況，每個人只能獲得一幅織錦，現在我已看過妳的了，就不必再留妳了。當然啦，還有一個原因，我的織網本身有毒，毒性已滲入妳的血管裡好幾個鐘頭了。

我低頭看著自己的腿，突然覺得皮膚好燙。「毒……毒性？」我眩然欲吐地問。

是的。噢，不過得要好幾天才能毒死妳，甚至好幾個星期，不過我跟妳保證，妳一定會提早死掉。

「啊，很好。」我說，「我可不想病懨懨的。」

我也不想那樣，我喜歡食物盡可能營養，蛛網會耗損妳的元氣，害我吃得更少。

「是啊。咱們來看看妳為我編的織錦吧。」

耐心點，親愛的，要有耐心。這不是隨便看看就算的東西，這是藝術品，得懂得欣賞才行。

「噢，藝術我懂。我跟妳提過我在紐約常去的博物館嗎？那裡藝術品可多了。」

眞的嗎？他們把藝術品陳列出來嗎？

「當然。有的時候他們會在世界各地的博物館做巡迴展，那樣一來，大家都有機會欣賞到作品了。」

我喜歡那樣，讓人們看到我的作品，並有機會討論。

我把沒綁在樹上的腿抬起來，用手抱住，然後說：「那麼跟我談談妳其他的創作，別單只談我的織錦，我很樂意聆聽。如果妳願意說，我是個很容易被擄獲的聽眾。」我輕笑一聲，心想蜘蛛一定沒聽出我的哏。

她真沒聽出來，我讓她分心有兩個目的，一來希望延遲死亡，二來想拖些時間，讓埃摩司醒來。但願他的繭被我鋸得夠深，埃摩司不需要我幫助，便能自行破繭而出，運氣好的話，他還可以逃走。

想了解我創作什麼，以及如何創作，便得從頭開始說起。

「沒問題。」我表示。

其實我挺害怕。即使我們之中有人能夠脫身，但要趕在崔弟離開前找到阿蒙和艾斯坦，時間真的非常有限。不過一次只能解決一件事，首先我得在妖物口下活命。

妳要知道，我並非一向是最厲害的織匠，她開始娓娓道出。我的其他同類，天分遠高過我，但我是個聰明的年輕人，游走於前輩的光環下，我精於模仿，這點非常便給。

我的大腿並沒有流血，這點頗令我費解。也許蜘蛛毒液裡有某種凝血的成分，而且腿也不疼，雖然我可以清楚地看到刺口，那口子雖未刺穿我的大腿，但我相信肌肉一定受了重傷。

蜘蛛繼續往下說，當我被指定編織諸王與帝國的故事時，我細心觀察帝王如何在同儕中異軍突起，掌握大權，我將他們的智慧與手段納爲己用。我雖然編織出他們的勝利，卻刻意隱藏他們成就偉業的方法。我變得擅於阿諛欺騙。妳必須了解，我的同類只有一位能成爲命運的織匠，那也是我最渴望的事。

我一條條地操控織線，貌似給與敵人他們最想要的東西，然後再將布在敵人底下的織網一扯，將他們困在我的網裡，並吞而食之，把他們的一切納入我體中。我變得越來越壯大了。很快的，已經沒有什麼障礙能夠攔阻我的大計了。

終於，最後僅剩下我和我的主人，智者席比裘了。我在他身邊待了數百年，逐漸壯大自己的力量。

等我準備完全後，我向他挑戰，告訴他，命運將決定誰會贏得這場比賽。他若贏了，我便翻過背，隨他將我吞噬，可若是我贏了，我將成為開天闢地以來，最強大的人，並知道宇宙間所有祕密。然後我做了一件席比裘料想不到的事。

「什麼事？」

我作弊。他萬萬沒料到我就是這樣擊敗他，擊敗所有蜘蛛的。妳還記得他被稱為智者席比裘吧。他發現我使詐，可惜為時已遲。席比裘翻仰著，我溶解他的身體，吸納他的智識。

「可是現在妳形單影隻，」我說，「除了自己，全宇宙沒半個同類。沒有人來紀錄妳的成就，沒有人協助妳編織妳的天空織錦。」

沒錯，席比裘死後不久，我也意識到自己的愚蠢了。我毀掉驅策自己的人，因為我再也沒有人要超越了。我試圖為自己開闢一條新路，全心投入創作，可惜即使擁有這麼多智慧，還是無法將天網的原圖拼湊回來。

然後諸神誕生了，那是宇宙在我幹下糊塗事後，企圖恢復平衡的結果。我退到一旁，冷眼看著一名強大的預言家崛起，我們彼此凝望，我無法忍受看到自己的反影，因此便躲到宇宙最深沉黑暗的地方。當滅絕者掌權時，我渾身顫抖，我知道他的興起是為了讓我凋落。我創造這個地方，讓所有迷途和殘毀的東西有躲藏之處，我鬆開自己的天網，然後墜落。

現在我孤孤單單地在這裡，被人遺忘，漫無目標。我試圖拿自己擁有的一切，和自己仍然活著的事實，來讓自己滿足。可是千秋萬載過去了，我已放棄編織天網的希望了。現在我只有靠吃東西才會感覺快樂。說到這裡，來吧，莉莉，時候到了。

16 命運的織錦

我還不打算死。我偉大的命運，看來要當一隻大蜘蛛的盤中飧了，但這跟我想像的死法天差地遠。不過話又說回來，自從我知道自己是什麼，遭遇過什麼事之後，我曾設想過上千種奇怪的死法，被蜘蛛賜死，應該不算最糟的一種。

阿南西靠過來用一根利牙，劃過綑在我腿上的蛛網，為我鬆綁。

如果妳喜歡的話，可以自己過來，她說。我會告訴妳通往妳的織錦的路，就在不遠處，妳若膽子夠大，可以騎到我背上。噢，休想用妳的小爪子抓我的皮，爪子可能會斷。我的皮膚比你們的太陽還要古老，而且極爲堅固。

「呃，我想我騎在妳背上會比較安全。」

算妳聰明，妳可以爬上我的腿，我的頭部後面有塊地方，妳待在那裡應該會挺舒適。

我笨拙地站起來，受傷的那條腿覺得僵硬而腫脹，但我的手臂還有足夠的力氣，讓我攀上多節的蜘蛛腿。我抓著硬鬚，等我在阿南西的背上安坐下來後，她便出發了。

巨大的蜘蛛很快越過林子，她扭轉身體，輕巧自如地在堅實的蛛網上鑽行。當她來到一張網的末端後，往空中一躍，龐大的身體幾乎像風箏般飄了起來，這時她在背後射出新絲，落到一根樹枝上，然後再躍向另一根。蜘蛛將自己拉上去，我則緊緊抓住她的背。

她朝一棵大樹走去，事實上，那是我在叢林裡見過最巨大的樹。阿南西在樹枝下鑽動，繞過樹幹，我開始注意到網中有小小的突起物。想來她不只吃人而已，雖然叢林裡大部分動物，對阿南西如此龐大的妖物而言，分量也許都嫌太小。我們終於來到樹尖了，樹梢在她的重量下微微擺動，阿南西轉身為我展示她的作品。

就在那裡，她說，語氣近乎肅然。告訴我，妳覺得編得正確嗎？

我輕聲驚嘆。在月光中閃閃發亮的，是我生平僅見，最細緻複雜的織網。露珠沿著半透明的絲線閃動，使得蛛絲閃爍有加，而且還泛出淡淡綠光。我的眼睛花了點時間適應後，才看到織網的深度與形狀等我終於看清楚後，才發現那是一幅3D的藝術品，剛才我看到的僅是表面而已。

「這會發光嗎？」我問，網中震動的光芒令我不解。

蜘蛛答道，一點點，以前我能控制宇宙所有的光，但這個是我現在唯一能應付得來的。

「好美啊。」我對她的作品讚嘆不已。

是啦，是啦，可是編得正確嗎？

「我……我不確定妳指的是什麼？」

仔細看，莉莉，妳看見什麼了？

蜘蛛爬下樹幹，長長的腿緊扣住枝子，織網跟著變化成一連串的圖像，就像巨幅馬賽克拼圖中的場景。各種形貌在我眼前噴發，我看到紐約整個天際線，壯麗的夕陽和其拋出的高長陰影。中央公園鉅細靡遺地被重現了，每輛馬車都在月光中發亮。我在樹彎中看到金字塔和光芒四射的亮光，看起來像是小堆的營火。

阿南西開始走下長長的枝條，這樣巨幅的織網設計，令我驚嘆。我本以為整片織錦僅介於兩棵巨樹之間，可是當她轉身時，竟然還有另一段，這一段重現我奶奶的農場，但與我記憶中有些出入，因為墓園中的墓碑不止一塊，而是有三個。我很想湊過去細瞧，看蜘蛛是否知道刻在上面的名字，可是我們所處的角度，令我無法看清。

我們又爬下另一棵樹幹，每往叢林的地面下降一度，就能看見另一個場景。其中一個是鄉村的教堂，門口站著一對新郎新娘，新郎抱著新娘走下臺階，幾名圍觀者發出歡聲。另一幅是一大片平坦的高原沙漠，以及一片長滿莊稼的山谷，莊稼款擺搖曳，泛著亮光。

還有一隻鱷怪，被凶惡的妖物圍住；一名女子，肩上棲著恐怖的鳥群。我看到一名老人坐在搖椅上，四周圍繞一群孩子，他腿上坐了三名，老人正仰頭大笑。接著有對男女在墓室中研究象形字。

我在另一段織網中，看到一名死去的男子躺在石板上，胸口沒入一把刀。一名女子趴在他身上哭泣，旁邊站著一位守護他們的埃及天神。一名年輕女孩站在獨角獸旁邊，獨角獸垂下頭，女孩握住他散發光芒的角。同一名女孩，但這會兒長了翅膀，朝著垂死的太陽飛去，並讓它重新活了過來。有個老人將一名老婦放入棺具中，一位埃及神明在一邊看著，他的愛犬昂頭號叫，另一個年紀較輕的人站著旁觀。老婦人依然活著。

我哆嗦起來。

蜘蛛躍到另一棵樹上，將整片新網拉入焦點中。

在這片織網裡，一條巨龍盤在被殺死的騎士上方，口中噴煙火，騎士身邊跪著一名女孩。蜘蛛轉過身，我看到一座大城的重建，這不像我以前見過的任何城市，建物由走道和跨橋相連。下一幅景象，女孩騎駕獨角獸，飛越太空，帶領一批像她一樣的騎士，女孩揮著眼熟的武器，表情堅毅絕決。

我指著女孩，蜘蛛頓了一下。「那不是我，」我說，「如果這是我的人生或命運之類的，妳大概弄錯幾件事了。我雖然無法記起我經歷的一切，但有些場景與我無關。」

別忘了，蜘蛛說，織錦中的景象不僅包括妳的過去，也涵蓋妳的未來。這些場景描繪出妳在一生中會做的所有事項。

「我知道，可是如果妳打算吃掉我，我將來如何成就這些？」

啊，妳有很多誤解，妳雖然特別，但我不該期望妳比本地女孩懂得更多。妳必須記住，我雖有能力編織妳的命運，但那是妳沒踏上迷途島之前的命運，一旦到了此地，妳的路徑便斷了。我只是讓妳瞧一眼，妳原本可能會有的狀態，我是出於好心，讓妳在生命突然結束前，用這種方式給妳瞧瞧自己的一生。

「我會不會死還未可知道，不過，妳還是弄錯了。」

哦？怎麼錯了？

「以這點為例。」我指著飛向一顆垂死星子的帶翅女孩，「那是不可能的，我做不到那點，我沒有翅膀，我又不是女神什麼的。」

妳確定嗎？蜘蛛問，妳不能生出翅膀？

「生不了。也許妳織的是愛榭莉雅，她是另一個世界的仙子。」

不，不對，我特意把其他人都封鎖掉了。

「好吧，不過她們就是我的一部分，我四處都沒見到母獅子或她原屬的非洲獅群。妳忽略她們，等於切掉我一大部分人生。」

她們一定不怎麼重要。

「她們很重要的，我想不起她們怎會跟我在一起了，可是她們的影響力非常巨大，妳根本不該排除她們。妳若想把織錦編好，就得把她們加進來，除非妳不乎意織錦的精準度。我還以為像妳這般厲害的人，應該能看出那些細節，或許妳的編織技巧並沒有妳想像的高超、充滿智慧。」

是的。問題是，我不能直接把她們對妳的影響添加進去，我得為她們每人編織整幅的織錦，那樣會非常複雜。她們的網得在許多不同的接點上與妳的交會，那是唯一能做到精確的方式。

「原來如此。唉，我猜那太是難了，我只好被迫接受一幅未臻完整的織錦了。真的好可惜。別誤會我的意思，妳的織畫真的很美，這點差異我還可以容忍啦——反正我也活不久了——如果妳能忍受的話，我也沒問題。當然啦，身為不死之身，妳還得面對這種失誤一段時間，但以妳現在的狀態，妳或許也做不來。」

這話是什麼意思？

「我的意思是，妳不像以前那麼年輕了，技法生疏並不可恥，我是說，妳在島上困了這麼久，卻還做了那麼多事。」我伸出手臂一揮，不確定她的珠寶眼能否看得見我，所以也把表情做足了。

蜘蛛搓著兩隻前腿，思索該怎麼做。我豎起耳朵，聆聽埃摩司的動靜，卻只聽到在夜風中擦響的葉子。

也許我的確疏於練習，阿南西說，但我創造疊層織錦的技巧，仍寶刀未老，以前我織過全世界人口的織畫，三個小女孩根本難不倒我，無論她們的關係有多麼錯綜複雜。蜘蛛敲著長牙說，好吧，我得知道另外兩位住在妳腦袋裡的人在想什麼，看她們如何塑造並影響妳的命運。

「那最好，」我說，「蒂雅本身的故事就非常精采了，她的生命歷程相當複雜，我想妳會覺得她的織錦很迷人。」

那就這麼決定了。

一股之前未意識到的壓力，從我心中卸去了。我聽到蒂雅和愛榭莉雅熟悉的聲音，兩人極度困惑。我朗聲說：「蒂雅、愛榭莉雅，我來為妳們介紹阿南西，她將為妳們編織織錦，妳們得非常安靜，她才能好好工作。」

兩個女生立即安靜下來。

阿南西匆匆越過一條絲線，迅速地在樹林間跳動，等她離我的織錦有一段長距離後，阿南西停下來了。我往下爬，坐到一棵大樹的支幹上。「妳想再把我的腿綁起來嗎？」我輕鬆地問，「我不介意唷，妳覺得要多久才能織完？我超想讓她們看到妳漂亮的作品。」

是的，阿南西心不在焉地虛應著，我的意思是，不用了，妳現在的位置夠高，毒性會削弱妳的力量，妳沒法自己一個人爬下樹。我大概要再花兩天時間，當然了，我得日以繼續地工作，才能在兩天內編完。

「很好，」我說，「那我們就在這裡等了。」

蜘蛛扭身抓住一片較高的網，把自己的身體往上提。她快手快腳地沿線而行，自言自語地說，我得先吃掉那男的，這樣才有足夠的力氣工作，我從沒編過這麼複雜的織畫。

「不行！」愛榭莉雅用我的聲音大喊。我用雙手摀住嘴，蜘蛛快如閃電地朝我奔來。阿南西把身體降到我的高度，再以後腿夾穩垂吊她的新網。她轉著頭，長牙就在刺擊的範圍內，然後用觸鬚捅著我。

剛才是怎麼回事？蜘蛛問，語氣陰毒。

「呃，只是想跟妳說，在妳吃掉他之前，要知道埃摩司在我的織畫裡也占了非常重要的一席。」

阿南西歪著頭，也許吧，她說，可是編織如此巨幅的作品，得有力氣才行。要不然，妳以爲我的身體能憑空生出絲來嗎？

對，「不行」。我已查看過妳那些同伴的心思，他們的命運有各式各樣的可能，事實上，最後織成的錦畫，說不定會覆滿整座島嶼。

「可是……」

她打斷我說，我跟妳保證，我會完成工作，但得耗費許多體力，我已經筋疲力盡了。很遺憾妳的男人在妳的錦畫裡十分重要，但只怕我得把他排除在外了。

「沒關係，」我安慰她說，「我們可以理解的，對不對，姊妹們？」

當然，蒂雅在心中說道。

一開始愛榭莉雅沒答腔，我幾乎可以嘗到她被迫配合的苦澀。阿該怎麼做就怎麼做吧，爛人，她終於表示。

於是蜘蛛再次離開，朝她將埃摩司包成繭的叢林裡折回去。等我認為蜘蛛走得夠遠後，我在心裡說，動手！

我們凝心集神，融聚三人之力，成為薇斯芮特。我知道恐懼是我的障礙，我必須放下恐懼，全心信任我的兩位同伴。「快！」我大聲喊道。我聽到樹枝踩折及擦動的聲音，蜘蛛以最高速度朝我們奔回。阿南西試圖封鎖我們，壓力在我心中再度湧現，可惜她已遲了一步。三人首次徹底連結，這是因為急於解救埃摩司，被逼出來的，我們渾身充滿力量。

我極端冷靜地張開眼睛，抬起雙臂。星光碎裂，點點落入我的身軀裡。我低頭看著自己腫脹的腿，並汲取森林、走獸及宇宙的能量，微笑地看著傷口癒合，毒性從體中消散。蜘蛛重重落在我的枝子上，她咬著嘴，長牙滲滴毒液。

*妳幹了什麼？*她問。

我不理她，逕自轉動我的手。我的身體變得輕若月光，緩緩飄了起來。等我的雙腿覺得直挺而強壯後，我站到樹枝上。我心中的仙子本能地知道如何平衡自己，*母獅*知道我需要喝水，於是我召喚來自空氣，來自河流的水。我雙手一捧，水便注入掌中。我汲飲著，直至母獅心滿意足。

*莉莉，妳太過分了。*蜘蛛這才開口。

「錯了。阿南西，」我聲音宏亮有如遠方的雷聲地說，「過分的人是妳。」

蜘蛛往後退開，觸鬚在空中抽動。我知道她急於碰觸我，她的觸鬚是解讀獵物心思的利器。當我垂下手時，她的觸鬚也隨著我的動作放下，不再有用了。

「妳其實不叫阿南西，對吧？」我說，「這是凡人對妳的稱謂。」

*妳怎會知道這件事？*蜘蛛問，*妳爲何用這種方式跟我說話？*

「我知道很多事，墮落者，我知道妳原本美麗而出類拔萃，生下來便是一位宇宙的織匠，被託付做最重要的工作，創造平衡，並紀錄歷史。可是妳追逐權力，違反了統治妳們族類的基本法規。當宇宙再也無法忽略妳的罪行後，妳受到制裁，可是妳躲開了，如同妳躲避自己的真名一樣。」

妳根本不懂自己在說什麼。

「我當然懂。噢，那並不是妳最初的名字，不，這是妳為自己取的，是妳真正的名字，它烙印在妳心上，是『卑劣的食人族』，對吧？」

蜘蛛在我心中尖叫，她長腿抽顫著從枝子上掉下來，落在幾呎下的一張網上，織網撐住她顫抖的身體。我覺得她看起來像被一大罐殺蟲劑噴過的蜘蛛。

我探過枝子俯看她。「妳可聽到那個名字在妳居住的浩瀚虛空中迴盪？」我接著說，「儘管妳如此飢餓，但妳不得再吃東西了。」我心中的人類警告自己，必須字字斟酌，彈無虛發。「當妳得到報應時，」——我探向前，盯住她珠寶般的眼睛——「我保證妳一定會得到，屆時妳將張開手臂——或妳的腿——擁抱自己的命運。」

我向她踏近時，蜘蛛慌忙往後退，垂軟的觸鬚拖掛在她頭部兩側。「我建議妳利用死前的這段時間，好好思索妳過於漫長的一生中，做過哪些自私自利的選擇，然後趁此機會，編織出自我反省的織錦，切記把妳的結局包含進去，那將會是妳織過最棒的作品。不知這樣說，是否稍稍安慰到妳。」

蜘蛛只能哆嗦著回答說，是的，主子。

「很好，現在我建議妳，帶路去找我的旅伴，把他從妳的網上放下來，我們還有很多事情要做。」

如您所願。阿南西勉強站穩，然後顫著腿往下走，只有在需要確定我跟上時，才會停頓。

她帶我穿越叢林曲折的林子，然後爬下蛛網，遇到薄弱的網子，便再補織新線。我跟在後方，輕快自信地踩著步子，我的平衡無懈可擊，心思平和專注，事實上，一直到我們接近埃摩司，蜘蛛用利牙劃過綑掛他的絲繭時，我才感覺對薇斯芮特的掌控力在減弱。

愛榭莉雅極力想掙脫，但我穩住了，用手撫住埃摩司的臉頰，把月光導入他體中。埃摩司有些不對勁，體內有某種我無法快速治癒的東西，而且我們沒時間了，不過我可以拔除他的毒性。埃摩司重重吸口氣，然後眨開眼睛。

「莉莉？」他說。

我搖搖頭，「你正在對薇斯芮特說話，埃及之子。」

其實我可以對他施用法力，但我打消了這個念頭。我並不想控制他，何況還不到點出埃摩司真名的時候，他的真名稍後再做揭示。我閉起眼睛，某件與這名男子和他兄弟的事就要發生了，而且此事與我自己的未來相關。我考慮把法力施在自己身上，去探掘我的真名。薇斯芮特是宇宙賜給我的名字，但我不僅是那樣而已，我心底可以感覺得到。

蜘蛛織出了莉莉安娜·楊的命運，至少編出了一部分。如果她有能力織出我的命運，不知她究竟會看到什麼。但話又說回來，我知道宇宙中沒有人，就連最後留下的這隻巨大蜘蛛，也無法看出我會成為什麼。我必須等待，並親自發掘。

看到埃摩司扭身擺脫網繭，小仙子心神不穩地繼續掙扎。我擔心仙子的力量和決心會動搖，而我又無力阻止，便命令蜘蛛退下，叫埃摩司跟著。我離開蛛網，輕輕落到地面上，雖然有段距離，但我的身體輕易地吸收了撞擊的力道。

埃摩司跟著我回到空地上。我一到空地，便轉頭看著蜘蛛的地盤，我閉起眼睛，感覺她正在監看我們，但只要我還是薇斯芮特，她就無法反擊，因為我用了她的真名。

「走吧，」我對埃摩司說，「咱們得趕回村子，你的兄弟還在等著。」

埃摩司拉起我的手時，仙子用力撞我。「妳還好嗎？」他問，語氣頗為擔憂。他摘去我髮上的葉子，然後撫著我的脖子，「我看到妳被蜘蛛咬了。」

「是的。」我答說，「她是咬了我，但我自己治好了。」

「妳會治療？」他問。

「那很容易。」我抬起頭說，「你自己不就有治療的能力。」

「沒錯，但我不知道薇斯芮特有這項本領。」

我點點頭，準備往下走，卻停頓住，扣著埃摩司的後腦，將他的唇壓向自己的。埃摩司將我拉向他，雙手沿著我背部下滑，環住我的腰。

一番長吻後，埃摩司抬起頭問，「這又是為了哪樁？」嘴角泛起一抹笑意。

「我只是想安撫小仙子罷了，她想擺脫我們的連結，可是我們至少得再維持一會兒。我跟你們世界的連結還太薄弱。走吧，埃摩司。」

我拉著他的手，將他拖在背後。埃摩司緊握住，然後更動手的位置，以便走在我身側。仙子不再吵鬧了，我知道像埃摩司這樣的同伴，會是決定我未來結果的一片重要拼圖。我們進入村子時，守衛們露出驚愕的表情，顯然沒料到我們能回得來。

當群眾集聚在我們身邊時，我舉起一隻手說：「各位無須再為蜘蛛獻祭了，她在這座島上的時間不長了，不過你們還是要明智地避開她的地盤，若是被她的蛛網捕到，仍會受到毒液的影響。」

我突然能流利地講他們的語言了，但他們並未表露訝異。「妳究竟做了什麼？」矮小的國王問道，群眾分開讓他走過來，「如果妳惹毛了阿南西……」他對我搖著手指威脅說。

「你這邪惡的土皇帝，快給我把葫蘆帶上來。我要的話，可以讓你臣服在我腳底下，但我們沒時間了。我已完成你的任務，沒被蜘蛛弄死，快照我的話做，否則後果自負。」

村人七手八腳地跑開了，國王只能慍怒地瞪著。我知道他想尋找破綻，找出某種懲治我的辦法，讓他的手下害怕，展現他才是這裡的老大。我手指發癢，很想教訓他一頓，但其實沒有必要。國王退後一步，彎身鞠躬，即使心有不甘，但也認了。他的士兵們跟著有樣學樣，其中三人踏向前，拿出葫蘆。

我笑了笑，瞇起眼睛看著國王，猜到他在玩什麼把戲。他從沒打算把我們尋找的東西拿給我們。其中一只葫蘆裡有蛇，一條致命的毒蛇。另一個是長滿蟲子的爛水果，隨便咬一口就會生重病。第三葫蘆應該放著地圖，裡面確實也放了，但埃摩司並不知道，地圖畫在阿南西的織網上，毒性會滲到任何碰觸地圖的人身上，同樣會害死人。

「你真是個狡猾的國王，」我說，「我想跟你還個價。」

「還價？」他貪婪地絞著手指問。

「是的。如果我們選中了地圖，你就幫我們拿著圖，親自帶我們去目的地。」

他的眼睛狹成了縫。「萬一妳選了別的東西呢？」

「如果我們選錯葫蘆，埃摩司就把他召喚雨水的法力給你。還有，」我又說，「你可以拿走我的武器。」

國王一聽皺起眉頭，我知道他一直很想要我的武器，國王揉著下巴，考慮獲得埃摩司法力的可能性。群眾興奮不已，這麼好康的事，國王怎能拒絕。村民如此不知害怕，表示他們對國王的毒計並不知情。不知道這個土皇帝是怎麼辦到的，他是不是趁我們指揮螞蟻咬斷大樹時，跟阿南西做了交易？我知道村民渴望擁有埃摩司的法力，國王會備受壓力，而接受我們的要求。

國王勉強同意了，他大概以為，我們一定會選錯葫蘆。我不想浪費時間，故意誇張地選著葫蘆，主要是為了平息群眾的情緒，而不是國王。當我把手放到有蛇的葫蘆上方時，國王眼睛一亮，我低聲念出毒蛇的真名，那可憐的東西便安靜地睡著了。來到包著疾病的葫蘆上時，我頓了一下，接著把手移至放著地圖的葫蘆上，停下來，然後來回看著兩只葫蘆，最後把手放到藏著死亡地圖的葫蘆上。

我把手伸到裡頭，取出地圖，勝利地把地圖舉到空中。人們爆出歡呼聲。我頷首微笑，將地圖交給國王。他嫌惡地皺起鼻子，立即想把最厲害的追蹤手叫過來幫我們帶路。「不行，偉大的國王，」我告誡他，「你答應過要親自帶路。」

我拿著地圖，朝他裸露的胸膛上一塞，國王火速跳開，彷彿我丟給他的是把燃燒的火炬。地圖已經觸到他的皮膚了，但他用多彩的裙襬，小心翼翼地拾起地圖，嚷嚷著叫族人讓路。我提醒他，別忘了我的武器，一名戰士立即送上武器，我很快將它們綁到背上。

一等我們進到林子裡，國王便卸除一切偽裝的客氣。

「我可以將你治好，你知道吧。」我跟在他後頭說，「如果你乖乖盡速帶我們去的話，我會幫你解掉身上的毒。」

「妳是怎麼知道的？」他問。

我聳聳肩，「我就是知道。」

國王一心想解毒，他扔下地圖，直接帶我們去想去的地方。待我們來到隱藏在小灌木林裡的石井後，國王表示：「到了，我已經帶你們抵達了，現在妳得履行諾言了。」

「你沒騙我們吧？希望你沒有。」

「我沒騙妳，這是靈魂之井，等你們進去後，就沒有路出來了，至少就我所知是那樣。妳若能在下井之前治好我，我會很感激。」

我走到井口往下望，裡面沒有桶子或繩索，能看出這是用來打水的水井。這只是個空蕩蕩的開口，感覺很……空虛，彷彿井深超過了宇宙的邊緣。即使以我的本領，也聽不到或看見任何東西。埃摩司拾起一顆圓石扔進井裡，沒有半點聲音，不過感覺應該就這裡了。國王渾身冒汗地搓著雙手。

「好吧。」我閉起眼睛，本想讓毒液留在他體內，他剛才僅碰了一下，得好幾年後才死得成，但那會是十分漫長痛苦的幾年。不過既然心意已決，我只花了一會兒功夫，便解掉他身上的毒液了。「治好了。」我說，「試著用智慧去領導你的人民，而不是以恐懼。」

「我很高興能甩掉你們兩位。」國王慌忙從井邊逃開，遁入樹林裡。

我跳上井口，小仙子很開心我的身體能以這種方式移動，母獅子猶豫著要不要往未知的井裡跳，莉莉也是，但我不理會她們。我打算躍入井裡，但埃摩司拉住我的手臂。「我們是不是該弄條繩子？」他問，「否則我們如何出來？」

「飛出來吧。」我賴皮地對他咧嘴一笑，然後便從井口跳下去了。

17 靈魂之井

「莉莉！我的意思是，薇斯芮特，等一等！」埃摩司大喊，甚至伸手想從空中抓住我，但我早已墜下了。站在井邊的男子惱恨地大叫一聲，隨即跟了下來。他壯碩的身體，擋住了從頭上漸離漸遠的井口篩下的微光。

井內潮氣溼重，我們墜得越深，氣溫越涼。石頭上泛出生命與死亡、成長與腐爛的氣味，感覺似乎與這樣的地方很搭。埃摩司控制自己身體的墜速，與我同速行進，這樣在下墜的過程中，便不會撞到我，而能待在我上方了。一道銀色的淡光，照亮我兩旁邊的石頭，我抬眼一瞄，發現埃摩司在黑暗中散發出明光。我笑了。

我感覺下方的開口變大了，我們倆輕輕掉在一個巨大的地下洞穴底，腳下撞著了石頭。埃摩司身上的光，像關在陶罐裡的螢火蟲，照亮整個地穴。我問他是否受了傷，埃摩司回答沒有，聲音在岩石上來回彈盪，並傳往漆黑的走道。每句「沒有」都像一句警告，叫我們別再往前走。

埃摩司問我是否該提借月光的能量，照亮地洞，好讓我方便通行。我四下環顧，我們剛才穿越的小開口，透進一束微弱的光，可是對擁有貓眼的我而言，光束清朗如平原上的月光。我叫埃摩司保留體力，因為他為了拯救莉莉的肉體，已耗去太多元氣。

我掃視洞頂表面，看到其他細小的光。每個光點都打在我們身上，照亮靈魂之井。若是沒有薇斯芮特的法力，我會誤以為頂上有洞，光從上面照了進來。可是有了薇斯芮特的感知力後，我知道每道光都是一個靈魂的餘光，一個被摒棄的垂死之光，無處前行。

阿南西說得對，這是一座容納迷途與殘缺者的島嶼。靈魂之井裡滿是在我視線中閃進閃出的眾生，埃摩司感知到某種其他次元的東西，但他沒有我的法力，無法說出他們的名稱。當我說出名字時，那些東西便在眼前燃燒起來了。我知道他們是什麼，更重要的是，他們曾經是什麼。我覺得不需要講太多細節，造成埃摩司的不安，因此只讓他享受美妙的光點，將實情藏在心裡。埃摩司若問起，我再跟他說，否則，不知此處的悲涼，這趟旅程反而會更愉快。

我可以聞到天河拍擊在井壁上的陰寒溼氣。長期下來，天河造成了一些小小的損害，這裡到處是被掏空的小石洞，蓄積著淺淺的黑水。我蹲下來望著其中一個水窪，看到之前以河為家，成千上萬的小生物的光，但牠們已經都死了。

我可以理解為何莉莉會將牠們誤為星星了，牠們當然不是星星，但人類的心靈能理解的東西非常有限。老實說，母獅、仙子和莉莉已經比一般眾生見多識廣了，但她們礙於視野的局限，對宇宙只有片面了解。

埃及之子們並沒有好到哪裡去，雖然他們極具潛力。那點對我很有吸引力，我會需要一位能學習並成長的同伴。

我對埃摩司伸出手，他好奇地瞄著我，拉住我的手問：「妳知道去哪裡找他們嗎？我感應不到他們的路徑。」黑暗中，他用閃閃發光的眼眸望著我，然後往前尋找，把凡人無法看見的東西納入眼中。

「你確實感應不到，在這裡沒有辦法，連我都無法辨識他們被關在哪個密室，至少目前還辨認不出來。我可以告訴你的是，這座墳墓——這真的是給迷途和殘缺者的墳墓——有幾十間小室、洞穴和水池，它們全都有地道相接。想要全部搜過，就得把所有地方走一遍，我敢打包票，並不是所有地方都是空的。這裡有些東西被關禁很久了，有些眾生被發掘出來或許會不高興。」我停住，抬眼看著埃摩司，「我們開始尋找後，你能重新找回我們的路徑嗎？」

「可以。」他答道。

「咱們可以開始了嗎？」

埃摩司輕輕點頭，我轉向右邊的開口。其實朝這個方向走，並無特別理由，只是覺得吹在皮膚上的風，右邊比左邊稍暖。我思索自己為何選擇這條路，母獅喜歡溫暖，而莉莉知道的一些精采的鬼故事，鬼魂較喜陰冷的地方。這點莉莉是對的，雖然在靈魂之井中，鬼魂無處不在，並不局限於陰冷的地方。小仙子相信第一印象是最幸運的，但我不相信運氣。綜合以上各種想法，我認為我們繼續往右邊的通道走，可能不錯。

一開始，我們毫髮無傷地經過一連串的地穴。地穴裡不全是空的，但住在地裡頭的東西對我們並無危險。他們是附在老舊枯骨上的虛弱幽靈，很可能是上面迷途的村民，下來探險時喪了命。

我們邊走，我邊仔細打量埃摩司，並由他帶路。老實說，不管他選擇哪條路，無論途中遇到什麼，我們都得繼續搜尋，直至找出他的兄弟。有一次埃摩司抱住我的腰，將我抬過一片碎骨。其實我們可以輕易地飄飛過去，但我喜歡被他攔腰抱住的感覺。

他霸道地拉著我的手，一起前進。我抬眼發現他的頭髮捲在他發亮的耳朵下，烏黑的頭髮油亮地貼在他泛光的皮膚上，那種反差好看極了。

我心中的女孩各懷理由，都非常欣賞埃摩司，有一個喜歡他粗獷的下巴，另一個喜歡他的眼睛。埃摩司有寬闊的肩膀和強壯的背部，他說話輕柔，心地仁厚，嘴唇會勾起令我心動的愉快回憶。

當我看著他，所有這些感覺與心情，全都是我的一部分，它們會影響我對埃摩司的看法，並形成一種基礎，建立我跟他原本不會有的關係。我對周遭世界最初的印象，是透過蒂雅、莉莉和愛榭莉雅的眼睛得來的。我在了解她們的心情與想法後，明白了自己能成為什麼，以及她們各別的生活方式。

仍與我相連的莉莉把我當成怪物，認為我就像由不同部位拼湊而成的科學怪人，一個令人畏懼，專事破壞的東西。但那絕非我對自己的定義，我之所以誕生，不是為了破壞，而是為了統一，為了補足缺失，為發掘何者是不必要的，然後加以移除。

我雖然不喜歡莉莉的觀點，但從某個角度而言，她並沒有錯。我是個集合體，我不全是莉莉或蒂雅或愛榭莉雅，而是總結她們各自的特質——人類、仙子及母獅最精華的強項——塑造成自己。幸好我的身體歸莉莉所有，但體中有些細微的轉變，是人類女孩無法自行產生的。我身上具備仙子和母獅的特色，但那些特質已完全融入我體內，不像以前，只是莉莉的一部分。

例如，現在我能將人類的細胞與萬物的能量結合，這種能力部分得自於仙子，因為她能吸取林木的能量，但另一方面，運用星光的本領，則是連仙子都做不到的。身為薇斯芮特，我可以無限次重生，除非我的頭被砍掉。

蒂雅把她的爪子借給莉莉，我則使爪子變得堅不可摧。伊西斯的神箭再也不會不夠用了，因為必要時，我可以自己造箭。我若想擊敗敵人，只需低聲對羽箭念出對方的名字，它就會去尋找對方的心臟，無論他躲在宇宙哪個地方。然而我的目的不是像她們所想的那樣，成為復仇天使，這點我至少是有自知之明的。

我還具備以念力溝通的能力，不再僅限於跟心中的莉莉、蒂雅和愛榭莉雅談話。要的話，我可與埃摩司做意念交流，但目前我想先練習用口語分享自己的想法。我很高興終於有了自己的聲音，但我實在不知道要先跟他談什麼。我是如此的青澀生疏，還無法確定心中的念頭，是出於自己的想法，還是來自三位女孩。

我雖然法力強大，本能地知道別人所不知道的事，但內在的那些聲音，使我對埃摩司和他兄弟的事，變得十分謹慎與猶疑。我在考慮他們時，情緒顯得相當強烈而易變，這是我在面對其他人時，不會有的感覺。

想到可能會有一位或一位以上的埃及之子，拒絕成為我的同伴，便令我莫名地難過，也許是因為心中那三個女孩的關係吧。我知道自己很獨特，卻不能否認我的心性、對宇宙和萬物的觀點，受到她們的影響。然而我知道，我可以構築自己的見解，我的意見可能與她們南轅北轍，或極為近似。

我不清楚薇斯芮特的本質源自何處。

事實上，這次融合，讓我首次真正意識到自己是獨立存在的實體，彷彿之前的我一直處於沉睡，在子宮般的空間裡飄浮。三名女孩每次結合，便呼喚著將我拉近些。每次連結，我的知覺就變得越清晰。最初我只是一種力量的來源，是她們三人結合而成的能力，但現在我不僅是那樣而已。

我們來到一處大型洞穴，愛榭莉雅認為裡面應該住著報喪的女妖，那妖物哭號著，報唱埃摩司的死亡，既哭他久遠前的肉身之死、此後經歷的每次死亡，也哀慟他未來要面臨的死。我看到埃摩司聽見她美妙歌聲時的那一瞬間。

「她在唱輓歌。」

「喪歌竟會如此美絕，實在太奇特了。」

「肉身的死亡不算死，真正的死，是瞬間的轉變，那比你體驗過的任何事都更美，是冰河的藍與陽光般的金黃，是和諧、圓滿與完美。死亡是一種甦醒，而非大家認為的結束。她的歌只是稍稍點出你的未來罷了。」

「死亡能獲得平靜，這點我挺喜歡。妳……妳認為，我還有可能真正死去嗎？還有我的兄弟們？」

「是的，那仍在你可及的範圍內，就連我，都有可能真正地死去。」

「薇斯芮特？」他問。

「什麼事，埃摩司？」

「愛榭莉雅，蒂雅或莉莉，是否死了？」

我皺著鼻子思索他的問題，他這樣問並不會令我難過，不盡然。聽到埃摩司的提問，仙子跑出來了，她像即將凋零的花兒般綻放，埃摩司的話正是她所需要的養分。仙子想掙脫我們的連結，可是我現在更強大了，我拉住她，重新掌控。

「沒有，她們並沒死，還住在我體中，是我的一部分。」我沒有騙埃摩司，三名女生的確還跟我在一起，等我在這個領域立穩腳步，確定不再需要依賴她們協助之前，都還會在。即使在那之後，她們的聲音仍會留在我心中，如回音一樣地永遠影響我。

「我明白了。」

「你會有罣礙嗎？」

「不會，我很高興她們沒死。」

「但你希望在這裡的人是她們，而不是我。」我不知道自己為何這麼說，我心中有股急於知道答案的衝動，即使理性上，明知任何答案都無所謂。未來就像一顆巨石，懸在我們頭上，早在我們做好萬全準備之前，石頭便會砸下來了。

埃摩司考慮半天才答說：「我很高興能在這裡與妳共處，但我也很高興知道她們並未永遠消失，妳要了解，我在研究自己的命運時，曾瞥見我們倆像現在這樣在一起。」

「是的，我知道，那件事嚇壞了在我之前的三名女孩。」

「她們最害怕的是失去自己。」他微皺著臉，「還有我兩位弟弟。」

我擰著眉，「令弟或許無法像你這樣，輕易地接受我和我現在的狀態。至於那三名女孩，她們並未消失，還在這裡。」我耐著性子對埃摩司解釋，發現他得花點時間消化這個概念。

「她們雖然還在，」他說，「卻無法掌控，無法決定她們要去哪裡，或做什麼。如今，她們的存在非常受限。」

「受限？她們將目睹超乎想像的奇蹟，用借來的力量，照亮宇宙陰暗的死角，這怎能叫做受限？」

埃摩司似乎想繼續討論，但他忍住，對我露出淺笑，伸出手來，「說到我兩位弟弟，妳不覺得我們該去找他們了嗎？」

「是啊。」我拉起他的手說。

身邊的男子把眼神從我身上調開，害我心情一陣翻攪。兩人穿越一連串空穴時，埃摩司一直很沉默，我咬著唇，擔心之前說的話惹他不高興了。我不希望他誤解我，莉莉從埃摩司的肢體語言上，看出他不對勁。

奇怪的是，仙子難過到不行，母獅則不特別關心埃摩司對我的反應。母獅不會去煩惱情緒的事，她靠的是本能，只專注眼前的工作，不會把心思分散到其他事物上。

我權衡各種選項，決定採用母獅的回應方式。心意決定後，哭泣的仙子和憂心的人類便很快消失了，就像星光從打開的指縫間流失一般。沒有紛雜的意見爭相來掌控、影響我，真是令人鬆口大氣。

我們穿過一條長廊，來到一處岔口。「哪一邊？」埃摩司尋思著，像是在自問，而不是問我。

我望向左邊的通道，眼神一愣，有個東西從走道深處對我輕聲低語。我心緒翻湧，像磨麥的石磨般推碾著，卻苦苦無法理解，令我動彈不得的東西究竟是什麼。它召喚著我，穿過岩石的孔洞，進一步沒入黑暗中，把喘熱的氣息吐在空氣裡。

「你聽見了嗎？」我問埃摩司，一邊瞅住漆黑的前方。

「沒有，」他答道，「妳聽到我兄弟的聲音了嗎？」

「呼叫我的不是他們，而是某種古老，不屬於這裡的東西。」

「那是什麼？」埃摩司問，一邊溜到我前方，作勢準備戰鬥。

我用如歌的聲音念道：「曲折的路徑與河道，隱去太陽與星子，令人顫抖的嚙咬，我們失去了曾經屬於我們的。」

我不知道自己站在那裡輕聲對自己唱了多久，直到埃摩司用力搖晃我，我才驚醒過來。「通道裡到底有什麼東西，薇斯芮特？」他問，一對灰眼像沙漠裡的雷雲般閃著光。

「你是在生我的氣嗎？」我把手貼在他堅實的胸膛上問。

他顫吐了一口氣，「沒有，只是……我不想也失去妳。」

「失去我？」我抬起頭問，「那是不可能的，我不可能消失不見。」他的表情沒有我預想的釋然。

「啊，」我說，也許他擔憂的不只是我。「你應該知道，你的兄弟就在那條通道裡。」我告訴他，「你的兄弟和……和別的東西，但願我們能在它找到我們之前，先找到令弟。」

埃摩司用手拍住自己的脖子揉著，然後點頭說：「同意。」

我們經過一處空穴，裡頭有隻渾身披著樹葉的鬼，每片葉子都像降雪前的秋葉般破敗。鬼魂一見到我們，便匆匆朝我們走來，途中掉了好幾片葉子。

他慌忙地把葉子拾起來揪在胸口，然後求我們幫他把葉子縫回去。我知道葉子分解後，他就得面對葉子底下的枯骨了。那不是他自己的枯骨，而是很久前，遭他謀害後，埋在葉堆底下的人。

我厭惡地拉著埃摩司從他身邊走過。

下一個洞穴裡的東西，穿得像披了舊蕾絲嫁衣的女子。她從來沒當過凡人，卻誘騙一名凡人男子娶了她。她很想愛他，卻更渴望吃人類的血肉。她在兩人蜜月時失控，把男子給吃了，先從他的腳趾啃起。此時她穿著髒污的婚紗，來來回回地搖晃，一邊輕聲對永遠陪著她的新郎唱歌，只是這並不是新郎想要的陪伴方式。女鬼摳著自己的腳趾，直到摳出血來。

我們路經一座山洞，裡面有匹像馬，但其實是一個把自己的馬兒打死的人。他在多岩的地面上來回跑著，岩石劃破他柔嫩的腳，但實際上，他哪裡也去不了。接著他狼吞虎嚥地吃著石地上長出的小苗和厚厚的青草，直到肚皮隆起脹裂。

幸好埃摩司只能瞥見這些東西的小片段，因為這些是墳墓中最古老的東西，能量都幾乎已經耗盡了。我必須花費極大力氣，才能擺脫那些仍在受懲處的鬼魂，但是我辦到了。當景象太過慘不忍睹時，我便緊依著埃摩司，閉起眼睛。

有些鬼魂只是靜靜坐著，他們的精力早已消散殆盡。對於那些已做好準備的鬼，只要允許他們放手，便足以讓他們前往真正的死亡了。協助他們擺脫滯留此地的困素，給我莫大的滿足感。

接著我們來到一個被石頭擋住的大房間，房間另一側有能量鼓動。我把手放到障礙物上，然後閉起眼睛。

「他們在裡面嗎？」埃摩司悄聲問。

「在。」我答說，「可是還有別的東西跟他們關在一起。」我嘶聲說，「我沒法搬動石頭，可惜我在跟蜘蛛纏鬥，對付剛才碰到的那些鬼魂時，耗費太多力氣了，我的肉體現在很虛弱，靈魂卻像個瞪大眼的初生兒。我在這裡除了你，沒有可以汲取能量的對象，但你已經如此疲累，我不能再拖累你了。為了讓我們活命，你已經犧牲太多了。」

埃摩司聽到我的話，並未露出吃驚的神色，表面上依然不動聲色。「我可以試著找出一條穿過這塊石頭的路。」他靜靜說道。

我點點頭，讓到一旁。埃摩司在石上找到一個小缺塊，用指尖順勢摸去，同時一邊念咒。石頭顫移著，然後裂開了，一道銀光從隙縫中射了出來，我看著銀光變寬。埃摩司將我往後拉開數步，將我拽到他背後。石頭終於轟天一響，裂成幾大塊，其中一塊震碎了，噴出的碎塊和殘片射過通道。灰塵輕輕落在我們頭上。

有記巨大的呻吟和一股熱風將我的頭髮往後吹。埃摩司踏向前，從沙塵中召來他最愛的短棍。短棍在黑暗中發著光，那如夢似幻的光芒僅能與他膚上的光華匹配。「我們慢慢走過去，」他壓低聲將我拉到身旁，用另一隻手揚著武器。

我有自己的武器，但我沒張弓。我若需要動到標槍，可以火速抽出來，但某種感覺告訴我，我最需要的武器是我的腦袋。我們進入的洞穴比剛才經過的地方都大，埃摩司的兄弟無疑就在此處的某個地點。我若要求埃摩司出聲喊他們，埃摩司定會照做，但我不敢貿進，我們不想引起其他住戶的注意。

我們在地表的石塊上及石拱底下穿梭，最後終於看到兩名僵立不動的武士，狀似守護著背後的深坑入口。我們的到來引起地面震動，兩人停下腳，等地震停止後，才輕手輕腳地往前走。

埃摩司掀開第一位武士的面罩，「是艾斯坦，」他興奮地小聲說。

他往第二位武士走去時，我正在跟母獅扭打。蒂雅看到埃及之子變成那副模樣，心裡很不是滋味。我也被他的樣子嚇到了，他看起來像死掉了。埃摩司指認第二位武士確實是阿蒙後，埃摩司退回來，提了一個我無法回答的問題。

「他們為何會變成那樣？」他問，「他們沒有任何反應，即使我站到他們旁邊，也感覺不到他們。」

「他們在這裡——這點無庸置疑——可是我也進不到他們心裡頭。」我老實說，「不管他們遇到什麼事，必然是在莉莉將你喚回你的身體之後發生的，即使我現在想喚醒他們，也辦不到了，他們不會聽我的。」

洞穴憤怒地震搖，我們腳步踉蹌，差點摔倒。兩名武士僵固地維持在原地，我抬頭尋思，小心翼翼地走到他們守護的深坑邊緣，望向黑暗中，尋找那隻與埃及之子們共享這個休息處的古生物。他非常強大，而且極討厭受我們打擾。他的名字閃躲著我，令我想到以前我曾面對的一件事。那東西從陰暗的深淵中，仰著抗拒而凶惡的黃眼瞪著我。

「到我這裡來，喘氣的傢伙。」我喊道，「過來告訴我，你為何監禁這兩名男子。」我單膝跪下，龐大的妖物從陰影中滑上來，我腳下的地面隨之震搖。怪物的舌頭率先從深坑裡射上來，測嘗空氣。接著一顆巨大的頭顱出現了。我立即判定那不是阿佩普。不，這是阿佩普的另一半，他另一端的雙生兄弟。我急欲搜索他的名字，卻與阿佩普的名字一樣，屢搜不著。那名字幾乎就要脫出口了，卻又滑回陰黑的領域裡。

你們為何打擾我？巨蛇張開嘴，長牙在埃摩司泛出的體光下閃閃發亮，他抬起頭，靠到深坑邊緣。妳無權闖入我的地盤，女神，巨蛇嘶嘶作聲地滑近。

「我不是故意要打擾你，」我說，「我們來尋找埃及之子——也就是遭你禁錮，在墳裡陪伴你的兩位守衛。」

不許妳帶他們走，巨蛇說，他們是我的人。

「你又不吃他們，何苦硬將他們留在這裡？」

大蛇頓了一下，我知道那詭計多端的傢伙正在打什麼主意，他想像對付兩兄弟一樣，把我和埃摩司也困在這裡，但我絕不容許這種事。

我活得很孤單哪，他答說，他們是我的同伴。

「可是他們那副模樣，又無法陪你聊天。」

話是沒錯，但他們也沒辦法離開我。大蛇繼續前行，慢慢朝我和埃摩司爬近，埃摩司揚起短棍警示，但看到我搖頭，又將武器放下。

「我知道你為什麼會孤單，」我說，「我知道去哪裡找你的另一半，你飢餓的那一半。」愚蠢的女神，他嘶聲說，我知道我的另一半在哪裡，我只是無法逃離這座監獄罷了。就算我逃得出去，我們只會想把另一半吃掉，使宇宙變成兩半。

「是了。現在我知道原因了。」我踏近一步，手心向上地抬起手。「如果你願意犧牲你這兩位同伴，我會把你尋找的東西賞給你。」

怎麼說，小女神？我要如何信任妳？上次我也是因爲信任一名女神，結果害我變成這樣？

「你一定可以找到力量的。我跟你保證，我不僅會讓你與雙生兄弟團聚，撫平你心中的創痛，還會處罰那個把你扔到這裡的人。」

妳如何對我證明妳說的是實話？

「我會低聲念出將你從家鄉劫走的人的姓名，你能打心底感受到我說的是實言。靠近些，大蛇。」我說。

巨蛇扭著身體，進一步探出深坑，然後把頭伸到我身邊。當他的巨牙經過我旁邊時，我還是忍不住發抖。一時間，巨蛇的雙生兄弟刺傷我的腿，並注入毒液的景象，歷歷在目。我靠過去，彎頭貼近他低聲說，「那傷害你的人有個名字，叫做『卑劣的食人族』。」

巨蛇抬起頭，發出憤怒的尖吼，吼聲在穴室中震盪，石塊紛落，摔碎在我們旁邊的地面上。等他終於冷靜下來後，巨蛇說，很好，女神，妳可以帶走我的同伴了，不過妳答應的事若有一丁點沒做到，我就會到妳夢裡追殺妳，並殺掉每個住在妳體內的靈魂。

巨蛇昂首咬下一塊岩石，從兩側長牙裡噴出兩灘白液。把我的毒液拿一些去，搓到他們的傷口上，他們很快便會醒過來了。不過我警告妳，他們跟我一樣，魂都被困在這裡了，如果沒有他們的肉體，只怕他們也無法離開。

「謝謝你。」我對再次縮回孤寂深坑的巨蛇說。

埃摩司小心翼翼地用斗篷邊襬撈取毒液。我脫去艾斯坦的盔甲，尋找巨蛇咬到的傷口，埃摩司則負責塗抹白液。傷口在我們眼前癒合了，艾斯坦的臉上恢復了血色。

看到艾斯坦眨著眼，母獅在我心中狂喜不已。他伸手抱住我，埃摩司拍拍他的背，然後我們三人向阿蒙走過去。毒液很快生效了，但阿蒙不像艾斯坦那樣醒過來，他掙扎著發出呻吟，彷彿做了惡夢。等他終於張開眼睛後，阿蒙抓住我的肩膀，大聲呼叫一個名字，但那不是我的。

「莉莉！」

我心裡的人類劇烈地搖晃著，塑造薇斯芮特的拼片接縫裂開了，將我撕成了碎片。我尖聲大叫，全宇宙都聽得見。一場巨大的風暴在迷途島上空聚攏，我兩眼往後一翻，整個人癱倒在阿蒙的懷裡。

18 逃離

「莉莉？莉莉！」許多聲音在呼叫我，但我的心幽暗而混淆。我無法張開眼睛，腦子裡有如數千個鼓聲在敲響。「回到我身邊，小蓮花，求求妳。」那聲音哀求道。

我發出呻吟，「阿蒙？」我勉強說出這兩個字，可是我覺得的舌頭腫到不屬於我的嘴，我像是溺水了，硬被拖上岸，有人壓著我的胸口，拚命要我活過來似的。

「等一等。」另一個聲音說，我感覺有隻清涼的手撫住我的額頭，「她們受傷了。」

「哪裡受傷了？」一名男子問，「怎麼受傷的？我沒看見任何傷口。」

「她們的內在受傷了，她們就像巨蛇一樣，被硬生生撕開來。都是阿蒙造成的。」指責的人是埃摩司。

我雖被人抱在懷裡，卻覺得好冷，好空虛。我打顫著，好想避開，把其他人排除在心靈之外。

另一個人靠過來摸我的手。

有個東西擾動了一下。「艾斯坦？」母獅用我的聲音喃喃說。

「蒂雅，」男子的語氣顯然釋懷不少。「妳能復元嗎？妳們三個人都還在嗎？」

「是的，我們全都在這裡……可是有個東西不見了。」

「是薇斯芮特。」埃摩司重重嘆口氣說，「她不見了，也帶走了她們三個人的一部分。」

我感覺一小道能量流過我的身體，是埃摩司意圖治癒我們。「不行，」蒂雅撐開我的眼睛說，「你千萬別這麼做，你已經很虛弱了，不能再分出能量了。」

埃摩司頑固地繃緊下巴，可是蒂雅非常堅持，他終於讓步了。艾斯坦拉起我們的手，很快在我們的指節上印了一記吻，臉上淨是憂慮。蒂雅轉過我的頭，望著第三名男子的臉，男子將我們緊抱在懷裡。他的五官立即模糊起來，接著我避開所有人，連蒂雅和愛榭莉雅也不例外。我蜷成一顆球，躲在後邊痛哭，不敢用自己的眼睛往外看。

接著男子的聲音鑽過黑暗，他溫柔地抱著我說：「莉莉？」他的聲音好柔，「妳應該要記起來了。」一時間沒人說話。「她不想記起來，阿蒙。」蒂雅說。

「我知道她不想，她害怕，妳們都是。」

「阿蒙，」艾斯坦說，「也許我們還不該逼她們，讓她們先休息，你去召喚咱們的肉身。」

男子碰觸我的地方，暖意跟著流入我肌膚，那感覺好熟悉，好舒服。他的身體拱在上方保護我，一邊試著哄我出來。男子光憑藉他的聲音，就能創造出一個僅屬於我和他的空間，其他人雖環伺一旁，但我知道他痛恨在此時離開我。我還沒準備要見他，跟他談我們必須討論的事。

「我帶了你們需要的東西。」埃摩司把一只袋子遞給艾斯坦。

抱我的男子挪動身子，嘆口氣。「好吧，」他說，「愛榭莉雅？妳能不能坐在這裡陪埃摩司一下？我去幫艾斯坦。」

仙子出現了，把我的唇咧成一記笑。「好咧，我會的。」她說。蒂雅撤到後方，蜷起身子陪在我旁邊。如果她還是頭母獅，一定會舔著我們的傷口。

男人讓我們靠在石頭邊，埃摩司坐到我們身旁，一手攬住我們的肩膀。愛榭莉雅依偎在他身上，輕聲嘆道：「好高興現在看著你的人是我，老兄。」她說。

「我也很高興能再次與妳相伴。」

「你確定嗎？我覺得你對薇斯芮特挺有意思的，也許你正後悔我們又回來了。」

埃摩司沉默片刻，伸手勾起我們的髮束，輕輕纏到指上。「不會的，我不後悔妳們在這裡，我從來不後悔這件事。可是妳必須了解，當時薇斯芮特是我唯一能夠擁有妳的方式，我怎能拒絕她？」

「月光下的甜言蜜語，在大白天裡聽起來感覺不太一樣，薇斯芮特跟我們三個一點也不像。」

「是的，她不像。」

「那麼你覺得你會愛上她嗎？」

「不知道，她沒有那麼……容易對付。妳記得發生的一切嗎？」

「不記得，我只記得片段，但那些片段像夢一樣地淡去了。有件事我們倒還記得，那就是她對你的感覺。她希望在一切過後將你留下，當然啦，如果大家都能活命的話。」

埃摩司肅然地點點頭，愛榭莉雅與他十指交扣。「唉，老兄，我們究竟對你做了什麼？」她親吻埃摩司的額頭，「那麼多的煩緒揪著你的眉頭，就像我們的一樣。」

我們一起看著阿蒙使用法力，他的身影在黑暗的洞穴裡，燦若豔陽。他把手探入埃摩司給的袋子，摘去罐子的緊蓋。四道舞動的光環繞著他，其中一道狀似飛鳥。接著他拿出某個小物件，放到自己掌心。阿蒙喃喃念咒，拿著東西在空中比劃。愛榭莉雅問埃摩司，「你拿來的是什麼東西？」

「他們的卡諾皮克罐。另外，阿蒙需要一些來自原本肉身的東西，才能創造新的軀體讓魂魄依附。我弄到一束艾斯坦的頭髮。」

「原來如此。」

能量飛繞成漩渦，接著阿蒙攤開手掌，風灌過洞穴，吹起他掌上的頭髮。漩渦中央有個小小的爆炸，數百萬個閃耀的白色光點，充斥在阿蒙面前的漩渦裡。光點越旋越快，最後亮到我無法直視。等光度黯淡後，一副年輕健康的身體便形成了，那身軀散發著星光。

艾斯坦朝身體移近，看起來就像是他的雙生兄弟。他閉上眼睛，踏入發亮的軀體中，連同盔甲一起消失。那身體抽搐著，胸口隨著吸入的第一口氣而起伏，等它張開眼睛後，我便看到艾斯坦了。他裸露著胸膛與雙腿，腰上纏了條白裙，跟以前那個復活的古老埃及王子一個樣子。

艾斯坦拎起袋子，打開剩餘的罐子，然後取出第二個物件交給阿蒙。這個物件更大，更笨重。

愛樹莉雅轉頭看著埃摩司，露出一臉疑惑。

「阿蒙的纏布太難拆了，我沒辦法取得他的頭髮，乾脆直接把他的手掌拿過來。」埃摩司歉然地苦笑說。

「他——他的手掌?」愛樹莉雅結結巴巴地說。我們所有人都跟她一樣覺得反胃，大夥心驚肉跳地看阿蒙拿著自己包屍布的斷掌，絲毫無懼地將殘肢往外一伸，再度召喚自己的力量，並喃喃念咒。那斷掌揚至空中，像掛在樹上的萬聖節恐怖裝飾般旋轉著，然後炸成粉塵。閃閃發亮的細粉落入了光的漩渦裡。

這次的光球發出了金光，散炸的光束，注滿了一個人身形的空間，每道光都越來越亮，直至愛樹莉雅被逼著調開目光。等光消退後，另一副軀體成形了，我不敢直視的金色男子朝那肉身走過去。

我從深藏之處望著男子的形貌，我看到他長著深溝的下巴和豐潤的嘴唇，他跟艾斯坦一樣，裸著壯碩的胸膛，皮膚滑亮如金。烏黑的睫毛刷在他臉上，當他吸第一口氣時，雙唇微張，漂亮的粟色眼睛慢慢眨開了，那對眸子立即鎖住我的。我發著顫，但他身邊的氣場一亮，他的形體再度籠罩於純粹的金光之中。阿蒙的肩膀明顯地一頹，但他猶豫片刻後，走過來伸出手，「莉莉·楊。」他問，「妳願意隨我來嗎？」

愛榭莉雅很喜歡阿蒙，已準備好讓他扶起來了，可是我將她摁回去，我知道阿蒙要求的對象並不是她。

讓我來吧，我靜靜告訴愛榭莉雅。

我抓住阿蒙的手，那是出於自己的意志。他將我拉起來，對兩位打量著我們的兄弟點點頭。阿蒙示意我跟他走，他鬆開我的手，我想是為了讓我更自在些。

我跟著這位金光燦爛的男子離開巨蛇蜷睡的深坑，繞過石頭和石拱，直至離他的兄弟夠遠，兩人能夠獨處為止。當然了，我們從來無法真正的獨處，因為我心裡還住了別人，但至少我們在這種情況下，已經盡力了。

阿蒙停下步子轉向我，他說出的第一句話，竟出乎我的意料。「我好想妳，」他用指尖劃著我的髮線，將鬆落的髮束撥回去。我心中有個東西崩潰了，那是一道我建構在兩人之間的心牆。

我重重吞嚥，然後抬起頭，思忖該如何應對。「可是你已見過我了。」我結結巴巴地說，「在我的夢裡。」

「是的，但那不一樣，不像以前那樣了。」

「以前是什麼樣子？」我屏息等待他的答覆。

他並未立即回答，只是把手掌貼到胸口，從胸上扯下某個東西。那東西發出不同於他皮膚的光色。

我張大嘴，「那是……是你的心臟嗎？」我被這想法嚇到發抖。

「不是。」他簡略地答道，「這是妳的——是妳的心甲蟲。如果妳想知道我們之前的狀況，就拿著吧。妳只需把它放到手中，便會恢復所有丟失的東西。」

我不自覺地伸出指尖，但又縮手了。我心中另外兩個聲音變得十分安靜，她們期待地等著看我會怎麼做。「為什麼？」我的聲音一哽，「為什麼你非要我想起來？」我扭身背對他，覺得自己好脆弱。

「因為，小蓮花，妳所害怕的事還是發生了，薇斯芮特誕生了，妳再次獻身於她之前，我一定得讓妳知道一切。」他搭住我的肩膀，暖意與愛滲入我體中。「所以我才會把她送回去，雖然這樣會傷害妳們所有人。」我的胃部在抽動，四肢顫抖。「拜託妳，莉莉。」他說，「我知道那很痛苦，想到我們可能會失去的，我也很痛苦。」

我轉身面對他，他的手從我肩上滑落，拉起我的手催道：「妳難道還不明白嗎，小蓮花？我必須知道妳會選擇哪條路，因為我決心要陪妳前行。如果妳必須在自己的人生和宇宙的利益間做取捨，妳就得把一切放到天秤上去衡量。唯有妳，才能決定哪邊的價值更高。」

深埋在我心底，像石塊般惡狠狠壓住我的恐懼與苦痛，被他的一席話融化了。他對我的全然接納，撫慰了我的靈魂。阿蒙的惻隱之心與無條件的愛，釋放了我，無論我選擇什麼，他都會支持我。

我深深吸口氣，將他的香氣吸入肺中，然後往前踏近，把手探到他頸背上，把這位黃金般的天神拉向我，並吻住他的唇。阿蒙陽光般的唇貼著我時，光明充盈我全身。我的手沿著他的臂膀往下撫去，然後撐開他的手指，把我的手掌貼放到心甲蟲上。我們的手緊扣在一起，一陣勁風灌入我心中。

回憶撲天而來，我立即看見一切——所有的痛苦、歡樂、勝利與失去，故事結束於地府中，我們共享的最後那場夢裡。然後我便離他而去了。

我們勢必會再次分離。諸神很滿意我救了阿蒙，把他帶回冥界。他們不覺得我們有在一起的必要，但眾神賜給我們最後的片刻，讓我們能藉這次機會，將無限的愛意，集中在有限的時間裡，這是我們最後一次道別的機會。

我曾對阿蒙說，我永遠不會忘記他。我沒忘，只是把所有對他的感情，鎖進我心裡，然後把心藏起來，交到他手中了。我知道這樣一來，即使諸神利用我達成他們的目的後，棄我不顧，就算我死了，阿蒙至少還能擁有我的心。我希望我們能再度找到彼此，雖然重逢可能得等到冥界才能實現。

阿蒙原本以為硬將我們分開，偷去我們夢境的人是諸神。我們雖然相連，但從上次別過後，便一直未能見著對方。阿蒙逐漸明白了，我的失憶不是諸神的作為，而是我自己造成的。我為了他，為了我們，才那麼做。

不過我並不後悔，阿蒙說得對，我一直很擔心薇斯芮特的事。我害怕一旦失去自己，便會失去他。我知道他若選擇留在我身邊，歷經種種測試後會發生什麼狀況。我認為忘掉他，離開他，才能保他安全，讓我們的愛安全。我若能忘記自己，至少在薇斯芮特出現時，轉變過程會變得比較容易。我怎麼會心甘情願，故意放棄像阿蒙這樣美好的人？失憶雖是懦夫之道，卻是我唯一知道的辦法。

親吻結束了，我欺近他，再次輕吻一下——為自己的所作所為表示道歉。等我張眼時，金色的亮光已經消失了，我終於能看見心愛的男子面容。「對不起。」我眼中充滿淚水地說，「你說得對，我們應該一起去做這件事。」

「他們沒有給我們太多時間去好好討論。」他安慰道，「不過妳要知道，莉莉·楊，無論妳選擇什麼，我都會陪妳。」他撫著我的臉頰，「如果妳想逃開這一切，逃開他們對我們的期許，那我們就跑吧。」

「不，」我答道，「還不行。我得先跟蒂雅和愛榭莉雅談一談，然後還得跟艾斯坦和埃摩司商量，這已不再只是我們的事了。」我用額頭抵住他的，將他的手指再次按到我的心甲蟲上。「你能留著它嗎？」我問，不確定在我們經歷過這一切後，他是否還願意。

「我會一直留著。」阿蒙說著，把心甲蟲擺到胸口，由皮膚吸收。等心甲蟲消失後，他將我抱入懷中。

「你得教我那個花招。」我把臉貼到他堅硬的裸胸上，聆聽他新的心跳聲。我們這樣站了好一會兒，最後我終於退開，伸出手，由阿蒙拉著，兩人一起走回其他人身邊。

兩對眼睛亮晃晃地盯著我的臉，然後看著我們交扣的手。

「她記起來了。」阿蒙告訴他們說。

艾斯坦點點頭，表情深不可測。

埃摩司嘟囔著轉過身，收拾我們帶來的東西。他把我的弓和箭袋交給我，卻不肯看我，令我很難過。我很看重埃摩司，我愛他，但我也愛阿蒙和艾斯坦。事情變得好難解，我無法釐清我、蒂雅和愛榭莉雅的感情，尤其現在我們徹底結合，即將要變成薇斯芮特了。

阿蒙不肯放開我的手，樂得由埃摩司帶路。埃摩司追索來時的路徑，回到我們最初進來的岔口。艾斯坦從我們身邊走過，對我淡然一笑，僅揚起一邊嘴角，彷彿他剩下的幸福都已流失，只能擠出這麼一丁點力氣。他對我點了一下頭，然後跟在他的大個頭哥哥旁邊。

我仔細打量這對並肩而行的兄弟，艾斯坦喜歡沒事輕戳埃摩司，逗他玩，埃摩司則僵挺著背，大步邁行，態度木訥到不行。兩人的肩膀明顯地垂頹著，步態疲乏，他們的悲切深深鑽入我心中，沖淡了與阿蒙重聚的喜悅。

看到艾斯坦和埃摩司光腳走過多岩的地面，令我大皺眉頭。我有能力為他們製作衣物，但這念頭令我發顫。我們三個女生都不太想再用薇斯芮特的法力，我自己打算不計一切，避免與她接觸及使用她的法力。他們兄弟若能穿得下我的鞋，我一定很樂意把鞋讓給他們。

我們來到一處最近才崩落的石路，埃摩司停下腳。「這是我們之前走的路。」他蹲下來檢視岩石，找尋路徑，我突然背脊一涼，頭皮發緊，感覺有東西在看我們。

我搓揉自己的手臂，四下瞄望。有股痛苦的氣味，蒂雅警告說。

「從我們進來後就有那種氣味了。」我答說。

*是啊，不過有東西躲在陰影裡監視我們，*愛榭莉雅說，*妳們感覺不到嗎？*

我感覺到了。我警告其他人後，他們從沙中召出武器，護住正在尋路的埃摩司背後。我渾身發刺，覺得有人在我脖子上吹了口熱氣，然後又不見了。我抬起頭，用貓眼凝視黑暗。我嗅聞著，聞到了一股新的氣味，飄著爛肉、沼澤和腐蝕的味道。

一團灰霧從四周通道慢慢飄到地面，形成散發惡臭的濃霧。空氣變得又溼又黏，阿蒙和艾斯坦的裸背與胳膊很快滲出薄汗。

「那是什麼東西？」艾斯坦問，我不確定他是在問我或是阿蒙。我們倆都還來不及回答，便僵住了。有個嗒嗒聲，像獸爪或鳥爪敲在石子上的聲音在山洞裡迴響，我們根本無法辨識聲音出自何處。

那聲音直搗我內心的恐懼，每記爪子的搔抓聲，都刺激著原本就不安的我，就像在曬傷的皮膚上，套著會扎人的衣物。我是所有人中，唯一知道藏在洞穴裡的是何物。我們之前雖輕易地穿越他們，但那是因為薇斯芮特知道該避開哪些洞，而且她有能力嚇退大部分怪物。現在他們知道薇斯芮特不在，便摸上來了。

埃摩司終於理出路徑了，岩石和殘片在我們四周嘩嘩掉落，表面平滑得像重新凍過的冰淇淋的鐘乳石，紛紛裂斷，掉在旁邊，令通道越發難走。埃摩司等塵埃一落定，便跳起來行動。

「走。」埃摩司大喊，他拉住我的手一路拖著，連停下來看弟弟們是否跟上了都沒有。

「阿蒙？」我喊著，可是他和艾斯坦跑在後方，拿著武器在殘片中鑽行，試圖找到最平坦的地方踏腳。「我無法像薇斯芮特那樣阻止它們。」我警告埃摩司說，「她幫你擋掉大部分妖物了，有些只是可怕而已，有的則非常危險。」

「是的，」他答道，「我知道她瞞了我一些事。」

我覺得自己好像應該道歉，可是我們跑太快了，我根本沒空說話。我們經過一隻相較之下，顯得非常明亮的鬼魂，鬼魂的頭朝我們的通道一轉，露出獰笑，眼睛閃光。他的披風十分破舊，當他掀開披風時，我看到他手中拿了顆骷髏頭，像在演哈姆雷特。

鬼魂撫著平滑的骷髏頭蓋，咯咯笑著叫我們，「回來啊！我們有問題要問。」我們繞過彎口前，我又回頭瞄他一眼，結果驚駭地發現，說話的不是鬼魂，而是那顆骷髏頭。

我身旁的三名男子身上散著光，皮膚明亮，宛如站在舞臺聚光燈下。「你們最好把亮度調低。」我警告他們，「你們倆穿的衣服不夠多，埃摩司像從小窗透進來的月亮，可是你們卻通亮得有如紐約市，連在太空裡的人都能看得見。」

艾斯坦的嘴往上一翹，棕色眼睛閃爍著，一邊將身上的光完全滅掉。阿蒙也降低光度了，不過我的背部依然能感受到他的暖意，就好像光亮只是一種幌子，用來掩飾真正發自他體內的熱氣。現在唯一的照明，來自埃摩司提供的微光。一行人經過一個又一個的洞穴，我們粗喘的呼吸和重重的腳步聲，蓋去了其他聲音。

「快到了。」埃摩司終於說。

一縷略為清新的空氣撲上我的臉，我微笑著，大夥衝向主要的大穴，卻在通道的盡頭戛然止步。原本在石坑中靜止不動的小水潭拓漲開了，將整片區域注滿黑水，拍擊著我們的腳，事實上，之前的石地已經變樣了。

阿蒙抬起一隻腿，我發現原先布著塵土的通道，現在變得十分軟綿。阿蒙抖著腳，把一坨坨的厚泥甩到洞穴地上。我們上方那些死去的小生物狡猾地眨著細光，彷彿他們在高處精心策劃了這一切。

霧氣再度從幾十條通道中湧進來，我看到黑水中蕩起漣漪，擾動了以此地為家的小星光。我之前聞到的臭氣──沼澤與腐肉的氣味──又飄回來了，我渾身緊繃，因為母獅感應到有新的獵食者出現。

不過，我們倆都覺得有股說不出的熟悉感。

「咱們別等在這裡，」我指著上面，「我們進來的井口就在那上頭。」

埃摩司按住我的手，「沒有薇斯芮特的法力，妳無法飛行吧，莉莉？」

我咬住嘴唇，「沒辦法。」

「我來帶妳。」

「你做不到。」我堅持說，「你得保留能量。」

「莉莉，妳根本……」

無論他打算說什麼，都不重要了，因為就在離我們不到五呎的地方，有頭怪獸從水底下竄出來了。那是我生平見過最巨大的鱷魚，妖物攻向阿蒙。幸好鱷魚沒咬到阿蒙的腰，反是撞到一顆大石。鱷魚的大嘴咬合時，離阿蒙的肚子僅差數吋。

艾斯坦抓住我的臂膀，將我拉近。阿蒙火速飄出鱷魚的攻擊範圍，那妖物又滑回水裡了。艾斯坦抱起我跟上去，埃摩司落在後頭，他飛得比他兄弟慢。我抱住艾斯坦的頸子，他柔軟的頭髮搔在我的指上。

「那不是普通的鱷魚。」我喃喃說。

我垂眼一瞧，倒抽口氣，只見妖物從水中一躍而起，張口咬向埃摩司的腿，他及時抬腿躲過一劫。

「牠變大了！」我大喊說。

我們三人往上衝飛，阿蒙率先進入井穴，我在艾斯坦衝進去前，低頭看了一下，鱷魚竟然比原來大了三倍。妖物又企圖咬埃摩司最後一次，用爪子搔耙著從圓頂側邊往上攀，最後卻掉了回去，高高濺起的水花噴得我們一身溼。等大夥進入清涼封閉的井穴後，我稍稍喘了口氣，尤其當我看到埃摩司也跟著我們上來時。

艾斯坦將我放到井口，阿蒙攙著我的手，扶我下來。島上的微風掀起我的裙角，也吹來了一些樹葉。一輪滿月已近西沉，低掛天邊，冷硬地貼在陰黑柔軟的叢林上，用皎亮的月光浸潤我們。

等埃摩司的雙腳終於踏上我們旁邊的厚草地後，他搭住我雙肩，仔細打量我。「崔弟有可能離開了。」他警告說。

「也許他還等著，」我說，「如果我們能趕在日出前到達海灘……」我才開口。

但埃摩司看起來很不安，他撥著頭髮打斷我說：「莉莉，已經過去三天了。」

「什麼？」我問，「你是什麼意思？」我的心一沉，像又被扔回了井裡。「不可能的。」

「我可以感知到各種路徑，」他說，「不單是島上的生物不見了，連島嶼本身也不見了。」

「那跟這有什麼關係？」

「只怕井裡的時間與島上不同，我只知道引領我們到此處的路徑，比我們料想的更古老。」

「你確定嗎？」我問。

「是的，很不幸。」埃摩司答道。

他話才說完，地面便搖晃起來，我踉蹌地撞在他身上。「怎麼回事？」我問，「阿佩普回來了嗎？」

「我不確定。」

地面再次震搖推升，這回我跟著埃摩司，一起跌到叢林地上。艾斯坦扶我起來，阿蒙從攔住他的樹腳下爬起來。我還來不及提另一個問題，井便裂開了，有個東西在井下隆隆作聲。

「不可能。」我喃喃說，埃摩司把我交給艾斯坦，然後往井裡一探。

「有可能。」他面色凝重地往後退，「我們得離開這裡。快啊！」埃摩司大喊。

我們腳下的大地急速上升，四個人全被震飛了。附近叢林的樹木被扯開了，在我們四周崩散搖倒。靈魂之井整個炸開，碎石噴射如炮彈，有些還擊斷了樹枝。

阿蒙高喊我的名字，「莉莉！莉莉，妳在哪裡？」

「在這裡，」我答道，一邊推開掉在我身上的沉重樹枝。

等我倆聚在一起後，又去尋找艾斯坦和埃摩司。艾斯坦被石頭擊中後腦勺，腫起一個包，血流如注，不過他還是敏捷地跟著我們。埃摩司倒在地上，我們喊他時，他並沒有回頭，反是定定望著殘餘的井石。

「埃摩司？」我問，「你還好……」

話沒說完，我已驚到沒氣了。我剛剛繞到埃摩司身側，扭頭看他在盯什麼。地面再次震動，埃摩司本能地伸手拉住我。我們兩人看著鱷魚的巨口從地上的洞口冒出來，此刻牠的牙齒已巨如路錐了。鱷魚的眼睛出現時，我拉著埃摩司跟我一起後退，急著想在怪物掙脫前離開。

「亡魂不是沒辦法逃出井口嗎？」我幾乎喃喃自語地說。

「那傢伙只死了一半。」埃摩司答道。

尖利的爪子劃破鱷魚頭側兩邊的地面，妖物左右扭動身體，想爬掘出來。

「你說的『死一半』是什麼意思？」我問。

「妳難道沒認出他嗎？」阿蒙問。

就在此時，鱷魚用力把頭甩到一邊，企圖咬我。我離得太遠了，但這頭巨大的爬蟲似乎沒注意到。牠張開沉重的下顎，一口利牙看得一清二楚。巨鱷的呼氣撲鼻而來，飄著腐爛的惡臭。

「不。」我搖著頭，「不可能。」

那妖物在我眼前變得更大了，厚重的四肢從地裡暴脹出來。

「你能變身嗎？」艾斯坦緊張地問埃摩司。

「好像不行。」埃摩司答道，表情意味深長，只有他們兩人能懂。

「你騎到我背上吧。」艾斯坦說罷發出光，並隨漸亮的光色化成星光朱鷺。我旁邊的阿蒙也跟著變形，他對我淡淡一笑，然後五官一糊，從體內散射金光，化作第二隻鳥——一隻金隼。

埃摩司趕到我身邊，扶我騎上尖聲嘶鳴的金隼，他的叫聲在島上不斷迴盪。等我在他背上坐定後，金隼飛快越過草地，來到一處倒樹夠多，能沒有阻攔飛入空中的地方。大鳥揮動翅膀，載著緊抓住他脖子的我向上竄飛。

一會兒之後，朱鷺跟上來了，背上騎著埃摩司。我們在樹頂盤繞，我俯看靈魂之井原本所在之處，巨鱷已經整個從地下爬出來了，正坐在那裡仰著頭，用滴溜溜的眼睛看我們。

當我們斜身朝著遠處沙灘，崔弟放下我們的地方飛去時，有個聲音在我心中發聲，那是我認得的聲音。

我來找妳了，莉莉安娜·楊，那聲音說，妳逃不掉的。接著那人揚聲大笑，現在我們知道妳在哪裡了，滅絕者答應過我，定會來替我報仇。

我渾身顫抖，連試著去壓抑都省了。哈森博士的叛徒助理賽貝克，不知怎地又回來了。知道塞特和亡靈饕餮在追殺我們已經夠慘了，現在連這頭妖氣衝天的巨型怪鱷也從地府跑來湊一腳。

我抱住阿蒙，把頭埋在他金色的頸羽中。太陽從地平線升起了，用金黃的光染遍整座迷途島。陽光明麗的空氣固然令人愉悅，但我心中的寒意，連太陽，連阿蒙都驅散不了。

19 鱷腹

我們很快找到沙灘，兩頭巨鳥掃視海岸，尋找天船的影跡，但崔弟不見了。經過一番爭論後，艾斯坦和阿蒙決定，除了邊飛邊搜索崔弟外，別無其他選擇了，因為只有崔弟能在天河上航行。如果我們試圖自行找尋赫里波利斯，甚至是地球，最後一定會迷航。其他唯一選項，就是留在迷途島上，跟一隻大蜘蛛，和一心想復仇，大到足以吞下我們四個人，還不會覺得飽足的巨鱷。

我告訴大夥，崔弟曾警告說，離開島嶼時切莫回頭去看。然後兩隻大鳥拍著翅，眾人便離開沙灘了。阿蒙在空中背對太陽，飛得較高。天河就在我們底下流盪，綿延無盡。不久，我們鑽入籠罩島嶼的雲霧裡，良久之後才穿雲而出。我們緊盯前方，希望島嶼和照在島上的陽光已消失不見了。我知道一旦等島嶼離開視線，即使我們想再找到它，機會也十分渺茫。

我的平衡感消失了，這點頗令我難安，對蒂雅來說尤其難過。事實上，我已很難辨識上方的空間及底下的河流了，我們有兩度差點飛進河裡，就像鏡屋裡的空間感一樣。

現在我們腳下沒能踩著崔弟船上的堅實木條，重力便完全變了個樣。我的頭髮從肩上飄起，身體像沒了重量。我唯一能做的就是緊緊抓住阿蒙，阿蒙十分擔心，我心裡的兩位乘客也是。

我們搭船時，都已經很容易在河裡迷航了，但至少船身在變化無常的宇宙中，能提供某種程度的平衡和常態感。現在只要一個不小心，我們就會直接衝入河裡，變成黑水裡獵食者的餐飯了。我知道阿佩普還在那裡，也知道唯一能阻止他吞噬我們的人，是薇斯芮特。

我們沒有半個人想再次變成她，至少在我們還能有其他選擇之前，都不怎麼想。是阿蒙把我們帶回的，但我不確定他能成功第二次，風險太大了。

我們飛行了好幾個小時又好幾個小時，一直戒慎地維持在水面上，令人疲憊不堪，尤其是兩隻大鳥。我知道阿蒙與艾斯坦需要食物，他們甦醒時，新的身體已經很餓了，但我或埃摩司都沒能給他們任何食物，而兩位剛醒的新木乃伊扛下了所有重任，我看得出他們的精力已開始枯竭。

埃摩司盡力尋找路徑，可是現在找到他兄弟了，他要找的路徑反變得模糊不清。埃及之子們一向知道他們在宇宙間的相應位置，可是狂亂不馴的天河則是另一回事。像重力與方向這種煩人的定理，並不適用於天河。三兄弟齊聚後，力量應更強大，埃摩司本該復元的，但他卻毫無方向感，加上我們一直沿著河走，因此只能盲目地飛行。

「用我的能量吧。」看到阿蒙突如其來地傾斜身子，又掙扎擺正後，我求他說。

我們的連結還在，可以交換能量，但阿蒙非常固執，堅持僅取最少的能量，他勉強同意，但只取用能維持他飛行的能量。

我撫著他頸上的羽毛，用意志將力量灌入他體內。能量從我指尖以慢到令人髮指的速度滲入他身體，這雖使我疲乏，但不像還是個不折不扣的凡人時那般的疲倦。我發現，蒂雅和愛榭莉雅也在分享她們的能量。

我們就這樣持續頗長一段時間，愛榭莉雅和蒂雅很沮喪我們無法以同樣方式幫艾斯坦和埃摩司。她們倆爭論著該如何幫忙，我不清楚三人聯手，究竟幫了阿蒙多少，但我們漸漸感覺體力不濟了。不久我筋疲力竭地頹倒在阿蒙的脖子上，但我的雙掌仍緊貼住他。又過了一個小時，阿蒙徹底斬斷連繫，堅持他已夠用了。

別再給了，小蓮花。他說。

我挪動身子，沒發現自己剛才差點睡著。我揉著眼睛說：「可是飛行的人是你，我只是坐在這裡，而且我前一天還吃了東西。」埃摩司和艾斯坦轉頭看著我們，我的聲音在空中傳送，我皺起臉，希望說話不至大聲到引起阿佩普的注意。

不對，阿蒙耐著性子反駁說，妳在靈魂之井裡超過一天了，記得嗎？何況我絕不會讓妳衰弱到掉下去，我無法想像那種情形，妳很清楚河裡頭住了些什麼怪物。

我發抖著，阿蒙說得對，我絕不想掉下去。我看著左側，發現艾斯坦正在滑翔，盡可能地保留體力。

「他們倆還好嗎？」我壓低聲問。

阿蒙化成鳥後，我跟他有直接接觸，因此他與蒂雅、愛榭莉雅一樣，能與我心意溝通。只要他們兄弟離得夠近，阿蒙也能聽到他們的心聲，但我沒辦法跟他們倆說話。我知道埃摩司現在很虛弱，他為我做了某件事，某件薇斯芮特知道的事，但他瞞著我們，我們三個女生雖絞盡腦汁，卻想不起是什麼。

他們……竭盡一切，不想放棄。

聽到阿蒙這麼說，我都快哭了。無論埃摩司對我們做了什麼，顯然耗去他極大力氣，而且不僅限於他，埃及之子們也是相連的，如果連他們都那麼費力地維護埃摩司，情況必然非常糟糕。阿蒙的隻字不露，更是令我憂心。也許是我想太多了，但我了解艾斯坦和埃摩司的心思，他們考慮放棄的，不只是這趟艱辛的旅程，原因沒有那麼單純，但全都跟我有關，或至少與我們三個女生有關。

星光朱鷺歪著頭，用閃亮的眼睛望著我，一邊揚起翅膀。他很早之前就已疲態盡露，每次他拍動翅膀，我便皺眉，因為看出了他的吃力。不知我們在這條路上還能持續多久，他疲累的翅膀才會停止揮動，而我將失去他和埃摩司。想到這點我就心碎，因此我只能轉念想著我與他初見面的情形。

艾斯坦乍看下狂妄自大，會把任何女生氣跑，但他也有足夠的魅力將女生吸引回來。他是那種女生夢寐以求的帥哥，是女生的危險誘惑，但那只是他的表面形象，至少我是那麼想的。

有意思的是，蒂雅對艾斯坦的觀點截然不同。母獅要找的是強壯的配偶，在這方面，三位埃及之子都令她激賞，但艾斯坦在她心中地位特殊。蒂雅看到的艾斯坦，不是眼神無賴的放肆男子，而是一名旗鼓相當的對手，一個不屬於別人，卻與兄弟為善，陪他們並肩作戰，為他們而戰。蒂雅喜歡艾斯坦看她、懂她、徵求她意見的方式。

朱鷺在我們後方滑翔，跟在阿蒙後邊利用他的氣流稍做休息。我咬著唇，閉起眼睛，蒂雅非常悲傷，我雖深愛阿蒙，但我跟蒂雅都知道，艾斯坦需要我們。我們跟他在一起時，他是如此的快樂。我們讓他知道，他雖出身卑微，卻善良、強壯，是位稱職的埃及之子。他在我們身邊非常自在，沒有心防，也無須假裝。

愛上艾斯坦很容易，他就是值得人愛。我們知道艾斯坦觀察我們的夢境很久了，他看到自己是夢中的一環，卻為了展現對兄弟的忠心，而否定自己的夢。這點使得艾斯坦與眾不同，他心腸柔軟，他雖看見每場美夢與惡夢，但仍悉心地照顧我們。

然後還有埃摩司，我不否認對這位大個子的感情，不僅止於友誼。我在憶起阿蒙前愛上他了。看到他跟愛榭莉雅在一起，我的心依舊會痛，我知道他愛小仙子勝過我。我任這份傷痛逗留，知道自己也對他造成了同樣的傷害。

我的辯解是，埃摩司追求我時——呃，其實是我們——已知道我與阿蒙的關係了。他看到我們的命運合併在一起，覺得那是最終的結局。這件事，他跟艾斯坦的經驗是一樣的。可是艾斯坦夢見我們在一起後，加以否決了，埃摩司則抓住這種可能來追求我。沒錯，當我請他退讓時，他二話不說地讓開了。他在我恢復記憶後，表示尊重阿蒙，但我知道那傷他很深，覺得遭到我，我們三人的背叛。

之前他深信未來將與薇斯芮特廝守，埃摩司也許是與我們三人關係最親的埃及之子，我們不願去想薇斯芮特的看法，雖然心中難免顧及。

至於阿蒙……一想到這位將我負在背上的黃金神明，我的嘴便忍不住彎出笑意。阿蒙是我的，就這麼簡單，這麼……完美。他尊重蒂雅和愛榭莉雅，但並不愛她們，不是愛我的那種方式。阿蒙心中沒有半絲疑慮，薇斯芮特並不能動搖他。雖然埃摩司相信我們變成薇斯芮特後，我還會待在某處，但阿蒙並不那樣認為。

我傾向同意阿蒙的看法。我們不確定薇斯芮特不在我的體內時，跑哪裡去，但我們都知道她不在了。大家雖然記不清薇斯芮特現身時，我們是何種狀況，但三人確實都受到了壓制，事實上，我們開始消失了。

是心甲蟲，阿蒙打斷我的思緒說。

「什麼意思？」我支支吾吾地問。

我不想打擾妳，但我覺得應該讓妳知道，我是用妳的心甲蟲，將妳帶回來的。心甲蟲防止妳完全消失，但我必須警告妳，我不確定從現在開始，還會不會是這樣。現在妳恢復所有記憶後，我擔心已沒有東西讓妳依憑了，當薇斯芮特占據妳時，她會占盡一切。

「你就是我的依憑，阿蒙。如果有人能將我帶回來，那就是你。」

但願妳說得對，小莉莉。阿蒙停頓良久，然後說，妳最好知道，持有妳的心甲蟲，讓我不僅能與妳溝通，也能讀透妳的心思。

「噢，那……好奇怪。你能聽到多少？」我邊問邊快速回想自己有過些什麼念頭。我知道自己跟愛榭莉雅、蒂雅之間沒有任何祕密，看來得把阿蒙加到名單上了。這件事有點讓人不安。

阿蒙沉默片刻。擁有妳的心，表示我知道妳所有的念想、希望、想法和欲求。在我們分開期間，無法與妳溝通時，這讓我得以爲繼，雖然有時候相當艱難。不過妳要知道，擁有妳的心甲蟲，並無法讓我知道蒂雅或愛榭莉雅的想法，我只能聽到妳對她們的回應。

「所以你是從我恢復記憶後，才聽得到我的心聲嗎？」

不是。

我嚥著口水，「你的意思是，即使我不記得你，你還是能感覺到我的……欲求，聽到我的想法？」

是的，他輕聲回答。唯一的例外，是薇斯芮特當家作主時，薇斯芮特的力量模糊了我跟妳的連結。

「意思是我消失了？」

不完全是，妳並沒有消失——倒像是躲到一堵沙牆後了，我沒辦法看清妳。薇斯芮特存在的每一刻，都扎根得越深，而妳則離我越來越遠。

「我就是害怕會那樣。」

我也很害怕，阿蒙說。接著他問，妳會生我的氣嗎，小莉莉，氣我看到那些事情？

「生氣？不，我沒生氣，我只是搞不清把心甲蟲給你後，所有可能的後果罷了。」

妳……妳希望我把心甲蟲還妳嗎？

「不。」我本能地回應說，但進一步想，真的不用嗎？

如果我能讀妳的心，讓妳覺得不自在，那麼我可以不那麼做。

「你是說，你可以開關自如？」

就某方面來說是的，跟妳不讓蒂雅或愛榭莉雅知道妳的想法類似。

「我也能讀你的心嗎？我並不知道讀你的心，是一種贈品。」

他沒問我贈品這個現代語彙是何含意，只是回答，妳可以讀我的心，但要做到這點，妳得先吸收我的心甲蟲。

「像你那樣，把心甲蟲放到胸口『吸收』進去嗎？」

是的。

「會痛嗎？」

不會，至少我不痛，我不確定凡人會有什麼感覺，不過妳現在已經很難被稱爲凡人了。

我感受到阿蒙的猶豫，「你是不是有話沒告訴我？」我問。

把我的心甲蟲放到妳體中，也許……會讓蒂雅和愛榭莉雅感到混淆。

「怎麼說？」

因爲她們住在妳體中，容易受到妳的感情影響，就像她們對妳一樣。

「所以呢？」我逼問。

我們若徹底交換心甲蟲，兩人的感情會蒙蔽她們的心，令她們無法忽視我們的連結。

「你的意思是，她們會因此忘掉其他人嗎？」

她們不會忘記，但很可能會迴避她們關愛的人。

「那等於奪走她們的自由嘛。」

是的，阿蒙答道。

「那我們暫先別那麼做。」

如妳所願。

「所以……有幾件事我們得好好談一談……」我才開口。

妳無須解釋，我聽到妳的想法，感受到妳的欲求，也感覺到那背後的動機。我不怪妳任何事，妳投注在我兄弟身上的時間與關注，並不會讓我嫉妒，我不像他們那麼愛吃醋。

不是因爲我不在乎看到妳在別的男人懷裡——那確實令我痛苦，如同他們一樣——而是因爲我能徹底了解妳的感受。妳若完全屬於自己，絕不會受到引誘。即使是現在，妳也是出於同情與善意，而不是因爲享受左右逢源，腳踏兩頭船的感覺。

事實上，我深知妳的心意，這點給了我極大保證，不致疑神疑鬼。我反倒是更擔心我的兄弟，不希望他們因失去而痛苦悲傷，但我不會拱手把妳讓給他們，莉莉，尤其在我知道妳眞正的感情後。

他們也許需要妳們三個人，但我只需要妳。我只要妳，只想妳，如果老天爲我打造一位完美的伴侶，一位我能共享一生的人，那就是妳。

我淚水盈眶，拚命眨眼，但還是落下了幾滴淚。「我也會選擇與你在一起。」我擦著眼睛，「我的意思是，我就是想選擇跟你在一起。」那是事實，我的心裡感覺很舒坦，雖然我無法忽略另外兩位女孩。我的心，方方面面都與阿蒙相連，根本無法改變。

他搖晃的身體安撫著我，不久我便睡著了。

我被一記精力充沛，轟天而過的聲音喊醒了。「嘿唷，各位守護者！」

兩頭大鳥一起轉身，朝崔弟的天船飛過去。他的船在天河的波浪上彈動，攪亂四周的星群。待我們飛過船的上方，我開心地哈哈大笑，看著紅臉的船長一手掌舵，持穩三桅帆船，迎接我們的到來。他瞇起眼睛，對上面的我們大喊快點，臉上露著大朵笑容。

艾斯坦飛近船身，奮力揮動翅膀在船上懸停。埃摩司輕輕落在甲板上，接住從阿蒙背部滑下的我。就在埃摩司將我放下時，星光朱鷺收起翅膀，巨大的身體閃閃發亮，然後便墜下來了。埃摩司衝過去接住化成人形的艾斯坦，免得他撞在甲板上。艾斯坦已累到無法動彈了。

「來，作夢者。」崔弟說著，為艾斯坦遞上一袋水，並用力打開他的補給袋。

阿蒙自行雙腳著地，但也很快地坐下來，背靠著欄杆，閉起眼睛大口喘氣。我幫他送上水和食物，阿蒙吃了一點後，軟倒下來，把頭枕在我的大腿上，然後立即睡死了。

我抬眼看著埃摩司，朝艾斯坦點點頭，埃摩司說：「他不會有事的，他們倆只是需要休息罷了。」

崔弟蹲到我身邊，「現在航行暫時還很平順。我把乘客留在冥界的碼頭了，」他嘟囔說，「都是些沒被吃掉的。」

「那他們呢？」我指著兩名留在船上角落，懸蕩不去的鬼魂。他們用黑色眼睛，面無表情地看著我們。

「那兩位看了冥界碼頭一眼後，決定到別的地方。他們問能不能留在船上，等下一個港口再放他們下來，我一時心軟就同意了。這話我只跟妳說啊，我也不想待在那邊，還是待在迷途島好。等妳有空，一定得仔細跟我說說妳們冒險的事，不過現在呢，妳先去睡一會兒，小女孩。等我們抵達赫里波利斯後，我再叫妳。」

「謝謝你。」我勉強對崔弟笑一下，我一手撫著阿蒙的頭髮，另一手被阿蒙拉著貼放在他胸口。我頭靠著欄杆，也跟著睡著了。

我不確定我們酣睡了幾個小時，說不定睡了好幾天，不過等我們醒時，大家全餓壞了。崔弟不僅拿出平時的餐量，還弄來許多鮮嫩多汁的烤魚（我不敢多想是什麼物種），一罐罐的醃果子被我們拿來塗在乾掉的鬆餅上，還有鹹豬肉（至少我覺得那是豬肉），醃蔬菜，一大碗豆子和米飯。

我們吃到撐，在睡飽吃足後，我的心思轉到別的事項上了，例如洗澡換衣服。我扯著髒兮兮的襯衫，抬眼看著阿蒙和艾斯坦，以為他們還穿著原本的白裙，結果卻發現他們一身破舊鬆垮的水手服。

阿蒙穿了條鬆垮的半長褲，腰上用繩子綁著，還有件破到不行的開領襯衫，不過他的腳還是沒穿鞋。

他站在欄杆上，拉住繩索平衡自己，身上每一吋都像海賊王。我好想跟過去，站到他溫暖的懷裡，感受河水濺在臉上的感覺。

艾斯坦穿了一條類似的褲子，但褲子捲到膝蓋上。他的披風磨破了，而且顯然還沒找到可穿的襯衫。艾斯坦雖然吃掉一大部分食物，但健碩的身形看來好削瘦，可見他在飛行時耗去多少能量。饒是如此，我還是挺享受看到他裸露的肌膚。他腳上穿著破靴子，但踏在甲板上的步履自信有神，彷彿天生就是水手。

我走向崔弟，「謝謝你把備用的衣服借給我們。」

「小事。」他說著調開眼神，脖子漸漸紅了起來。

我望著他的臉，瞇起眼睛。「埃摩司跟你說了。」

崔弟聳聳肩，「跟我說得夠多了。薇斯芮特霸占了妳們，沒有人會為了穿漂亮衣服，而希望失去妳們。」

「呃，再次謝謝你。」

「不客氣，妳能回來真好，小女孩。我……告訴妳吧，我在天船能允許的範圍內，已盡可能地久留了。」

「我明白。」我搭住他的臂膀，要他別再說了，「我不怪你離開，你警告過我們的。」

他嘀嘀咕咕地朝船外吐了口口水，「我待了兩天，那群鬼呻吟得太大聲了，我完全不得清靜。當天船開始抖動，巴不得離開時，我試過盡量拉住她了。」

「我知道。」我訝異地看到他眼中泛著薄光，我不想讓這位船長、擺渡人陷在難過的情緒裡，於是改變話題問：「我們離赫里波利斯有多近？」

「不遠了，地平線過去就是海岸了，你們四位一路上睡了好久，沒想到妳竟能找到我，看到妳自己闖蕩了這麼遠的路，諸神一定在對妳微笑。」

「如果我們的狀況比現在再好一點，諸神一定會發自內心地對我們微笑。」

「也許吧。」崔弟答說，「眾神最近挺忙的。」

「是啊，我想也是。」

就在此時船身一震，有東西從底下撞上來了，崔弟從船側拿起棍子，揚起武器。「握好舵，小女生，我去瞧瞧是啥野獸在追咱們。」

船身又是一震，艾斯坦和埃摩司探到船邊指著某個東西，我回眼一瞄，看到一條長著脊骨和硬殼的尾巴沒入河裡。同時間，兩隻鬼魂已往我移近，我不確定他們是想要我的保護，或只是好奇。阿蒙快速地大步走向我，手裡出現兩把恐怖的利劍。

「我以前從沒見過那隻怪物。」崔弟喊道。

「我們見過。」阿蒙答道，然後又對我說：「是那個巫師賽貝克。」

我渾身戒備，「你確定嗎？」

「確定。」

「他怎會找到我們？」

「不知道，不過咱們得一舉將他滅了。」

「怎麼滅？」我嘶聲問，「他好大呀！」

「咱們賜他第二次死亡。」

「可是你說過，他只死了一半，所以一定是我們之前沒徹底殺死他。」

「妳說得對，哈森用咒語將他逐出人間，結果他就跑到這裡了。」阿蒙將我扶穩，船身傾斜得很厲害，幾乎快翻了。「現在我們得將他殺透，妳留在這裡，別用法力。」我遲疑地點著頭，阿蒙低頭盯住我的眼睛。「拜託妳。」他讀著我的心思，等我回答。等我的回覆令他滿意後，阿蒙才去幫他兄弟。

埃摩司重施故技，召來將阿佩普困在海灣的隕石，隕石重重擊在河裡。埃摩司那有著銀色利刃的短棍令人望而生畏，他腳邊放了一把致命的斧頭，等著隨時取用。艾斯坦拿著弓箭朝水裡射，怪物正穿過船底下，飛箭一射入水裡，便像魚雷一樣地鑽行，可惜還是只能從鱷魚的粗尾上擦過。

阿蒙喚來太陽的力量，手中出現巨大的火球，他把火球擲向怪物，但他躲到水面下避掉了。巨鱷在我們底下游動，用背部頂起船身，船跌回水中，發出斷裂聲。看到埃摩司仍在船首，我鬆了口氣，可是艾斯坦和阿蒙卻沒了蹤影。

「他們人呢？」我尖喊著望向水面，登時便明白了。

艾斯坦和阿蒙火速劃過星光點點的河面，原來他們騎在巨鱷背上，拿武器刺他的背。妖怪報復地潛下去，害他們只能困在水面上踩踏。河流變安靜了，阿蒙和艾斯坦朝船身游回來，我掃視地平線，尋找在河下徘徊不去的怪物。

接著我看到妖物浮上來，來回甩著他強而有力的尾巴，張開大嘴，意圖吞掉正在游泳的兩兄弟。賽貝克在我心裡說，*我跟妳說過我會回來找妳，這頓飯將是最飽足的一頓。*

埃摩司施出法力，用大批來勢洶洶的巨石砸向怪物，但很多石頭都沒能擊中目標，顯然是因為擔心打中了阿蒙和艾斯坦。兩兄弟回到船邊，七手八腳地爬上船，但怪獸仍張大嘴衝過我們，一口利牙在星光下閃著晶光。他打算撞天船，同時將他們咬成兩半。

「不！」我尖聲大喊，站到欄杆上，看埃摩司拉他們上來。「你不能吃他們！」

就在我打算施出法力時，甲板上有人重重跺著腳。「過來，死妖怪！」崔弟邊跑邊喊，「讓我瞧瞧你的本領！」

他怒吼一聲，躍過船側，將帶著尖刺的棍子高舉過頭。我屏息看著崔弟往下墜落，墜落，拿武器瞄準，準備刺入鱷魚頭部。怪物在最後一瞬揚起頭，直接咬住崔弟的腰部。怪物的身軀擊中船體，撞出一個大洞，河水灌了進來。我知道天船會自行癒合，卻不確定它的船長是否也能自療。

怪物的嘴發出可怕的聲音，啪地再度閉上，然後又再次閉上。鱷魚奮力甩著崔弟，重重拍擊水面，他吞掉船長的下半身，崔弟的叫聲變成了汩汩的短呼。船長極力振作，將其中一根棍子刺入怪物眼中，但那並不足夠。我探到船側外，用手摀著嘴，驚駭萬分地看著崔弟消失，滑下鱷魚蒼白的喉頭，他就這麼活生生地被吞掉了。

「不！」我尖聲大叫，憤怒悲慟到渾身發抖，我握著拳頭重重捶擊欄杆，淚水模糊了我的視線，我自己也變成了怪獸。我擠掉眼中的溼淚，任燙熱的淚水滑過面頰。我要毀掉他。

一雙手臂環住我，我奮力掙扎。「放開我，艾斯坦！」我喝令說。

「現在已經幫不了他了。」

「可是我可以……」

「不行。」艾斯坦堅決地說，不許我與他爭論。恐懼與悲痛像野獸般地將我撕裂，我扭動掙扎，但艾斯坦死不放手。就在此時，巨鱷從水中一躍，整個跳了出來，從船體上方滑飛過去，彷彿他只是一隻在獵魚的爬行動物。

阿蒙與埃摩司立即行動，兩人又跑又跳，拿武器對付鱷魚暴露的下腹。鱷魚經過時，兩兄弟的利刃對準目標，深深插入怪物柔嫩的下腹。鱷魚深長的割口中，流出大片濃厚的黑血，等他完全躍過船隻後，我們知道他已經死定了。

鱷魚重重落在另一側的水裡，大夥屏息等待，看河水起伏不定，直至安靜下來。鱷魚消失影跡了，水中半點動靜都沒有。接著有個東西開始攪動，一開始我不確定就是巨鱷，那翻覆的身體在水中看起來如此蒼白，但確實是他沒有錯。他終於死了。

阿蒙和埃摩司走向我，臉上手臂淨是黑色的血痕。河水變得油污，河面像被撕開的皮般掀起，露出原本住在河裡，死掉了的怪物。很快地，河水開始重新擾動，看不見的生物被鱷魚的血腥味吸引而來，開始狂吃。我覺得噁心又難過，便轉過頭，把臉靠到艾斯坦肩上，號啕大哭起來。

直到聽到一記奇怪的聲音，我才抬起頭。這段時間一直躲在旁邊的兩隻鬼魂，正抬頭看著星群竊竊私語。「他……他們在說什麼？」我問。他們說著一種我無法理解的語言。

艾斯坦眉頭一蹙，「他們在說……主人，巫師死了。他們要來了！」

「什麼？我不明白……」

阿蒙狂怒地斬掉兩隻鬼的頭顱。船隻停停走走地向前行進，僅修復了一部分船身。不久，我們便離開被啃掉一半的巫師，和我們親愛的朋友崔弟了。我悲慟欲絕，阿蒙試著要我吃東西或喝點什麼，可是我拒絕他們所有的安慰。

當赫里波利斯的海岸在遠方地平線出現時，我竟麻木無感，沒有半點欣慰、快樂，或覺得需要諸神的幫忙，我只為失去的感到悲切。

我甚至沒感覺到我們正在慢慢沉沒。

20
赫里波利斯

是阿蒙先發現的。

「這艘船快死了。」他說。

不知怎地，這句話引發我一陣詭異的反應，和一串瘋狂的大笑。一種既驚奇又瘋狂的笑聲，從我的嘴巴裡冒了出來。天船要死了？這應該說得通吧。她與她的船長唇齒相依，沒有崔弟，天船便無法，或不願自我療癒。艾斯坦和埃摩司拚命往上爬，讓大家盡可能地待在船上，可惜不久便發現，我們勢必得拋下天船了。

我縮著身，不知會不會跟著天船一起沉沒。水裡住著邪惡的妖物：有蟲子般會織網獵食的怪物、類似人魚的凶惡女妖，以及大量凶殘的魚，等著吃下一頓大餐。我曾跟一些怪物有過近距離的親身接觸，由於心中悲痛，我對它們幾乎不感覺害怕了。經過跟巫師的惡鬥之後，其他任何事情，都顯得沒什麼大不了了。

「你能變身，載我們上岸嗎？」我問艾斯坦，這似乎是很合理的解決辦法，可是他緊張地解釋，「天船沉沒的那一刻，赫里波利斯便會從視線中消失了，就像迷途島一樣。我們很可能在天河裡再度迷航，所以最好的辦法，就是抱著一片船身，游泳上岸。」

看來我們最後也只能拿到一片船身了，而且還是運氣好的狀況下。三桅帆船不僅在下沉，而且在縮小。船首與船尾比原本的距離拉近很多，兩側也在逐漸縮窄，船桅斷裂，落入河中，一堆生物蜂擁而上，啃穿帆布，把木頭咬成碎片，彷彿船身是個活物。我將過程看在眼裡，心中感到萬分蒼涼悽楚。

我坐在後頭，河水拍擊我的腳趾，一行人搖搖擺擺地航行，我撫著光滑的甲板，低聲對天船訴說我的悲痛。我告訴她，我有多麼喜歡她的船長，第一次上船時，我覺得她有多麼的漂亮。我不確定天船是否還活著，或她是否聽得懂我的話，但她似乎有了回應，至少就我看來。船舵移動著，讓大家對準遠處的海岸。

男生們全在甲板上奔忙，把所有東西往船外扔，讓我們能有更多時間，縮短上岸的距離，他們極盡全速地將河水往外舀。埃摩司用法力將水抬起來往外送離船身，但河水幾乎立即又淹滿了。河水在四周濤響，嘩啦啦地沖過我附近的板子，然後終於漫過船首。我們知道沒有選擇了，只能離開天船。

就在三兄弟開始朝我走來時，水花一濺，一隻巨獸咬住船首，船尾一下子從水中翹起，我將爪子刺入板子裡撐住。那龐然大物咬走了一大塊甲板，等怪物離開後，河水洶湧地嘩嘩流了進來，船身終於在濺起的水花中沉下去了。

我幾乎可以感知天船的離去，就像失去崔弟那般的清晰。

河水漫至我的腰際，我的腳再也踏不到甲板了。我自行踩水，拚命抵抗沉重的拖力。泡泡從我身體四周冒出來，有個東西抓住我的手臂用力拉著，我撞到一片堅硬的胸膛。

「拿著。」阿蒙把一小塊船片塞到我懷裡，「咱們得盡快從天船旁邊游開，希望她能暫時吸引住所有獵食者。」

我痛恨以那種方式，利用崔弟垂死的船，就像為了逃跑，而把自己的朋友扔給一群僵屍。可是阿蒙開始拉我時，我的腿自然而然地踢了起來。艾斯坦和埃摩司靠過來，圍在我四周，彷彿想把注意力引開。

艾斯坦拿著一片欄杆，埃摩司抱著一段桅桿，我垂眼看自己手裡拿的是什麼，發現竟是船舵。雖然岸邊看似近在眼前，但河流會將我們沖走，我們掙扎游了一個多小時，水浪才終於順著方向，將我們往岸上推。

「你知道我們在哪裡嗎？」我問埃摩司。我的皮膚上都是沙子，但我很慶幸能夠上岸，一點也不在乎。治療的護身符開始對我身上的割傷和擦傷發生療效了。等我的傷都好了，我一定也用它來治療每個人。

「在杜瓦臺的遠側。我們得步行到赫里波利斯，亞曼拉嚴禁任何人藉沙塵暴的方式，越過他的領地。」

我點點頭，「咱們走吧，等我們到赫里波利斯後，再紀念崔弟，大吃一頓。」

我們快速越過丘陵橫布的地面，直到太陽落下山頭。埃摩司和阿蒙生火時，我取下背上的弓，「走，艾斯坦。」我說，「咱們去打獵。」

阿蒙抬眼露出一臉疑色，卻沒說什麼。埃摩司根本不肯看我們，艾斯坦則溫柔地對我笑了笑，自從那場夢後，我就沒見過他這樣了。「好的，我的崇拜者。」

「別叫我崇拜者，否則蒂雅會親自來獵殺你。」

「那應該很有意思。」他喚來沙子，為自己製作弓和鑽石頭的箭。

夜黑星疏，但在我的貓眼中，地貌雖然布著各種暗度的黑影，卻是清晰可見。我找到一條獵徑，跟著走了幾分鐘，一邊豎耳聆聽各種夜聲，最後我聞到一股誘人的氣味，一股我已經很熟悉的氣息。我的獅性大發，向前跟追，每次停頓，便埋伏老長一段時間。

我伸出爪子，接著又停下來，盯著弓柄上的圖像。以前我看不懂這些連哈森博士都無法解讀的神祕文字，那些刻字即使在微弱的星光下，卻像由內發出了光芒。

我用手描著字，突然明白其中的含意，現在我知道這把弓的真正用途了。我立即把弓扔掉，它落在我腳邊的草地上，我驚恐地瞪著弓。

「怎麼了？」艾斯坦從樹後繞過來問我。

他已獵著了一隻動物了，手上沾著溫暖，帶著金屬氣味的血腥味，那是生命與死亡的氣息。通常我體中的母獅不會有什麼想法，蒂雅很欣賞跟她一樣擅長狩獵的艾斯坦，可是莉莉想到這是另一個不同生命的血，便會不寒而慄。

我指著弓柄說：「那是她的。」我輕聲喃喃說，聲音飄散在吹揚我頭髮的微風裡。

「什麼是她的？」艾斯坦追問。

「這把弓。那不是給斯芬克司，不是給我或蒂雅的，而是為薇斯芮特製作的，她必須帶這把弓上戰場。」

我抬眼望著艾斯坦英俊的面龐——他一臉凝重，抿緊嘴角，「原來如此。」他說。

可是他並不明白，不全然了解。我開始來回踱步，絞著手，一邊試圖解釋。「我讀懂那些刻文了，那文字……對我說，為了殺死那妖物，我必須犧牲掉一名我所愛的人。」

「妳確定嗎？」他靜靜地問。

「是的。」

「莉莉，」艾斯坦站到我面前，擋住我踱步。「沒關係的。」

「不行，怎會沒關係，艾斯坦，你難道還不明白？薇斯芮特是屬於埃摩司的，她認為等這一切結束後，埃摩司將成為她的伴侶。那樣的話，就只……只剩下阿蒙和……和你了。」

「也許事情沒有那麼簡單。」

「薇斯芮特的處事方式不是那樣，我們還留有她一部分思想，她非常乾脆利索，她若打算跟埃摩司在一起，便表示你或阿蒙最後可能出局，她很清楚這點。」

我等他說點什麼，但艾斯坦顯然有別的想法。他打量我一會兒，然後回到溪流邊，仔細地清洗雙手。

「我們不會犧牲你的，艾斯坦。」我跟過去說。

他站起身，拿起剛才獵到的獵物，甩到肩上，然後勉強對我一笑。「我知道我不是首選，莉莉，事實上，我早料到會是這樣了，宇宙恢復元有的平衡，只是遲早的事。」

「你到底在說什麼？意思是你想死嗎？」

「不，不是的，我不想死，可是我……我跟我的兄弟不同，死了較不可惜。」

「我可不那麼想，你並無不同。」

「也許吧，小斯芬克司，現在不是咱們想這種事的時候。我覺得咱們現在該吃飯了，我餓扁了。我們何不先忘掉這件小事，回去煮點東西吃？」

艾斯坦處理這項消息的態度，頗令我們三個女生不爽，更煩的是，我們心底覺得，艾斯坦可能說得對。我拿起弓，但現在這玩意兒挺惹人厭，我憤憤地把弓甩到背上。

我們一到達營地，阿蒙便起身幫艾斯坦處理獵物。我怒容滿面地坐到埃摩司旁邊，阿蒙和埃摩司也許以為我在生艾斯坦的氣，但我氣惱的是自己。若能由我、蒂雅和愛榭莉雅做主，就不會有問題了，我們絕不會犧牲任何一位兄弟。我們知道薇斯芮特不全然是我們，但大家都不知道自己對她到底有何貢獻，我們覺得自己像叛徒。

老天爺為何要賜給我們三位這麼傑出的男子，做為我們的同伴，然後又要我們犧牲掉其中一位？太不公平了。其實到目前發生的一切，都不公平。

失去崔弟公平嗎？蒂雅和愛榭莉雅沒有自己的身體，困在我體中當乘客，這樣公平嗎？要求我們三個女生拯救宇宙，公平嗎？不公平，我們根本不想蹚這趟渾水。

吃飯時，我拉出那把討厭的弓，研究上面的刻紋，希望自己看錯了。艾斯坦覺得沒有必要把我讀到的事情告訴他弟兄，而且我覺得須考慮清楚再跟他們說。三兄弟的目光在黑暗中追索著我——銀色、金色與綠色。我要滅掉哪個人的目光？

我用指尖摸著弓面，那不是語言，至少不像地球上的任何語言，但我知道其中的含意，我打量得越久，裡面的訊息便越發清晰。這把弓的製造年代久遠，事實上有千年之久，它負有一項非常特殊的目的——毀掉滅絕者。重點是——這也是我無法接受的一點——就是使弓的人，本人，必須犧牲自己所愛的一個人，這把弓才能找到它真正的標的，達成它誕生的目標。

我緊握著弓，幾乎都快把它握斷了，我發誓寧可在宇宙大戰中敗北，也不願失去其中一名年輕人。如果我們會因此喪命，那就認了。

等立定決心後，一小股能量竄過我的血管，我突然有個點子，我將它仔細牢記，這樣即使薇斯芮特再度醒來，她也會記得。但願那樣便足矣。

我八成睡著了，因為醒時，晨陽已斜射在我臉上，我的手還緊抓著弓。

「早。」阿蒙說著，蹲下來，遞給我一片冷掉的肉，「埃摩司正在找路，艾斯坦陪著他。」

我點點頭，把弓移到背上，結果發現我的肩套帶被阿蒙拎在手上。「你幫我把肩套帶脫了嗎？」

「我覺得背後沒有標槍戳著，妳會睡得更香。」

「我真的是睡死了。」我兩手穿過肩套帶說。

「是啊，」他答道，「我幫妳調整位置時，妳連動都沒動，害我……好擔心。」

我抓著他的臂膀，「我沒事，真的。」

「妳想談一談嗎？」他問，一邊幫我把弓放到背上。阿蒙一向能輕易看出我的心事，即使在擁有我的心甲蟲之前。我望著他，想知道他是否仍與我的思維相連，但阿蒙顯然已經關掉那份連結了，因為他知道我會不自在。不過他還是看出事情不太對勁。

「不想。」我重重嘆道，「至少現在不想談。」

他正要離開，卻被我一把拉住。「阿蒙？」我問，「你能……」我咬住嘴唇，然後接著說：「你能教我，如何把你的心甲蟲放到更安全的地方嗎？」

阿蒙歪著頭打量我，「妳是指，像我那樣保存嗎？」

「是的。」我比畫說，「不是現在啦，我只是想知道，等我準備好後，該怎麼做。」

「我明白了。」他頓了一會兒，把手放到心口，取出我的寶石。璀璨的寶石在他手心中閃著光，我好想仔細檢視，我連研究兩人的心甲蟲有何不同都沒機會，但我知道，埃摩司和艾斯坦很快就會回來了。

阿蒙解釋說：「妳想放進去，只要握住了，想著所愛的人，以及為了保護他們安全，妳願意犧牲什麼，就可以了。」阿蒙把珠寶放到他的胸邊，然後閉起眼睛，「妳的身體會自然吸收這顆珠寶，去保護它。」心甲蟲緩緩滲入他的皮膚裡。「不過，莉莉，」心甲蟲消失後，阿蒙說：「一旦這麼做，從今以後，妳的心便只會渴盼那個人而已，這是一種無法毀滅的誓約。」

我把手放到他心口上，「而你為我這麼做了？」我輕聲呢喃。

「是的，而且我並不後悔。」

我真的很想在同一刻，回報他的愛，讓阿蒙看到我的感受，知道我對他同樣真情不渝。可是我辦不到，還沒有辦法。我只是對他甜甜一笑，輕輕吻他一下。「我答應你，」我說，「你的心甲蟲，將很快藏到我的心口邊。」

阿蒙抱住我，用下巴抵著我的頭，輕撫我的頭髮。

「我們找到一條路徑啦！」埃摩司走進營地裡大喊。

我從阿蒙身邊移開，在看到埃摩司和艾斯坦難過的表情後，頗後悔沒早些跟他分開。不過我還是鼓勵地對他們笑著說：「咱們出發吧，我們有好多事情要做。」

下午，我們攀上一座高峰，一股可怕而熟悉的腐臭味隨風飄來，等我們到達山頂往下一看，我屏住氣。我們剛才穿越的濃密森林，到處是野獸，此時看到眼前的景象，我才明白林子裡為何會有那麼多走獸了。

「都燒毀了。」我說，「是什麼造成的？」

大片的樹林山丘成了焦土，殘存的樹樁像一排排的墳墓，地上到處是動物企圖躲藏的坑洞，但我可以聞到牠們燒焦腐爛的屍臭。一個焦黑的小丘移動著，然後傳出一記慘號。一群蠕動，像蝙蝠般長著翅膀的鳥，從一隻倒臥的動物身上騰起，飛入天空。

我認得這些東西，「牠們不該出現在赫里波利斯。」我嘶聲說，心裡充滿恐懼。

「是的。」埃摩司同意道，「牠們只有在女主人接近時，才會出現。」

「亡靈饕餮到這裡了。」阿蒙的聲音十分激動。

我們還沒空細談亡靈饕餮對他做過什麼，但我應該知道。如果亡靈饕餮到了赫里波利斯，那麼必然發生慘事了。

「可是諸神應該……」我才開口。

「如果她在這裡，那麼他們很可能棄守赫里波利斯了。」艾斯坦說。

我們蹲伏在一處大石後面，等待揮動翅膀的蝙蝠離開山谷。我們若被牠們瞧見，一定會去警告牠們的女主。

「牠們朝赫里波利斯飛去了，」埃摩司說，「我相當確定。」

大夥短暫討論後，決定留在通往赫里波利斯的路徑上，等天黑再進城查看究竟，然後再決定下一步行動。艾斯坦施法用濃霧掩蓋我們，埃摩司把太陽藏到雲後，一行人從山腰摸下山。

我們離城市越近，狀況就越悽慘。原本金碧輝煌，旁邊掛著如披紗般的綠色植物，彼此有橋梁互通的建築物，現在都成了斷垣殘壁，整座城市像被炸彈轟過似的。大的坑口布著殘片和石塊，冥王奧西里斯的大房子和花園完全被夷為平地了，就連平時與岸邊相接，水色豔紫的河流，也近乎發黑，海灘上各種雜物被水浪沖來捲去。

到處都看不到城裡居民的身影，我不確定那是好事還是壞事。我知道亡靈饕餮喜歡把人集結起來，再大吃一頓。也許她已經把所有人都吞掉了，更可能的是，她把他們全關起來，留著慢慢逗弄。不知亞曼拉跑去哪裡了，他怎會棄守這座偉大的城市？

我抬頭看著高塔，那座亞曼拉居住與運籌帷幄的地方。高塔依舊完好，也許他還在那裡，或許他把亡靈饕餮擋在外頭了，他和他的人民正在裡頭頑抗。當我指著高塔時，大夥都同意應該設法查探清楚，因此我們找到一個地點，等入夜後，可以偷偷溜進去。

他們找到一處半毀的房子，這原本應該是鞋匠的屋子，因為到處散著鞋子的半成品，還有各種不同大小的鞋底。艾斯坦和阿蒙在殘片中挖尋，最後找到合腳的鞋穿。埃摩司用漸弱的能量治癒他們身上的瘀傷和痠疼的腳，等完成後，才坐下來喘氣。我們失望地發現，我的護身符僅對我具有療效。

我從所坐的地方看著埃摩司問：「你不覺得你應該告訴我，你之前到底做了什麼嗎？」

「難道妳不知道？」阿蒙問，一臉驚詫。

「不知道，他什麼都不肯說，我只知道他為了救我，而做了某件事，結果力氣耗費到連薇斯芮特都治不好，費去她很多心神和能量。」

「其實沒什麼，」埃摩司說，「我們任何人都會那麼做的，何況，現在已經無所謂了。」他簡短的回答話中有話，我知道他指的不僅是自己耗弱的身體。

「對我來說有所謂。」

埃摩司挑著眉，下巴一繃，看我一眼，我太了解那種眼神了。

我瞇起眼睛，「喂，不管你怎麼想，我並沒背叛你。若說有人先主動，那是你，不是我。至少我還有失憶的藉口，但你原本就知道我愛的是誰，但你還是選擇追我了。」

「也許妳的記憶不像妳想的那般毫無瑕疵，心愛的。我並沒有逼妳做任何妳不想做的事。」

「就算是那樣……」

「莉莉？」阿蒙搭住我的手臂，我立即閉上嘴，覺得臉都熱了。我們旁邊還有觀眾——事實上，是位很尷尬的觀眾。「也許妳該回到最初的問題上。埃摩司一向擅長聲東擊西，迴避他不想告訴我和艾斯坦的事。」

艾斯坦在另一個角落裡竊竊發笑。

我雙手往胸口一疊，狠狠地瞪著埃摩司。

埃摩司嘆口氣，抬起一隻膝蓋用手抱著。「妳被巨蛇咬死時，我為了救妳，放棄了自己的一部分。」

我張大嘴，不自覺地開始說話：「我……」我結結巴巴地說，「我……死掉了？」

「妳撞到水面時，差點死掉了，妳身上幾乎每根骨頭都撞斷了，阿佩普的毒液在妳血管裡流竄，妳的力量銳減到幾近不存在。當水灌入妳的肺裡，妳便淹死了。崔弟找到妳們三個人的靈魂，一起哆哆嗦嗦地蜷在船的角落裡。我們必須合力治療妳們，將妳們帶回原本的地方。」

妳們對這件事可有任何記憶？我問蒂雅和愛榭莉雅，兩人都表示不記得了。我問：「那你到底做了什麼？」

「我從水裡把妳的屍體撈上來，用我的力量清出妳肺裡的水，然後叫崔弟把妳們三人的靈魂放回妳體中。當然了，崔弟說他不能那麼做，除非有豐厚的代價。」

我嚥著口水，「你付出什麼？」

「妳必須了解，即使沒有代價，崔弟也會願意救妳，可是宇宙需要平衡，得做交換。」

「你付出多少代價？」我又問了一遍，顫著身子等待他的答案。

埃摩司靜默不語。

看到埃摩司不說話，阿蒙開口了，「他必須為妳們每個人放棄一些東西，妳記得卡諾皮克罐嗎？罐子裡保留足夠的能量，供我們醒後使用？」

我點點頭。

阿蒙拉著說：「埃摩司放棄了四個罐子中的三個，他為蒂雅放棄了對動物的掌控力，為莉莉放棄吸取月亮能量的本領，至於愛榭莉雅，他放棄了自己的翅膀。」

我可以聽到愛榭莉雅在我心底哭泣，熱淚也在我眼中灼燒。「難怪他不能變成大鶴。」我低聲說。

「是的，因此他才會如此疲弱。埃摩司不敢放棄尋路人或治療師的天命，而且他顯然還需要控制氣候的技能。可是無法從月亮汲取能量，讓埃摩司幾乎難以為濟，少了補充，所有保留的能量便會逐漸耗弱，尤其他又消耗得太快。」

我抬頭看埃摩司，他正盯著自己交握的手。

我按了按阿蒙的手，然後向埃摩司挨近，拉起他沉厚的臂膀，摟到自己肩上。「謝謝你。」我輕吻他的臉頰說。

埃摩司重重喟嘆，將我拉近，讓我把頭枕在他胸口。「我說過……」他說話時，胸口在我臉頰下震動，「我們任何人都會做同樣的事。」

房中慢慢變得安靜無聲。我們一定是睡著了，因為整個過程就像一場夢——直到我醒時，發現自己被抱在埃摩司粗壯的臂彎中。他眨開眼睛，然後揉著我的背。月光從破掉的窗口灑向我們，想到埃摩司再也無法汲取銀色月光的能量，我便難過不已。我歉然地笑了笑，離開他，朝懸在鉸鍊上的門板走過去，阿蒙就站在門口。

他輕吻我的額頭，心疼無比地看著我，讓我知道他能理解，不需要我任何的安慰。我伸出手，阿蒙拉住，用他溫暖的手撫著。「你覺得現在溜進城裡安全了嗎？」我問他。

「如果我們想試試看，現在正是時候。」他答道。

我們往高塔前進的路上，強風在住家與商店的間隙裡飛灌，發出可怕的呼嘯聲，並且像種在絕望沼澤裡的鬼魂般呻吟著。

我們繼續前行，最後終於看到通往高塔的漆黑入口，那入口開著。我正打算踏入月光下，朝開口走去，卻被艾斯坦一把拉回來。他往上一指。高塔頂端，幾乎被炮塔遮去之處，有一些長著厚翼的大型動物。

「那是什麼？」我低聲問，「它們比亡靈饕餮的蝙蝠大多了。」

「我聽說過它們，但不曾見過，即使在地府裡也沒有。它們叫飛魔，妳可以當它們是怪獸，但它們比世人想像的任何東西可怕多了，飛魔是介於亡靈饕餮的蝙蝠和狼犬之間的東西。」

「我們要如何闖過它們？」我問。

艾斯坦做了一朵神奇的螢火雲，大夥踏入雲團裡，開始慢慢越過月光潔亮的大地，朝門邊挨近。頂上傳來一聲尖鳴，接著又是一聲。若不是被阿蒙拉住，我早就跑了。「它們知道我們到了，它們聞得到我們，但看不見。」阿蒙悄聲說。

妖怪飛入空中，大批黑呼呼的身體填滿了天空，它們掠過大地，像迪斯可的彩燈球般投射出陰影。等我們終於穿過大門後，艾斯坦滅去法力，一行人繼續穿過高塔。

走廊裡黑漆漆的，壁上的燭臺都沒點亮。漂亮的金色鏡子給打破了，透明的垂布撕得稀巴爛，棍棒折斷，就連原本閃閃發光的瓷磚地板也被打碎，毀去了美麗的圖案。

我們一層層往上走，除了滿目瘡痍，什麼都沒找到。我們終於來到最頂層，亞曼拉的居所。當我們來到我第一次遇見荷魯斯的大中庭時，我抬手示意，眾人聽到動靜了，那像是人或動物的喘氣，還聽到了極為耳熟，噹啷的鍊子聲。

我側身走到簾幕後面，窺望前方的情景。金色噴泉已被搗毀了，樹木都燒成了殘樁。荷魯斯第一次意圖引誘我的躺椅上，歪躺著一個人。他看起來形單影隻，更有甚者，他的四肢被鍊在地板上了。

我躡手躡腳地繞過去看仔細，埃及之子們跟在後頭。大夥不時停下來，我心中的母獅十分耐心謹慎。眾人一起等待，聆聽男子的動靜，但他似乎睡著了。我張著鼻翼，聞到了汗水與血腥味，我們再挨近些。

我掀開簾子仔細一瞧，發現男子側臉一片青紫，他突然一動，眼神鎖住我的。「莉莉。」男人勉強啞聲說，嘴唇腫脹到幾乎講不出話。

我從藏匿處踏出來，「奧西里斯？」我看到他所受的對待後，身子一縮。他有條腿自膝蓋以下不見了，剩下的殘肢隨便包紮過後，仍流著血。有根雙刃斧靠在牆上，殷紅的血斑在斧刃上閃著光。我跪到他身邊，搭住他發顫的臂膀，「你發生什麼事了？」我激動地問。

「沒時間了，」他喃喃說，「妳必須重新與其他人集結，他們躲在毒蛇石裡，就在巴別山的山頂。」他咳著，血從嘴裡流下，「絕不能讓她發現妳在這裡！」

阿蒙和艾斯坦走到我後方，奧西里斯抬頭用懇求的眼神看著他們，「拜託，」他說，喉中還發出咯咯響。「帶她走，快！」

「可是我們可以幫你。」我求他。

「千萬不可，她會知道妳在這裡，別擔心我。」奧西里斯看到我面露猶豫，便說：「她只傷得了我的身體，我的靈魂屬於伊西斯，只要伊西斯還活著，我就能活。」

旁邊的過道上傳來噹啷噹啷的聲音。「走！快走！」

我們躲到布簾後頭不久，便聽到有人踩著高跟鞋走進屋中。

「現在還是只有咱們嗎，奧西里斯？有沒有什麼小鳥跑來探望你呀？沒有嗎？唉，還是有可能會來的。好了，我的帥氣寶貝，咱們之前說到哪裡了？」她極具誘惑地說，「對了，我們在討論你的老婆可能躲在哪裡。」看到對方沒回應，她又繼續說，「別那麼喪氣，等我們家主人娶她當新娘後，我還挺想把你留給我自己的，畢竟，我會需要有人來讓我分心，至少要一陣子。能看到他滅絕你們的連結，目睹你們之間的愛火漸漸滅去，必定大快人心。」

聽到這個可恨的女子聲音，我忍不住握緊拳頭，若不是阿蒙拉住我的手臂，我早就攻上去了。綠色的光從簾子下透進來，我知道那表示亡靈饕餮正在吸食奧西里斯。我們趁亡靈饕餮忙著對付奧西里斯時，靜悄悄地往後退，待在簾子後方。艾斯坦用他的雲霧罩住我們，以防任何人留意到。

我覺得撒手不管被擄的奧西里斯很不應該，可是除非我願意再次讓位給薇斯芮特，否則根本不是亡靈饕餮的對手。我閉起眼睛，任淚水流下臉龐，一行人偷偷離開房間。等遠離後，大夥迅速奔下階梯，知道我們必須找到其他神祇，擬出一套計畫。

當奧西里斯開始尖叫時，我用手摀住自己的嘴。

21 奈芙絲的幻覺

我們迅速穿過亞曼拉的皇宮，埃摩司帶我們從高塔的後方離開，希望能避開那些保護妖后新占領的巢穴的妖怪。我們很快發現，這座被毀的城市，各處都布著那些尖聲亂叫的哨兵。艾斯坦召來螢火雲霧，掩住我們的逃跡，飛魔雖在頂上盤繞，尋找我們的蹤影，但我們很快便將它們拋在後方了。

太陽爬上地平線，將大地染成可怕的紅色時，艾斯坦的力量變弱了，阿蒙的則變得越發強大。埃摩司跪下來試著尋找通往巴別山的路徑，卻發現無路可走。

「我不明白。」我說。艾斯坦終於讓雲霧散去了，我們雖還在焦土區中，但艾斯坦覺得已經離得夠遠了。他彎身大口喘氣，維持雲霧如此之久，十分耗費力氣。「怎麼會找不到這樣的地方？」

「也許奧西里斯的意思，是指赫里波利斯之外的一個地點。」阿蒙建議道。

我插腰皺眉說：「聽起來不像。我們得找出巴別山在哪裡，我們浪費的時間越多，亡靈饕餮給奧西里斯的折磨就越久。」我心中好糾結，覺得把這位天神扔在亡靈饕餮的魔掌中，非常有罪惡感。

「如果我們尋找伊西斯的路徑呢？」阿蒙提議。

埃摩司搖搖頭，「那不成，我沒有追蹤諸神路徑的本領，尤其是在這裡。我在這裡頂多能得到模糊的印象，我聚焦你們倆和莉莉身上時，能力最精準。我放棄吸取月亮的能量後，所有保留的神力全都變弱了，看到的路徑也不若以前清晰。」

「那我們要如何才能找到眾神？」阿蒙問。

「薇斯芮特可以找到他們。」我輕聲說。

「沒有她，我們也能解決問題。」阿蒙立即答道。

「我們能嗎？」我轉頭對他說，「我倒沒那種把握。」

阿蒙倔強地繃著下巴，拒絕討論這個話題。

若非見到眼下的景況，我一定很容易興起逃跑的念頭，但逃逸等於遺棄了所有人。亡靈饕餮定會將剩下的人吸乾抹淨，為所欲為地折磨他們，然後等她心滿意足後，塞特便會出現，盡除一切，讓地球，甚至整個宇宙，毀於滅絕。到時我該怎麼辦？如果連諸神都在躲避塞特和亡靈饕餮，那麼情況一定很糟，糟糕到不行。

三兄弟爭論接下來該找尋什麼，我則在腦中跟另外兩位女生談話。我們可以變成薇斯芮特，並維持掌控嗎？我咬著下唇問。

沒法知道，不清楚，蒂雅說。

我們不能讓他們落入亡靈饕餮手裡，愛榭莉雅說，瞧瞧她是怎麼對待奧西里斯的！她是一個陰毒至極的妖女，真的，我寧可犧牲自己，也不願把咱們的男人交給她那種女人。

妳確定要冒險嗎，莉莉？蒂雅問。

不確定，這種時候，我什麼也沒辦法確定。我踏開幾步，甩著手，企圖聚集勇氣。咱們得試試看，我說，但是先不……不要完全融合在一起，至少盡量不要，只要做適度結合，能夠找出我們需要去哪裡就好了。

愛榭莉雅和蒂雅默默同意，三人的意識逐漸靠攏。我們並不了解薇斯芮特的力量究竟有多強，直到我們再次向她靠近。薇斯芮特是個強大的磁石，我們剛剛將她啟動了。我們拚命掙扎，抵抗那股威脅著要將我們吞沒的強光，宛若對抗一股洪流。我們的能量很快減弱了，三個人在深坑邊打繞，假如我們滑進去，就會失去我們自己。就在此時，我們聽到聲音了。

哈囉，又見面了。一名女性的聲音說。

哈……哈囉？我在心中回喊，我……我們是在跟自己講話嗎？

不盡然是，女子很快答覆說，妳們是妳們自己，而我是我自己。我必須說，妳的男人阿蒙那樣突然把我趕走，實在太不溫柔了。我對他可不會那麼殘酷。

我故意無視她對阿蒙的評語，聚焦在另一件事項上。妳的意思是說，妳並不全然是我們三個人塑造成的？

沒錯，我不是。

我的腦中一片混亂，不可能！蒂雅和愛榭莉雅跟我一樣訝異，那妳究竟是什麼？我問她。

我是什麼？妳這樣臆斷我是什麼，而不是誰，實在挺沒禮貌。不過就技術上而言，妳是對的。我是「誰」的這一部分，得自於妳們三位；是「什麼」的那部分，則來自不同的地方。

妳現在爲何要對我們說話？蒂雅問，妳以前從不跟我們交談，妳可以隨時把我們推過邊界，直接接管就成了。我們能感受到妳的威能，妳是想玩弄我們，像在爪掌間撥弄老鼠嗎？

絕不是那樣，她答道。妳們是我的一部分，就跟我的眼睛、雙手和心靈一樣珍貴，我可沒把妳們三位當作是害蟲。

我們對妳到底算什麼？愛榭莉雅問，妳爲什麼要毀掉我們？

我並不想傷害妳們——至少不是用妳們所想的那種方式。那只是一項簡單的事實——如果我要住在妳們體中，發揮妳們的才能與能力，就必須重新創造妳們。這種過程再自然不過了，所有舊的事物，必須讓位給新的事物。大魚不吃小魚，可以活下來嗎？不去採集山上的礦砂和石頭，建物能蓋得起來嗎？農夫不先清除森林，能種得了穀物嗎？創造與毀滅是陰陽相生的。能中庸適度，便能平衡共融，爲了讓我存在，妳們三位，很可惜地，必須終止存在。

那麼爲何我們可以在這裡……一起在這個地方？

因爲我們位於中介帶上——一個介於記憶，與潛在未來間的巨大黑暗空間裡——我就是在這裡誕生的。中介帶是一個觀察的地方，時間在流逝之前，在這裡獲得無限的延伸。妳曾待過這裡，但妳完全不記得了。可惜的是，由於妳們眼界有限，因此只能在這裡存在一小段時間。

妳現在打算怎麼辦？蒂雅率直地問。

呃，妳是我最務實的那一面。我好像沒跟妳說過，我很欣賞妳和妳坦誠率直的世界觀，蒂雅。那眞的令人耳目一新，讓我很接地氣。對於妳的問題，我的答覆是，我不打算做什麼。我會靜靜在此等候，直至妳們召喚我，我不會太擔心，因爲最終妳們一定會的。

妳不會想占據我們嗎？我狐疑地問。

我從不想霸占妳們。每次都是妳們邀請我，我們之間的差異就在於，我不會反過來邀妳們。

阿妳爲什麼不那麼做？愛榭莉雅問。

妳是我熱情衝動的那一面，小仙子。讓我反問妳，想體驗生命與愛有錯嗎？難道我沒有權利收割自己的辛勞？妳們三位憑什麼比我更有生存的權利？

問題就在那裡，我說，我們有三個人，而妳只有一位，多數人的需求勝過一個人的需要。

薇斯芮特把注意力轉移到我身上。酷好哲思的人類啊，那麼讓我問問妳，莉莉：妳可願意放棄妳的肉身，讓蒂雅或愛榭莉雅占有它？她們的肉身早就死亡了，妳容許她們分享妳的，但妳還是嚴格地維持掌控，不是嗎？

坐在後邊，當個沉默的觀察者，感覺如何？妳能忍受那樣嗎？是妳要求她們那麼做的，但話又說回來，人類總是扮演主角，不是嗎？仙子和母獅雖非人類，並不表示她們就比人類差。

我的存在意味妳們三人的和諧共融，沒有誰輸誰贏的問題。妳若眞的如妳所說那樣，愛她們親如姊妹，妳就會選擇做這種犧牲，帶給大家這份平衡，這也確實是多數人的需要。妳在爭論這件事時，眞正要說的是，應該優先考量人類的需求。

我無言反駁她的話，覺得既慚愧又憤怒。我真的有那麼雞腸鳥肚嗎？薇斯芮特並沒有說錯，問題就在那裡。

她接著說道，我不是選了一名妳們三人都會去愛的男子嗎？妳們怎能在宇宙有難，在另外兩名男子生命岌岌可危時，如此自私？我雖然可以理解妳們想維護各別的身分，但那是要付出代價的。愛榭莉雅，妳已自我放棄過一次了，妳為了免於受到不幸的苦難，放棄了自己的性命。

薇斯芮特話音漸落，將注意力放到蒂雅身上。還有妳，母獅子。妳渴求有人能取代妳失去的姊妹。告訴我，妳讓莉莉成為斯芬克司，過著雙重的身分，對她可有更好？我不認為有，事實上，如果當初妳在平原上，直接將她吃了，或許更仁慈些。由於妳強迫莉莉成爲妳的姊妹，害她必須放棄一部分的自己。

我正想表示抗議，薇斯芮特對我說話了。最後我們來談談妳，莉莉安娜．楊。妳渴望過有意義、有目標，不受父母鉗制的人生，但妳一再對自己說的這番話卻是錯的。妳認爲父母攔阻妳，逼迫妳上特定學校，規範妳的舉止，或跟特定男生約會，但這並非妳父母的作爲，而是妳自己的。

唯有妳能決定自己的命運，妳的懦弱是自己縱容出來的。妳選擇自己所走的道路，事實上，妳接納了那樣的安排。即便現在，妳也以爲是我在逼妳，我爲了拯救宇宙，將奪走妳的存在，但我不會那麼做。

等妳該做抉擇的時候，我希望妳夠堅強，能選出正確的道路，一條沒有自我懷疑與自我設限的路。但妳要知道，無論選擇什麼，那將是，也一向是妳自己的選擇。只因爲妳不喜歡眼前的各種選項，並不表示妳沒有選擇，別再這件事情上糾結了，莉莉。

我們三人默不作聲，大家都覺得像被自己訓了一頓，這是我畢生最詭異的經驗，但意義甚大。我們飄在漆黑之中，感覺薇斯芮特的拉力，但已不再像是一股漩渦了。現在我們自知能抵抗它，便可從心所欲了。我們三人飄蕩著，不肯實質或在心理上去面對彼此。

三人都試著重新凝聚，薇斯芮特表示，目前我會幫妳們，給予妳們想要的力量，不會堅持控制妳們的身體。不過妳們要知道，下一次妳們找我，我就不會那麼客氣了，我沒辦法客氣，尤其面對即將來臨的戰役。現在妳們既已明白，就得做出選擇，等妳們回來找我時，我會假設妳們三人已做好決定了。

想找到眾神，就朝升起的太陽走，直至遇見一座山巔雲朵環繞的高山。當妳們聽到樹林裡傳出嗡嗡的聲音，便是找對路了。山頂上有妳們要找的地方。不過我先警告妳們，到山頂的路十分艱辛，妳們必須緊跟在三兄弟身邊，任何情況下都不得分開。

我正想道謝，又收了口。我幹嘛去謝一個剛剛徹底將我訓了一頓的人？接著我們三人突然從漩渦裡被甩出來了，我們旋了一會兒，不知去向，但漸漸又找回來了。我眨著看，看到阿蒙緊張地盯仕我的臉，上方天空明麗，太陽光在他的頭後形成光暈。一定是過了好幾個小時了，太陽才會爬到日正當中。

「她們回來了。」阿蒙說。

「你確定不是薇斯芮特？」埃摩司問。

「不是，是我——我的意思是說，我們。」我輕搖著頭說。

「剛才發生什麼事了，莉莉？」艾斯坦扶住手肘，將我攙起。

我起身踩著腳，恢復感覺。「我們……我們剛才跟薇斯芮特談到話了。」

三兄弟皺著眉，憂慮的表情幾乎如出一轍。若非情勢嚴峻，其實應該滿好笑的。

「薇斯芮特說什麼了？」阿蒙問。

「她……她氣你這麼快就趕她走，她說……」我遲疑著。

說吧，莉莉。蒂雅鼓勵道，咱們彼此沒有祕密，他們不會因此看輕我們。

「她說我們太自私懦弱，應該為宇宙和彼此最大的利益著想才是。」

「妳們才不懦弱。」艾斯坦咬牙說。

「或自私。」埃摩司說道，將雙臂交叉胸前。

「薇斯芮特顯然一點都不了解妳們。」阿蒙也說。

「問題就在那裡，」我說，「她很了解我們，薇斯芮特就是我們，無論喜不喜歡，至少她是我們的一部分。換句話說，她甚至比我們還了解自己。不過還有件事，薇斯芮特不僅只是我們，她還是別人，具備其他不同於我們的特質。」我們看著三兄弟的臉，發現有了新的表情——抗拒的表情。「原來你們知道，你們都知道。」我指責說。

埃摩司率先發話：「我可以感覺她有些東西並非來自妳們三人，她看待世界的方式不一樣。」

阿蒙表示，「當我透過荷魯斯之眼看她時，我可以輕易地辨識出妳們三個人，即使妳們變淡了。我就是那樣將妳們帶回來的，我將所有能量傾注到妳們三人身上，讓妳們強大到能夠回得來，不過妳們有另一部分退縮開，留在後方。我還以為我們會有空進一步討論這件事，可是後來出了這麼多事……」

他說不下去了，我搭住他的手，「在那之後，我們是有點忙。」我說。

「我無法看到她的夢境。」艾斯坦喃喃說，我轉頭看他。「我應該能看得到，我可以潛進宇宙萬物的夢裡——要的話，連阿佩普都逃不過——可是我卻見不到她的夢。」

我正在思忖此事時，心中突生一念。「艾斯坦？」我問，「你可以看見任何人的夢？連諸神的都行嗎？」

「是的，只要他們沒有封鎖我的通路，不過諸神在技術層面上並未死亡，所以我無法像遇到那些抵達碼頭的亡魂一樣，自然進入他們的夢境裡。信不信由妳，我不會企圖侵入別人的夢境。妳為何這樣問？」

「你能看見塞特的夢嗎？」

他皺起臉，「我從未試過，即使可以，我們可能不會喜歡所見到的內容。」

「我覺得好像是時候了，我的意思是，等我們找到巴別山之後。」

「但我們仍不知道巴別山在哪裡。」艾斯坦說。

「現在知道了，薇斯芮特無償提供了線索，至少我們不必跟她交換身體，不過她警告我們說，下次就沒這種優待了。」

「但願不會有下一次。」阿蒙凝重地說。

我勉強對他笑了笑，不是我不想透露一切，我只是不確定三位埃及之子能真正了解我們與薇斯芮特交手的經驗，更別說是接受了。她說，當我們再次召喚她時，而不是如果。

我的本能告訴我，薇斯芮特說得對，我們會再回頭找她，而下次將會是最後一次。悲痛揪住了我，我伸手去拉阿蒙的手，未來還會有更多苦痛，薇斯芮特說我必須學著接受，我們所有人都必須接受。然而此刻我最能做的事，就是專注於眼前的任務。

大夥檢視太陽的位置後，朝著薇斯芮特指示的大概方向前行。我們耗去這天剩餘的時間，才找到巴別山。一行人走入杜瓦臺邊緣森林中，最濃密陰暗的地區，連蒂雅都覺得緊張難安。

這裡有一些古老的東西，她說，*最好別去探索的東西*。

我贊同她的看法。巴別山頂罩著灰雲，但埃摩司說，他並不覺得灰雲裡有溼氣。山側十分陰暗，生著大樹，一路從山腳遮蔽到極目所見之處。放眼看不到任何路徑。

太陽此時低垂於空，我知道在黑暗中攀爬十分危險，即使山上並沒有可怕的妖怪。在警告大夥要彼此緊跟著後，一行人並肩走了進去，並立即感覺到森林的騷動——它們活絡起來，用細細的枝條鞭打我們，並拿樹根絆住我們。它們並不希望我們去那裡。

接著它們開始竊竊私語，一開始十分安靜，接著喃喃之聲越來越響。我們強烈地感覺到，回頭才是最明智的作法。有一次我停下來，往後退一步時，那些聲音就變小了，幾乎像是在鼓勵與安撫。可是我一將目光調回前方，它們便越發強烈地擊打我們。埃摩司是第一個做出回應的人，他的表情遠超過僅受干擾。

大約爬到半途，埃摩司突然僵住，背上粗壯的肌肉獰在一起，彷彿作勢準備攻擊。我們來到他身邊，查看究竟是什麼阻攔他前進，卻什麼都沒看到。埃摩司定定望著一棵巨樹的樹幹，咬著呀，眼眶含淚。

「埃摩司？」我抱住他的手臂，見他沒回應，我將他寬鬆的襯衫袖子往上推，用手指去摁他的手腕，尋找脈搏。埃摩司的脈搏跳得又急又亂，但我的碰觸似乎令他回過神了。「你看見什麼了？」我問他。

埃摩司快速地眨眨眼，嘟囔說：「不……不重要，咱們繼續走。」

艾斯坦也開始有些情緒不穩了。他不斷地走偏，嘀咕說會失去她，得找到她才行。他會抬頭看著森林，凝視經過的每一大片樹叢，甚至蹲到每條溪流邊，搜尋地面，找尋蹤跡。

「你在找誰？」我問。直到我捧住他的臉，逼他看著我時，艾斯坦的眼神才清晰起來。

阿蒙稍微較能專注，我問他原因時，他只是搖搖頭，像是不明白我的問題。我們猜測，是荷魯斯之眼讓他保持清醒。阿蒙建議我拉著艾斯坦和埃摩司的手一起走，這種登山方式較辛苦，但拉著兩兄弟，他們比較能集中心神。攀爬的過程本身就很艱辛，但繼續攻頂所耗費的心神，很快便令大夥筋疲力竭。

我們曾經一度停下來，結果發現待在定點相當不利。我背靠著樹，閉上眼睛，才一會兒的功夫，我的心神便被樹林送出的景象拉走了。它們必是趁我卸下心防時，攻其不備，占到優勢。

我夢見自己被一股旋風捲走，沒有任何東西能將我拉回來，連阿蒙都沒辦法。有一小段時間，我跟蒂雅和愛榭莉雅是在一起的，但很快的，她們也無法跟我待在一起了。我被吹得越來越高，鑽過雲層，進入太空。

我被往後拉，途中經過許多星球、銀河系和星群。無論我做什麼，都無法停止向上飛升，等我來到一切之上，飄在宇宙的空無時，我目睹一片陰影摧殘了整個宇宙，我發出無聲的尖叫。生命、愛和我所珍視的一切，前一分鐘仍猶在，下一分鐘便都消失了。我開始消逝，但我並不在乎，什麼都無所謂了，我只知道我不想孤獨一個人。

一道打在我臉上的光，將我拉回了現實，我發現阿蒙的手掌貼在我臉上，艾斯坦和埃摩司也都緊抓著我的手。森林顯然趁我們休息時，在我們四周設起某種陷阱或屏障，彷彿大地想將我們困住似的。阿蒙死都不肯讓我使用能量，所以我們只能揮著武器和我的爪子殺出重圍。

等我們來到多岩的山巔後，一群人跪下來大口喘氣。這趟路不是普通的艱鉅，籠罩我們的霧氣，濃到我連旁邊男生的五官都看不清楚。

「哈囉？」我喊道，不敢期待會有回答。我的聲音在山頂迴盪，然後便沒入空間裡了，那效果詭譎至極。霧中出現一片形狀，且越來越大，那東西近到我們應能辨其形貌時，便停住了。我知道它在打量、監視我們。無論來者是誰，反正應該是感到滿意了，只見有隻手抬了起來，接著雲霧一散，一位我之前見過的天神現身了。

絲長的金髮從她背部浪捲而下，她身上仍戴著銀飾，但這回不是輕巧的手環和髮飾，而是穿了一身盔甲。她面容與身形中的纖柔不見了，取而代之的是一股剛毅和另外一種沉重無比，幾乎壓垮她的悲傷。

「莉莉。」她微微點頭說，「蒂雅，愛榭莉雅，我們一直在等妳們，來吧。」

她伸出一隻手，我迎上去拉住，樹林發出的鬧聲立即消失。我踏向前，回頭看向依然跪地的艾斯坦、埃摩司和阿蒙，三人都還被之前折磨我的聲音壓制著。我抬眼看著女神，對她默默發問。

「妳必須親自迎接埃及之子們，」她說，「沒有妳，他們無法跨過入口。等他們一跨過來，群星便會把他們當成妳的同伴，它們引發的瘋狂將會消散，到時妳們便能越過山區，甚至毫髮無傷地從山巔起飛了。」

我不確定是否有某種歡迎儀式，但我碰觸他們每個人的肩膀，似乎便足矣。三人臉上顯然一鬆，等他們起身後，奈芙絲又回來指示我跟上。濃霧再次飄起，填滿我們背後的空間，遮去了樹林。

山頂上有一連串的石階和高大的花崗石柱，柱子像巨大的槍支般扎入地面，伸向天際。我想像從空中往下看，一定很像巨龍的堡壘。

我們在高聳石柱間的一條小徑上穿梭，最後來到一座石造的圓形建物，一連串的開口遁入山腰裡。空地中央有個大火坑，四周圍著平坦的石製長椅。

奈芙絲手指一彈，便燃起篝火。她兩掌再一拍，其他天神便從黑暗的洞穴中出現了，包括亞曼拉、荷魯斯、伊西斯、阿努比斯和瑪特。還有幾位天神我不認得，但就之前見到的，被毀的赫里波利斯城而言，所剩的人數實在少得可憐。

我覺得很有意思的是，沒想到我們受審時，一直害羞端莊，靜靜坐在後方的奈芙絲，竟會出面號令其他人。其他天神全神貫注地看著她。

「她到了。」奈芙絲簡略地說，然後走到火堆旁，坐到亞曼拉和伊西斯中間。我們在原地站立良久，彼此隔火相望。我在等候諸神說話，任何話都行。我希望他們解釋清楚，為何要派我走這趟瘋狂的旅程，為什麼他們要有所保留。我想問問他們到底想要我怎樣，可是他們什麼都沒說，看來我得先發話了。

我逐一看著他們的臉，他們越是拖延著不說話，我就越生氣。「其他人都出什麼事了？你們所有的市民都死了嗎？」我語帶指責地問。現在既已打破沉寂，我把目光聚集到亞曼拉身上，好整以暇地問：「你到底清不清楚那邊發生什麼事？還是你只是跟以往一樣，躲到山上，把頭埋到沙子裡。」

「我們當然知道。」太陽神對我極具耐性地答說，「我們已經盡力抵擋她了，可是我們決定，一旦把所有人送到安全處後，便讓她占據赫里波利斯。城裡的居民暫都先躲起來了。」

聽到大部分市民沒被吞噬，我真是鬆了口大氣。

「我想你們忘掉某個人了。」我還是不太高興地說。

所有人倒抽口氣，我很快望向伊西斯。高眺豐腴的女神向阿努比斯挨過去，阿努比斯攬住她的肩，「所以妳看見他了？」女神問，好聽的聲音因激動而發顫。

「是的，他叫我們到這裡來，他……」我猶豫著，「受了重傷。」伊西斯哆嗦著，但沒說話，眼神變得呆滯，我發現其實她已經知道了。「亡靈饕餮在吸乾他。」我進逼女神又說，「亡靈饕餮為了想把妳獻給塞特，正在尋找妳的位置。」

看到伊西斯只會點頭，我在空中揮著手，「我不懂，妳明知他在那裡，卻讓亡靈饕餮去折磨他。我還以為妳很愛他。」

「我是愛他。」女神說，星雲般的眼中燃著小小的火焰，「比妳想像的還愛，把他丟在那裡，令我心痛不已。」

「那妳為何還要扔下他？」我罵道，眼神逐一掃過每位天神，「你們是神哪，應該能抵抗得了亡靈饕餮。」

「他們是應我的要求，將奧西里斯留下的。」奈芙絲踏向前，用手搭住伊西斯的肩膀，對她輕柔一笑，然後再次看著我。

「妳的要求？」我大感不解地重述，「妳為何要這麼做？」

「這裡發生的事，遠超乎表面所見，莉莉安娜．楊。」

「那還用說嘛。」我重嘆一聲，「各位不覺得，你們應該把事情全告訴我了嗎？我必須說，我已經越來越不耐煩當你們的棋子了。」

奈芙絲繞過火堆，來到我們這邊。「妳誤會了，妳不是我們的棋子，妳是我們的皇后。我們參與這場競賽已經很久了，現在所有人馬都已齊聚，是我們該做最後反擊的時刻了，但願群星能按照我們的希望，仔細籌措一切。」

我退開一步，突然頓悟。「這段期間，你們一直在追尋薇斯芮特。」

「是的，我們派妳出馬的每趟旅程，都是為了準備讓妳成為我們需要的人。」

聽到她的話，我的身體忍不住地顫抖，一對溫暖的手按住我的肩膀，我很快地被抱在一副堅實的胸膛上。

奈芙絲接著說，「很久很久以前，我看過一個幻象。我看見了一名女孩，一位非常特別的凡人女孩，她將成就連諸神都無法達成的豐功偉業。」

女神揚手做懇求狀，我卻僵立在阿蒙的懷裡。她嘆口氣，垂下手，揹到背後，然後又說。

「阿蒙是故意被安排到紐約市，並在妳接近時甦醒的。」她對站在我背後的阿蒙點頭示意。「當他逃離冥界，遁入地府時，我們覺得可以藉機測試妳，決定妳是否具備通過薇斯芮特儀式的力量。當妳大獲成功時，我們便確知，妳就是眾神要找尋的人。」

「我有可能因此喪命。」

「是有可能。」她坦承。「但妳卻迎向自己的命運了。」她微笑道，「而且還遇到了心中的母獅，妳跟蒂雅一起贏得斯芬克司的力量，進入地府。那個地方連諸神都去不了，可是在幾位埃及之子的協助下，妳不僅進去，還活著出來，並將阿蒙帶回給我們。」

「可是還有一個元素尚未齊備，我們知道，妳若要真正發揮薇斯芮特的力量，便得納入第三名女孩。因為唯有三位一體，三位女孩都能完全彼此配合相融的女神，才能形成真正的交會點，讓薇斯芮特進入我們的領域。」

伊西斯踏向前，「由於諸多因素，我或奈芙絲都無法扮演第三位女神的角色，因此瑪特表示自願放棄她的軀體，等妳們回到冥界後，與妳們相融。」她虛弱地笑了笑，「我們沒想到會殺出愛樹莉雅，事實上，我們甚至不知道她在地府裡。」

我望向傲然挺立的瑪特，忍不住打起寒顫。老實說，再怎麼想，蒂雅和我都比較喜歡咱家的小仙子。

伊西斯說：「當仙子樹自我犧牲，慷慨赴義時，她很清楚自己在做什麼。愛樹莉雅與妳們二人正好互補，瑪特雖能為三人組帶來更多的力量，但愛樹莉雅帶來她自己的才華與性格。妳們三人很合拍，那是最重要的事。我們沒料到妳們這麼快就會需要用到妳們的力量。亡靈饕餮是橫生的枝節，然後塞特便逃獄了，我們只得加速進行我們的計畫。」

「所以當哈森博士問妳，群星是否知道我的事時，妳撒了謊？」我冷冷地問伊西斯。

「不完全是。」伊西斯答道，「我們知道薇斯芮特就要來臨了，我們希望就是妳，妳有極大的潛能，以前不曾有女孩跟埃及之子有過連結，妳與他們三個人都能……」

奈芙絲很快打斷伊西斯：「莉莉，重點是，現在的結果就是這樣。我們一直在等妳。沒錯，我們是保留了一些事，讓妳在種種測試中受盡折磨。是的，我們把所有的希望都寄託在妳身上。儘管妳忍受了那麼多磨難，至少妳知道我們現在在這裡準備出手相助，回答妳的問題，也準備與妳並肩作戰了。但我們現在需要知道的是……妳可願意幫助我們？」

22

心的交換

山頂上每個人都滿心期待地看著我，臉上散放期望的光芒，唯獨三名站在我背後的男子不然，而他們的意見才是我最在乎的。他們對我的赤誠不二，使我打起精神回覆。

我帶著沉重的心情，輕聲答道：「是的，我會幫助你們。」

三位埃及之子幾乎動作齊一地挺起胸膛，彷彿矢志準備與我共同參戰。「我們會幫妳。」阿蒙說出三兄弟的心意。

我按住阿蒙仍壓在我肩上的手，「告訴我們，我們需要知道什麼。」我說。

奈芙絲正要開口，伊西斯卻率先走上前。她的話說得快又急，不知她如何能憋那麼久，這跟以前見到的冷靜女神大相徑庭，或許是因為憂心丈夫，而改變了行為吧。「我們必須先幫妳防範亡靈饕餮，我會編一道強大的咒語。」她說，「萬一亡靈饕餮抓到你們其中一位，也無法找到其他人。請記住，我們會不擇手段地防止你們被抓，但我們還是得有萬全的準備。」

我歪著頭，「妳的意思是，打算把對奧西里斯的那一套，用到我們身上？所以亡靈饕餮才會折磨他，而不是急著把妳找出來，是嗎？」

「是的。」她垂下眼，「巴別山將我們藏起來，讓亡靈饕餮找尋不到，可一旦我們離開這裡，她就能找到我們了。到時連我們的母親努特，也沒法把我們從她的視線中隱匿掉了，我們父親蓋伯的山洞，沒有一個夠深。我們已準備接受這樣的後果了，可是你們四位太重要了，我們不能冒險在亡靈饕餮大戰中，失去你們任何一位。大戰最後，亡靈饕餮並不重要，我們必須保留你們大部分能量，去對付塞特。」

「那我們何不乾脆跳過亡靈饕餮，直接把塞特找出來就好了？」我問。「妳知道的，蛇首一斬，蛇身必亡。」

「除非會引發兩條蛇，一起跳起來進攻。」艾斯坦幾近咬牙地喃喃說。

我的分析令伊西斯皺眉，但奈芙絲接著回答我的問題。「塞特把大量的能量灌給了亡靈饕餮，就像對待賽貝克那樣。妳一舉滅掉巫師賽貝克時，連帶削弱了塞特的控制力。即使結合我們所有人的力量，也難以扳倒塞特，不過我們若能切斷他和亡靈饕餮的連結，塞特便會耗弱許多。」

「等一等，」我想起很久前學到的，與塞特相關的事項。「哈森博士曾跟我說，塞特可以創造，但他創造僅是為了滅絕自己所創之物。我們解決亡靈饕餮，不就等於還給他更多力量嗎？」

「妳們那位哈森博士雖只擁有荷魯斯之眼一小段時間，但就凡人而言，已堪稱學富五車了，但他並不了解所有的事。」金髮女神答道，「亡靈饕餮已能自如地與塞特分享她的能量與法力，塞特就算選擇滅掉亡靈饕餮，也無法再多得到什麼了。他只能取回之前借給她，讓她聽命辦事的能量。

「哈森博士所說的創造與滅絕，指的是埃及之子。既然了解這件事相當重要，我們會盡量告訴妳。先這麼說吧，我們知道塞特最終的計畫，與他們相關之處甚少，但據我們猜測，培育出埃及之子的塞特，想重新創造伊西斯編的咒語。就我們所知，塞特把他很大一部分能量灌注給這三位年輕人，他是怎麼辦到的，我們沒人知道。塞特不可能重新編造伊西斯的咒語。」

「為什麼不可能？難道他沒有那種法力？」

「他欠缺的不是法力，」伊西斯說，「創造咒語當然需要一定天分，不過這道咒語尤其需要才華。咒語的關鍵元素是愛，愛與貢獻之心，而愛，正是塞特所無法理解的東西。」

看到兩位女人沉默下來，阿努比斯又說：「塞特會涉獵巫術，可見其處心積慮。我們知道宇宙能量只能以特定方式去駕馭跟約束，死亡，第一次與第二次死亡，似乎是打斷並創造連結的催化劑：宇宙能量會流經那些連繫。」

「難怪他會與亡靈饕餮做連結。」我思忖道，「他們就像一丘之貉，她藉著吸食人心，取得能量，這跟滅絕一個人沒有太大差別。既然死亡是一種催化劑，難怪她要不斷地吃了。」

「是的。」阿努比斯揉著粗獷的下巴思索，「無怪乎他們倆會互相吸引，即使隔著監獄的牢牆。」

「沒錯。」我輕蔑地笑道：「我猜他們就像皮樂默思與席絲比[7]一樣，透過牆縫互訴衷曲。」諸神一臉懵然地看著我，「怎麼……你們在赫里波利斯沒讀過古羅馬詩嗎？呃，好像對你們來說並不算古老。」眾神還是沒反應，「那莎士比亞呢？」我抬起眉毛，然後嘆口氣，「算了，請繼續說。」

阿努比斯挑起一邊眉毛盯著我，往下說道：「塞特雖然受到埃及之子的萬般阻撓，卻找到了自願參與的賽貝克和亡靈饕餮。他雖無法與伊西斯一樣，編出同樣的咒語，但他們三人之間，還是有無庸置疑的連結，因此塞特才能在賽貝克死於人間時，重新將他吸收。」

7 皮樂默思與席絲比（Pyramus and Thisbe），羅馬詩人奧維德《變形記》中的苦情戀人。

「且慢，」我抬起一隻手，「你是說，賽貝克被塞特滅了嗎？可是就算不是瞬間滅掉的，那也太快了吧？哈森博士說過，滅絕得花很長的時間。」

阿努比斯瞄了伊西斯一眼，伊西斯解釋道：「滅絕發生得很快，至少對塞特想滅掉的對象，確實如此。不幸的是，當塞特滅掉某棵樹木或特定的動物時，似乎能滅去相同的整個物種。但也不是絕對那樣，我們見過塞特滅掉一些人，人類卻依然存在，但不排除滅絕的可能。哈森所說的滅絕，也許是指物種的滅絕。假如塞特打算藉由毀滅埃及之子，令全部人類絕跡，那麼的確得花點時間。幸好我們在發生慘劇前便阻止他了。」

阿努比斯又說：「莉莉，妳也應該知道，塞特在毀滅整個物種時，會獲得該物種的特有技巧與優勢。」

「像蒂雅的爪子。」我喃喃說。

伊西斯答道：「是的，可是他不僅取得了爪子，還能完全變成那種動物。塞特化作野獸四處漫遊時，連我們都無法偵測出來。」她說，「不過他最喜愛的幾種化身我已經摸得很熟了。」

奈芙絲拉起她姊妹的手握緊，我心中又是一凜，決定不再追問此事。「好吧，」我說，「塞特跟亡靈饕餮的連結我可以理解，可是跟賽貝克的呢？塞特為何要選擇他，給他力量，然後又拋棄他？」

阿努比斯表示：「塞特在確定賽貝克必死無疑後，重新吸回他投注在巫師身上的能量，然後把賽貝克殘餘的能量丟到靈魂之井裡保存，以備不時之須。賽貝克雖是凡人，卻是施咒的高手。塞特一開始可能就是被他這點吸引，不過等妳造成他第一次死亡後，賽貝克便被困在鱷魚神的形貌中，再也無法施咒了。在那之後，塞特便對他失了興趣，不太理他了。」

「賽貝克說，他要對主人證實自己的實力，因此塞特才會知道我們在哪裡。」我說，「還有，船上有兩個想給塞特傳訊的舍卜提，那點我們應該擔心嗎？」我問。

奈芙絲和阿努比斯互望一眼，「還有些事我們沒告訴妳，莉莉。」女神說。

我很粗魯地哼了一聲，「真是夠了，統統講出來吧，我想事情不可能更糟了。」

女神苦著臉，「妳剛才的問題，答案是『不必擔心』。塞特並不能真正……看見妳，那也是妳的特殊之處。哈森博士教過妳毒蛇石的事，對嗎？」她問。

我困惑地垂下眉頭答道：「是的。」

「呃，我們藏匿的這個地方，其實是一顆巨大的毒蛇石，所以塞特才無法找到我們。還有妳……妳自己也是毒蛇石。」

「我怎麼會是毒蛇石？」我問，「妳是說，我是用蛇骨做成的嗎？」

她那種皺臉的方式，看了令我極為不安。「莉莉安娜，妳身上有種特質，會把妳從他和我們的視線中遮去，有可能是薇斯芮特的關係，但我不認為是。妳在成為斯芬克司之前，就有這種特質了，因此才會連妳的兩個姊妹淘，都不知道被妳封存在心甲蟲裡的記憶。我跟妳保證，身為毒蛇石，絕對是件好事。」

我咬著大拇指，心想，「所以當時賽貝克和舍卜提的間諜，應該把我們的行蹤通報給塞特知道，因為塞特看無法看見我們。」

女神點點頭，「只要賽貝克能看見妳，塞特就也能看見妳。」

「那麼我們在天河時，塞特為何不攻擊我們？我們當時很脆弱。」

「他雖然看得見妳，但並不清楚妳們確切的位置。」阿努比斯解釋說，「天河極廣，涵蓋整個宇宙，那就像在沙漠中尋找一粒沙子，而且妳也知道，要在天河裡迷路太容易了。」

「是啊。」我想起當時的險象。我差點在天河中失去艾斯坦和埃摩司，我們能找到崔弟，純屬運氣。想到死去的擺渡人，我只能勉力嚥下想哭的感覺。

阿努比斯打斷我的憂思說：「至於舍卜提，他們大概是被派去監視崔弟的。如果崔弟讓妳在某個塞特認得的地方下船，他就會過去追妳了，但迷途島例外，所以瑪特才會把三位埃及之子藏在島上。」

「可是妳說過，妳並不知道自己把他們藏在哪裡。」我對嚴肅的女神瑪特說。

「我沒有撒謊，如果妳想講的是這個的話。」瑪特反駁道，「我真的不知道他們在何處，崔弟把妳的行蹤告訴我了，迷途島只有妳和尋路人能找得到，那裡很安全，塞特沒辦法跟蹤你們到那裡，而且島嶼的位置不斷變遷，基本上是找不到的。」

阿努比斯說：「妳逃離迷途島時，意外地引起賽貝克的注意，之後妳造成巫師第二次死亡時，也傷及了塞特，這點我們從亡靈饕餮變衰弱上看出來了。塞特沒料到會這樣，結果他從亡靈饕餮身上撒手，把她一個人丟在這裡，這才給我們逮到了機會。」

「亡靈饕餮倒也不是真正的孤單一人，」奈芙絲說，「不過我們相信，若能在塞特重新吸收他賜給亡靈饕餮的力量之前，毀掉亡靈饕餮，便能斬斷他們之間的連結，不管是哪種連結。等亡靈饕餮也遭受最後一次死亡，連繫他們兩人的能量便將徹底枯竭，他就只能孤軍奮戰了。」

「我們一旦困住亡靈饕餮，能用什麼辦法阻止塞特滅掉她，就像他當初滅掉賽貝克那樣？」我問。

「我們會引他分心。」奈芙絲說，眼睛飄向站在她身邊的女神。

我結結巴巴地說，「可是……可是那不正是他想要的嘛？」

「塞特無法遂願的，」伊西斯陰沉地說，口氣有絲狠勁，「他永遠別想得到。」

「但妳會讓他以為還有可能，妹妹。」奈芙絲說，「為我們爭取一些時間。」兩位女神互換眼神。

我發抖著，一股不安的寒顫竄過我的血管。我想問塞特究竟想從這位美豔絕倫，也是他嫂嫂的女神身上，獲取什麼，但話又說回來，我可以猜想得到。「儘管諸神關係糾葛，」我意指奈芙絲說，「但妳才是他的妻子，由妳出面去引他分心，是不是更恰當些？」

「不，」亞曼拉首度發聲，他的身體在短瞬間綻出強光，遮去了他英俊的五官。「他已經傷她夠重了。」

「好吧。」我咬咬唇，「有些事我還是沒弄明白，如果塞特自由了，可以滅掉任何他挑中的東西，又強大到害你們全躲在這山裡頭，那他為何不乾脆滅掉一切？他可以想都不想地毀去杜瓦臺或地球，以及所有地球上的居民。他到底在忌憚什麼？」

這回答話的是亞曼拉。「首先，他自認愛上了伊西斯，他想同時占有伊西斯和奈芙絲，讓她們當他的皇后，伴君統治。他若毀去杜瓦臺，或任何其他諸神的庇難所，便可能失去她們。」

「雖然有點勉強，但還說得過去。」

「其次，技術上，塞特雖擺脫了我們為他打造的牢籠，但他依然受到囿限。」

「此話怎說？」

奈芙絲答道：「我們的祖父母舒與泰芙娜為了困住塞特，犧牲掉他們有形的身體。用妳能理解的話來解釋，塞特雖未關在牢籠的牆後，但仍受到約束。」

「我明白了。」我嘴上這麼說，其實沒真明白，有太多問題沒有答案了。約束一名天神，究竟是啥意思？他還能來追殺我們？把東西滅掉？化成動物嗎？「所以這個咒語……」我才開口。

「暫時可以先擱著。」奈芙絲表示，「你們大夥一定都累了，到這裡的路途必然十分艱辛。來，我們備了茶點，各位用完後可以休息到今晚，我們會趁各位休息時做準備。」

亞曼拉雙手一拍，一大片石板的表面亮光一閃，然後便出現一盤盤的食物了。埃摩司立即盛滿一盤遞給我，我感激地對他微笑，接著他拿起另一個盤子。

等三兄弟的盤子上都堆滿厚厚的肉片、烤蔬菜、燉水果和麵包後，我在低聲討論的男女諸神旁邊打轉，找到一張空椅。我才剛剛拿高腳杯啜了第一口金液，就有人坐到我身邊了。

「我看到妳還戴著我送的禮物。」一名男子說。我被食物一嗆，向前探著身子咳嗽。等我放下高腳杯後，說道：「你在這裡幹什麼，荷魯斯？」

「這還不明顯嗎？我跟其他人一起來避難。」

「不，我的意思是，這裡，這裡，你幹嘛坐在我的長椅上煩我。」

「我才沒有煩妳，妳這麼說就不對了，我一心一意地想念妳，妳竟然對我如此無情。」

「你有嗎？」我假笑地答說。

「這件事有那麼難相信嗎？」

我環顧四周，「大概沒有吧，我發現這裡女性不多，沒辦法引你分心，這邊大多是你的親戚。」

「那倒是真的，不過……」他拉起我的手，將我的手指拉向他的嘴，然後用一種非常刻意的方式吻著——一副我心中沒別人的樣子。

我嘆口氣，腦袋的小仙子咯咯笑了起來，蒂雅的喉頭也發出呼嚕聲。

有個盤子重重放到石椅上，接著阿蒙出現了。他的眼神從我的手移到拉住它的天神身上。「你搶走我的位子了。」阿蒙說，絲毫不遮掩緊繃的雙臂。

荷魯斯哈哈大笑，「我有嗎，年輕的天神？我只是跟莉莉聊說，自從她離開後，赫里波利斯的大廳變得多麼無聊。」

「有意思，」阿蒙說，「我想，如果赫里波利斯有什麼無趣之處，大概都拜你之賜吧。」

荷魯斯對阿蒙瞇起眼睛，「小心說話，年輕人。」他說，「我已經慷慨地把金隼借給你了，別讓我後悔送你那份厚禮。」

「我們之間的差別就在這裡，」阿蒙將身子堵在坐著的荷魯斯上方。「我絕不會放棄那麼珍貴的東西。」

荷魯斯站起身握緊拳頭罵道：「你這個不懂感激的畜牲，看來你需要一點教訓。」

他還來不及動作，埃摩司和艾斯坦已經來到阿蒙背後了，「他在找妳麻煩嗎，莉莉？」埃摩司問。

「那還不明顯嗎？」艾斯坦說道。

我站到他們中間，用手抵住阿蒙和荷魯斯肌肉結實的胸膛。「荷魯斯沒有別的意思。」

「哦？我覺得他有。」阿蒙死盯著荷魯斯說。

看到阿蒙無意退讓，我用手捧住他的臉。阿蒙的眼睛散放明亮的綠光，已經準備發功了。「嘿，」我柔聲說，他終於把眼神從荷魯斯身上移向我，「不值得打這場架，我們得專心對付真正需要對付的人。何況，」我尖銳地瞥了背後的天神一眼，「不管他對我做什麼，我都能應付。」

荷魯斯仰頭大笑，「我一定會很享受那種狀況。」

這回踏向前挑戰荷魯斯的人換成艾斯坦了，「莉莉不是你的，你要識相的話，就離她遠點。」

天神竊笑道：「難不成她是妳的，做夢者？還是你的，尋路人？」他們二人臉上掠過痛苦的神色，但都沒有搭話。「你們三人打算拿一個女人怎麼辦？」荷魯斯問，「告訴我，是要把她撕成兩半嗎？」他瞄著眼神殺氣騰騰的阿蒙，「對不起，」荷魯斯嘲弄地道歉說，「我的意思是，撕成三片嗎？」

「荷魯斯！」伊西斯過來插手，一把打在她兒子肩上，「你太胡來了。」

荷魯斯當即一凜，對伊西斯鞠躬說：「對不起，母親。我只是想查看一下我給莉莉的禮物，結果這三個煩人的畜牲跑來攪局。」他意指埃及之子說，「我不過是鬧他們玩的，他們卻一副想打架洩憤的樣子。」

「那就別打了。」伊西斯說，「以後咱們大家要打的仗還會少嗎？來吧，兒子，我希望在離開前，跟你商量一下。」

「不行，母親。」荷魯斯說，「拜託妳重新考慮一下，父親不會希望……」

「我就是為了你父親才這麼做的。」她說。我想，在女生面前挨老媽斥責，荷魯斯應該很尷尬，但事實上，他擔心母親的安危，似乎勝過自己的顏面，這使我對他更加有了好感，荷魯斯一定不只是表面上那樣而已。

等他離開，大夥開始吃東西時，阿蒙一反常態，並未享用他的大餐。阿蒙悄聲說：「我知道妳打算做什麼。」

「能看穿別人的心，知道任何你想知道的事，感覺一定很棒吧。」

「那感覺……並不好，我常希望自己沒有荷魯斯之眼，尤其像這次這種情況。」

「我了解，」我輕聲說，「但我們需要它，荷魯斯之眼不是說丟就能丟的，雖然我們並不想要它。」一名在奈芙絲身邊的赫里波利斯居民走過來，問我們是否用餐完畢。我表示吃完了，我發現三兄弟都沒有平時的好胃口。女子要我們跟著她。

她帶我們來到一大片樹蔭下，樹蔭遮去了山腰一處洞穴的開口。洞穴很大，連埃摩司都不必低著頭，而且夠寬，可兩人並肩走進去。雕刻的思昆石[8]映得火炬的光在牆上搖舞，山洞裡的空氣清涼且有些潮溼。

我們走下一連串的石階，最後來到一處大山穴，裡頭有人為我們安排了幾個洞穴，其中一個有三張床，一個石製盥洗槽及乾淨的衣服。另一間有張更大的床，上面蓋著金色、鐵灰和青銅色的絲布。牆上有面鏡子，石頭地板鋪了厚厚的織毯，看起來好舒適。

女子離去後，我在鏡中檢視自己的容貌，梳理棕色的頭髮，我頓了一下，撥弄金色的髮束。我扭著髮束，我發現還有其他的金髮，有些更細，有些褪色變舊了，還有些全新的。每位兄弟都留下了鮮明的痕跡。我將頭髮梳到後方，在頸彎處綁成結。我們眞的要這麼做嗎？

我們會給他們選擇，蒂雅說。

萬一他們拒絕呢？愛樹莉雅問。

他們不會的，蒂雅信心十足地答道。

---

8 思昆石（Stone scones），又稱命運石，據說是聖經中的雅各以其作枕。

無論如何，都很冒險，我說，但這是我唯一能想出來的解決辦法，如果妳們有別的點子，現在就說。

蒂雅和愛榭莉雅都沒說什麼，於是我鐵了心，離開自己的房間去找三兄弟。我站在山洞外，入口掛著布簾，我正想清理喉嚨時，聽到他們的談話。

「我們不能讓她這樣做。」阿蒙說。

艾斯坦答道：「我不確定咱們能如何阻止。」

「我寧可看她們跟你們在一起，也不希望她們消失。」埃摩司說。

「進來吧，小蓮花。」阿蒙喊道

被逮到偷聽挺尷尬的，我往前一絆，踢到鬆落的圓石，連忙扶住入口的石壁。我低頭鑽過布簾，進入三兄弟窄小許多的房間裡，然後把手揹到背後，緊抓著原本藏在箭袋裡的心甲蟲。

艾斯坦率先發話，「我們不希望妳們去做這件事。」他說。

我支支吾吾地把阿蒙的心甲蟲放到自己口袋裡，「做什麼事？」

「拿自己去交換薇斯芮特。」

我眨眨眼，「噢，原來你們剛才就是在談這件事。」

「妳不是為此而來的嗎？」埃摩司問，「來跟我們宣布壞消息？」他濃黑的睫毛一垂，在頰上映出陰影。我的埃摩司竟然不肯再看我的眼睛了，令我很不舒服。

「不是。」我咬著唇，「我沒打算宣布任何那一類的事，事實上，我依然希望能避開薇斯芮特，如果真有可能的話。」

阿蒙鼓起嘴，「那麼究竟是什麼事？」

「我……」我絞著手，「我有個點子，我的意思是，我們想出了一個點子，我們覺得那是一種與你們保持連結的方法，就像我跟阿蒙一樣，我們想形成一股連繫。」

「連繫？」阿蒙說，「妳是指像我在紐約對妳施的法嗎？」

我點點頭，「我指的是永久性的，像你在金字塔死前對我施的那種。」

「妳記得我怎麼跟妳說這件事的嗎？」阿蒙輕聲問。

「記得。」

「她們兩位知道嗎？」

「知道。」

「有可能會沒效。」他說。

阿蒙站起來拉住我的手，「妳了解我的對妳的感情，小莉莉，我不希望我的遲疑，被妳誤解為沉默，但我在協助妳施用咒語之前，必須了解妳希望完成什麼。」

「好吧。」我潤著唇說，「首先，你說過，擁有我的心甲蟲，幫助你找到我，使我並未完全從你的視線裡消失，對吧？」

「是的，沒錯。」

「你還說，你要的話，可以讀懂我的心思，但你看不透蒂雅或愛榭莉雅的心。」

阿蒙點點頭。

「呃，我們認為事出必有因。」我吸口氣，瞄著面無表情的艾斯坦和埃摩司，「我們認為，你擁有的心甲蟲，只屬於我的。」

「我沒聽明白。」

埃摩司踏向前，拉起我一隻手，「有可能嗎？」他眼中閃著晶光說。

「有什麼可能？」埃摩司問，粗壯的臂膀往胸口一疊。

艾斯坦捧著我的手，用拇指揉著我的手指，一邊喃喃說：「那說得通，她們的夢界是不一樣的。」

「當然不一樣了，」埃摩司說，「快講重點。」

「啊。」阿蒙表示，「我懂了。」

「能不能有人解釋一下你們在說什麼。」埃摩司威脅道。

「埃摩司，」我說，「我們認為，蒂雅和愛樹莉雅也有她們自己的心甲蟲，如果我們猜錯了，也沒什麼損失，可是萬一猜對了……」

阿蒙抬起一隻手，「我們先別抱太大希望，等大夥先確定第一種假設再說。來吧，莉莉，咱們查個明白。」

阿蒙牽起我的手將我拉近，他盯住我的眼說：「蒂雅，能請妳上前嗎……」

母獅從我心底挺起身，與我互換位置。她的力量令我肌肉緊繃，蒂雅眨著眼，轉向艾斯坦，揚起一邊嘴角，然後按了按阿蒙的手。「我有心可以分享嗎？」蒂雅輕聲問，「我不確定自己曾真的有過心臟。」

「妳有的。」艾斯坦靜靜地聲。

「把手放到妳的心口。」阿蒙指示說，蒂雅照做後，阿蒙扣住她的手，「現在集中心思，愛樹莉雅和莉莉，妳們兩位盡可能定靜自己的思緒。蒂雅，妳閉起眼，在心中想像自己的樣子，找到自己真實的本性，想想什麼事能令妳堅強，什麼是妳單獨僅有的，想想自己的本領，所愛的事。現在……把所有那些事集中到一個地方，聆聽自己的心跳聲，彷彿每記心跳就是一種自由，是妳奔跑時，腳踩地上的聲音，就是那樣。一……二……三……用手指抓住它，然後拉出來。」

阿蒙往後退，蒂雅張開眼睛，躺在她手裡的，是顆閃亮發光的黃金心甲蟲。黯黃的寶石中央有道光帶，中間是條細線。寶石的底座不是甲蟲細長的腿，而是獅爪，兩側各伸出強大張揚的金翅。寶石上端是金獅挖空的眼洞，寶石的光輝便從後方透出來。

「這是顆貓眼石。」阿蒙說，「太合適了。」

蒂雅用指尖撫著寶石，艾斯坦伸出手問：「我能為妳拿著嗎？」蒂雅恍惚地點著頭。

「現在換愛榭莉雅了。」阿蒙說。

蒂雅退回我徘徊的黑暗裡，愛榭莉雅出現了。阿蒙對她重複剛才的指令，不久愛榭莉雅的手掌上也躺了一顆綠色的心甲蟲，上頭有細緻的蝴蝶腳和仙子翅膀。愛榭莉雅眼中閃著光，將寶石交給埃摩司保管。

交代完畢後，阿蒙說：「妳說得對，她們各自都有顆心甲蟲。各位女士，敢問妳們究竟有何意圖？」

「呃，阿那不是挺明顯的嘛，兄弟？」愛榭莉雅用我的聲音說，「我想請問那個悶悶不樂，站在那邊的帥哥，願不願意照顧我的心。」

埃摩司的回應是垂下眉頭，然後拉住我的手肘，將我帶出山洞，到他兄弟聽不到的地方。

「小愛，」他說，「妳要求我保管的這個東西……」

「是啊，它很重要，我知道，萬一我們又把自己搞丟了，你能藉這個找到我們。」

「意義遠不止那樣。」

「唉呀，老兄。」愛榭莉雅嘖著舌頭，向前踏近。「在咱們一起經歷過那麼多事後，你想不想跟我在一起嘛？」

「妳知道我想的。」

「那你還煩惱什麼？」

埃摩司用手揉著下巴，鬍渣子刮著他的手心。「我只是認為妳並未全然了解其中的含意……」

我按住他的手，把他的手指扳到綠寶石上。「我們三個人都了解其中的含意，你難道還不明白嗎？這是我們給你的一小根火柴，是可以在黑暗中，讓我們跟循，找到回家之路的微光。你就是我的家，老兄，如果你緊守住寶石，我定會回到你身邊，切莫有疑慮。」

我拉住他的襯衫，將他往下一扯，用我的唇捕捉住他的。埃摩司的手臂環住我的腰，將我拉近，喉中發出低吟。他將我緊抱在身上，我差點無法呼吸。然而呼吸似乎變得極不重要了，我沒發現他將我整個人抱了起來，最後他結束這個吻，將我放下，扶穩四肢發顫的我。

「女生應該那樣被鄭重地吻過。」我調皮地咧嘴一笑，眼中閃著黠光。

埃摩司撥開我頰上一束鬆脫的頭髮，深邃地凝視我。「我希望妳知道，我明白這其中的意思。」他說，「我接受妳的定情物，小愛，從此刻起，我的心將只渴望妳。」

他開始念誦一道熟悉的咒語，一道將我們永久連繫在一起的咒語。等施完咒後，埃摩司往後退開，把綠色的心甲蟲放到胸口。心甲蟲消失後，他的嘴角彎出一道淺笑。「事情理當如此。」他嘆口氣，抬起另一隻手撫住自己胸口，然後兩指間出現一道閃光，一顆心甲蟲形成了，那是一顆月光石。

他僅稍事遲疑，便把寶石交給我，讓我用手指握住。「我知道妳無法用同樣的方式保存它。」埃摩司說，「可是這寶石永遠是妳的。」

「我心愛的埃摩司，」愛榭莉雅說，「我將永遠珍惜它。」

我把他珍貴的心甲蟲放到口袋裡，阿蒙的心甲蟲旁邊。他親吻我的手，然後夾到自己腋下，帶引我回到其他人身邊。等我們低頭走入山洞內，埃摩司說：「都完成了。」

埃摩司讓到一邊，我轉向艾斯坦，他手中拿著黃金心甲蟲，若有所思地坐在床上望著。他抬眼看我，然後咬咬唇，英俊的面容滿是愁苦，經過片刻的天人交戰後，艾斯坦說：「我想，我不會用阿蒙和埃摩司的方式，去保存這顆心甲蟲。」

蒂雅瞬間躍上檯面，我們的爪子相融合一，她怒氣衝衝地走向艾斯坦，揚掌壓住他的喉嚨一掐，艾斯坦睜大眼睛。母獅瞇起眼睛嘶聲說：「在我沒把你撕成碎片，把你這騙子的殘屍丟到荒野，讓腐食動物將你吞下之前，老娘只給你五秒鐘的時間，好好解釋你這麼做的理由。」

23 新咒語

「等一等，蒂雅。」艾斯坦說，勉強地咳了咳。

阿蒙和埃摩司跟著向前，作勢調停，蒂雅卻發出低吼令他們止步。等確定他們不會來干預後，蒂雅收回爪子，把手移到艾斯坦肩上，緊揪住他的襯衫，眼睛死盯著他。

艾斯坦揉著自己的喉頭，上面已浮出手印了。蒂雅罵道：「你是害怕母獅子嗎，艾斯坦？也許你不是正人君子，算我看走眼，選錯人了。」

她忿恨地把艾斯坦推到一旁，扭身背對他。「埃摩司？」她才開口，艾斯坦便突然從床上騰起，抓住她的手臂，一把將她扭過來。艾斯坦把我的身體緊壓到他身上，令我掙逃不開。他繃著臉，幾乎要吵架似地，看都不看他的兄弟說：「給點隱私行嗎？」

阿蒙和埃摩司意味深長地看我們一眼，然後離開了。蒂雅受夠被人粗暴地抓著，她從艾斯坦身上掙開，可是艾斯坦輕哼一聲，抓住她的肩膀，把她推到牆上，用身體擋住我們的去路。他身上散發熱氣，皮膚在陰暗的穴室裡發著光。

「妳給我乖乖聽著，獅子女士。」

聽到他語氣裡的威脅，蒂雅全身的毛都豎起來了，本能地想迎向他的挑釁。我喘著氣，胸口起伏不定。蒂雅的憤怒——不，是我們的憤怒——如此強烈，幾乎可以觸摸得到。然而我感覺怒意正在消散，漸漸變化成某種同樣濃烈，甚至是更危險的東西。透過蒂雅，我開始意識到艾斯坦壓在我身上的身體，他的眼神移到我的唇上……

拚命反抗他只惹得他更用力地將我的手緊壓在牆上。蒂雅惡狠狠地瞪著他，我全身怒火中燒。我看得出艾斯坦並不畏懼我心中那頭狂怒的貓，蒂雅依舊在挑釁他，想激他做出回應。「你是個懦夫，」她罵道，「承認吧。」

艾斯坦抬頭皺著臉，抓住我的手稍稍鬆開，但我並未垂下臂膀，因為他的眼神將我們鎖在原處，不敢動彈。我們就像兩頭獵獸，彼此相覷，看誰先動作。艾斯坦緩緩放下手，指尖劃過我的掌心，接著他向前挨近，頭髮像羽毛般地輕刷過我的臉龐。

蒂雅屬貓的本能全亂了方寸，一方面急著想保護我脆弱的咽喉，那是生命之血的泉源，但一方面，她又希望艾斯坦能將唇印到我的喉頭。艾斯坦溫暖的呼氣揚起我頸上的細毛，他用低沉危險的聲音喃喃說：「我的小心謹慎，並不意味我是懦夫，蒂雅，別把我的遲疑，誤作是缺乏……欲望。」

他的嘴唇擦過我的耳垂，沿著我的下顎輕滑。我渾身酥顫，閉起了眼睛，心中的人類說服了貓，即使這樣很危險，卻是我們所喜愛的。當他的唇找到我的嘴角時，蒂雅發出一記愉快的輕吟。我們棄守了，浸淫在感官之樂裡。

艾斯坦輕咬著我的嘴角，親吻我的臉頰與下巴，雙手沿我裸露的雙臂緩緩滑下，撩撥我的肌膚，燃燒我的每根神經。當他吻至肩膀時，艾斯坦的手移過雙肩，扣住我的脖子，將手指探入我髮中，抬起我的頭，然後吻住我。

蒂雅渴望激烈燃燒的熱情，想抓著他在高長的草地上奔馳，可是艾斯坦用連綿不絕的吻和挑逗愛撫牽絆住她，他抬起頭，用拇指撫著我的顴骨。他只是在親吻蒂雅罷了，我卻像追獵一頭大猩猩似地，心臟狂跳。

艾斯坦的棕眼像兩潭圓亮的水池，深深將我迷住。蒂雅舔著唇，想再次品嘗他，這回換艾斯坦發出呻吟了。「我們稍後再溫存吧。」他用額頭頂住我的，攬著我的腰將我拉近。「我保證一定會。」他說。

我很難把蒂雅的感受與自己的分隔開，愛榭莉雅受的影響較小，她不像我們那樣了解艾斯坦，不過連她都能感受到擾動的激情。艾斯坦所說的妳，不知指的是誰，艾斯坦碰觸的人是我，我的身體，但我知道他想要的是蒂雅。

我不認為自己愛上艾斯坦了，然而那一刻，我發誓自己愛著他，那是最極致的4D經驗。我努力壓抑狂跳的心，並聽見蒂雅用我的聲音呢喃道：「那你又是爲什麼，艾斯坦？」我感覺他背上的肌肉一緊，但她非知道不可——我們非知道不可。「如果你對我是這種感覺，爲何不肯保護我的心？」

「妳誤會我了，」艾斯坦退開拉起我的雙手，吻著我的手背，蒂雅都快無法呼吸了。「我會很珍惜它，」艾斯坦說，他用真誠無比的眼神看著我們，「這是一份無價之寶，我發誓會傾力保護它，直到我再也無能為力。」

「可是你不打算把它放到你體內。」我的聲音冷冷地說。母獅很不諒解，心都碎了，她感覺到人類被拒絕後的傷痛，此時她的人性超過了獸性，令蒂雅十分不安。

「我不會的。」艾斯坦退開轉身背對我，我正想走開時，艾斯坦走過來說：「但我會把我的心交給妳。」

他伸出雙手，蒂雅的眼神從他懇切的臉龐，落到他掌中的物件上。一顆有著古銅色細腳和翅膀的棕色鑽石心甲蟲，躺在艾斯坦的掌心裡。蒂雅觸著心甲蟲的表面，讚嘆這顆冰涼平滑的寶石，一記淺淺的脈動射入我的指尖，我們知道那就是艾斯坦的心跳。

「可是我還以為……」蒂雅開口說。

「妳以為什麼？」艾斯坦問，「以為我不在乎妳？仙女和人類值得被愛，但母獅子不配？」

她僵住了，蒂雅確實一直那樣認為。

艾斯坦拉起我的手，把心甲蟲放到我手上。「妳以為我愛的是莉莉。」他靜靜地說。

蒂雅很快抬眼看了一下，但艾斯坦垂著眼睫，遮去了眼睛。「難道不是嗎？」蒂雅問。

他停頓半晌，抿了一下嘴，才回答說：「我承認，在許多方面，愛一個人類會容易很多，可是……」

艾斯坦用手指扣住我的下巴，抬起我的臉，讓他能直視我們的眼睛，「到目前為止，我已對妳們相當了解了。我喜歡莉莉，可是我真正感興趣的人是妳，蒂雅。」

蒂雅的心意被他說中了，可是她畢竟目睹過埃摩司和愛榭莉雅的甜蜜溫柔，也知道阿蒙與我心心相許。她覺得有些不太對勁，艾斯坦有事瞞著她，她非常介意，蒂雅不喜歡人類的欺騙。

「你在對我隱瞞什麼？」她問，「你恥於對我坦承眞正的理由嗎？你覺得這份感情很丟臉嗎？」

艾斯坦張大嘴，「不是的，蒂雅，妳怎麼會那樣想？」

她扭過身，望著他的心甲蟲，一滴溼淚落在寶石表面，蒂雅用拇指將它擦掉。蒂雅在哭嗎？蒂雅在哭！母獅子是不哭的，蒂雅對自己的情緒反應震驚到不知所措，她懊惱地擦掉眼淚，甩開艾斯坦的手。

艾斯坦走過來搭住我的肩膀，「這跟妳沒有關係，我並不覺得丟臉，只是……」他搔著自己的頭髮，在小室中來回踱步，「……只是我的心不……長得不一樣。」

「這話是什麼意思？」蒂雅抬起頭問。

「我的意思是，我……」他嚥著口水，然後嘆口氣，重重地坐到床上，把頭埋到雙手中。「我已經試過了，蒂雅。」

「什麼？」蒂雅問，不確定自己聽懂了艾斯坦的喃喃低語。

艾斯坦抬起頭，羞紅了臉和脖子，「沒有用的。妳跟埃摩司在外頭時，我就試過吸收妳的心了，我還以為那樣能幫我們節省時間，我已經確知自己的心意了，可是我……我吸收不了。這事阿蒙也知道。」他沮喪地又說，「他覺得可能跟我在地府受到審判有關。老實說，也可能因為我不是天生要擔任這項天命的王子，原因可能有很多。」

蒂雅坐到他身旁，錯愕到不知該先說什麼。「可是，」蒂雅表示，「可是你把你的心甲蟲給我了呀。」

「是的，顯然我還是有心甲蟲的，如果妳不想要，我能夠理解。」

不想要？不想要星星之神炙熱激情的心？他怎麼會有那種想法？

蒂雅本能地握緊我的手，抓緊心甲蟲，她小心翼翼地把寶石放到我的大腿上，然後轉身望著身邊的男子，捧起他的臉，凝視他的雙眸說：「你仔細聽好了，艾斯坦，你的心沒有問題，你也沒有問題，等這一切過去之後，我們會找到解決的方法，但現在，這件事並不重要。」

「萬一妳將來變成薇斯芮特，回不來了呢？或許妳應該另外去找個可以將妳從黑暗中召喚出來的對象。」他倦然地說。

「艾斯坦，」蒂雅答道，「我沒有其他在乎的對象。」

他點點頭，然後小心翼翼地問，「妳還願意與我連結嗎？」

「沒把我的心甲蟲放到身體中，你還能啓動連結的咒語嗎？」

「可以。」

「那就動手吧。」

艾斯坦抬起手，編織出星雲，然後誦念將蒂雅與他永遠連結的咒語，施完咒後，艾斯坦將蒂雅攬入懷中，兩人靜靜坐了好幾分鐘，只是彼此擁抱著。接著，我們聽到布簾另一邊傳來一聲輕咳。

「妳該去睡了，」艾斯坦說，「我們在日落時出發。」

蒂雅點點頭，「那麼晚安了。」

「晚安。」

蒂雅從他懷中滑開，退居到後面，我再次浮上檯面。我打開簾子，看到埃摩司和阿蒙站在那裡。我拉起兩人的手按著，然後走回自己的房間。我雖然躺在床上，卻輾轉難眠，思索各種艾斯坦無法吸納蒂雅心甲蟲的原因。

我無法與這些寶石分離，便把三顆心甲蟲全埋到枕頭下，同時把手伸到枕下，讓手臂能碰觸到每顆寶石。三顆寶石各別傳出的心跳，安撫了我們的心。蒂雅和愛榭莉雅與我長談直至深夜，等大夥一致達成同意的做法後，我才終於閉眼睡覺。

感覺上才過了幾分鐘，便有人碰著我的肩膀。

「他們在上面集合了，莉莉。」阿蒙說，「等妳準備好就過來。」

我昏昏沉沉地下床，在臉上潑冷水。看到整齊疊好的乾淨衣裳，害我差點掉淚。待我穿上寬鬆的襯衫，把衣服塞入柔軟的馬褲後，我本想用手指梳開纏亂的頭髮，但很快就放棄了。

我小心翼翼地把每顆心甲蟲放到箭袋裡，袋子裡僅剩下幾支伊西斯的寶箭了，然後再檢查我的肩套帶。肩套帶並沒有因為天河的溼氣而變緊或變鬆。最後我套上靴子。準備就緒後，我揹好弓、箭袋，和插著標槍的肩套帶，走出房間，三兄弟已經候著了。我對他們各別點點頭，說道：「咱們走。」

奈芙絲的僕人在階梯底下等候我們，我與尾隨的三名埃及之子，跟隨她走上臺階。走了幾階，我的脖子突然又刺又燙，彷彿有人拿蠟燭靠得太近。那熱氣如項圈似地緊箍住我的脖子，並緩緩爬上我的臉頰。

我回頭窺看，不知其他人是否有同樣的問題，卻見三雙眼睛鎖在我身上。我的步履越來越沉重，貼身的衣服突然變得令人難受。我扯著自己的襯衫扇著，血管裡的血液像奔騰的岩漿，腹中飢餓難當。

有隻手搭住我的腰背，烈火便慢慢退卻了，那隻手就像發燒額頭上的一塊冰。阿蒙在我耳邊輕聲說話，一邊拉起我的衣襬，在我的皮膚上安撫地圈揉著，「那是連結的副作用，因為斯芬克司的關係，作用變得更強大罷了。」

「我出了什麼事？」我四肢顫抖地問。

他的栗色眼睛在黑暗的山洞中閃著光，「斯芬克司的血液不太穩定，尤其是在選擇交配時。」

我嚥著口水，「可是我又沒有……」我說不下去了，因為發現話題變得很尷尬，「交配。」我終於把話擠了出來。

阿蒙嘴巴一擰，「我們雖然沒有——你們是怎麼說的——蜜月？但這把火以前也曾在妳體中燒過。」

我點點頭，同時皺起臉。我隱約記得哈森博士也曾就斯芬克司的血液，說過類似的言論，真希望當時我能多注意聽。

「妳記得我們的連結如何引領妳，在地府裡找到我嗎？」

「記得。」

「想像那種感覺再乘以五十倍。」我揚起一邊眉，賞他一個「你別鬧了」的眼神，阿蒙進一步解釋說：「一旦斯芬克司選定終生伴侶，他們便有了連結，唯有他能冷卻斯芬克司沸騰的血液。我們離開地府前，妳給我妳的心甲蟲時，便固化了斯芬克司的第一道連結。」

「可是我還以為我們在金字塔裡，便已經永遠連結在一起了。」我邊說邊搓揉胳膊，漸涼的皮膚感覺好癢。

阿蒙搖搖頭，「那只是妳，人類，莉莉安娜．楊與我連結而已。除非蒂雅也接受我，否則斯芬克司的連結便不會發生，一直到妳把心甲蟲給了我，連結才成立。若是蒂雅反對這檔事，妳就無法把自己的心甲蟲拿出來了。蒂雅和愛榭莉雅能拿出她們的心甲蟲，表示妳們三人都同意創造這些連結。」

「好吧，但這把火卻是全新的經驗，我們在奶奶的農莊上可沒這樣燒過。」我說，「這會經常發生嗎？我能將它打開或關掉嗎？」

「不行，不完全是那樣。心靈的力量很強大，缺乏妳對我的記憶，妳的身體便不會熱到發刺。自從妳的記憶復甦後，我便一直陪著妳，把火壓制住。跟自己連結的配偶在一起時，通常不會有火燒的經驗，不過斯芬克司要赴戰場時——這也是我們正要去做的事——餘燼便會燃成烈火。那是一種保護妳的工具，烈火會增添妳的作戰技巧。」阿蒙說，「就妳的狀況而言，由於現在妳與三名不同的男子相連，因此反應來得更大。妳的血液為我們每個人燃燒，我們也能感受得到，沸騰的血液對我們傳遞一種訊息——妳要遇到危險了。如果這時我們剛好分開，我們便能依據這種感覺，直接找尋到妳，並期望協助妳擊潰威脅妳生命的敵人。」

「等一等，你剛才說，通常我在你身邊時，不會有這種狀況。那麼我們在一起時，卻發生這種情形，又表示什麼意思？」

「我們在一起時，血液沸騰的意思是……是妳渴望彼此接近。」阿蒙拉起我的手，十指相扣。「妳的血液燃燒時，我們不能否定那種吸引力，它對我們高唱女妖之歌。對我來說，情況向來如此，即使在妳變成斯芬克司之前，就已經是這樣了，但現在那股力量變得無可抗拒。從今以後，任何的分離，對我們來說都很難承受，對我們任何人都是。」他又說了一遍，好讓其他人也聽見。

「所以只要你、艾斯坦或埃摩司在附近，我就不會像衝進大氣層的火箭那樣燃燒了？」

「火焰一燃，我們必須碰觸妳，才能抑制住它，不過那火並不會傷害妳，小莉莉，雖然有時很難消受。我在啟動三條連結時，早該料到會有這種反應才對。畢竟妳是斯芬克司，會有斯芬克司的本能反應。與斯芬克司結合，不是能夠小覷的事。」

看到我愁容滿面，阿蒙又說了，「我們兄弟並不後悔，沒有一個人後悔，妳千萬別胡思亂想。我們對妳們，跟妳們對我們，同樣的全心全意。我們發的是重誓。」

發誓？我們的連結難道表示我們……我們結婚了嗎？哇。我這個年紀，實在不是考慮婚事的歲數，我以為我不會結婚，得等到……呃，我想我從沒想過婚姻的事，至少沒認真考慮過。不過——我瞄著兩位新連結的配偶，欣賞他們布滿鬍渣的下巴和壯碩的肩膀，感覺纏著我手指的那隻手，然後嘆了口氣——這實在沒什麼好抱怨的。

等大夥來到階梯頂端，諸神立即圍靠過來。奈芙絲意味深長地看著我——意思是，她知道我們所有的打算。「伊西斯，」她宣布說，「是時候了。」

長著翅膀的美麗女神踏上前，在我們身邊走繞，輕聲吐出我聽不懂的話。太陽剛下山，天色快速地由紫轉黑，不一會兒的功夫，太陽便消失了。接著我心中劃過某個東西，我發誓聽到心中有些低語，那些聲音不像蒂雅或愛榭莉雅的，感覺很……陌生。

「這道咒語，」伊西斯的話將我從那些聲音拉了回來，「能導出宇宙的能量。你們固然相連，但我們將妳隱匿起來，讓亡靈饕餮無法找到。萬一亡靈饕餮再次逮到阿蒙，便不能藉由你們相連的心找到妳了，反之亦然。」

「這就是妳和奧西里斯的連結方式嗎？」我問。

「不完全是。」伊西斯抬著頭，噘起嘴，然後吐出兩個字。「等等。」女神閉起眼睛，抬起鼻子，像在尋找某個氣味。等她張眼時，女神對我瞇眼說，「好啊，妳挺忙的嘛。我們知道阿蒙的事，當然了，可是這……」她指指艾斯坦和埃摩司，「這是新的狀況，是嗎？」

我臉一紅，點點頭。

「原來如此，」伊西斯說，「這樣……事情就變得複雜了。」她轉向阿蒙問，「我能理解你為了自身利益，而使用我的咒語，可是你為何要對自己的兄弟施這道咒？」

與高挑豐滿的女神等高的阿蒙，無畏地站在她面前答道：「我認為他們與我一樣，有權利獲得幸福。」

「有意思。」伊西斯揚起一邊嘴角，露出欣賞的眼神。「而且非常慷慨，竟然讓你深愛的女子，與你的兄弟們做了連結。既然情況變成這樣，我得做一些改變了。」

阿蒙懶得解釋，他啟動咒語是為了蒂雅和愛榭莉雅，而不是為了我，但對女神來說，也許並不重要。或者……我舔著嘴唇想，有沒有可能阿蒙沒告訴我咒語所有的細節？無論如何，現在做什麼都太遲了，我得稍後再跟他問個究竟。

伊西斯轉身踱步，她熠熠生輝的翅膀微微抖動，我想起拉弓時，她的箭羽刷在臉上的感覺，不知羽毛掉落時，伊西斯會不會覺得疼。

伊西斯下定決心後，要我站到中央，命埃及之子們在我四周站成三角形。阿蒙把一隻手放到我心口，另一手搭在艾斯坦肩上，艾斯坦和埃摩司也各自搭著站在身邊的兄弟肩膀，然後以另一手搭住我的肩。

「既然你們已選擇連結彼此的心，」伊西斯說，「我會把阿蒙啟動的咒語部分施作完成，不過你們要知道，你們還是有選擇離開的力量。」

「等一等，」我說，「我還以我們的連繫是斬不斷的，沒有任何東西能阻攔我們。」

「確實沒有，」伊西斯說，「除了你們自己之外。」

「我不懂。」我說。

「你們把心連在一起了，但你們知道，心可以被傷碎的。」伊西斯望向他的姊妹奈芙絲，奈芙絲垂下頭，看著自己的手。「還有一種連結，比僅只交換彼此的心來得更深層。那就是兩人相互緊緊依附，融為一體。這就是我編造出來，連結我與奧西里斯的咒語。這是靈魂的相繫，是創生我倆的宇宙之力。

「欲啟動這道咒語，我必須捨棄一部分自己。現在我們可以分享我們的能量，感覺彼此的痛楚了，若是其中一人死去，另一人也無法苟活。這是一道隱藏的，連阿蒙都辨識不出來的咒語，因為它是在這座連群星都看不見的深山中啟動的。

「這次我不會為了創造如此牢固恆久的連繫，而強逼你們或奪去你們的力量，但我會將你們六人連結在一起。從這一刻開始，你們六人相連，以後唯一能分開你們的方式，就是打斷這道枷鎖。若發生這種情形——萬一發生的話——你們將受到極大的傷害。也許你們能夠復元，也許不能。明白了嗎？」

大夥會表示明白。

「再說一遍，我不會更動你們已經創造的連結；但我會編製一道強大的咒語，做為強化埃及之子之間，以及與薇斯芮特聯繫的連接點。」她用一隻手碰觸阿蒙的肩膀，臉上淨是悲憐。「阿蒙，當初你若來找我，我可以為你引路，強化你要的連繫，讓任何人都斬不斷。這樣的連結能保護你心愛的人，免於遭受所有的磨難，可惜你選擇愛上的女孩，正是我姊妹一直在等待的人。」

阿蒙挺起肩，看著我，眼神充滿悲傷與歉意。我很想安慰他，告訴他我能諒解，而且一點都不後悔。也許阿蒙能讀透我的心，但他可能已將讀心的能力關掉了。他只對伊西斯點了一下頭，做為回應。

「好姊妹，」伊西斯說，「可以開始了。」

一股寒風吹過山頂，我的皮膚一刺，變得冰涼，兩臂彷彿受了凍傷。等風歇止後，我站在那裡閉著眼，感受到不僅止一顆，也不是三顆，而是六顆心臟的跳動。我嚥著口水，打開眼睛，發現自己正直視阿蒙的眼睛，他對我淡淡一笑，抬抬眉，算是在默默發問。

我微微點頭，讓他知道，是的，我沒事。事實上，我比「沒事」要好很多。施過咒後，我覺得與大家有了更深的連結，但那與愛無關——至少不是浪漫的愛情。較像是我們屬於一個團體，一隊即將出征的戰士，若要為袍澤兩肋插刀，我們一定在所不辭。

阿蒙雙手往空中一舉，喃喃念咒，沙子在他四周集聚旋飛，等飛沙靜止之後，阿蒙已穿上亮閃的戰甲，背上綁著致命的彎刀了。旋沙也在備戰的艾斯坦和埃摩司身邊飛繞。

我不安地站在那裡絞著手，奈芙絲走過來，「妳為何不用自己的法力為自己打造盔甲？」她問。

我怎敢跟從開天闢地以來，便一直在尋找薇斯芮特的女神，哭訴我的恐懼？

伊西斯撫住她姊妹的臂膀，解釋說：「她擔心使用法力後，會召喚出另一個人。」

「啊。」奈芙絲答道。她抿著唇，打量我片刻，一雙眼眸比愛荷華的天空還要明亮。接著她說：「我理解妳的猶豫，妳希望保留自我，越久越好。」我只能可憐地點著頭，女神接著表示：「妳為自己製衣的能力，是在愛榭莉雅加入妳們之前就有的，是不是？」

「呃……是的。」我支支吾吾地說，想起納布在赫里波利斯，教我如何使用這項新法力。「還有，我在地府面對亡靈饕餮時，阿蒙的心甲蟲也曾為我打造防護的盔甲。」

奈芙絲微笑道：「妳可以繼續使用這項法力，它出自妳內在，是斯芬克司的一部分，並不屬於薇斯芮特獨有。心甲蟲對妳的保護，是因為幾位年輕人對妳們的愛，所帶來的實質結果。」

我吞著口水，「妳確定嗎？」

伊西斯大笑，「如果我姊妹都那麼說了，一定是真的。」

奈芙絲的表情一凜，接著她拉起我的手，「這件事，妳就信我吧。」

「好。」我吐了口氣，「開始了。」

蒂雅和我小心翼翼，幾乎是有些遲疑地合力使出斯芬克司之力。沙粒飛過我們的腳掌，覆住我們的腿，大夥信心漸生，召喚出更多的沙子。風吹得越發的緊了，在我們與三兄弟之間形成一道晃動的牆。我的衣服猛擊著身體，頭髮像美杜莎瘋狂的蛇髮般來回擺動。

等風停沙止後，我身上已穿了及腰的複合皮背心，上面飾著薄薄的甲片。我深色的上衣是用灰色材質厚織成的，緊身褲亦然。裝著甲片的靴子和長手套護住了我的小腿和手腕。金屬的領子和肩甲完成了我的裝束。這衣服很沉，卻能提供保護，尤其我們得去宰殺空中的那些妖物。

原本的肩套帶從我的肩膀，變成了低垂在我髖部的腰帶。我的標槍現在非常容易抽取，兩邊各配一把。我練習抽槍、收槍時，它們竟會自己乖乖地插回原處。

箭袋與弓仍跟平時一樣掛在我背上，我一時慌亂，找不到放在箭袋裡的心甲蟲。接著伊西斯指著我的腹部，我才看見閃亮生輝的心甲蟲，這會兒全部安置在我的肩套帶裡了。阿蒙的心甲蟲在中央，另外兩顆各踞一側。我摸著它們，晶亮的寶石便攤展成包覆的鱗片，像盔甲般裹住我的身體。盔甲堅硬如鑽，一點都不重。

伊西斯繞著我走，檢視我的服裝，她皺眉搖搖頭。

「怎麼了嗎？」我拍著在頸背上編成髮髻的辮子問，「我是不是忘記什麼了？」

「我想妳是忘了。」她說。

我檢查箭袋，拉著襯衫，望著艾斯坦，他只是聳聳肩。

伊西斯嘆口氣說：「看到這樣的禮物被浪費掉，實在令我痛心。」

「什麼禮物？弓和箭嗎？我已經盡量少用了，可是……」

女人啐了一聲，揮揮手說：「不對，我不是指箭。」

「那是什麼……？」我才開口，女神登時揚起雙翼，發出颯颯之聲。

看到我依舊一臉茫然，奈芙絲忍不住幫腔了。「我姊妹想的是，妳為何不用自己的翅膀。」她說。

24 翅膀

「我……我的什麼？」我問，不知道我是怎麼出聲音的。

「妳的翅膀。」伊西斯說，「我相信哈森一定明白。」她嘟囔著說。

我雙手往腰上一插，「你們大家的重點一直都放在胸口。」我用一根手指指著女神，然後搖著指頭，在空中畫一道大弧。「你們大家全都一樣。」

伊西斯嘆口氣，無奈地望著我，彷彿我是個要求她解釋最基本事項的孩子，「難道妳不記得，在神殿找到的符號，是希臘的斯芬克司嗎？」

「記得啊，約略記得。」我答說。

「埃及版與希臘版的斯芬克司有何差異？」她問。

「等一等，哈森有跟我說過。」我走開幾步，然後又走回來，「希臘版的斯芬克司是女性。」

「是的，還有別的嗎？」

「她有翅膀？」

「非常好。那天我在非洲草原上扔下妳，讓妳面對自己的命運時，我給妳的武器不僅是兩種，而是三種。」她頓了一下，像極具耐性的老師，等著我回答她的問題。

「兩把標槍，」我說，「還有能讓萬物回應我的要求，屈從我意志的弓箭，然後還有……」

伊西斯抬起手，「那跟我的弓箭沒關係。」

「沒有嗎？那麼採收者為什麼會……」

女神打斷我，說：「我的箭有治療能力，在地府裡，神箭能治好邪魔造成的神祕傷口。採收者並非亡靈饕餮真正的爪牙，因此神箭能讓他們擺脫亡靈饕餮的掌控。至於地獄豺狼，則必須臣服於神箭的威能，但他們天生就是惡種，自成一格，因此神箭無法治療或改變他們。」

「也無法將他殺死。」我冷冷地說。

「是的。地獄豺狼不是活物，從來都不是，他們只是誕生在地府裡的陰影罷了，地獄豺狼唯一的目的，就是將亡靈趕向治療之徑，讓那些派到地府的亡靈，有一天能夠離開那裡。但亡靈饕餮利用他們，並將他們帶壞了。」

「好吧。咱們回到妳剛才提到的第三項武器，那是……？」

「當然就是妳的翅膀了。」

「好吧，就算我有翅膀——雖然從所有跡象看來，我並沒有——我要如何把翅膀當成武器？」

「我的羽毛插進妳的背部時會痛，對吧？」

「當然會痛，到現在偶爾都還會發疼。」

「會疼是因為妳把翅膀封藏起來了。閉上眼睛。」看到我乖乖閉眼後，她接著說：「專心想著妳肩胛骨之間的那個結節，也就是羽毛插進去的地方。現在讓那個不舒服擴大開來。」

我不安地扭著身子，伸張背部，來回轉動脖子。那小塊痛癢，變成了一股灼燒。我嘶聲說：「好刺。」

「翅膀第一次伸出來時都會這樣，把它想像成被刺扎到，等翅膀出來後，就會舒服多了。」

我的皮膚裂開了，痛楚竄下背脊，我叫出聲來，忍不住單膝跪地，雙手抵住地面，大口喘氣。我咬著臉頰內的肉，嘗到鮮血的味道。我的爪子冒了出來，邊喘邊在泥地上刨出深溝。痛感在最後往上一頂，潰散出來，我渾身明顯一鬆，當下揚聲高笑。

我收回爪子，把重心移到腳上，卻差點被重量往後拖倒。接著某個東西將我扶起，讓我站穩。明月已升，雖然我們站在直射的月光下，我臉上卻飄過陰影。我緩緩轉過頭，看見一隻翅翼懸在我肩膀附近，那絕對不是伊西斯的翅膀。

「那是妳的翅膀，」她說，「而且這對翅膀長得挺漂亮。」

我很快退後兩步，差點又沒站穩，不過這回我的身體飄到空中了。我上方的翅翼拍動了一兩下，然後將我放下。現在的重力狀態顯然變得不同了，我將右翼彎繞到我面前，直到能用手貼住柔軟的羽毛。

「妳用意志去控制它們。」伊西斯說，「翅膀並非妳想像的那般難以駕馭，妳可以僅用意念，把它們收攏起來。」我渾身一顫，想到翅膀第一次冒出時造成的痛楚。女神八成看穿我的心思了，因為她接著又說：「以後不會再痛了，因為它們現在已經伸出來了。」

為了測試女神的話，我咬唇用意念收起翅膀。翅膀往我背上一摺，縮小不見了。我將手探到肩後，盡量去拍摸自己的肩胛骨，可是翅膀真的消失無蹤了。

「趁妳再次度喚出翅膀前，我能建議妳把衣服做點小變動嗎？」伊西斯說。

我愣愣地點點頭，剛才發現翅膀把我的襯衫背部扯成兩半了。女神走到我背後喃喃念咒，沙子一揚，騰到我後方。「好了。」沙子靜止後她說，「我把妳的衣服改成我的款式了。只要夠小心，翅膀會從襯衫背部，背心上方的長縫中伸出來，若是不小心，翅膀還是可能把衣服撕爛，害妳衣衫不整。」

我舔舔嘴唇，瞄著幾位兄弟，「我會很小心的。」

我閉起眼睛，再次傳喚我的翅膀，一邊準備挨疼，但這回除了輕鬆的釋然外，什麼感覺也沒有，就像經過漫長的一天後，踢掉腳上的高跟鞋。我試著拍拍翅膀，身體便從地面揚起好幾吋，然後才又落回地面。

我瞪大一對貓眼，大口吸氣。*我的埃及老天爺啊，我心想，我有翅膀啦，如果奶奶和哈森博士能看見我就好了，我好想他們。*

仔細近看，我發現翅翼上色彩斑駁，頗像我的頭髮，泛著各種濃烈的金屬光澤——包括銀色、白金和金色。我找到一根長著絨毛的細羽，便順手將它拔下來，結果發出慘叫。那感覺就像扯下一把頭髮，我揉著受傷的翅膀，痛感才慢慢減緩。

阿蒙靠過來，他抬起一隻手，頓了一下，似乎在要求同意。見我點頭後，他順著翅膀內側往下摸，跟我之前一樣地發出讚嘆。那撫觸令人陶醉，幾近肉慾。我可以在翅膀內感覺得到，也能在背上感受到，彷若被世間最迷人的男子做最享受的背部按摩一樣——其實離事實亦不遠矣。

一股顫意竄下我的背脊，我拉住阿蒙筋肉結實的胳膊，像小鳥一樣地收起翅膀，歉然地輕輕搖頭。他順從地站到一旁，低下頭，頭髮垂落額頭。若是其他時候，有他陪著我一起探索這對翅膀，我一定會樂上天，但此時的我切忌分心。

我仔細把翅膀收攏到背後，我雖然再也看不到它們，但絕無可能忘記它們的存在。我全身重心的配置都變了，這跟第一次變成斯芬克司時的感覺有點像，覺得自己是隻全新的動物。

愛榭莉雅興奮極了，而且是極度興奮，巴不得趕快試飛。看她興奮到隨時準備從山腰上躍出去的樣子，我實在沒辦法教她冷靜。

「告訴我們，我們的翅膀怎能當成武器。」我問伊西斯，接著我皺著臉又說：「拜託妳，還有，謝謝妳……」我抬手指著我們的翅膀，「給了我們這個，要拔下那麼大一根翅膀，一定痛死妳了。」

「我承認很痛，但希望到最後能值回票價。現在妳明白，為什麼我不希望看到自己的禮物被糟蹋了吧。」

「是的。」

伊西斯解釋說：「斯芬克司的翅膀擁有召喚風的能力，她可以隨心所欲地控制翅膀，創造颶風、沙暴和暴風雨。妳用意念控制即可，那有可能是面對危險時的自然反應，就像妳的爪子一樣。」

「原來如此。呃，能在事前知道這一切，還挺不錯的。」

「可惜我沒空把對斯芬克司的法力所知全教給妳，真希望我有時間。」她難過地說。伊西斯挺起胸，轉頭對她的姊妹宣布道：「我該走了。」

奈芙絲點點頭，兩名女神相互擁抱，伊西斯撫著她姊妹長捲的淡金色頭髮。兩人分開時，伊西斯臉上掛著笑意，但所有人都看出笑容底下的恐懼與疑慮。荷魯斯走向前，抱住他的母親，淚水垂流而下，眼中淨是血絲。

幽暗的山上一片死寂，伊西斯退開，搭住荷魯斯的手，在他耳邊低聲說了幾句話。荷魯斯點點頭，下巴顫抖。伊西斯展開翅膀，對心愛的家人送了記飛吻，然後抬眼看著明月，奮力揮翅，便飛入空中了。

伊西斯沒入黑暗後，我的眼神飄回奈芙絲和荷魯斯身上，他們站在那裡彼此相依，悲傷地相互安慰。

「他會將她毀掉的。」荷魯斯邊說邊擦著眼睛。

「不至於如此，」奈芙絲答道，「別忘了，他還被銬著。」

荷魯斯公然蔑視地諷道：「就算沒有天神的法力，一個人還是能造成別人的痛苦。」

「塞特相信自己愛著她，侄兒。」

「他應該愛的人是妳。」荷魯斯臉色陰沉地說，他心中的暴風雨暫時還在遠方，但我們都聰明地準備迎接暴雨的來襲。

「他用他扭曲的方式愛我。」奈芙絲平靜地說。

「那條草裡的蛇，根本不懂什麼叫愛。」荷魯斯說完走開去，扔下我們和他的阿姨。

奈芙絲轉向我們，下唇微微顫抖。「來吧，我們是不是該送你們上路了？不過我得先把我們的計畫告訴各位。」

奈芙絲用接下來的一小時，詳細解釋她的提案。諸神打算分成三組出發，對亡靈饕餮聲東擊西。由兩組人馬攻擊亡靈饕餮的第一波爪牙，其任務是盡可能摧毀飛魔。第三組人則溜進亞曼拉的宮殿，救出奧西里斯並帶回山上，讓他能夠康復。我們則等到諸神撤退後，趁亡靈饕餮追殺奧西里斯時，將她殲滅，但願我們能攻得她措手不及。

兩組天神離開了，阿努比斯帶領一隊，另一組由亞曼拉領導，他們迅捷地衝下山側。由瑪特率領的第三批人馬，會與我們同時離開。我們夜裡所剩的時間，剛好夠我們返回赫里波利斯，找個地方躲起來。奈芙絲小聲地趕我們出發，指示我該飛上天去。

我展開翅膀，阿蒙和艾斯坦正要化成鳥形，卻被奈芙絲攔住。「我差點忘了，」她說，「你們離開前，荷魯斯得見你們所有人。我則必須去跟最後一組人商量了。」

艾斯坦、阿蒙和埃摩司跟著我，一行人四處尋找荷魯斯，最後發現他坐在樹下一張石長椅上，把頭埋在手中。

他抬眼看到我們走近，嘴巴一鼓，露出賴皮的笑容。「來跟我吻別的啊？」他譏諷我背後的幾名男子。

「不是。奈芙絲說你要見我們。」

「啊，是了，跟妳那隻飛不了的鳥有關。」

「我的什麼？」

荷魯斯揮揮手，指著三兄弟。「妳知道的，就是那個再也沒法飛的傢伙。」

我瞄向埃摩司，感覺他恨不得把荷魯斯的嘴給撕了。

這位天神要嘛沒注意，要嘛根本不在乎埃摩司的反應，他自顧自地站起來，走到樹的殘樁邊，還故意撞了埃摩司的肩膀一下。荷魯斯跪下來，輕撫樹根。

我把三兄弟拋在後頭，跟著荷魯斯走過去。「無論如何，我感到很遺憾，」我對他說，「我是指令堂的事。」

「我也是。」他靜靜答道。

荷魯斯準備好後，站起來念咒——一道聽起來有點熟悉的咒語。「現在妳往後站，」荷魯斯念完拉住我的手臂說，「他想幫忙，老實講這點讓我很訝異。妳一定是對他產生了影響，但話又說話來，漂亮年輕的處女通常魅力無窮。」荷魯斯說完淡淡竊笑。

大地震搖，我腳下一個踉蹌，撞在荷魯斯身上。我的雙翼揚抬著，協助我站穩。說時遲那時快，地面上裂開一個洞，從中冒出一個亮閃閃的金色形影。

「納布！」我大喊一聲，好高興再次見到老友。

哈囉，女神，很高興見到妳。

「你也是，謝謝你趕過來。」

不客氣。

「我還以為你不想參戰呢。」我踏向前撫著他的背。

我本來不想，但我們離開妳後，想到妳將獨自面對的景況，便深感罪惡。我願保護妳免受塞特荼害，至死方休。當然了，我寧可不以這種方式結束生命。獨角獸抬起頭，讓我搔著他的脖子。妳覺得我是高貴的獨角獸嗎？納布踩著蹄子問。

他甩著鬃鬚，大笑著往後退開。我答說：「高貴極了。」

他繞著我，上下點著頭，大叫說，妳的翅膀好漂亮！有那樣的禮物，妳太適合跟獨角獸搭檔了。

「你會不會想太多啊，老頭子？」荷魯斯咯咯笑著諷刺說：「你得先打贏競爭對手才行。」他歪著頭想了一下，「我倒不會太介意，說不定這樣能騰出位置，容下一位孤獨的天神。你覺得如何，獨角獸？咱們要不要把上下位階先搞定？」

納布輕哼一聲，獨角獸要宣戰，誰也攔不住，連天神都甭想。

我翻著白眼，結果看到納布嘟囔著溜去跟別人打招呼，又竊竊笑了起來。

納布離去後，荷魯斯拉著我的手臂一起轉身，背對三兄弟。「謝謝妳。」他說。

「謝什麼？」

「幫我轉移注意力，不再那麼難過。妳真的很擅長那麼做。」

「不客氣。」我對他一笑，「你並沒有那麼壞，事實上，真要講起來，你人挺好的。」

荷魯斯靠近一步，用指尖沿著一根閃亮的羽毛往下滑。「妳人真好，」他喃喃說，「而且又漂亮。」

「謝了。」我瞪他一眼，抬起翅膀避開他的手。

他垂手微笑，「好啦，來個吻別如何？」

「小莉莉可不是給你吻的，荷魯斯。」

「阿蒙。」荷魯斯說，語氣淨是失望，「你從不會離開太遠，是吧？」

「我正想用這句話說你。」

荷魯斯彎身探向我的手，在我手上親了一下，眼中透著壞壞的神色。「下次見了，莉莉。」他說，「願幸運之風朝妳的方向吹送。」

「你也是。」我答道。

荷魯斯離開我們，我挽著阿蒙的手，往納布走過去。埃摩司坐在納布背上，艾斯坦已化成星光朱鷺了，阿蒙親吻我的臉頰，然後問：「妳準備好了嗎？」

「不能再好了。」

等我飛入空中後，一邊是金色的鷹隼，另一邊是星光朱鷺，納布載著埃摩司飛在我們後方。我高聲呼叫，繞飛一大圈，任愛樹莉雅掌控，因為她是天生好手，又渴望飛翔。我們快速地飛過大地，愛樹莉雅一路教我飛行。蒂雅絲毫不感興趣，跟我們倆說，飛行對大貓而言，非自然之事，但我覺得飛行比健走要強太多太多了。我很訝異自己竟如此容易適應，雖然我原本就不懼高，對高樓大廈也習以為常，但搭雲霄飛車還是會有點想吐。我本以為飛行會有類似的狀況，但能夠控制俯衝和潛落的動作，不僅感覺興奮過癮，也能驅走任何暈眩的感覺。

愛樹莉雅把控制權交回來，享受搭乘我的飛行練習。我掠過高大的樹林，伸手刷過針葉的尖端。漆黑的大地布著冷凜的藍與紫色長帶，以及閃閃發亮，會移動的岩石。我好奇地往下飄近，看到紫藍色的光芒發自一條河流，而所謂的岩石，其實是長了翅膀，泛著色澤的魚。魚兒從河裡躍出，奮力拍著翅膀，想游到瀑布頂端。

牠們在產卵，我心中有個聲音說，牠們的鱗片在產卵期間會變亮。

我倒抽口氣，那是埃摩司的聲音，不是我預想中的阿蒙。我發現埃摩司也能聽到我的心思了。夜風送爽，月光優美，我幾乎可以嘗到光束的鮮涼。月光令我想到埃摩司和我們一起旅遊的那段時日，我好想念以前兩人親近的日子。

我也很想念跟妳在一起的時間，埃摩司熟悉的聲音在我腦中迴盪。

你爲何能聽見我的思緒？我問他，阿蒙就沒辦法聽到愛樹莉雅或蒂雅的聲音，而且你擁有的是愛榭莉雅的心，應該無法聽見我的心聲。

如果這事令妳感到困擾，我道歉，埃摩司說。

其實我並不覺得困擾，我答說，我只是有些震驚罷了。

有意思，有個新聲音插進來說。是阿蒙。有可能是伊西斯啟動的咒語造成的。

我快速拍動翅膀，整個人往下落，心跳跟著加速。我鎮定心跳，讓自己穩下來。

剛才的話你全聽到啦？我問。

是的，阿蒙答道，不過我並不想偷聽。

太遲了。

這又不是我們能控制的事，阿蒙說，至少已經不再能控制了。

會是因爲我透過薇斯芮特，跟妳們三個人連結的關係嗎？埃摩司問。

有個辦法能知道，阿蒙答說。

什麼辦法？我問。

呼叫艾斯坦，如果他能聽見妳，那麼我們就知道這份能力來自伊西斯了，阿蒙指示說。

艾斯坦？我在心中喊道，你聽得見我嗎？

沒有回應。

蒂雅？妳能試試嗎？

蒂雅試著與艾斯坦溝通，可是朱鷺默默地跟在我們旁邊，羽上泛著星光，完全看不出聽見我們的樣子。

或許是因爲他無法吸納我的心，蒂雅難過地說。

有可能，我答道。

我們一直飛至森林邊緣才慢慢降落，艾斯坦和阿蒙變回人形。遠方地平線上的夜空，有個火信點亮了，短短不到幾分鐘，我們便聽到空中傳來飛魔的尖叫。眾人退回林子的陰影裡，艾斯坦立即施法遮罩我們，以防萬一。大夥看著成千上百隻飛魔從頭頂掠過。

另一記信號再起，跟第一批數量相當的妖物迅速朝彼方飛去。我們該行動了，埃摩司把我扔到納布背上，一行人快速來到赫里波利斯外圍。陰黑頹敗的建物聳立在紫黑色的海洋上，亞曼拉的高塔仍發著光，像顆珍貴的寶石般，在一堆堆廢墟中格外亮眼。

我們走向一片毀壞的花園，然後躲到涼亭底下。垂掛的蔓藤與殘斷的樹枝將我們隱藏得挺好，我從納布背上滑下來，在一汪混濁的池水中，看見自己的倒影。我的翅膀抽顫著，看起來真的不像以前那名女孩了。

除了翅膀之外，我平時潤得發亮的直長頭髮，變得凌亂無章，我甚至說不上那是什麼顏色。我的頭髮捲得跟愛榭莉雅的一樣，就連膚色都變了，我原本蒼白如月，現在卻曬得像在佛羅里達待了一個暑假。我的身材一向苗條，但現在四肢精實，更像蒂雅。就連我的體溫也變了，新的正常體溫介於熱澡和剛吹熄的火柴之間。不知我的身體是否還屬於我，或正在蛻化，變成新物種。

阿蒙走到我背後，笨手笨腳地摟住我，想把我的翅膀也抱進去。我將翅膀收回體中，然後阿蒙將我轉過去，看著我嘟起的嘴和皺著的鼻子。

「哪裡不對了？」阿蒙問，眼中發著斑斕的綠光。

「一切都不對。」我嘆口氣，「我覺得自己不再像自己了，每件事都不對勁，加上又生了一對翅膀。我是披著同一副皮囊的陌生人，就像在時裝秀裡穿了人字拖一樣，感覺格格不入。我不是你在紐約遇見的那個女孩了，阿蒙，再也不是了。」

「是的，小蓮花。」他答道，「妳不是了。」我抬起眉，訝異他竟未試圖安慰我。「妳已不再踏著昨日的途徑了，無論妳覺得是好是壞，都得由妳選擇。我只知道，妳的靈魂是一道不滅的火焰，就像充滿閃電的暴雲般劈啪作響。身體的變化不代表什麼，無論妳變成何種模樣，我都會認得妳。」

我的嘴角往上一揚，「你是想說，等我又老又醜時，你還是愛我？」

「不是的。」阿蒙表示，「我是想告訴妳，當妳的肉體化作灰，當我們倆除了意志外，什麼都不剩時，我會依然愛妳。無論我們結果如何，無論死亡將我們帶往何處，我都會設法與妳相守。妳相信嗎？」他問。

我用額頭抵住他的，「我信。」我說。

納布跺了一下蹄子，緊張地扒著地面。

「情況不太對勁。」埃摩司從負責守護的地方走過來，一對銀眼在夜色中放著精光，「很多路徑突然止住了，派往營救奧西里斯的分隊出事了。」

「我還以為你無法感應到他們。」我說。

「記得我提過，這邊的路徑很難辨識嗎？」

我點點頭說：「記得，你說你無法跟循眾神的路徑。」

「沒錯。呃，由瑪拉率領，前去往亞曼拉家的隊伍夠龐大，我可以辨識得出來。他們進去後，有幾條路徑在同一個地點交會，可是接著路徑就……就消失了。」
「咱們得去幫他們，我們該怎麼做？」我問，「溜進去或飛到塔頂？」
「兩者同時進行，」阿蒙說，「我和艾斯坦先行動，然後妳們三個飛上去，但願我們能引開敵人，讓妳們混進去把奧西里斯救出來，送到安全的地方。」
我正想抗議，阿蒙卻拉起我的手說：「艾斯坦會掩護我們。」阿蒙很清楚我討厭分離，「別忘了，我們有連結，現在我們也跟妳們一樣受到了遮護了，亡靈饕餮無法覺察到我們。」
我深吸一口氣，點頭表示同意。艾斯坦和阿蒙悄悄穿過黑暗，沒入廢墟間的陰影裡。
約莫二十分鐘後，埃摩司認為時間到了，便爬到納布背上。我展開翅膀，眾人一起往上攀飛，在黑漆漆的城市上方盤旋。聽到一隻飛魔的尖鳴後，納布往它飛近，翅膀刷過妖物蹲伏的建物。埃摩司以迅雷之勢，用短棍重擊妖怪頭部。那妖物一倒，從棲踞的地方摔落而下，沉厚的身體重重地撞在地面上。
不知四周是否有其他妖鳥，總之無人作聲。我們降落在一片受損的陽臺上，納布的蹄子踢落一些石頭，我們收起翅膀，一行人悄然無聲地走了進去。我抽出標槍，我們來到第一次見到奧西里斯的大房間另一端，放眼看不到這位天神的行跡，但奧西里斯原本所在處，卻有著非常明顯的血斑。
眾人再往前走，看見倒臥的戰士，他們是陪同瑪特前來的戰將。埃摩司蹲下來翻過其中一具屍體，「他們的心都被吃掉了。」他說。我們憂心忡忡地逐一檢查房間，除了毀損的家具和破碎的玻璃，什麼都沒找到。我們看不到艾斯坦或阿蒙，恐懼襲上我胸口。
「我不明白，」我說，「大家都去哪裡了？」
說時遲那時快，一聲爆響搖動了建物，我一頭撞在埃摩司身上。埃摩司扶我站穩，拉住我的手，

「來，」他說，「中庭裡有狀況。」

我們從陽臺往下望，空中布滿了飛魔──比離開的妖物數量多出許多，而且其他抓著獵物飛回來的飛魔，還陸續加入它們。

其中一個被抓的人掙脫飛魔，卻被齜牙低吼的地獄豺狼追了上去。「是阿努比斯。」我嘶聲對埃摩司說。阿努比斯再次受到圍困被捕時，我驚駭地看到亡靈饕餮在四散飛竄的蝙蝠中出現，然後在阿努比斯的面前現形。

她沙啞的笑聲在風中飄散，「唉唷，這位我可以慢慢花點時間了。」

破曉的陽光在底下橫照，將中庭染成血紅。埃摩司尚來不及阻止，我已躍下一旁，張開雙翅，高呼戰號了。飛魔紛紛轉向攻擊，我揮動標槍斬掉一頭，然後割開另一隻的翅膀。納布和埃摩司很快加入戰局，獨角獸的蹄子還沒掠過我頭頂，埃摩司便在妖物抓住我的翅膀前，將短棍刺入它的肩頭了。

我們慢慢一路往地面上打，幹掉一隻又一隻的妖魔，它們逐一掉到下頭的中庭裡。亡靈饕餮抬眼看我們作戰，明亮的臉上露出自信、歡樂的笑容，我們殺到她身邊，但時間比預期慢了很多。

等我們來到地面上，我直接衝向一頭還活著的飛魔，將伊西斯的箭刺入它背上。妖物騰扭著，可是當我命令它聽命時，妖物並未做出回應。

亡靈饕餮的高笑從血流成河的戰場上傳過來，「妳以為我不會記取以前的教訓嗎？」她說。「這些屬下只效忠於我，還有，」她大步走近說，「它們缺腦子，沒法讓妳操控。」

我拔下神箭，看著箭在我手中分解，我火速把標槍插進怪物頭裡，妖物身子一翻，嘴中吐出一條黑色的舌頭。我在一旁看著它皮膚立即起了變化，由深棕變成病態的綠，再轉成死灰色。屍體大塊大塊剝落，化成塵灰，妖物隨之融解，就像目睹腐蝕的金屬崩解一樣。一支了。伊西斯的神箭僅只剩下一支了，我顫抖著轉身面對我的敵人。

納布輕輕降落在我身邊，埃摩司跳了下來。幾十隻飛魔仍在我們上方盤旋，但似乎對我們有所忌憚，因為它們沒再進攻了。

亡靈饕餮抬頭瞄著它們，嘴巴不悅地往下一撇。她抬起手，對埃摩司鉤鉤手指，「你好啊，大帥哥。」她說，「又回來索吻了嗎？」

看到埃摩司沒回答，她妖魅地嘟起嘴，「不是嗎？人家為了你，放著這甜美多汁的傢伙不理。」她意指阿努比斯說，「不好意思，我下一輪再來招呼你們，我會把你們留著當點心的。」亡靈饕餮不理會我們，逕自走回阿努比斯。

「情況有異。」我低聲對埃摩司說，「咱們在這裡她竟然一點也無所謂，上次我們碰面時，我差點把她宰了，我還以為她至少會有些顧忌。」

「我覺得妳說得對，她給咱們設了陷阱，不過在查出陷阱前，我們得先救出被她擄獲的人。」

阿努比斯的忠犬，阿卜提悠躺在天神旁邊，他被長槍刺中，釘在地上，只能無力地踢著，掙扎想站起來，再次保護他的主人。埃摩司和我悄悄挨近，決心在亡靈饕餮動念吸乾阿卜提悠之前阻止她。

「好了，乖。」她對英俊的天神說，阿努比斯奮力來回扯動，想擺脫抓住他的妖魔。「不會痛的，不會太痛。」亡靈饕餮說完發出邪惡的笑聲，把手放到天神胸口，用手掌撫向他的腹部。「唉唷，天啊。」她咬著唇說，「我好喜歡懂得保持身材的男人，一般男人落到我手裡，都已餓到不成人形了，吃掉他們的心，幾乎算是在幫他們的忙。」亡靈饕餮嘖嘖彈舌表示欣賞，「能找到如此……活力旺盛的人，真是難能可貴。我想慢慢地品嘗你一陣子。」

她雙掌貼住阿努比斯緊實的腹部，將他拉近，然後張嘴滲出綠光。

「妳想得美。」我說著按下按鈕，加長標槍，瞄準擲出，直接對著亡靈饕餮的心臟飛去。可惜長槍在擊中目標之前，被一名從天而降的男子，當空一把抓住了。男子輕輕落到地面，扔掉我的武器，長槍碰地一聲，重重落在草地上。

當埃摩司說出我不忍講出口的名字時，我心都碎了。

「阿蒙？」

25 亡靈饕餮之死

「阿蒙？」等我恢復說話能力後，我又喊了一遍他的名字，「你在做什麼？」

亡靈饕餮轉向我們，「太好了，我正奇怪你什麼時候才要出面，我早該知道，每次這女孩一來，你就不會離太遠了。」女人的手往腰上一插，大搖大擺地走過草地，所經之處隨著她閃爍起來，然後漸漸消失。

亡靈饕餮消失片刻後，又回到視線裡，她必然也是因此分心了。亡靈饕餮停下腳，哈哈大笑地抬手轉著圈。「快了，眾徒兒，」她應該是在對飛舞的飛魔們喊話吧，「就快了。」

事情大條了，我心想，她到底想幹嘛？情況很有問題，亡靈饕餮實在太有信心了，但願不是因為阿蒙再次變成了她的奴隸，我們才分開一小段時間而已。可是對亡靈饕餮而言，任何事情都有可能。

阿蒙剛才與亡靈饕餮同時消失，他重新出現後，朝我們的方向走來。我已做好被攻擊的準備了，可是阿蒙靠近時，我看到他眼神透著溫柔，不像在赫里波利斯時那樣毫無表情便放心了。他還是我的阿蒙。

「我們還不能殺她。」阿蒙說。他奔向我們，同時歸還我的武器。

我接過標槍，很高興他依舊站在我們這邊。「為什麼？」我問。

「我們得先封閉通往人間的圍欄缺口，塞特賜給亡靈饕餮破壞圍欄的能力了。」阿蒙伸手畫著這個區塊。「妳看到空氣從哪裡開始流洩了嗎？現在應該能看得到了，我進入這棟建築物時，透過荷魯斯之眼，發現淡淡的痕跡。」

我表示什麼都看不出來，阿蒙掃視地面，然後指著赫里波利斯一些損毀的高塔。這時，空中一閃，我瞇眼斜視，僅看得出是時報廣場。「噢，不好了。」我說，「不可能的。」

我奔向前，一邊轉著身，看一棟棟出現的建築。它們忽現忽隱，彷彿想在赫里波利斯立足。片刻之後，人行道與街道出現了，還有各種來自我的家鄉的隱約形影。不久，人們開始意識到我們的存在，並帶著奇怪的眼神，抬著眉毛繞過我們身邊了。

驀然間，我已來到了紐約市，我可以從人們的角度，看到發生了什麼事。一群路人停下來，仰頭困惑地望著赫里波利斯的廢墟開始取代紐約的建物。一座知名劇院變成一棟塌毀的大理石建築，之前再度消失的亡靈饕餮在附近聚形，並企圖攀到一名路過的凡人身上。那人尖聲大叫，揮舞雙臂捍衛自己，但亡靈饕餮掃動的頭髮穿過了那個人，旁邊的路人火速沿街奔離。

一名警員朝我們衝來，我無法想像他把我們當成什麼——一個長著翅膀的女孩，站在一匹金色獨角獸旁邊，還有一個生著尖刺頭髮的女魔頭。站在我們旁邊的埃摩司和阿蒙，活像電玩走出來的人物，一個拿著短棍，另一個握著亮晃晃的金色彎刀。也許人們以為我們是百老匯新戲碼的廣告花招。

街道中間出現一座破損的大噴水池，裡頭有飛翔的班奴鳥雕像，來往車輛被逼得突然轉向。一輛計程車撞上小貨車，警察拿起無線電，用力地比劃著，極力想控制高聲亂叫的群眾。可是噴泉才剛聚形，便又消失了，我們也跟隨噴泉回到了赫里波利斯，但亞曼拉的高塔仍閃著飄忽不定的影像，像即將放映的電影一樣，接著高塔也漸漸淡出，變成了石頭。

一輛計程車突然從空中殺出來，直接朝我們的方向開過來，司機似乎沒看見我們。阿蒙大喊一聲抓住我的臂膀，可是我們被困在噴泉和一棟建物之間。熟悉的市囂一下子全回來了，司機終於看見我們了，他急踩煞車，可惜反應還是不夠快，眼見就要撞上我們了，我本能地抬起手臂，翅膀從兩側射出，但計程車卻像幽魂似地穿過我們，隨著街上的喧鬧聲一起消失在霧氣中。

「狀況越來越糟了！」看到兩個世界的轉換越來越大量時，我高喊：「我們得阻止才行！你確定殺掉她沒有用嗎？」亡靈饕餮此時被一名乞丐吸引住了。

阿蒙大喊：「假如我們先殺掉她，天界的圍欄便會燒起來，突然發生跨界的情況，而不再是漸次出現了。兩個世界將產生內爆，所有住在其中的生物會立即毀滅，反正無論如何，塞特都贏了。」

「我們還有多少時間？」我大聲問道，一邊把大家趕到看得見人行道的地方。我們似乎站在紐約市大樓之間的巷弄裡，頭頂上閃著一道防火梯，與我們的真實世界相融，然後又消失了。

「大概到缺口無法逆轉之前吧？」阿蒙用指尖撫著下唇。「我想應該很快了，亡靈饕餮的飛魔正在盤飛，伺機進入人間，捕捉活生生的受害者，把他們聚集起來讓亡靈饕餮享用，一旦她開吃了……」

阿蒙沒再往下說，我打著哆嗦，「艾斯坦人呢？」我突然發現他不在附近。

「他……」阿蒙的臉一垮，「他被飛魔捉走了，當時我們分頭檢查建物，等我聽見他大喊，找到他時，他已經被整群怪物淹沒了。看起來，他碰到一批正在睡覺的怪物了。我本想去救他，可是等我擊退落隊的幾隻飛魔後，艾斯坦已經不見了。」

蒂雅在我心中哭喊，我的爪子應聲而出。我們得去救他！蒂雅尖喊說。

我們會的，我安慰她，可是我們得先阻止亡靈饕餮才行。

「我們要如何封閉缺口?」我問，同時揪住阿蒙的襯衫一把將他拉開，避掉天外飛來、開進我們巷子裡的貨車。直到車子從旁邊閃過，我才鬆了一口氣。

「唯有天界的能量能封鎖缺口。」阿蒙說。我的視線變模糊了，我們要去哪裡找天界的能量?

阿蒙抬眼望著獨角獸，納布也回看著他，鼻孔輕輕吐氣。

我心中百般無奈，我閉起眼睛，準備呼喚薇斯芮特。我們已經沒有選擇了，納布輕輕推著我的肩膀。

我可以關閉缺口，他說，獨角獸有這種神力，妳已經知道，我們能越過圍欄，所以我們也能夠封鎖住它，只是像這麼大的缺口，需要動用我許多同伴。

「他們會來嗎?」我邊問邊搭住獨角獸的背。

他似乎有些猶豫，然後才答道，我若開口要求，他們會來的。

阿蒙靠近說:「你確定你想這麼做嗎?納布?」

我想不出比這更崇高的目標了，揭露者。謝謝你協助我看清各種可能性。納布用臉頰貼住我的，把頭放到我肩上。再見了，年輕的斯芬克司，諸神若是願意，或許我還能再見到妳。

「再見到我?」我說，可是納布已經離開，走到街上了。他飛起來，前腿在空中騰踢，等他降落地面時，一波電能射向八方。整個地區天搖地動，我們像在地震的震央，被震得東倒西歪。納布金色的身體閃著光，一道藍光從他的鬃毛竄下，越過他上下擺動的身體，襯得他亮如閃動的星子。金色的細粒從他的皮膚上揚起，在他長角的地方盤飛。

正彎身看著嬰兒車中的寶寶的亡靈饕餮直起身，狐疑地掃視如鬼魂般的人群。當她瞥見納布，看清他新的模樣後，立即發出尖叫。亡靈饕餮放棄尋找人類的心臟，衝向我們，可惜她的努力遠遠不夠，而且來得太遲。

大地震動，裂成兩半，將亡靈饕餮與我們隔開，獨角獸成群結隊地冒了出來，他們的嘶鳴與踏響的蹄子，撼動了天地，連飛魔都被引開了。它們火速退離這塊區域，盡可能躲到變換的建物中。

納布高聲嘶鳴，圍繞四周的獨角獸群用刺耳嘈雜的鬧聲回應他。納布用頭逐一碰觸其他獨角獸，被碰觸到的獨角獸甩擺身體，金沙從他們身上炸開，直到與他們的領袖成為一樣的純白色。

納布向同伴逐一打過招呼後，用睫毛長翹的眼眸望著我，我心中雖未傳來話語，卻彼此感受到一份濃情。接著納布轉身邁步奔馳，獸群齊一狂奔，大地再度震動起來，若不是有阿蒙，我很可能就摔倒了。獸群張開翅膀，在納布率領下飛入天空，我真想攤開翅膀，一起加入他們。看到他們閃亮的形體竄入天空，是我永遠難忘的景象。他們好美而如此神奇，場景壯麗得令人敬畏。

金色的陽光在他們的翅尖上閃動，刺痛了我的眼睛。我遮著眼，但認出納布飛向亞曼拉高塔的身影，塔上此時閃過一則即將演出的時裝表演廣告。納布撞上螢幕時，化作一道純粹的能量，在整個時報廣場四周炸出光線，閃亮的金點像陣雨似地嘩嘩落下。

怒不可抑的亡靈饕餮張開嘴，將綠光射向獨角獸群，可是她的光總也碰不到他們。獨角獸一隻隻飛入光牆中，隨著獨角獸一個個遁失在裡面，光線也越來越亮了。等最後一隻獨角獸躍入缺口後，一記音爆迴蕩不已，接著這場光輝四射的燈光秀，似乎便結束了。

首先消失的是車輛，接著是聚光燈，紐約的市囂變成了赫里波利斯廢墟的死寂。各種建物閃動著，然後便恢復正常了。鬼魅般的人群眨眨眼，然後繼續幹自己的活，彷彿剛才只是一場奇怪的幻覺，接著他們也消失了。

閃亮的光牆越變越小，直至缺口終於封死，一切靜止下來。我眨了一次、兩次眼，「納……納布在哪裡？」我問阿蒙，並轉著身，看納布在何處重新聚形，「他什麼時候回來？」

「他……獨角獸群……不會回來了。」阿蒙靜靜地說。

「你說他們不會回來，是什麼意思？」我結結巴巴地問，一股寒意注入我的血管裡。

「他們的命運之路到這裡便結束了。」埃摩司表示。

阿蒙解釋道：「他們已犧牲自己的生命了，小蓮花。」

「你的意思是……他們死了？」我喊道，聲音發顫。「他們全部嗎？」我來回張望，尋找每隻獨角獸。

「是的，他們為了封閉缺口，壯烈犧牲了。」埃摩司柔聲說。

「可是……可是……」我支吾半天，熱淚奔流而下，「可是獨角獸是永生不死的。」

「小莉莉，」阿蒙輕聲說，「被賜與永生的人很多，但妳也知道，禮物是可以還回去的。」

「不。」我喃喃地搖著頭，「不。」想到幾十頭美麗的獨角獸剛剛犧牲，我的淚便止不住，「他們甚至沒法進入冥界。」

我哭倒在阿蒙腳邊，他抱住我，將我拉起來，攬在懷裡搖著，並輕輕吻著我燙熱的臉頰。

「他連要求報答都沒有。」我顫著唇說。

一記憤怒的尖吼打斷了我，我推開阿蒙，看見飆怒的亡靈饕餮。「如果你們以為這樣就能阻止我，阻止我們，那就大錯特錯了。」她罵道，「我要教你們後悔莫及。」她指著我們，頭髮像毒蛇般在空中騰扭。「把他們抓來我這裡！」她怒吼道，「但是別忘了，主人吩咐要完好的！」

上百隻飛魔從廢墟中竄飛而出，落到我們身上，這時亡靈饕餮轉向阿努比斯說：「可是主人可沒提到你，」她嘲弄阿努比斯，「我原本想慢慢來，但我餓了，你的朋友在我未及享用前，很沒禮貌地把我的晚餐送走了。我們要不要繼續呀？」

「你去幫阿努比斯。」阿蒙拉住埃摩司的手，很快地說，「轉移亡靈饕餮的注意力，但小心她的毒氣，別讓她逮著你。飛魔交給我們對付，我們會盡快過去幫你。」

埃摩司凝重地點點頭，用指尖輕觸我的臉頰，然後掄起短棍衝過去。我用力吸口氣，知道我們連擊敗空中一半飛魔的勝算都沒有，遑論幫埃摩司和阿努比斯的忙了。

阿蒙似乎明白我的心意，他拉起我的手臂，「別召喚她，小莉莉，還不行。先給我們一次成功的機會。」我考慮一會兒後點點頭，但心中仍充滿疑慮。「拜託妳。」阿蒙很快地吻了我的唇一下，然後退開化成金隼。

金隼長鳴一聲，竄入空中，我張開雙翅跟了過去。阿蒙直搗擁擠的群魔，它們見到我們，像生了爪子的隕石般朝四面衝過來。阿蒙張爪將一隻妖物撕成兩半，然後用翅膀拍掉另一隻。受傷的妖怪跌在地上，摔成粉碎。幹掉一隻，還有九十九隻。

愛榭莉雅負責飛行，她游刃有餘地穿越妖群，讓它們總也沾不了身。蒂雅的貓眼能看見缺口，而我的人眼只看得到一大堆飛舞的身形。我搭起箭，這回是支普通的箭，然後把箭射出。飛箭結結實實射中一隻妖物的肩膀，但那怪物依舊朝我飛來。妖物齜牙咆哮著把爪子刺入我手臂，我奮力抽手，但前臂已被抓出三道深痕，猛冒著血。

我們在空中旋飛時，翅膀撞在一起了，我伸爪刺入妖物心臟，然後一扭。妖怪慘呼一聲將我推開，它皺著鼻子，把手從胸部的傷口上抽出來，不解地瞪著流出的黑血，傷口變成了綠色，然後妖怪的身體便在空中裂解了，它的叫聲因嘴巴融解而硬生生切斷。

另一隻飛魔從前者的殘骸中穿飛而出，張揚著手，在空中重重揮翅衝我而來。我收斂雙翼下降，在即將落地前再突然張開。我抬頭斜望著升起的太陽，一邊往上飛竄，後面追著一大群飛魔。我用斯芬克司的力量勒斃其中幾隻，可是我必須集中精神，而且一次只能對付一隻，這項本領在飛行時實在難用。

我聽到金隼的叫聲，但看不見他。愛榭莉雅發揮技巧，在建物間飛行穿梭。我故意擦過一座高塔的廢墟，回頭看建物在我們背後崩落，連帶地擊中半打的妖物。不過雖然解決了幾隻，遞補上來的數量卻更多。

天空變黑了，暴風雨的烏雲在上方積聚。我知道埃摩司正竭力幫助我們。閃電劈響，火速連續擊中許多飛魔。巨大的冰雹開始痛擊妖怪背部，將它們擊沉。我落到一片突岩上，這邊有個淺凹處能護住我的頭，我抽出標槍，任由冰雹痛擊敵人，然後解決那些在我四周飛竄的飛魔，把標槍刺入它們胸口。妖怪慘叫著垂墜而下，像不小心撞到窗子的小鳥一樣，往地面旋墜。

冰雹停止後，飛魔蜂擁而上，它們攀爬岩石，並狂亂地揮著翅膀，試圖抓住躲在小洞裡的我。我知道自己遲早會被它們困住，便高叫一聲撲了出去，伸出爪子穿過它們之間，撕毀它們的皮翅。等我解決掉這群妖物後，便張開翅膀，飛向我最後一次看見亡靈饕餮的地方，後方追了幾十隻飛魔。它們的數量實在太多了，我們根本阻止不了。

我勉強瞧見遠處底下的埃摩司，他正在跟亡靈饕餮奮戰。阿蒙在她身上降下一片雷雲，閃電不斷襲擊她的身體，可是埃摩司跪在地上掙扎起身。一團危險的綠雲纏在他的腿邊，被綑住的阿努比斯，則依舊躺在埃摩司後方。我知道埃摩司不是亡靈饕餮的對手，尤其是現在這種狀態。

我掃視天空，尋找阿蒙，瞥見他的金翅，我揮動翅膀追過去。阿蒙還在遠處時，身形竟在空中突然化作人形。我呼喊他的名字，往上飛衝，企圖在他摔碎前抓到他，可是幾十隻飛魔阻隔在我們之間。我狂暴地接連殺過去，可是阿蒙還是往下墜跌。

阿蒙喚來武器，金色的彎刀在陽光下閃著光，他一邊跌落一邊揮砍，斬掉好幾隻妖怪的頭顱，接著他在空中扭身，背部朝地，將刀子往上一送，刺死上方兩隻妖物。兩把彎刀和妖物都在空中分解了，等我眨眼時，阿蒙已又化成了金隼。他扭身快速拍擊翅膀，再次往上飛升，一群飛魔憤怒地在他後頭追。

有個東西擊中我的背部，刺進我的翅膀裡。我尖叫一聲，模仿阿蒙的方法，把翅膀收回體內。那妖怪掉下去了，但我跟緊它一起墜跌。我在空中翻身，拿槍將它刺穿，然後再次展翅奮力揮拍，回到先前的位置。護身符將我治好了，我轉守為攻，迴身對著追殺在後的妖群衝去。我用一根長槍把一對飛魔釘到建物上，用另一把刺殺另一隻妖物。

我心中惦記著要幫阿蒙和埃摩司，他們都是驍勇的戰將，可是萬一有人出事，我一定會罪責自己。

我身上滿是滲血的抓痕，一邊肩膀被刺傷了，另一邊是灼痛的咬痕。我有隻翅膀撕裂了，疼得厲害，護身符治療的速度趕不及。我焦急地再次尋找埃摩司，希望看見仍受到阻撓的亡靈饕餮，可是她竟然沒事。事實上，埃摩司這會兒跟阿努比斯一樣被綁起來，由幾個妖物抓住了。我們快要沒有時間了。

我正想收翅，衝下去幫他時，卻聽到上方傳來一記低吼。阿蒙化成人形站在一棟建物頂端，身邊環著一大群飛魔，它們每經過他身邊，就用利爪撕抓他的身體。阿蒙砍向一隻妖物，結果一個失衡，單膝跪下。阿蒙大叫一聲，從建物上滑落，消失在建物的另一側。

「阿蒙！」我大聲喊道，在兩個不同的方向之間掙扎。我焦急地想到下頭救埃摩司，但又覺得阿蒙目前的處境更危急。我轉向高塔。

我決心去幫阿蒙，看到妖群再次向我聚攏，我大幅擺動翅膀，不理會身上的刺痛。我咬牙往前急飛，很快拉開與群妖的距離。我傾盡所有漸失的能量與力氣揮動翅膀，希望這隻翅翼能帶我去往阿蒙身邊。我若能在他擊中地面前趕到，他就能活下來了。不過到時我得即刻回頭去救埃摩司，我需要同時出現在兩個地方。

我的頭髮飄散後方，風擦過臉龐，我的腎上腺素飆升，滅去了傷口的痛楚。我揚起翅膀，感覺陽光照在羽上，接著事情就發生了。

在翅膀裡攪動的空氣變成了電流，旋繞的金光在四周劈啪爆響。敵人逼近時，金光朝它射去，將它困在電柱之中。妖物掙扎抖動，然後便炸作一團煙塵了。

我更加奮力揮翅，能量如旋風般地擴散出去，逐一擊向飛魔，把它們抓進漏斗狀的電雲裡。我將翅膀一摺，一波強光衝向抓住埃摩司和阿努比斯的妖物，它們也跟著消失了。

四周殘餘的妖孽紛紛轉向，我任由它們逃離。我轉身再次衝向阿蒙，結果發現他正用指端抓著屋頂，掛在那邊。他的襯衫已被撕成布條了，群魔用利嘴啄他，以利爪攻擊他發顫的身體。

我雙翅拍合，一道光便射向他身邊的飛魔，群妖當即四下散開，消失在嘩嘩落下的煙塵裡，僅倖存幾隻。我身上充滿新發現的能量，讓疲累的身體活絡起來。呼嘯的強風從我的翅膀散射出來，驅走剩下的妖物。

我盤在空中，等待煙塵散去，希望剛才沒傷及阿蒙。我一時間看不到他，十分擔心。我環著建物飛翔，在石頭及地面找尋阿蒙的身影。這時我聽到金隼的叫聲，發現他正向我調頭，我們一起飛回去找埃摩司，但願不會太遲。

看到亡靈饕餮時，我瞪大了眼睛，她正用雙臂緊抱住埃摩司壯碩的身體，把嘴對到他的嘴上。埃摩司身體癱軟，四肢像鬆掉的繩纜般晃著，但亡靈饕餮仍緊抓住他，深深地吸食。從遠處望去，亡靈饕餮像是輕搖著自己心愛的人，但趨近一看，她以頭髮纏住埃摩司，像一群大蛇般地緊纏住他。尖刺刺穿了埃摩司的皮膚，他虛弱地踢著腳，兩人相接的唇間滲著綠光。

我輕巧地落在他們近處，怒火中燒。「給我放開他，妳這個惡毒的巫婆，不許妳碰我們家埃摩司，立刻放下他，否則老娘把妳的心挖出來，親自餵給妖怪吃。」

亡靈饕餮緩緩抬起頭，綠色的光絲垂在她血紅發光的嘴上。她射著綠光的眼睛看到我一身破敗的模樣，便閃動起來。我們本能地想勒死她，可是那就像企圖吞掉整顆西瓜一樣——亡靈饕餮太強大了。她輕嘆一聲，放下埃摩司，彷彿那是一袋馬鈴薯，然後站起來，挺直高大的身體，露出了然的笑容。亡靈饕餮優雅地把剩下的綠絲塞回嘴中，然後舔舔嘴唇。

「嗯，」她說，「跟我記憶中的一樣美味。」

我握緊拳頭，正想殺過去，卻被阿蒙拉住手臂，我翻攪的熱血當即冷卻下來。「他還活著，愛榭莉雅，咱們一起進攻。」

「是呀，我的寵物。」亡靈饕餮說著對阿蒙擠眼，「可惜他還算活著，若不是被你們打斷用餐，只怕他早就死了。」她的嘴故作妖嬈，眼神卻銳利如刀。

她靠向埃摩司的臉頰，霸氣地抱住他的胸。「我等會兒就來呀，帥哥。」她把嘴貼到他耳朵上說。

「動手，愛榭莉雅！」阿蒙大叫一聲衝出去，亮出彎刀攻擊。亡靈饕餮再度消失在一群妖物裡，阿蒙的彎刀凌空砍過一堆拍翅的怪物，它們安然無損地消融了。阿蒙緩緩繞著圈子等待亡靈饕餮，我們聽見她嘲弄的笑聲，瞥見她閃亮的綠光，但她就是未再聚形。

我雖然很想幫阿蒙，但全然掌控的愛榭莉雅死不肯退，她跪到埃摩司身邊，急切地試著喚醒他。我眼中淨是淚水，艾斯坦走了，埃摩司又中了亡靈饕餮的毒，我覺得支撐我的一切都在消失，只要用力一扯，我的整個世界便會垮掉。

「唉呀，我親愛的，她到底對你做了什麼？」

阿蒙劈著綑綁阿努比斯的繩索，天神倒入他懷裡。「她把大部分人都殺了，」阿努比斯說，「瑪特死了。」

「奧西里斯呢？」阿蒙問。

阿努比斯搖搖頭，「還沒死，他還被關在塔裡頭，亡靈饕餮知道我們會去救他。」

阿蒙凝重地點點頭說：「該走了。你能走嗎？」

阿努比斯發著顫，「她把我抽乾了，孩子，我僅剩下一丁點力氣。」

阿蒙拉起阿努比斯的胳臂，繞到自己肩上，「那就讓我們帶你離開這裡。」

「沒時間了，」阿努比斯擰著眉頭說，「她一直在玩弄你們，讓你們手忙腳亂，直到塞特掙脫他的鐐銬。」

「我們一定會在塞特掙脫之前，殺死亡靈饕餮。你得抱緊埃摩司。愛榭莉雅，」阿蒙喊道，「幫忙把他們放到我背上。」

阿蒙化作金隼，愛榭莉雅讓到一旁，讓我再次掌控。阿努比斯雖虛弱已極，仍幫我把埃摩司安放到阿蒙背上。我正想也去幫阿努比斯，亡靈饕餮卻重新出現在他背後。

「這麼快就要走啦？我們可不允許，對吧？」她用蠕動的頭髮纏住阿努比斯，將他舉到空中。阿努比斯痛得大叫，我慌急地轉向阿蒙，「快去，把埃摩司送到安全的地方，我會纏住亡靈饕餮，等你回來。」

阿蒙飛走了，呻吟不已的埃摩司幾乎難以待在他背上。金隼消失在建築群的上方，亡靈饕餮帶著好笑的表情看阿蒙離去，「你們想打敗我的主人？」她光想到塞特，便眼睛發亮。

「妳的主人？」我啐道，「我還以為像妳如此強大的女人，根本不屑有個主子。」

她輕而易舉地把阿努比斯扔到一旁，天神倒臥在地上。「一個有三位主子的女生，憑什麼說這種話。」

「埃及之子們並不是我的主人，」我答道，「他們是我的夥伴，是與我並肩作戰的戰士。」

「是嗎？」她打量我說，「我想也許他們不只那樣吧，我必須承認，妳令我刮目相看，這麼快就讓三位埃及之子拜倒在妳裙下，真是令人激賞。告訴我，」她悄悄走近說，「妳把他們的心怎麼樣了？」

「我不懂妳在說什麼。」

「我想妳懂的，剛剛被妳送走的那位，幾乎沒剩什麼力氣了，而且他的心不見了，我看得出他們不僅是妳的……戰士而已。」亡靈饕餮皺起臉研究我，「妳為什麼如此……諱莫難測？妳還是個凡人，我可以在妳身上聞到人類的臭味，可是我卻無法感知妳的心，我只知道妳的心很強大。」

亡靈饕餮緩緩繞著我；她的接近令我神經緊繃。亡靈饕餮拉近兩人的距離，用手抓住我的臂膀，長長的指甲刮在我的皮膚上。她對我噴著熱氣說：「我知道妳有一顆心臟，我透過阿蒙嘗過了。」我感覺她的眼神穿透我，「我家主子說，得活捉妳，可是他應該不會介意我偷嘗一口。」她閉起眼睛，「真愛的連結是難得的珍饈，能吃到裝滿愛的心臟，我根本無法抗拒。」

「是因為妳自己從來沒愛過嗎？」我靜靜地問。

她的臉色脹成醬紅。「我的主人愛我。」

「塞特愛的是伊西斯，奈芙絲全跟我說了。」

「奈芙絲說謊，」亡靈饕餮罵道，「她根本不懂欣賞像塞特這樣的男人。」

我翻著白眼，「誰懂得欣賞呀？一個只會傷害別人的人，哪裡懂得愛。他是連結的破壞者，不是製造者。就連妳這種愛情經驗有限的人，應該也看得出來吧。」

她皺起額頭，憤然笑道：「妳那麼年輕，哪裡懂得什麼是愛？」

「我知道愛表示犧牲，願意放棄一切，保護你所愛的人。埃及之子會為我犧牲，我對他們亦然。告訴我，塞特會為妳放棄他的野心嗎？他會趕到妳身邊，拯救妳的性命嗎？」

「妳太天真可笑了，我不需要回答妳這種幼稚的問題，我可是亡靈饕餮，我承包了所有的痛苦、罪惡、憎恨和憤怒，這些都是世界的一部分，它們活在我體內。對我而言，只要知道塞特幫助我逃離地府就夠了。也許他沒有用妳定義中的愛在愛我，但他珍惜我，賜給我最深沉黑暗的欲望。」

「我真為妳感到遺憾。」

她對我淡淡一笑。「哦？為什麼，我鮮嫩多汁的小點心？」

「因為妳值得擁有更多，現在知道還不嫌太晚。妳可以改變。放棄這種野心，變成不同的人。」

亡靈饕餮眉頭一蹙，旋即又鬆開。「妳以為妳知道一切，可惜，妳會發現……」她閃爍的眼光飄向我的胸口，「妳太小看我了。」

她的手剎那間刺入我的胸膛，直接穿過我的盔甲，我痛得大叫。亡靈饕餮仰頭發出勝利的高呼，同時探得更深，尋找我的心臟。我粗重地喘氣，被亡靈饕餮弄得淚水直流。我咬緊牙關握住她的臂膀，再抓住她手腕。

亡靈饕餮的笑容消失了，我繃緊下巴，揚起翅膀重重揮拍，飛離地面，將她一起帶走。發現腳無法著地的亡靈饕餮臉色慘白，「在哪裡？」她嘶聲問，「妳的心臟在哪裡？」

我不理她，逕自飛得更高，她憂心地四下掃視，然後回頭看我，射出鬈髮刺入我雙臂和背部，火燙的尖刺鑽入我皮下。她的瞳孔張得好大，且鼻孔噴張，顯然十分害怕，但她還是不斷挖探。我喘著氣警告她：「妳若停手，我會留下妳的小命。」

她的臉一擰，透出滿臉憎恨。「妳儘管放馬過來。」她嘲弄道，「妳的本領跟我比，簡直不算回事，我是亡靈饕餮，我是……」

「對啦，對啦。」我打斷她，然後抬起一邊眉毛俯望她，「但我是紐約客。」我啐道，「而且妳竟然敢動我的老家。」

我揮擊雙翼射出能量，讓羽毛在陽光下聚攏。一道電流滋滋爆響，亡靈饕餮來回扭動身軀，動手不斷地打我。我垂眼看到血水從我身上不斷淌下，接著感覺腰際一陣拉扯。亡靈饕餮發現我那條裝著心甲蟲的肩套帶了，她扯落我的肩套帶，我倒抽一口冷氣，雙手一鬆。

亡靈饕餮從空中墜落，她的手從我胸口滑開時，長著倒刺的頭髮扯破了我的皮。亡靈饕餮驚奇地張著嘴，撫摸幾顆心甲蟲，完全無視自己的險狀。我輸出的能量已達巔峰，我收合雙翅，一道爆響的電光射向亡靈饕餮，被擊中的亡靈饕餮雙臂一揮，往後倒去，電光從她的嘴巴和髮尖噴流而出。

肩套帶從她指上滑落，亡靈饕餮一邊尖叫，一邊徒勞地想去抓肩套帶。她的皮膚轉成白色，然後整個人一亮。我發誓看見她眨著睫毛，閉起眼睛，臉上漫起一記安詳的笑容，然後整個身體便炸掉了。

我降落到地面上，因為翅膀幾乎無法令我保持飛在半空中的狀態，我癱倒在阿努比斯身邊，瞥見掉落的肩套帶就在附近，便盡量伸長手去拿。我用兩根手指夾著肩套帶，將它拉近，然後揪緊放到胸口的傷口上。血水浸溼我身邊的地面，我聽到隼兒的叫聲，感覺有道陰影掠過臉上，然後我就閉上眼睛了。

26 混沌之水

我被火堆劈啪的燃燒聲吵醒了，我試著移動，但渾身處於一種全所未有的痛楚中。我發出呻吟，用手肘抵住地面撐起身體，結果又重重跌了回去。在我撞到地面前，有雙手接住我。

「噓，躺著別動。」阿蒙的聲音在我耳邊輕呼，「我們暫時還很安全。」

「埃摩司呢？」我勉強問道。

「在這裡，他正在休息。埃摩司幾乎用盡剩餘的力氣才把妳們救下來，若不是他和荷魯斯的護身符，只怕妳們其中一個人早死了。就算阿努比斯能好好照顧妳們其中一人的身體，但崔弟死了，已沒有安全的方式能載妳們去冥界，運氣好一點的話，妳們的靈魂會迷途，差的話，便會淪為阿佩普的食物。」

還不如不知道的好，我心想。我抬手摸著脖子，找到荷魯斯送的項鍊。這個治療護身符還挺便利的，阿蒙指指火堆另一邊，阿努比斯坐在睡著的埃摩司旁邊，看起來也在休息。他屈膝靠坐在一片土牆，手架在膝上，用手掌抵著額頭。

「他還好嗎？」我問。

「阿努比斯會活命的。」

「愛樹莉雅想見埃摩司。」我低聲對阿蒙說，他點點頭，將我拉起。

我退開由愛榭莉雅出面，她拉起埃摩司的手輕輕握住，淚水模糊了我的視線，我們看著他的臉，火光舞動搖閃。愛榭莉雅靠過去按住他的心口，將仙子樹賜給她的能量傳導過去，埃摩司的襯衫下綻出光芒。

完成後，愛榭莉雅坐回去，問阿努比斯說：「你能告訴我們，其他人出了什麼事嗎？」

「瑪特帶領的軍團已被捕殺，亡靈饕餮強迫……」他頓了一下，擦著眼睛，「強逼著我看，那過程花了好長時間，瑪特非常厲害。亡靈饕餮說……」阿努比斯停下來，渾身一顫，「她說瑪特偷偷愛著我，我告訴她，她搞錯了，瑪特每件事都跟我吵，她痛恨我違逆她的規定，討厭我嘲笑她太過拘謹。」阿努比斯悲傷地抽著鼻子咬牙說：「可是就在那時，瑪特轉身看著我，眼中充滿恐懼，我才知道亡靈饕餮說的是事實。」

「噢，阿努比斯，我好遺憾。」愛榭莉雅說。

他一臉悲悽地說：「我們永遠也不會知道原本將如何發展了。」

「所以沒有辦法救她了嗎？」愛榭莉雅問。

「沒有了，我必須在生命的元神離開身體前抓住它，可是亡靈饕餮吸乾了一切，根本沒有機會復元任何東西，瑪特已經死了。」

愛榭莉雅拉起他的手，緊握他的手指，然後坐到埃摩司旁邊。我們將能量灌注到他身上，然後再次入睡。

大夥休息至黎明，覺得復元得差不多，可以回山上再集結了。到了山上，我們發現人數只剩下三分之一，亞曼拉逃回來了，奈芙絲從沒離開。他們聽到阿努比斯表示失去瑪特後，均感哀痛，同時也分享他們找到奧西里斯，並將他帶回來的好消息。我們報告亡靈饕餮已被殺死，這是一場夾雜著沉痛的勝利。

我離開正在商議大計的亞曼拉、阿努比斯和奈芙絲，跑去找荷魯斯，結果發現他跪在他父親身邊。奧西里斯面色蒼白，渾身發燙，在睡夢中不斷翻動，一再呼喊伊西斯的名字。

荷魯斯沒與我打招呼，「他能感覺到她受的折磨，這比他自己身體的苦更令他難過。」

「我們會去營救她的。」我說。

「但願如此。對了，謝謝妳，謝謝妳殺掉亡靈饕餮。」

「該跟你道謝的人是我才對。」我說，「你的護身符治好了我，沒有它，我可能已經沒命了。」我伸手到頸子後解開鎖釦，把鍊子拿給他。

「妳應該留著。」他轉頭用一雙淚眼看著我說。

「這能治好令尊嗎？」我問，「它無法治療埃及之子。」

「護身符只能治療我家族的人。」

我歪著頭，「那你幹嘛要送我？」

「就覺得……感覺很對，它能治療妳，代表了某些含意。我們是相連的，妳跟我，以我們自己的方式。」

我不知道對此事該做何感想，卻也無法否認。我跪到他旁邊，把護身符貼到他掌心裡，按住他的手指握著鍊子。「令尊現在比我更需要它，謝謝你為了我，犧牲這樣一份大禮。」

荷魯斯意味深長地凝視我良久，然後點點頭，把鍊子放到他父親雙手間。我看到奧西里斯鬆頹的下巴和溼黏的皮膚，荷魯斯彎身輕柔地為他父親清洗斷失的腿，同時低聲喃喃念咒，最後說道：「水化無形成有形。」我按了按荷魯斯的肩頭，留下他與奧西里斯，逕自走回其他人身邊。

「有什麼計畫？」我問阿蒙與埃摩司，他們站在商議的眾神外圍。

「他們似乎不願等塞特掙脫後來找他們，而想直接殺去找他。」阿蒙說。

「我們人數這麼少，這樣做明智嗎？」我問。

亞曼拉突然抬起頭，「我們的人數並不像塞特所想的那麼少。」他皺著眉說，「各位父老鄉親，請做好準備。」亞曼拉宣布道，「我們在一小時內出戰。」

阿努比斯走過來，表情堅毅，他已換過裝，身上乾乾淨淨地披著黑色戰袍，但眼神透著疲態，有種壯士不復返的氣勢。他腰間佩戴著劍，腋下夾著華麗的頭盔，聽見阿努比斯的背後傳來嗚叫，當我看到阿卜提悠跛著腳跟在他主人後頭時，我張大了嘴。

「他活下來了！」我大叫。

「是的。」阿努比斯憂傷的眼角一皺，緊抿的嘴拉出一抹笑容，他跪下來搔著愛犬的耳後。「至少我還擁有他，他們找到奧西里斯時，把他帶回給我，我用了自己一些能量治療他，相信我的犧牲會非常值得。你說是嗎，臭狗狗？」

狗兒用頭撞著主人的手，猛舔他的手指。一會兒後，阿努比斯站起來說：「阿卜提悠會跟奧西里斯留在這裡，另外還有亞曼拉一些無法作戰的老僕。我們其他人會赴戰場，我奉命陪在妳旁邊保護妳，至死方休。」他對埃摩司和阿蒙點點頭，「你們二位復元得可好？」

兩人點了一下頭，表示不錯。

「很好。兩位不能以鳥形赴戰，因為目標太過顯著，而且我們希望盡可能隱瞞你們的身分。」阿蒙和埃摩司聽了似乎頗驚訝。

「我們要去哪裡？」我插話問，「塞特在赫里波利斯嗎？」

阿努比斯搖搖頭，「塞特雖然破壞牢牆了，但還鍊在牢裡。我們的目標是在他掙脫鎖鍊，因失去亡靈饕餮而還處於弱勢之前，把他解決掉。塞特可能一直依賴亡靈饕餮提供他足夠的能量來逃獄，所以亡靈饕餮才會闖到人間。吃活人的心，能賜予她足夠的能量，釋放塞特。萬一塞特逃獄成功，只怕連我們都治不了他了。」

「好吧，那他的牢獄在何處？」我問。

「在唯一有足夠重力牽制他的地方——混沌之水。我們監禁他的方尖碑，繞著混沌之水的外圍運行，我們應該能在那裡找到他，但願能藉此役，一舉殲滅這位弟兄。」

我正打算問「我們如何去那裡？」、「我在太空裡要怎麼呼吸？」，以及「伊西斯怎麼辦？」時，四周的空氣震動起來了。

天空晃漾出漣漪，幾十隻金色的身影衝了出來，我極力忍淚，忍到眼睛發痛。「怎麼會這樣？」我勉強問道，這大概是我所有問題中最蠢的一個。

「他們受到壯烈犧牲的兄弟們激勵，決定前來幫助我們，他們會載我們奔赴沙場。」

一群獨角獸飛到上空，大步邁著腿，高聲嘶鳴，宣布他們的到來。我看著他們，難過不已，我明知納布已經死了，卻還是在空中尋找他熟悉的身影。失去他和崔弟兩人，再加上瑪特，讓我心情難以平復。

有隻手拉住我的臂膀。「妳還好嗎？」阿蒙問。

「我沒事。」我轉向他，好想鑽進他懷裡討抱。當我看到他已著好金色盔甲時，我頓住了，看到我的錯愕，阿蒙眼睛一亮，低靠過來，抓住我的肩膀把唇湊到我耳邊。「我保證，總有一天，我們之間不會隔著盔甲。」

我臉一紅，說道：「但願如此。」

阿蒙往後退，隔著臂長的距離快速上下打量我，「我希望妳受到更多的保護，小蓮花。」

我垂眼瞄著自己破爛的衣服，皺起鼻子說：「我也是。我待會兒回來，別丟下我自己上戰場。」

他皺著眉，「我絕對不再離開妳身邊，小莉莉。」

「很好，君子一言。」

我跑到散布在山頂的空帳篷的其中一頂，喚請沙子清洗身體。我抬起手，破爛血污的衣服逐漸消融，直至我一絲不掛。風將我的皮膚吹颳乾淨，直至發亮，並來回吹動我的頭髮，最後平滑絲柔的頭髮拍在我裸露的背上。

等清洗乾淨後，沙子聚成衣物，我閉上眼，想像的不是自己想穿什麼，而是希望如何受到保護。柔韌的布料裹住我四肢，輕質的甲片仿製我的翅膀，用斑駁的花紋覆住我的胸膛腿臂。一條特殊的繫帶在我肩胛骨間形成一個袋子，我的盔甲上有兩個大到足以讓翅膀伸展出來的開口。

厚重的靴子在我腳上聚形，裡頭襯了厚墊，鞋帶緊綁到膝蓋。靴子頂端形成甲片，覆住我的腿，保護了小腿。靴子指尖部位窄成尖頭，幾顆心甲蟲現在藏到橫跨於兩肩之間的厚甲片底下了。

我發亮的頭髮從臉上掃開了，直直垂下背部，在風中甚至不會飄動。我掄起標槍，插到後方肩套帶中，然後把弓箭架到剛才造出的衣服上。武器都安穩地貼在我身上了。我從帳篷走出來，活動手臂並測試靴子，我甚至沒聽見埃摩司或阿蒙走近。

埃摩司拉起我的手親吻手指，我雖然戴了手套，卻是無指手套，以便於射箭拿槍。他眼角一皺，說道：「我很榮幸能與妳並肩作戰，我的短棍、斧頭和整個人，全歸妳使喚。」

「謝謝你。」我臉上燙得發刺，「我最大的願望就是大家都能平安歸來。」

「我將傾力讓妳如願。」埃摩司說。

接著我轉向阿蒙，他用側臂倚著帳篷的柱子，手按住刀柄，一邊打量我的打扮。在他的注視下，我的臉色更加羞紅了，我咬咬唇，然後問道：「我是不是落了什麼？」

他瞪大眼睛，「沒有，小蓮花。我只是在想，我活這麼久，從沒見過像妳這樣美豔絕倫，令人讚嘆的女人或戰士。我可憐那被妳的長槍抵住喉頭的人，然而我能理解他的感受。」

「你幹嘛那樣說。」我抬著頭問。

「我這麼說，是因為我知道妳有能力使喚任何人，以及所有與妳為敵的人，所以我同情他們。我能理解，是因為自我在紐約首度遇見妳後，便迫切覺得必須讓自己的身心靈臣服於妳的意志。小莉莉，在我們共赴沙場之前，希望妳明白，從今以後，我棄絕所有的神明，因為妳是我唯一崇拜的對象。」

他跪到我面前，拉起我的手吻住。

如果有個紐約男生對我講這種話，我一定笑到前翻後仰，猛飆眼淚，然後在回家途中跟計程車司機講這笑話。可是我無法嘲笑阿蒙，他表情肅然，憂慮襲上我心頭，扼殺了任何嘲弄的反應。

我瞇起眼睛，然後狐疑地垂眼望著阿蒙。我用力拉他站起來，兩手放到他罩著盔甲的胸膛上，「你該不是想做些瘋狂英勇的事吧？就像你上次拋下我，獨自衝進金字塔一樣？如果你有那種念頭，你最好搞清楚，本人已經不是當時的小女生了。」

我雖覺得不可能，但阿蒙卻雙手一環，將我緊緊抱住，我們的盔甲武器全擠在一起。「妳是我的莉莉，」他說，「跟我一起大啖美食的同一位莉莉，即使我們的第一頓大餐只是加熱過的狗。也許妳變得更強大厲害，穿著戰甲，面對妖魔，斬過可怕的敵人了，可是我愛上的那名女孩，那個在金字塔上救過我，擄獲我心的女生，跟此時站在我面前的是同一個人，就算拿全宇宙的十方世界與我交換，我也不會答應。」

他吻住我，那甜美輕柔的吻中，飽含了所有願望與我們也許無法做到的承諾。我知道，我們都渴盼自己能有機會使之成真。

「我愛你。」兩人分開時，我對他說，「但我發現，你並沒有正面回答我的問題。」

「那麼就把這當成妳的答案吧。我愛妳，如同花朵愛著雨露。花兒張口汲飲雨露，讓雨水澆溉它們。妳就是我的糧食，小莉莉，我絕不——我無法再次離開妳身邊。」

我飽脹揪緊的心在胸口熱烘著，我用指尖觸摸他柔軟的唇，劃著他下巴上的鬍渣。「我以前好像也聽過糧食之類的說法，」我笑道，「不過這次你不必脅迫我了。」

我再次吻住他，用額頭抵住他的，捨不得放他走，但時間已經到了。我往後退開，張開翅膀，兩隻獨角獸落到地面，跺著蹄子，閃電從蹄子下爆射出來，遁入地下，使地表跟著震動。他們緊張地揮動尾巴，在空中鞭擊，彷彿與隱形的敵人交戰。他們等待埃摩司和阿蒙騎上去之前，不安地扭著身子。

等大夥就緒後，我鼓動翅膀，一行人跟隨亞曼拉飛入空中。他揮揮手，開口便出現了，荷魯斯和阿努比斯來到我身側，阿蒙和埃摩司護住我另一側。我們形成強大的暴風雨，一股聲勢浩大憤然的漩渦，慨然奔赴戰場。

我聽到下方傳來一隻獨角獸的叫聲，垂眼一看，是卓拉，我驚抽口氣。

來吧，莉莉。她說，能載妳應戰是我的榮耀，妳不該這麼早就虛耗妳的能量。

我……我還以爲，缺口封死時，妳跟著納布走了。

家父不許我跟去，雖然我滿心願意。他希望妳作戰時，能有熟悉的坐騎。

謝謝妳，我說，眞高興有妳在這裡。

我揮了一兩下翅膀往下降，穩實地坐到卓拉背上。有一瞬間，我想像我們看起來像長了雙倍翅膀的巨大蜻蜓。卓拉說得對，我需要保留體力，能有她在身旁，我好生感激。卓拉雖未讓我聽見她的思緒，但我聽見她恨恨地咬著牙，失去納布，也令她憤怒不已。

我們進入漩渦的巨口中，逐一被吸了進去。黏稠厚重的油水覆在我們身上，接著我們便穿過去，在浩瀚空曠的空間裡漂流了。我瞠目結舌地望著無邊無際的宇宙，完全失去重力感。我的心跳加速，呼吸淺促，顫喘著張大瞳孔，盡可能吸納光線。

我並不是唯一被周圍震懾住的人，阿蒙頸上暴著青筋，連阿努比斯看起來都很不安，嘴巴抿成了一條細線，表情嚴酷堅毅。亞曼拉向前挺進，眾人尾隨其後——戰友們的呼吸聲，獨角獸的揮翅聲，以及鼻孔咻咻噴出的熱氣，是我唯一能聽見的聲音。

等我們離開空無的漆黑後，開始慢慢有了空間感，接著光線刺穿黑暗，像煙火在消散前般地爆開來，並發出滋滋的響聲。另一道光又出現了，這回是粉紅色的。接著我看到黃色與綠色的光，每道光的形狀都不同，每道色彩都令人驚豔。不久，我視線裡充滿越來越多的彩光，每道都在無涯的虛空裡創造自己特殊的地位。

「它們……究竟是什麼？」我問阿努比斯，一道炸開的松綠色光布滿我的視線。

「那是誕生中的星系。」他的臉被映成深紅與金，各種顏色在荒蕪崎嶇的星球上舞劃。

不久，我們看到發著金屬光澤的線狀物，它們像來來回回，上下交錯的橋梁般晃著。「那是……是一張網。」我驚嘆道。

「是的。」荷魯斯說，「妳看見的是天網的殘片，網線正在逐漸消失。」

「因為再也沒有人去編織它們了。」我說。

荷魯斯很快看我一眼，「妳怎麼會知道此事？」他問。

我嚥著口水，「薇斯芮特和……我，跟一隻大蜘蛛交過手。」

阿努比斯揚起眉毛，但沒有接話。

我研究交織在漆黑宇宙中的蛛網圖紋後，說道：「這很像一幅巨大的地圖，讓我想到夜空中看到的地球，所有的光連結在一起，而紐約永遠是最亮的一處。」

「是的，可是既然這是一張網，最亮的地方應該在正中心，我們要找的人，將會在那裡。」

大夥飛近，開始轉向，原本看起來像在地平線上劈啪作響的閃亮細線變寬，並彎曲起來了，最後我終於看清究竟是什麼了。那就像科幻片裡的東西，*我的埃及老天啊*，我心想。不對，應該說，*我的天啊*。

我對占星學涉獵不深，無法明白那究竟為何物，但就我這雙非科學家的眼睛看來，感覺有點像是黑洞。

*那是什麼？*我問卓拉。

獨角獸答道，宇宙的邊緣。

獨角獸天生的光彩閃滅了，宇宙現象映入我的眼簾。宇宙中央確實有條旋道，但其餘地方則滿是震動的顏色，看起來像片攪動的油池，池子外緣是一大片無法辨識的黑塊，那黑塊像在繫線一端亂飄的氣球般，猛然地擊著池邊。

「就是那個嗎？」我問，「那就是他嗎？」

「是的。」阿努比斯說，「塞特被銬在有限的活動範圍裡，妳所看到的，是他的牢獄的殘片。」

「所以那是一個黑洞嗎？」

「不，那並非妳所理解的黑洞。混沌之水儲藏了宇宙所有的生命之血。誕生的星系源自此處，生命的建構基礎、萬物間流動的能量，都來自這個地方。妳所認為的黑洞，就是滅絕。我們把塞特銬在創造力最旺盛的地方，可以抵銷他的力量，自從埃及之子們第二次轉生後，我們便將他關在他的監獄裡了。」

現在我比較明白自己看到什麼了，所謂的混沌之水，形狀就像一枚指環，但不會像呼拉圈那樣旋動——混沌之水最上面一層的邊緣，不斷地溢著，各種顏色如水般地從世界邊緣滴流下來。我們越靠近，越能看清物質以特定的模式移動。微量液體自表面上騰起，然後合併起來，射向遠處的星系。

「那是什麼？」我問阿努比斯。

「一棵樹、一隻鯨魚、新生的小貓、新的世界、一顆星星，有可能是任何東西。」

「我還以為混沌之水已經枯竭了。」我說。

阿努比斯輕喟一聲後說：「混沌之水以前曾充滿整個宇宙，剛才我們進入的黑暗處，現在雖一片空虛，但以前曾有過生命與顏色。塞特並不全是錯的，妳現在所見，是他造成的結果，他的動機謬誤而專橫，我們不能容許他濫用這股大能。」

眾人飛近，我默默思索阿努比斯說過的一切。卓拉搖著頭，一行人急轉彎。前方色彩繽紛的物質，從邊緣的彎弧上垂落，像一條巨大的銀河瀑布般流入太空，那景色壯麗極了。我可以想像崔弟駕著三桅帆船，乘著五顏六色的水浪，頑強地對宇宙高聲呼號，航經混沌之水的邊緣，沉落於宇宙之中。

我擦掉眼上的淚，驚異地研究混沌之水。「這裡一定有龍。」我喃喃說。

我不知道竟然真的被我說中了。

27 聖喬治與龍

「他們來了。」阿努比斯說，前方有湧動的黑暗形影。

「是飛魔！」阿蒙發出警告，他的獨角獸轉往下方，一隻妖物從我和埃摩司之間穿過，它的皮翅刮中了我的腿。

「別讓它們接近莉莉！」阿努比斯警告，一邊抽出閃亮的長劍。阿蒙的金色彎刀在黑暗中閃著光。現在既已不怕突襲，獨角獸恢復本然的光芒，接著我們看到真正面對的是什麼了。天空飛滿了鬼影幢幢的妖物，它們伸著爪子，張大嘴朝我們衝來，準備將我們撕爛。

我抽出標槍，按下加長的按鈕，狠狠戳入一隻飛來的怪物胸口，它在空中化作煙塵。阿蒙在我的右手邊一次解決兩隻，砍掉一隻的頭顱和另一隻的翅膀。少了一根翅膀的妖物狂亂地打轉，無法控制方向，它盤墜而下，消失在旋繞的星系裡。

太空深處出現了滋滋作響的小行星，我望向肩後，看到埃摩司把短棍戳入一隻打附近經過的妖物，然後抬手將來勢凶猛的飛石導向一大群飛魔裡。荷魯斯舉劍迎擊，同時施了某種咒語，讓群妖糊塗起來，轉而攻擊自己人，而不是我們。

四周的空間迴響著獨角獸和飛魔的叫聲，以及金屬砍在骨頭上的悶聲，這大概都是我永遠無法遺忘的。附近一頭獨角獸的騎士不見了，妖群降襲，劈砍獨角獸柔嫩的血肉，發亮的血從獨角獸的頸子噴射而出，他發出悲號，折起翅膀，摔入虛空中。

我的瞳孔燃起怒火，感覺狂怒燒上頸子。我喚出雙翼，飛入空中，聚集光芒。但這並不是一般的光，像赫里波利斯的陽光那樣，而是來自宇宙本身，幾十億星群的光芒。光線匯聚，急速向我飛來，我鼓翅緩緩轉圈，高高抬起雙手。

能量竄過我全身，我的皮膚亮到可以自行發光了。那一刻，我是一隻純然的斯芬克司——一頭生於宇宙的生物——充滿了火，金光燦爛，如同在太陽底下出生，由黃色陽光塑成。我的速度越來越快，最後周遭的一切皆成了模糊的色澤與光。

我雙翅一合，周圍整個區域像原子彈般地燃亮了。載著其他人的獨角獸紛紛避開，不確定我究竟施出何種力量。我淡然一笑，輕輕一指，將能量波射向最近的一隻妖物。旋光精準無比地致命一擊，周邊所有妖怪立即化成閃亮的煙塵，消失無蹤。

看到當前的危機化解後，卓拉折回來，我落到她背上，這時才發現她在我底下發抖。我面色一凜，「我是不是弄痛妳了？」我問。

沒有，不過妳應該知道，妳剛才運用的力量，不僅來自遠方的星辰，也得自獨角獸和諸神本身。

「什麼？」她的話令我震驚，我火速瞄向阿努比斯，他默默無聲地重新飛回我身邊。他雖面無表情，但即使在黑暗中，我仍看得出他握住武器的手在抖。

別太擔心，卓拉說，我們獨角獸很能吃苦，反正這些力氣也是要拿來跟他們打架的，至少這樣我們也無須費力去療癒傷口了。

她雖再三安慰我，我卻把嘴緊抿成一條細線，決定此後僅施用自己的力量，不再借用同伴之力。我不能再次誤判，我對新法力的了解，真的沒有想像中的多。

另一波妖群趕來了，它們比之前的兄弟更加戒慎，分成小組緊密作戰，十隻飛魔攻擊一隻獨角獸和騎士。它們先殺掉我們最外圍的戰士，慢慢朝中間逼近。每次打贏，它們便悄悄溜開，害我們料不準它們會從哪個方向攻來，因為它們全然隱身黑暗裡。

飛魔數量極多，我還以為之前交戰的數量已十分龐大，但塞特顯然將它們扣在身邊了，即使沒有亡靈饕餮，塞特似乎仍保留極強的實力。

眾人驍勇迎戰，雖失去了幾名戰士，但戰況似乎頗有進展。我們逼近混沌之水——這比我最先想像的還大，幾乎等同於一座大城。曼哈頓的大小，我吃驚地想。我們擊退敵方，來到混沌之水邊緣，結果又遭到一名隱形的新敵人攻擊，此人感覺似乎十分熟悉。

我聽到一記嘶聲，阿努比斯痛叫一聲，鮮血從他前臂滴下。阿努比斯掉落手中的劍，但利劍消失後，重又在他手中聚形。旁邊一名戰士從座騎上被拉下來，手臂整條不見了，戰士發出慘叫，鮮血從殘肢上噴流而出。卓拉高聲嘶鳴，前腿出現一排咬痕。我一邊緊盯著，尋找攻擊她的人，一邊拿標槍對著空中揮砍。卓拉的咬痕上注滿鮮血。

「是碧羅科！」阿蒙大喊。

聽到這句話，我躊躇了起來，想起在哈森博士家中休養時，我那脆弱的肉身，被賽貝克派來的隱形鱷怪攻擊的情形。阿蒙空著手伸向空中，雙掌攤平地用指尖探著，像在河裡撈魚。接著他抓到某個我看不見的東西，但那玩意兒很大，阿蒙雙臂抱住它的身體，手指都還碰不到。

阿蒙身下的獨角獸上下騰跳，阿蒙擰著臉，似乎十分疼痛。他在空中旋扭，懷中的妖物來回掙扎得厲害。阿蒙的腿從一側甩到另一側，整個人打著圈，然後猛力極速地往上衝。接著阿蒙又降回來，似乎停在半空中了。我往他挨近，伺機而動，把長槍往前一送，插入阿蒙兩臂中的空間裡。

阿蒙靜止不動地飄在空中，然後鬆開手。卓拉向他靠近，阿蒙伸手找我。我牽起他的手將他拉近，直到他的臉只比我的低一些。只要我拉緊他，阿蒙便能輕鬆地浮著，隨我們一起移動。我恣意享受被他大手牽小手的短暫時刻。阿蒙的臉比月光還要蒼白，但我看不出任何明顯的傷痕。他的眼睛閃著綠光，美若南方的海洋。

「緊待在我身邊，」他說，「別忘了，它們嘗過女生的肉味了。」我才點了一下頭，阿蒙便鬆手摔下去，精準無比地落在從下方衝上來的獨角獸背上。這已成為浴血戰了，看得見與看不見的妖物殺入我們的隊伍。亞曼拉和奈芙絲靠過來，太陽神叫我們沿混沌之水遠端的邊緣繞騎過去，他和奈芙絲會帶領其他戰士及獨角獸，朝另一個方向走。他指示我們收斂光芒，等收到他的訊號後再出發。

大夥在空中又激戰了數分鐘，我聽到一聲高亢的鳥鳴，是班奴鳥。我知道那就是我們等待的訊號，我喝令卓拉，她當即滅去身上的光，急速轉彎。阿蒙、埃摩司、阿努比斯和荷魯斯緊隨在後，四周的空間因戰場漸遠，而慢慢安靜下來。

當獨角獸的蹄子踩到混沌之水時，我震驚地發現，那些顏色模糊不清的物質，竟然有著堅實的基底，能讓我們行走其上。雲霧仍在攪動翻騰，像水一樣地流動，但只漫過獨角獸的腿，彷彿我們正在涉過一道淺流。我可以藉著往上映照的光，清晰地看到同伴們的臉。模糊的光在我們的四肢和臉上打出閃動的紋路，讓我們有足夠的光線看清前方的路。

「之後要去哪裡？」我問。

荷魯斯答道：「去跟塞特做最後的對決。」

我轉向阿蒙，尋找他看我時，經常露出的安慰笑容，但他卻面無表情。卓拉移到阿蒙的坐騎旁邊，跟著那隻看起來與納布十分神似的雄性大獨角獸的步伐。「怎麼回事？」我問他。

「我不確定，總覺得不對勁，我的胸口灼燒，我不懂是怎麼回事。」

「我的也是。」埃摩司說。

「太奇怪了。」我揉著自己的胸口，說時遲那時快，我的心口也開始灼燒了。卓拉止住步子，我抬腿跨過她的背部，重重落到發光的混沌之水滑溜的表面上。我突然覺得被衣服勒得喘不過氣，我扯著領口，身上的盔甲彷若裹屍布。

阿蒙與埃摩司似乎也經歷同樣的事，我抬手想用手掌撫住埃摩司的臉，卻抽著氣將手縮回來。「我們究竟怎麼了？」我問從坐騎上下來的阿努比斯。

他閉起眼睛喃喃念咒，整張臉皺成一團，像是極為痛苦。他一臉驚懼，很快地倒在我身邊。「不！不可能的！」他大叫著拉住我的臂膀，然後迅速抽回自己的手，他的掌心已燒成火紅。

我扯著自己的頭髮，跳著腳，急欲止住身上的痛楚。我雙拳時握時鬆，呻吟著壓住自己的太陽穴。我想問阿努比斯出了什麼事，卻說不出話，只是慌亂地用手比畫著，想告訴他，真的出大事了。我的背突然挺得硬直，我放聲尖叫，對著天上旋繞的群星仰著臉，感覺能量從體中被吊了出來，在我上面像雲團似地盤繞著。

我腦海中瞧見一名男子，他烏黑的頭髮，框出一張令群星相形失色的俊美面容。男子對我做出各種難以描述的允諾，這比夜裡躺在鮮草飄香的草原上，更令我歡喜。「我的愛。」我吻著他的嘴角呢喃說，他的唇彎成一弧得意而熟悉的笑容。我撥開他額上絲滑的頭髮，凝望他深邃的眼眸。

他的手從我的腰際滑到臀上，然後攤開手指，將我拉近。他咧嘴對我笑說：「妳今晚可有玩樂的雅興？過來找我吧，可愛的女孩。」

說罷男子擠擠眼，往後退開，臉上的笑意漸漸淡去，最後完全消失，我正打算追過去，男子卻被黑暗包覆住。我看到他眼神一凜，之前他對我張著眼，我從他眼中看到自己的反影，和滿溢的愛意。可現在他深沉的眼眸冰冷地閉上了，除了祕密，再沒別的。

祕密。

祕密。

我渾身癱倒，待我張眼時，只覺得空虛而心死。來自混沌之水的光像彩霧似地溢到我身上，雲霧覆在我發燙的皮膚上，熱氣漸退。幾隻強壯的手臂將我抬起，我皺著眉，站定身子問：「發生什麼事了？」

「是連結……」阿努比斯愁容滿面地說，「連結被切斷了。」

「怎……怎麼可能？」我問。

「是艾斯坦，」阿蒙一臉悲涼無助地說，「妳沒感覺到嗎，莉莉？」

「艾斯坦？」我呆立震驚地張著嘴，極力想釐清他話中的含意。

阿努比斯抓住我雙肩，將我轉向他。「莉莉，妳必須了解，這不是不能改變的，艾斯坦還是能救得回來，妳絕不能放棄他。」

我抬起眉毛，放棄他？我當然不會放棄他。「他還沒死是吧？你確定嗎？」

「他還活著。」荷魯斯用手指沿刀刃撫著，「暫時還活著。」

這話讓我心中閃過十幾種狀況，我很想揪住阿努比斯的領子，逼他吐出一切。

阿努比斯接著說：「艾斯坦只是不再……」他誇張地在空中揮了一下手，彷彿在尋找適切的表達。「他不再受你們的連結保護，你們集體的力量已跟他切斷了。」

「你有什麼事沒告訴我？」我手插著腰責問阿努比斯，用「你最好別惹我」的狠勁瞪他。

天神被我瞪到嚇退一步。

「莉莉，」阿努比斯說，「我們沒時間多說了，幸好你們與他切斷後復元了，其實恢復不了也是有可能的，連結一旦切斷，極可能毀掉你們所有人。你們能如此迅速恢復體力，是個好預兆，表示還有希望，對艾斯坦和我們，都有希望。不過我們還是必須找到他，不得耽誤。」

「你的意思是，他在這裡？」我飛向卓拉背部，再度跨到她身上。埃摩司彎身查看她的腳，幫卓拉治療碧玀科的咬傷。

「只怕連結斷開，表示艾斯坦就在近處。走。」他說，「我們動作得快。」

蒂雅又難過起來了，愛榭莉雅和我只能邊走邊安慰她。現在知道剛才發生什麼事，明白之前的影像究竟為何。我們剛才見到的影像，是艾斯坦心情的一瞥。蒂雅確認了適才見到的影像，在真實生活或艾斯坦的夢裡，從未發生過。蒂雅希望那是艾斯坦就在近處的跡象，表示艾斯坦希望我們能找到他。我好怕被蒂雅說中，我寧願艾斯坦躲過了那群飛魔，安全地返回赫里波利斯了，甚至在山頂上踱著步子，猜想大夥全跑哪裡去了。

黑色碑塔終於映入眼簾了，我們靠近後，發現那囚牢大如足球場，且看似已被撞開；有些段落完全溶解掉了，但裡頭太暗，而且距離尚遠，從我們所在處，根本無法辨識出任何東西。

那箱子，或荷魯斯口中的方尖碑，拴鍊在我們站立的發亮圓環邊上。我們走到邊陲，看著啪啪爆響，固定鍊子的地方。我抬眼看著箱子，箱子在我們上方一百公尺處微微地來回移動，就像巨型的方形氣球或風箏，而栓鍊則是一條伸入上方漆黑天空的發亮橋梁。

我嚥著口水，眺望橫在我們與尖塔間的巨大空間。幸好我們有獨角獸，否則徒手攀上亂搖的鍊子，絕對會是惡夢一場。

「你確定塞特還在上頭嗎？」我瞇起眼睛問，掃視上方的黑箱子。

「他若不在裡頭，鍊子應該會斷掉，溶解成純粹的能量。」阿努比斯答道。

「好吧，那咱們的計畫是什麼？」我問。

「我們應該跟亞曼拉和奈芙絲在這裡會合，他們應該比我們早到，因為我們繞了遠路。他們還沒來，實在令我緊張。」

「會不會是給飛魔或碧羅科逮住了？」

阿努比斯環顧天空，「應該不是。亞曼拉很厲害，任何膽敢咬他的妖魔，都會立即消亡。至於奈芙絲，她是位女先知，能預見未來，知道在何時，以及如何修正自己的方向。不過他們實在沒有理由還找不到我們。」阿努比斯揉著下巴，轉身望著上方的天空凝思。

方尖塔頂端爆出火花，整個建物開始搖晃，長長的栓鍊大幅地擺動，我們清晰地聽到一名女子的尖叫。

「母親！」荷魯斯跳上獨角獸背部，大步躍出邊緣。他衝到垂落的水面下方，然後飛竄上來，衝入我們的視線，朝方尖塔飛去。

阿努比斯氣極敗壞地揮著手，怒目望著荷魯斯。「衝動魯莽的年輕人，」他嘶聲說，「就這樣趾高氣昂地衝出去了，把他母親為何犧牲，全忘得一乾二淨。」阿努比斯皺著眉頭看我們，「你們最好別想跟荷魯斯過去。凡事三思而後動，明白了嗎？塞特已經知道我們在這裡了，我們不能讓他再占上風。」

「明白了，阿努比斯。」阿蒙說。

「很好，你們從沒見過塞特本人，我可警告你們，他就像一場遠處的暴風雨。你以為自己有時間準備接受他的攻擊，但他會在你猝不及防時，便已打中你。他在你底下盤旋，像最具耐性的獵人伺機而動，他會仔細研究你，找出你的弱點，然後痛下殺手。」他雙手一拍，「你便被鱷魚的利齒咬住了。」

我渾身寒慄。

「還有別忘了，」阿努比斯接著說，「他遠比表面看起來危險，你若把他當成瘦骨嶙峋，毫無力量的男孩，不值得留意，就大錯特錯了。他利用了我們的盲點。」阿努比斯凝望天空，咬著牙關，輕聲又說：「塞特變成殘酷無情的男人，性嗜折磨別人，他的終極目標是毀滅。塞特精於算計，聰明狡詐，對他稍示同情，他就得寸進尺地餵你毒。別相信你所看到的，塞特可以幻化成你前所未見的動物，並擁有牠們的能力。最根本的一點就是——切莫低估他，輕敵必敗。」

「我們要如何阻止像他這樣的人？」埃摩司問。

「你們也可以藉用他的輕敵來攔阻他。或者，更正確地說，利用他的高估自己。塞特的目標是打敗你們，他創造了埃及之子，因此會想利用你們，駕馭你們的能力。但你們可以抵抗他，我們賜與各位那份能力，但你們自身的決心與勇氣，才是唯一能攔阻塞特達成終極目標的武器。塞特不會想殺埃及之子——至少我無法想像他幹那種事。萬一他做了，結果將……這麼說吧，結果對他非常不利，意味著他的垮臺。

「他料不到會有莉莉這項武器，這件事只有你們幾位和我們知道，我想我們可以打贏，也必須打贏，其他任何結果，都難以想像。祝你們好運，孩子們。」阿努比斯搭住埃摩司和阿蒙的肩膀，他用手指劃著我的臉頰，抽抽鼻子，對我淡淡地笑了笑。「祝我們所有人好運。」他把話說完，然後對一望無際的天空喃喃說：「願今晚群星能祝福我們。」

我們才騎上獨角獸，便聽到上方傳來駭人的尖叫。有個東西快速朝我們扔來，那東西在空中旋轉，獨角獸認出那玩意兒後，緊張地跳著。

是荷魯斯和他的獨角獸！卓拉大喊。那團帶著腿和翅膀的旋球逼近後，重重撞在混沌之水上，聲音久久不散。墜跌而下的戰友敲出一大片凹溝，色浪激濺，噴入空中。他們在光滑的表面上打滑好長一段距離後才停下來，水波瘋狂地拍擊著，噴濺在獨角獸的胸骨上，也漫過我的雙腿。他們終於斷斷續續停住了，混沌之水中的物質迅速地填滿他們剛才刨出的凹溝。

大夥蹄聲雜遝，水花四濺地衝到摔落的天神和他的坐騎身邊。獨角獸虛弱地踢著腿，他斷了條腿，身側插著兵器。我拔出兵器，發現是荷魯斯自己的劍。荷魯斯被這頭雄獨角獸壓在底下，似乎已失去知覺。氣喘不已的獨角獸口角吐著白沫，蹄子在騰著霧氣的水裡踢踹，他的腿雖然斷了，仍掙扎想踩穩。我看出他好害怕，耳朵往後豎著，發出嗚咽的警告，那不是給自己聽的，而是為了我們。

我渾身血冷，火速掃視天空，卻什麼都看不見。我跨下獨角獸，跪到一旁，用手順著他長長的鼻子往下撫摸，最後停他張開的鼻孔邊。急促的熱氣噴在我掌上，卓拉用鼻子觸著他的鼻子，我可以感覺卓拉看到他的傷勢時，心中的悲痛。這獨角獸快死了。

我想請埃摩司相助，但他正跪在荷魯斯身邊，施法拯救天神的性命。於是我轉向阿努比斯，「你能做點什麼嗎？」我問。

他搖搖頭，「獨角獸被施過咒，我無法替他的靈魂做進入冥界的準備。」掙扎的獨角獸頹垂下頭，卓拉跺蹄發出哀鳴。片刻之後，這頭偉大的獨角獸身體發出亮光，然後化為空幻，從荷魯斯身邊消融掉，被混沌之水帶往邊緣，溢出去，從視線中消失了。

我抓住卓拉，撫著她柔軟的脖子，卓拉悲痛地看著埃摩司做治療。荷魯斯終於吸了口氣，緩緩張開眼睛，我如釋重負地吐出憋住的氣。可惜看到荷魯斯慢慢站起來時的釋然，很快便消失了，因為我聽到上空傳來吼叫。

一條彎長的形影——不對，是兩道彎長的形影——從方尖碑裡衝出來，撲向我們。待接近後，那兩個東西在我們上空慢慢盤環，其中之一是龍，腿上銬著金色鍊子。巨龍落到混沌之水上，蹲伏下來盯住我們，彷若估量我們其中誰會是最美味的開胃菜。他來回甩著尾巴，腳下的地面跟著震動。

另一道形影懸在闇黑中，巨龍仰頭發出宏亮的吼聲時，那形影便靠過來落到附近，鼓動的身體看起來極其眼熟。

哈囉，又見面了，女神。阿佩普甩著尾巴說，很高興在這裡見到妳。

「阿佩普？」我大叫一聲，刻意扭頭，避開他催眠的瞪視。「你不是不在乎諸神或他們的小戰役嘛！」

我是不在乎，巨蛇答道，一邊在我們四周扭動，有效地將我們困在他盤蜷的身體中央。可是這傢伙，他轉身看著巨龍，答應讓我愛吃多少靈魂就吃多少，填飽我的肚子。妳也知道，他又說，一邊垂頭直鉤鉤地看著我，我一向很餓。

他猝不及防地張開嘴，露出森森獠牙。水沫拍在他的鱗片上，我一如以往，覺得鱗片極美了。事實上，鱗片似乎映出了腳邊的水色。好漂亮。我朝巨蛇走近幾步，迷醉於他的絕美。

阿蒙用力把我扯回來，我甩甩頭，抽出標槍拉成長槍，可是我還不及發出戰號，巨龍便對我們發話了。

「先別急。」巨龍繞著舌頭慢慢地說，似乎講得很拗口。「我想，咱們還少了幾位成員。」有一堆裹著布的黑色物體從方尖碑上飄下來，輕輕落在巨蛇嘴邊五色繽紛的混沌之水上，然後這些東西便立即癱倒。其中一人的黑色帽兜往後掀開，我倒抽口氣喊道：「奈芙絲？」

我繞過巨蛇，奔向倒下的人，輕輕將帽兜掀開。巨龍看到奈芙絲的金髮落在我手上，哈哈笑了起來。我不確定巨蛇的毒液對他們的影響，會不會像對我的那般嚴重，但我們得盡快地幫她。

阿努比斯和埃摩司舉起武器瞄準巨蛇，荷魯斯跛著腳，盡快趕到下一位受害者身邊，他絆了一下，剛好摔在那副身軀旁。荷魯斯掀開那人的帽兜，是亞曼拉，他抬頭尖聲咆哮，「你究竟對我母親做了什麼？你這個禽獸不如的東西？」即使隔著距離，荷魯斯的眼神就像殺氣騰騰的彈簧刀，已彈開準備割過去了。

巨龍嗤笑道：「噢，伊西斯在這裡，我可以跟你保證，小傢伙。」

我移向下一位人士，然後再下一位，希望能找到艾斯坦，可是我只找到幾位亞曼拉的敗將。等我檢查過所有人後，站起來示威地揮著標槍，重新加入戰友中。「妳負責那條蛇，」阿蒙低聲說，「我來解決巨龍。」

「我聽到啦，小王子，」巨龍嘲笑道，「你要扮演屠龍的武士，這太有趣了，這樣能讓你的公主留下深刻印象，對嗎？真浪漫。」巨龍啐道，「我跟你保證，我不會被輕易擊敗，而且我完全不怕你，或任何其他穿盔甲的武士。」

巨龍輕哼著，從鼻孔噴出一團團的煙霧。接著他十足破壞形象地打了個噴嚏。我咧嘴一笑，看清了躲在龐然巨物後的矮小男子。我信心大增，接著我想到阿努比斯的警告，更不敢掉以輕心。塞特果然狡詐，他一定會不擇手段。

「你自以是萬世巨星，」我遙遙喊道，「可惜你連個屁都不是。你被高估了，其實根本外強中乾。你何不拉把椅子過來，跟長輩們多學著點，你這被寵壞的小半仙？」

我的激將法或許用得有些過頭，但我想測試他的弱點，就像阿努比斯說他測試我們那樣。巨龍對我狡猾地笑了笑，瞇起眼睛，「我必須承認，我很期待把妳整個吞下去。等我吃掉妳那位帥到沒朋友的護衛後，吃妳一定倍覺爽口。」

就是這個——他的性格缺點。嫉妒像頭野獸在他心中怒吼，我只須在他眼前揮動紅旗，他就會朝我的劍尖衝過來了。我得小心應付，但我認為有可能擊敗他。

巨龍說：「不過在我吃掉妳之前，我想跟妳說巨龍與自以為是的聖喬治的故事。妳有聽過嗎？」塞特幾近客氣地問。「沒有？」他沒等我回答。「那麼讓我告訴妳真實的版本，很久以前，有個驕縱的人類城市，請求一條巨龍幫忙。『我們快被瘟疫毀滅了。』他們說，『拜託幫助我們！』巨龍知道瘟疫是大自然創造的制衡方式，那些像老鼠一樣擁擠的市民又髒又臭，若能把這些人從地表清除掉，大地會變得更乾淨美好。可惜巨龍心太軟，同意出手相幫，而且僅要求一點小回報，一點小小的感激。

「他希望國王美麗的女兒能成為他的伴侶，陪伴他，給他應得的溫柔。可是國王女兒認為巨龍其貌不揚，不願屈就，嫌他的角太尖，吐氣過熱，笨拙的爪子會撕破她美麗的衣裳。

「於是國王舉辦了抽籤，每年犧牲一名女孩獻給巨龍。獻祭的女孩最後不是企圖逃跑，惹怒巨龍，就是哀哭個不停，求神龍放她返回家人身邊，搞得他十分厭煩。反正無論是哪種情況，巨龍都會大發雷霆，在過程中毀去了女孩。不久，城裡便找不年輕女子了，可憐的國王最後只好派出他的女兒。

「巨龍樂壞了，但國王偷偷派遣一名武士跟隨公主——一位經過特訓，專事屠龍的武士。公主看到英俊的武士前來相救，立即被他傻笑的模樣收服，再也不理會神龍的誠心相待。巨龍被迫與武士一戰，若非女孩放聲尖叫，巨龍原本可以打贏，因為女孩令他分了心，結果被武士殺死了。

「好了，在妳有任何亂七八糟的想法之前，我先告訴妳，咱們即將進行的這場小戰役，會有完全相反的結果。」

「哦？」我大聲說，「你為什麼會那樣認為？」

「因為這回我會獨自作戰。眾嘍囉，來會會我的兒子。」巨龍扭著脖子，望向背後某個人。「兒子？」他接著說，「你何不走過來，讓咱們的敵人瞧一瞧？」

一名披著布衣的人從巨龍的陰影底下走出來，男子抬手摸著帽兜邊緣，看到他的動作，我的心跳得好快，都快從胸口爆開來了。

我沒打算讓敵人看出我的軟弱，然而男子掀開帽兜時，我忍不住說出一個名字。那名字輕輕飄入空中，像一個幾乎難以辨識的呢喃；那名字盪回我耳中，像出自天使的低語。

艾斯坦。

28 龍子

蒂雅在我心中站了起來，「他不是你兒子，滅絕者！」蒂雅罵道。

「噢，我可以跟妳保證，他就是。你不是嗎，艾斯坦？」

艾斯坦垂下眼睫，「塞特說的是事實。」他說，「沒有方尖碑的屏障後，我終於看到塞特的夢，以及我生母的夢境了。」

「我不明白。」我轉頭問阿努比斯，「我還以為艾斯坦是個不折不扣的人類，再怎麼說，埃摩司和阿蒙都比艾斯坦更像塞特的兒子，是塞特賜給他們兩人的母親懷孕的機會。」

阿努比斯露出痛苦的表情，瞄向艾斯坦。

「這怎麼可能？」阿蒙嘶聲問阿努比斯，同時緊盯住阿佩普。

「是有可能。」阿努比斯大聲答道，聲音在空中激盪。「因為那個所謂的叔叔所指認的砌磚匠父親，並不是艾斯坦的親生父親。塞特有一位人類的小妾，也就是艾斯坦的生母，她雖然懷了艾斯坦，卻仍受到塞特的凌虐。」

「那艾斯坦的父親和姊妹呢？還有那位死去的母親？」我問。

「那些人與艾斯坦毫無關係。」阿努比斯說。

「可是塞特想殺掉自己的親兒子！」我辯駁道，「他幹嘛那麼做？」

「當時他並不知道，艾斯坦就是他兒子。」

化身為巨龍的塞特表示：「我祈求與人不同，你這自大的傢伙。我知道他是我兒子，但到頭來還不都一樣。我知道一旦我的小王子們死了，他們的能量就會補注到我身上。出自我身體的親兒子，滋補效益自然比阿蒙和埃摩司的能量更強，不過汲取他們能量的管道，在我吸取之前就被切斷了。阿努比斯和其他人耍了我，把他們的生命能量裝進了卡諾皮克罐，將三名男孩變成了埃及之子。

「諸神當然也對他們撒了謊，將日月星辰排列成線的儀式，從來不是為了將我關入牢獄，而是為了在我搶走他們的能量之前，反覆把能量鎖藏起來。因此，埃及之子必須每千年死亡一次，這幾個孩子會像凡人一樣地活上一段時間，但只能活一陣子，時間夠了即可。」

「這是真的嗎？」埃摩司問。

阿努比斯咬著牙，「是的。」他說，「可是你必須了解，我們當時沒有選擇，欺騙你們是唯一杜絕塞特收割一切的辦法。萬一他吸收了你們的生命能量，他就天下無敵了。」

「你本可以告訴我們，」阿蒙說，「可以將我們藏起來，讓我們活著、去愛、去過日子。」

「是的，」阿努比斯拚命點頭，「可萬一塞特找到你們，又會如何？他一定會找到你們，他只要一彈指，便能喚醒一名奴僕，或一批前去毀滅你們的軍隊，若沒有我在附近鎖住你們的能量，也許便給塞特奪走了。這是唯一掌控情勢的辦法，我們限制你們曝光的時段，讓你們只活到能使情勢再維持千年的時間。」

「我們的各種法力呢？」阿蒙問，「幻化成鳥？你們為什麼要賜與我們神力？把你們的能量借給我們？」

「我們無從選擇。」荷魯斯表示，「你們需要法力去辨識並與塞特的爪牙作戰。至於變成鳥……」他嘆口氣，「鳥是你們的肉身與天堂之間的繫繩，是一種偽裝，也是我們追蹤你們行蹤的方式。你們受到亞曼拉的保護，因此埃摩司犧牲掉他的鶴時，情勢才會變得如此嚴峻，因為那使他變得虛弱，易於攻擊。你們難道都沒懷疑過，為何再也無法在冥界裡變身嗎？」

「我……」阿蒙表示，「我還以為是因為化身為鳥的法力被鎖在死亡之罐裡了。」

「是的，那法力與你們的能量一起被封鎖住了，封藏數千年。」荷魯斯悲傷地說。

「我差點抓到你這隻鳥。」塞特說，「巫師已把它攥在手裡了，若不是你這位可愛的同伴，這些事不久前便應該都結束了。現在既然你們知道了實情，諸神拿我創造的埃及之子來對付我，騙了他們也欺騙了我，並將我鎖在大牢裡，但這會兒大夥全在了，簡直是作夢都想不到的事。現在我只須坐下來，讓我的飛魔徹底殲滅各位，然後吸取你們的能量，擺脫這些鍊子就成了。

「此事若能在我打算逃離時就發生，當然更佳，但本人深具耐性，你們看到耐性為我帶來什麼了嗎？背叛我的妻子和我們可悲的領袖亞曼拉全躺在我腳下了，奧西里斯已經成了廢人，伊西斯在我身側，而且我的小雞們都回到巢裡了。一切都是該有的樣態，而且我還賺到紅利——一隻能讓我栓在王座邊，可愛又極度有趣的小貓咪。如果她乖巧聽話，我會愛寵她，餵養她，否則就把她踹到宇宙另一頭。無論如何，一定都很有意思。」

我握拳插腰說：「你想得美。首先，我們若是小貓，你大爺就是隻小蛇。其次，別忘了，我們已經把亡靈饕餮和賽貝克都殺了，就我看，咱們是二比零。我覺得你已退無可退了，我若是你，不會那麼急著慶祝。」

「妳是個蠢孩子，」塞特說，「而且不堪一擊，我會慢慢享受教妳學會尊重的藝術。」塞特對阿努比斯說，「這種表現也太可悲了，你真的認為小小一頭斯芬克司就能攔得住我嗎？我可是天神哪！」他宣稱說，「是你們所有神祇中最厲害的一位，我只須殺掉你們的寶貝埃及之子就成了。你們無法阻止我奪權，你們把我關在自設的牢裡，只是拖延此事罷了，你們利用我贈與他們的法力打造牢牆，我只能藉著艾斯坦的雙眼去觀看，才能讓自己不至於發瘋。」

「他到底在講什麼？」我問。

阿努比斯解釋說：「塞特利用艾斯坦窺探夢境的能力，在暗中監視我們，所以艾斯坦有時才會施不出法力，因為塞特對他造成了干擾。」

「也因為如此，我才能在妳的夢中與妳溝通。」塞特對我說，「雖然無聊至極，但這樣能使我洞察其中一位埃及之子的潛在弱點。」巨龍揚聲大笑，團團煙氣從他口中吐出，往上飄升。巨龍悄悄挨近。

「說夠了吧！」荷魯斯罵道，「我母親人呢？」

「你還在這裡呀，荷魯斯？我還以為你已經發抖著，鑽到你的金隼翅膀下頭了。噢，等等，對了，金隼已經不再是你的了，對吧？你放棄他了。唉，那樣傑出的鳥兒，遲早註定得離開像你這種愛抽鼻子的小鬼。如果你一定要知道，令堂現在身體有些小恙，我相信她會沒事的。跟我在一起……」巨龍咯咯笑道，「害她有點發燒。這事我可只跟你說啊，我的朋友，即使對伊西斯來說，我還是有點難搞。」

「最好是啦。」我咬牙嘀咕，那一刻我對塞特的深惡痛絕，超過任何討厭的東西。跟塞特一比，亡靈饕餮只像個煩人的選美小姐。巫師賽貝克則是個浮誇，愛吹牛，沒錢又缺工的戲場製作人。可是這個傢伙——這位塞特——遠超乎我的想像。塞特令人作嘔，他變態扭曲到以為自己才是對的。

「我必須說，我挺喜歡這種造型。」塞特揮揮翅膀說，「滅掉龍族，是我做過最棒的決定。」塞特突然竄入空中，然後重重落在穿著帽兜大袍，頹倒的人士旁邊。他鼻孔噴著煙氣，「離亞曼拉遠一點，治療師，我可不想叫阿佩普再咬他一遍。他雖然強壯，但即使是我們之中最強大的天神，被毒蛇咬過兩次後，也不可能再復元了。」

埃摩司挺直身子往後退開，雙手舉高，直至再次站到我們身邊。

「咱們來進行第三段如何？」巨龍說。「艾斯坦，我希望你現在就幫我解開腳鐐，請立即動手，還有別忘了，你若不聽話會有什麼後果。」

艾斯坦嚥著口水，朝我的方向瞄了一眼，然後轉向巨龍。

「不要！」我大喊，「艾斯坦，你在幹什麼？」

「這事你要仔細思慮，孩子。」阿努比斯伸手警告說，「我想你應該知道自己該怎麼做。」

艾斯坦頓了一下，眼神從阿努比斯身上移向我。他堅定而遺憾地抿緊嘴巴，「現在我知道自己的身分了，」他說，「我很抱歉，蒂雅，對不起，我無法成為妳想要的人，我配不上妳。很遺憾我的傳承使我無法擁有妳的心。請相信我，我覺得這樣是最好的，現在都真相大白了，我的夢，我的野心，我的本性，全都得自於他。這是我的目標，我的命，我無法否定自己，以及往後要走的路。」

憤怒的蒂雅在我心中痛哭，艾斯坦喚出弓，然後搭起一支漂亮的箭。「父親？」他說，「麻煩你賜我一點亞曼拉身上滲出的能量，讓我解開你的鍊子。」

巨龍張嘴吸入能量，那能量從亞曼拉身上飄離，游過空中，旋繞成各種顏色。接著巨龍轉身，從鼻孔噴出光，光芒繞住艾斯坦的箭，直至整根箭柄光芒四溢。

「你可別忘了，」巨龍說，「得瞄準鍊子接頭的地方，整副枷鎖才會鬆脫。你若膽敢傷到我，即使只是不小心擦傷，後果將無可挽回，你很清楚是些什麼樣的後果，明白了嗎？」

「我明白，父親。你忘了，我的箭一向百發百中。」

「很好。」

艾斯坦臂膀一張，將箭射出。「住手！」我大喊，可惜太遲了。巨龍貪婪喜樂地看著飛箭射向混沌之水中心，直奔鍊子接頭之處。但飛箭並未射中銜接處，反而繞過去劃了個大弧，朝巨龍折返回來。塞特大吼一聲，七手八腳地用翅膀護住身體，低下頭保護自己的脖子。「你這個叛徒，孽子！」他尖聲罵道。

艾斯坦不理會暴怒的巨龍，兀自攤張著手臂，對群星仰抬起頭。「不。」我喃喃說，心底有個小小的聲音，告訴我就要發生可怕的事了。塞特雖極力躲避，飛箭仍射個正著，只是塞特在最後一瞬變了身形，飛箭射穿他的形體，噴出一道鮮血，射向艾斯坦。我悟出艾斯坦剛才所做之事。「不！」我大聲尖叫，狂奔起來。

我的腳重重踩在平滑的地面，跪膝滑過最後幾公尺，徒勞地想接住艾斯坦，可是箭速過快，直刺他的心臟。艾斯坦的身體被箭帶入空中，雙腿像剪刀似地盪在空中，最後整個人撞在發光的水面上。我趕到他身邊，把他拉向自己，捧住他的頭，抱在懷裡輕輕晃搖，完全不在乎那隻在附近狂跳尖叫的巨龍。

艾斯坦身上流蕩著血色，從他挺起的胸口泉湧而下。我用雙手緊按住他堅實的胸口，扼止一波波冒出的鮮血。我按著箭身兩側，努力止血。箭羽搔著我的臉，我渾身一僵，喃喃說道：「怎麼可能。」那上下浮動的箭柄一端，竟是伊西斯的羽毛，我把手伸到後頭一摸，發現最後一支箭已不翼而飛了。

「我剛才用法術把它從妳身邊偷走。」艾斯坦低聲說，「我知道妳絕對不肯用它對付我，這麼做，我的兄弟也能安全了。」

憤怒、恐懼、慌張在我全身奔騰，但艾斯坦撫著我，平息了這場怒火，直至我僅能覺知到一股深深將我撕裂的悲痛。伊西斯雖宣稱她的箭能療傷，但鮮血不斷從傷口湧出，我們知道已救不活艾斯坦了，弓上的警言，竟已一一應驗。

我們三名女孩於此同刻，均悲痛不已，合心齊一地陪伴我們深愛的男子受苦。「心愛的，」我喃喃說，淚水模糊了雙眼。「事情怎會走到這步田地？」我撥開他臉上的頭髮，親吻艾斯坦的額頭，悲哭起來。我沒發現他正試圖說話，「你剛才說什麼？」我探近聆聽。

他重重噓著，「有……有效嗎？」他問，「他死了嗎？」

「誰死了？」

「塞……塞特？」艾斯坦勉強把話說完，他的皮膚失去了暖意，我發顫的手上覆著他的血。

我抬眼一看，巨龍倒下了，兩側抽動著，嘴裡冒著閃亮的液體。「你是想瞄準他嗎？」我不解地問，「你不是從來不失手的嗎？」

艾斯坦微微搖頭，然後咳了起來。每咳一次，便噴出更多血。等他的身體終於稍定下來，艾斯坦露出悲悽的笑容說：「我並沒失手。」

「為什麼，艾斯坦？」我問，求他說個明白。「你為什麼要做這種選擇？告訴我，不是因為弓上寫的那些話。」

他搖著頭，「妳記得那個幫我為母后調藥的女人，曾要求我付出可怕的代價，做為報酬嗎？」我點點頭，艾斯坦又淺淺地吸了幾口氣，然後接著說：「她的要求就是，等時機一到，我必須殺掉我的父親。」

「什麼？」我低聲問。

「我對她發了誓，可是她……」艾斯坦又咳了起來，「從沒來取過報酬。昨天晚上她入到我夢裡，說時候到了，可是我若想殺死父親，必須瞄準自己的心臟。」艾斯坦的臉色變得雪白，他抬起手撫住我的臉頰。「現在我知道了，蒂雅，這才是我無法吸納妳心臟的原因，但我知道，我的心一向屬於妳，也將永遠屬於妳。我愛妳，我凶猛的母獅子。」他在我手中塞了個物件，那是我熟知的，蒂雅的心甲蟲，我的眼睛再次模糊。

我握住心甲蟲，點點頭，淚水淌過我的嘴唇，艾斯坦的眼神一空，然後便死了。一記前所未聞的吼聲從我口中發出，吼完我整個人軟倒在艾斯坦身上，失聲痛哭，緊抓著他不放。漸漸的，我開始意識到充盈在我四周的光。我扭身看到阿努比斯，他面色堅毅，雙臂舉在空中，將艾斯坦的生命能量導入他創造出來的四個卡諾皮克罐裡。

等能量安全地封妥後，我探到艾斯坦身上，輕輕吻住他柔軟的唇。我伸出一根爪子，割下他一束頭髮，然後輕撫他的臉，我的眼和心刺痛無比，我幫他把手疊放到胸口。混沌之水開始拖動他的身體，不久水沫便將艾斯坦從我身邊帶走了。我哆嗦地站在那裡，望著深愛的男子被沖到邊緣。蒂雅的聲音在我心中迴盪。

躺到綠草地上吧，我的愛，然後仰望繁星，我會去找你的，心愛的。我絕不讓你等太久，因為我唯一的希望，就是用宇宙給與我們的任何方式，與你幸福相守，但在與你重聚前，我誓言完成你所展開的志業。

艾斯坦的身體掉到另一側時，我伸出爪子，滿腔怒火地悄悄走向還在喘息的巨龍。我還不及將利爪刺入他體內，他已搖身一變，成了一隻小動物，奔過水域平滑的表面了。我愣忡著，不知發生了什麼事。那疾馳而過的小獸再次變化成小到連我的好眼力，都看不見的微物。

我奔回阿努比斯身邊。「出什麼事了？」我問，「錬子呢？」

阿努比斯滿臉淚痕，我抓住他的肩膀搖晃他，「阿努比斯！出什麼事了？」

「艾斯坦一定是弄錯了。」他拿手擦著臉頰說，「殺掉自己並無法毀滅塞特，反而釋放了他。」

「可是為什麼？」我喝問，語氣悲怒交集，「怎麼會滅不了他？」

「因為，莉莉，艾斯坦並不是塞特的兒子。」阿努比斯雙肩頹垂，像個再也站不挺的老頭子。「艾斯坦是我的兒子。」他輕聲說，兩道濃眉悲沉著。

我退開一步，震驚到血冷。「怎……怎麼會？」我問。

「我在他還是小嬰孩時撿到他，」阿努比斯說，「他確實是塞特的親生子，那點是真的，但他的生母想到自己生下塞特的孩子，便極度不安，於是在孩子出生後將他悶死，然後自殺了。

「這個瀕死的天神嬰孩，用小小的靈魂對我呼喚。當時我並不知道喚我前去的是這個孩子，而不是他的母親。女人的靈魂仍在附近徘徊，她乞求我幫忙。當嬰兒的小手指握住我的手時，我便決定把自己的一部分給他了，就像我對阿卜提悠那樣。

「艾斯坦的改變，使他變得更像我的兒子，而不像塞特。我從襁褓時將他養大，阿卜提悠很喜歡他，事實上，狗兒很愛在他的搖籃旁邊。當艾斯坦的生母鬼魂前來找我，警告我說，塞特賜了孩子給無法生育的皇后時，我便開始留心了。

「艾斯猶特家的小王子去世時，我來到孩子身邊，告訴護士可以更換孩子。我偽裝成一名乞婦，收取護士給的錢，然後把艾斯坦交給她。我在離開之前對孩子施了咒，暫時封住他的法力，想等日後時機到了，再好好教他使用。可是，我從來沒有那種機會。

「多年來我觀照艾斯坦，對他的愛與欣賞與日俱增，當塞特殺害他和他的兄弟時，我窮盡一切力量，重建他們三人所失去的。多年前，我在艾斯坦不知情的情況下，釋出他身上的法力。我們發現，他的能力總是維續在他的夢裡。」

阿努比斯講述這則故事時，我一邊打量他的臉，細看他的五官，現在看仔細了，便能瞧出他與艾斯坦的相似。阿努比斯的頭髮雖剪至耳下，但髮質與顏色與艾斯坦如出一轍。阿努比斯鼓起嘴時，下巴上也有條小溝。我吸口氣，大聲說道：「你真的是他父親！」

「是的。」阿努比斯難過地點點頭。

「你為何不告訴他？」我問。

「我很想說，可是把真相藏在自己心裡，似乎更加安全。這件事連瑪特都不曉得，我若是告訴艾斯坦，瑪特便能在他的心中讀到真相，那麼塞特便會發現他的真實身分，而利用這點達成自己的計畫了。」

愛榭莉雅浮上檯面，拍拍阿努比斯的臂膀，「我母親總說，『不管你的父親是誰，成長的路得自己走。』艾斯坦是個好人，他一定很驕傲有你這位爸爸。」

「謝謝妳，愛榭莉雅。」阿努比斯說。

阿蒙表示：「這些都無法解釋那位神祕的婦人為何叫艾斯坦用自毀的方式，來殺掉他的父親。」

「啊，我想我能回答這個問題。」我們上方傳來聲音。

塞特化成人形，手臂環住一個熟悉的身形。她瘀青的臉上斑痕累累，一隻翅膀垂掛著，身上的衣袖被撕掉了。塞特粗暴地一推，喝令道：「給我跪下，妳這個二老婆。」

伊西斯遵照其言，但她抬起眼，目光鎖住她的兒子荷魯斯，並輕輕搖頭。

「好了，」塞特露出一臉乖戾的笑容，「咱們剛才說到哪裡了？」

29 星星的祕密

「啊，對了，」塞特說，「說到神祕的婦人。」

我的紐約社交名媛本能注意到，塞特衣服的袖口吊在雙手上方幾吋的地方。這傢伙待在方尖碑時，顯然長高了，否則，就是他實在不懂衣著，或絲毫不在乎自己的裝扮。我研究他的臉，看到某種怪怪的特質，他幾乎像是個瘦長笨拙的青少年，就像發育遲緩，還沒轉大人的小鬼。或者他只是有張看起來永遠比實際年齡年輕的娃娃臉，就像那些已經二、三十歲了，還有辦法演高中生的演員。

塞特不是已經好幾百歲了嗎？天神的青春期就是那樣嗎？哇，那也太慘了吧。我若得戴牙齒矯正器，並跟粉刺作戰幾百年，一定會很吐血，也想抽死身邊每一個人。塞特的額頭上有兩條翹起的頭髮，而不單是一條，伊西斯蜷在塞特的前方，塞特不斷地想把頭髮抹平，似乎未意識到自己這個動作。他的手指抽扭著，蒼淡的藍眼不時瞟向腳邊的女子。

他的身體似乎夠強壯，但過長的四肢感覺頗不協調。在蒂雅眼中，他就像一頭笨手笨腳的雄性幼獸，所有的張揚做作全都是裝出來的。愛樹莉雅懷疑他的樣貌是因為關禁造成的，她提醒我，她躲在仙子樹時，形貌也有了改變。塞特被困牢塔時，或許挨餓了。

塞特瞇著冷硬的眼睛，意圖發出高傲的笑聲，結果卻只發出鼻音，他像被自己發出的怪聲驚著了。我忍不住撇嘴，塞特立即注意到我的反應，氣到咬牙，尷尬地羞紅了臉，瞬間惱羞成怒。

我下意識地往後退一步，直到感覺阿蒙穩如泰山地站在我背後。塞特的怒氣威力強大，宛若一朵恐怖的雷雲，隨時準備劈閃怒雷。聰明人見著了必然不敢小覷，在窗上隔起板子，尋求庇護。

現在我明白塞特為何喜歡變成野獸，而不愛用自己的原形了。變成野獸令他覺得強大倨傲而自在，可是化為人形的他，卻十分尷尬。戴上動物的面具，能掩飾自己的不完美。從小跟這群零缺陷的天神家族在一起，難怪塞特會這般扭曲。

艾斯坦與塞特毫無相似之處，他更像阿努比斯和他的兩位兄弟，而不是這位真正將他帶到世間的人。他們不僅是長相不同而已，看到這對父子如此迥異，讓人在許多方面感到釋懷。其實塞特若好好保養皮膚、剪個好看的髮型、穿訂製衣服，應該不至於難看。可是對我而言，魅力源於內在，就這一點，塞特實在令人厭惡。

問題是，塞特非常強大，更糟的是，他生性殘酷。也許塞特會變成那樣，並非全是他的錯。塞特很神經質，需要被稱讚被欣賞，無論他是否值得。許多青少年也一樣，他們欺負女友或霸凌弱者，是為了自覺高人一等，只是我從未料到天神也會如此。

「妳以為，」塞特打斷我的評估說，「我會真的忘掉自己的孩子嗎？」他伸手撫摸伊西斯的折翼，痛得她蹙眉。「我找到了艾斯坦的生母，折磨她流浪的靈魂，直到問出我需要的情報。她死後比活著有利用價值，因為她一直在窺探她的天神兒子。我並不訝異阿努比斯會拯救這孩子，他對小狗、迷路的小貓，和被棄的嬰兒，就是心軟。

「我在問出需要的情報後，便啟動殺害三名王子的計畫，是的，我知道其中有一位是我親兒子。我利用朗尼賀拉大祭司在艾斯坦母親的耳邊悄聲說，殺死我的唯一辦法，就是由擁有我血脈的兒子揮刀。我知道萬一計畫出了錯，艾斯坦活下來了，那女的定會窮盡辦法，把艾斯坦導往我要的方向。當然了，艾斯坦根本無法殺害我，可是時機一到，會很容易鼓動他下手。

「艾斯坦未能活下來，因為朗尼賀拉按照指示殺掉他了，可惜諸神出手干預，在艾斯坦的生命能量回歸混沌之水前，封住了能量。不久之後，我被囚入牢塔，靠籌備復仇打發時間。後來，你們就在這裡了。」

他露出近乎真誠的笑容，我發現是真心的。他很高興成為眾所矚目的焦點，這是他的光輝時刻，他最後的謝幕。塞特在享受每一秒的關注。我勉強擠出感興趣的表情問：「那你為何派他母親入夢？感覺上每件事情都按照你的意思在走。是什麼改變了？」

「諸神的詭計改變了。幸好我對艾斯坦的母親有所防範。我知道機會雖然不大，但你們大家還是有可能阻止我。」

這我倒是真的想聽了。「哦？」我淡淡地說，知道塞特一定忍不住藉機炫耀自己的成就與智慧。

「我一發現伊西斯將三名男孩連結在一起，便知道非解除她的咒語不可了。」他用手抓住伊西斯的脖子一擠，「妳知道嘛，親愛的，妳的咒語本該用來為我服務，而不是拿來對付我的。」

「是的，塞特。」伊西斯疲累地喃喃說。

「妳剛才說什麼？」塞特手上一緊。

「我的意思是，是的，夫君。」伊西斯對他露出淺笑。

「這還差不多。」他的手從伊西斯的脖子上抬起，心不在焉地撫著她的長髮。「我剛才說到哪了？

噢，是了。當飛魔把艾斯坦帶來給我時，我把他關了一陣子，暫時沒親自見他，以便決定下一步該怎麼做。我自己無法斬斷你們的連結，伊西斯的咒語太強大了，唯有埃及之子能切斷這份連結。你們所有人都連結一氣時，我不能公開跟你們硬碰硬，風險太大了。

「可是就在那時，我可愛的老婆出現了——我的第一任妻子，也就是奈芙絲。我稍加威脅，便讓她相信，幫助我對她最為有利。老實說，現在想想，她似乎很樂意彌補所有她給我造成的麻煩。我想，女人思念疏遠的丈夫，是很正常的。」他轉頭看著躺在地上的奈芙絲，她優雅美麗的面容被流經的水包圍著。「也許我應該重新考慮要不要殺她，若能把我兩個老婆扔在一起，也許不錯。

「就像我剛才說的，」塞特回頭對我們表示，「我把奈芙絲跟艾斯坦關在一起，她用戲劇性的方式，對艾斯坦承認我才是他的生父，想殺死我，艾斯坦便得先殺掉自己。」

塞特咯咯笑道：「她還警告艾斯坦，切斷連結乃當務之急，他若在與兄弟們連結的情況下自殺，兄弟也會跟著一起死掉。高貴正直的艾斯坦全心相信，殺掉自己，便能拯救你們所有人，使我虛弱至死。」

我望著奈芙絲的身體，她竟然背叛我們，我無法相信她會那樣對待大家，對付她自己的家族。她真的那般忠於她的夫君嗎？或許她嫉妒伊西斯，可是奈芙絲似乎比任何人更熱中對塞特開戰。塞特的說詞雖言之成理，但感覺就是不對勁，有些兜不攏。

「為什麼要做到這麼絕？」我問，「為什麼要讓艾斯坦自殺？他一旦斬斷與我們的連結，就沒必要毀滅他了，反正你無法吸收他的生命能量，阿努比斯把能量封進卡諾皮克罐裡了。你為何要建議他舉弓？」

我厭惡地譏諷道，「只有喪心病狂的人才會幹這種事。」

「妳只是個單純的女孩，小斯芬克司；我並不期望妳能理解諸神的遊戲。妳不過是枚棋子，一枚被扔到棋盤上的小卒，在其他人各司其職時，引我轉移注意力罷了。我還以為妳的成就會超過所見，可惜我必須說，我相當失望。阿努比斯知道艾斯坦為何非死不可，不是嗎，阿努比斯？」

阿努比斯看了塞特一眼，「因為他是我兒子嗎？」

塞特笑到眼角冒淚，「你以為我真的在乎誰是艾斯坦的父母嗎？知道他死了令你難過，只會讓我更開心而已，所以我才會派手下，帶引他進入你們亂七八糟的家族裡嗎？可惜根本不是那樣，我愚蠢的天神朋友。原因並不是那一項，你一定知道真正的理由。」

塞特頓了一會兒等著，然後嘴巴咧出一大彎笑。「或者你並不知道，這事我只告訴你啊，」塞特假裝小聲地對我說，「阿努比斯的腦袋瓜並不是宇宙最聰明的。」

阿努比斯威脅地踏前一步，但塞特抬起一隻手。「行了，行了，沒必要動粗。不過你不妨檢查一下你的罐子，我不確定像你如此偉大的死神，也知道全天下所有的事。」

阿努比斯緊盯住塞特，他沒按塞特的話去檢視罐子，反而亮出他的黑劍。「我懶得再聽你吹噓了。」阿努比斯說，「我會先斬掉你的舌頭。」

塞特嘲弄地嘖嘖彈舌，搖著手指，然後指著我腳邊的卡諾皮克罐。由於阿努比斯不肯動，我只好親自出馬，跪下來拿起飾著朱鷺頭的罐子，打開封蓋。漆黑的罐子裡而空無一物，我定定看了整整一分鐘，等待白光出現，我戒慎地抬起頭，與阿蒙四目交接，「裡頭沒有東西。」

阿蒙緊張地挪著身子，「不可能，莉莉，我們明明看到能量流進去了。」阿佩普似乎只是乖乖地等著聽令於塞特，因此阿蒙跪到我身邊，打開第二個罐子、第三個，然後是第四個。

「看到了沒？」塞特說，「艾斯坦的能量屬於我，使我強大到足以掙脫鎖鍊，現在我能以前所未有的方式，取用毀滅的力量了！」塞特咂著舌頭嘲弄我們的不堪。「好啦，好啦，你們應該會高興知道，艾斯坦在夢界看到了自己的滅亡。小犬這點比你們誰都厲害，當然了，那對他並無太大幫助，是吧？」

「不，不可能的，我……我留了他一束頭髮。你能使他起死回生！」我對阿蒙說，一邊拉起他的手，把艾斯坦的頭髮放進他手裡，讓他緊握住。「試試看，」我求說，「試著給他一副新的身體。」

「好啊。」塞特興奮地說，「你試給咱們瞧瞧。」

阿努比斯的嘴緊抿成線，頸上肌肉暴起，彷彿準備跳躍。伊西斯甚至不肯看我們，荷魯斯只是愣愣地望著他的母親，看起來像個剛失去一切的男子，而那也正是我的心情。

阿蒙閉眼抬手，喃喃念咒。艾斯坦的髮束飄在空中，法力在阿蒙四周凝聚，但接著光線黯淡散失，髮束隨著被混沌之水攪起的風，四下飄散。

「不！」我大叫著急忙去抓頭髮，但頭髮飛走了，還不及抓回來，便已融入翻攪的水霧裡。

阿蒙抓住我，將我拉回他懷中，我倒在他懷中痛哭。「我已無能為力了。」他在我耳邊喃喃說，「艾斯坦走了。」

塞特咧嘴笑道：「你們以為我幹嘛把你們全帶到這裡？這裡是創造之地，也是滅絕之境。卡諾皮克罐再神奇，也擋不住在此發生的生與死，這是自然的過程。混沌之水抽乾了卡諾皮克罐，正如混沌之水汲取你們那場獨角獸的小戰役中，所有死去動物的能量一樣。我可以吸取全部能量，包含艾斯坦的。現在我只須把你們剩下的人解決掉就行了。」

我怒不可抑地轉向他，手指變成鳥爪，爪子一出現，立即又生出一個指節，尖銳的爪尖映著混沌之水，閃著光芒。我隱約聽到一記呼聲，「莉莉，不行！」

可是我已經不再是莉莉了，我是斯芬克司，站在我面前的這隻畜牲殺死了我的伴侶，造成他第二次，也是最後一次的死亡。此刻我生命中唯一的目標就是讓殺害他的凶手，遭受相同的結局。我發出凶狠的咆哮，一躍而上，瞇著一對貓眼看準塞特喉上的脈動，將爪子深深刺入他的肩頭，然後張開嘴。

塞特發出尖號，當我瞄準他柔軟的脖子，打算以利牙撕開他的脖子時，塞特弓背往後跳開，將我甩掉了。我往後滑退好幾公尺，用爪子扣住水面，卻找不到施力點。其他同伴衝了上去，巨蛇展開攻擊。荷魯斯奔向他的母親，混沌之水將她一把從分心應戰，被團團圍住的塞特身邊拉開。

我張開翅膀，離開滑溜的表面，奔跑數步竄入天空。我從宇宙聚集能量，無助地看著我的同伴們不支倒地。塞特想滅掉荷魯斯，可是荷魯斯的母親用手搭住他的肩膀，大聲念咒，減緩他滅絕的速度。到目前為止，僅有他的前臂化成飛塵。

這期間阿佩普趁隙在阿努比斯的肩上咬了一口，阿努比斯掙扎著從滑溜的地面站起來，再次加入戰局，但又被擊倒在一旁。毒液開始發威了，這位強大的天神搖搖晃晃地跪倒，這回沒能再站起來。阿佩普蜷身纏住埃摩司，想將他勒死，阿蒙則猛力劈砍蛇妖的脖子。黑色的血水滴落在水面上，嘶嘶地消失。荷魯斯的死亡逐漸逼近，塞特召來剩餘的飛魔。我沒有別的選擇了，只能將雙翼一合，飛魔登時燒成火團，飛灰如落雨般地掉在下方的戰士身上。

我張開翅膀，翱翔盤旋，痛恨自己必須把能量耗在飛魔身上，而不是直接轟擊塞特。能量匯聚時，我感覺身邊空氣翻攪，有個東西撕扯我的臂膀，我的腿上出現另一道傷口。碧羅科又回來了，我從肩套帶抽出標槍瘋狂揮砍，可是它們不斷地攻上來。

荷魯斯已倒在他母親身上了，膝蓋以下已經消失，埃摩司不是昏過去，就是也被咬了。我的一隻翅膀被爪子撕破了，痛到尖叫，而且還掉了標槍。我緩緩飄下，翅膀已無法再支撐我了。我本能地把雙手往上一抬，一道光跟著射入天空，闇黑的空間被照成綠色，然後是銀光，接著是銅色。我聽到千百隻碧羅科的慘叫聲，它們被心甲蟲發出的光滅掉了。那光能來奇快，去得也急。我渾身虛脫，累到無力。

我淚眼盈眶地往下墜，看著阿佩普把埃摩司甩到一旁，然後用頭頂住阿蒙，把他拋到空中。阿蒙狂亂地旋轉，尚不及穩下來，已被阿佩普一口咬住胸口。阿蒙高聲痛呼，我也是，因為我看到長牙穿出阿蒙的背部。

巨蛇奮力地甩頭，阿蒙從他口中鬆開，重重掉在發亮的混沌之水上。我雙腳落地，全身麻木，連荷魯斯的尖叫聲我都無感。我望著浩浩天地，看到塞特興奮無比地盤在伊西斯和荷魯斯上方，阿佩普張開巨顎，準備再次攻擊，可是我再也聽不見他們的聲音了，連蒂雅和愛榭莉雅的聲音也聽不到，或許她們也跟我一樣，變得麻木無感了。

當我的靈與肉飄離時，我開始聽到一些細碎的竊語。我抬起頭，發現聲音來自群星，它們正在對我說話，告訴我一個人的名字。

可是指名道姓，是薇斯芮特的本領，不是我的。那些竊語催逼著我。救世主，它們說，該是救世主甦醒之時了。

「救世主。」我重述著，嘴巴說道：「救世主就是關鍵。」我突然想起哈森博士的話：這個儀式留在世間，是為了一個人，但這名字刻在牆上時，那人還未出生。這是萬古以來，群星所對我們低訴的名字。

群星此時正在低訴一個名字，救世主，它們不斷地一再訴說。

有個與混亂相關的古預言，瑪特的聲音在我腦中說道，未來宇宙將被混亂主宰，而失去和諧，秩序大亂，諸神的力量會被困鎖在一片蛛網中，屆時，救世主將現身。

我終於知道救世主是誰了，能擊潰塞特的人是她，而且也唯有她能做到。

我仰頭閉上眼睛，抱住蒂雅和愛榭莉雅，將她們緊緊擁住。我這一生，被困在自己的思維牢籠裡，懼怕令他人失望，不敢成為自己想望的人，但我已不再是那名女孩了。我最想要的，是與我心愛的人相守，探索充滿變數的人生，可是那已註定做不到了。我永遠不會知道自己可能如何，阿蒙和我可能如何，但至少我曾淺嘗過那種滋味。

我安慰兩位姊妹，有時犧牲是必要的，我們得捨棄自己最想要的事物，以求他人的幸福。「薇斯芮特，」我對天上的星子喃喃表示：「我們準備好了，我們以宇宙間傳遞的名字召喚妳，我們召喚救世主。」

強光乍現，籠罩我們。「謝謝妳們，莉莉、蒂雅、愛榭莉雅，各位的犧牲奉獻，將編織於群星中。」有個我們都認得的聲音說。一股冷風從我身邊吹過，我從剛才飄浮的地方飛起來，一時間，我還感覺到蒂雅和愛榭莉雅緊依附著我，然後便失去知覺了。

30 合體

我吸著氣，聞到了血腥、生命、能量、遺失、死亡、痛苦、野心的氣味，這些氣味聞來香濃、刺鼻、嗆辣和甜美。我在新的形體中沉澱、安置，然後打開眼睛，看清眼前的景象。埃摩司一息尚存地躺在附近，他的肺破了，有個內臟裂了，右腿折斷。

阿努比斯中了阿佩普的毒液，已垂危將死，其他天神在水面上或臥或倒，包括莉莉的阿蒙在內。艾斯坦不見蹤影，但我可以感知他的能量在四周飄游旋繞，幾乎就要散盡。

四處盤旋著在黑暗中出生的可怕野獸，它們承受了任何真實世界出生的動物所不曾有過的痛苦。它們的身體界於生與死之間，對它們而言，每個動作都是一種折磨。它們沒有自由，沒有選擇，只能聽命於用兩界之間的殘片打造出它們的主人。

我噘起嘴，深沉平穩地吸口氣，然後輕輕吐出。我口中吹出一股勁風，將所有要死不活的生物吹回它們原本歸屬的隱形次元。它們殘餘的形體變成了純粹的能量，如雪花般飄落在混沌之水表面。我知道此舉會強化我的作戰對象，但現在也沒別的辦法了。

等妖群消失後，我向前踏出一步，忍不住發出嘟囔，我終於意識到自己的身體傷成什麼樣了。有隻翅膀拖在地上——骨頭折成兩段，我的肩上有塊清楚的尖突，腿臂被怪物咬中抓傷的地方，瘀青且隱隱作痛。

我抬起手，閉著眼，從混沌之水汲取能量。能量舔著我的腳，攀上我雙腿，不久能量在我全身鼓動，感覺每道割口、瘀傷和傷口都在有力地癒合。「好多了。」我喃喃說。

身體痊癒後，我可以執行任務了，首先就是處理阿佩普，那傢伙這會兒竟還敢張大嘴向我滑來。「不許動。」我抬起一隻手說。我不希望工作時受到打擾，便用水中取得的能量，在塞特、伊西斯和荷魯斯的四周做了個泡泡。塞特正忙著毀滅荷魯斯，而天神的韌性似乎還能支撐一陣子。伊西斯抬眼朝我的方向歪過頭，但她僅對我微微點一下頭，便繼續與塞特攀談，進一步分散他的注意力。

阿佩普沒發現這點，加速往前滑行。這會兒我們不會受到干擾了，我閉起眼睛搜尋他的真名，然後找到名字，這實在太容易了。我笑道：「索胡，你得聽命於我。」

巨蛇立即止步，蜷成一個大圓，頭部棲放在身體上。他用晶亮而充滿恨意的眼神瞪我。*妳究竟是何人？怎會知道我的真名？*

「你怎會不知道自己的真名？」我問，「你已忘記自己的身分了，塞特說他創造了你，但那是錯的。塞特欺騙你，利用你殘破的心智，對你做了他無法信守的承諾。」巨蛇瞪視著，但我看出他沒聽明白。「也許等我讓你跟你的雙生兄弟團圓後，你便能記起來了。」

*不可能的，*巨蛇說，*我已失去他了。*

「沙蒙特！」我喊道，「我允許你逃出你的牢籠，從迷途島來找我，與你兄弟團圓！」一陣天搖地動，水面往一邊陡斜，然後又拉平了，水面中央的黑洞裡冒出了一顆頭。巨蛇的身體向我們滑過來，接著他往上一豎，似乎準備攻擊他的兄弟。

「沙蒙特，你且定下來。」巨蛇靠近調整角度，便於用一眼看著他的兄弟，以另一眼看我。沙蒙特不再移動了，長長的身體橫過水面，他的鱗片呈淡灰色，眼睛黯黃，與他那黑呼呼的兄弟反差極大。「沙蒙特，」我開口說，「我在洞穴遇見你時，你同意釋放埃及之子，藉此交換機會，報復囚禁你的人。現在我可以實踐我的諾言了。」

我往後仰頭，對著黑暗的天際大喊，「不幸的食人族！妳的死期到了，過來領受妳的懲罰吧！」

一會兒之後，混沌之水漆黑的水中央飛出一個物體，自上空飄出一道弧線。我看見一道細細的網線拉過天空，一隻巨大的蜘蛛輕輕降落在水面上，水面雖然滑溜，蜘蛛的長腳仍穩穩站住了。

「妳可織了妳的織錦？」我靜靜問道。

織了，主人，蜘蛛答說。

「妳看看四周，這就是妳的作為造成的結果。」

這並不全是我的關係，蜘蛛回說，您不能把別人的選擇怪罪到我頭上。

「呵，那妳就錯了。」我轉向兩條好奇望著我的巨蛇，「你們之所以分開，就是她造成的。你們原本是守護天柱的雙生創造之神，諾摩神，負責保護混沌之水。你們用長長的身體環成永恆之圓，纏繞住這片水域。由於索胡的頭咬住了沙蒙特的尾巴，反之亦然，因此你們的飢餓被平衡掉了。你們一邊移動，一邊保持宇宙的整齊和諧。

「由於宇宙蜘蛛的貪婪，使得連結萬物的織網變弱了，但她無法吃掉你們，便硬生生將你們拆散，害得混沌之水無人守護。後來暴風雨來襲，一顆巨石落入水中，亞曼拉因此誕生。混沌之水為了矯治這種改變，便賜與其中一位天神滅絕的力量，可是兩位天神對於如何平衡創造與毀滅的強大力量產生了歧見，結果搞得天下越來越亂。」

這情形能修補嗎？沙蒙特問。

「有些事情能修補，就像靈魂將生命力與神力鎖在一起，創造出某種全新的東西，我可以將你二人再度連結起來，但這樣一來，我得給你們取個新名字，以後別人便如此稱呼你們。」

我轉向蜘蛛，「不幸的食人族，為了讓妳對自己造的孽悔罪，妳將變化身形，加入他們兩位，成為影子跟隨在他們後面——成為過去的映照。那將提醒世人，貪婪的野心，恰如撒在黑暗沼澤裡的種子，最終只能結出邪惡的果實。

「對於妳，人們會說，『當蜘蛛的影子糾纏月光時，就是世界大亂的凶兆。』人們會抬頭望著，知道繼續這樣下去，會是最危險的做法，因為那表示萬物的毀滅。」

我揚臂高聲誦咒，蜘蛛哆嗦著發出尖叫，身形扭變。它的軀體消融了，除了影子什麼都不剩，蜘蛛溜進索胡蜷曲的形影中。

「完成了。」我說，「現在咱們來對付其他人。」

我轉身背對巨蛇，他們緊跟在我後方，暫時跪到埃摩司身邊。我把手移到他上方，在他體中導入足夠的能量做治療。「沙蒙特？」我問，「能麻煩你用毒液治療那些被你兄弟咬傷的人嗎？」

好的，巨蛇說。他極盡輕柔，小心翼翼地咬阿努比斯一口，接著去咬阿蒙。他注入的毒液嘶嘶響著，遇到他兄弟的黑色毒液時，還冒出泡泡來。兩種毒液相互中和抵消，受害者們開始康復了。

等沙蒙特治好亞曼拉和奈芙絲後，我揚起手，讓泡泡垂降下來。荷魯斯眼神呆滯，失去了一條手臂、一條腿，以及另一條腿的一半。塞特俯身靠在他身上，臉上汗水直滴，他粗重地喘著氣，一邊掙扎。伊西斯對著兒子奮力誦咒，一頭美麗的頭髮在臉上翻騰。

「塞特，」我說，「你該停手了。」

塞特抬起頭，困惑地望著我和冒出來的第二條蛇。「這邊是怎麼回事？」他不耐煩地問。

「我就是救世主。」我靜靜說道，「群星們喚我前來，讓宇宙恢復秩序。你的出生是個天大的錯誤，我的責任是予以修正。」

塞特忿然罵道：「我不是錯誤！我是眾神中最強的一位。我唯一的錯，就是必須取得我理應得到的榮耀，沒有人能打敗我！」他胡亂指著四周的天神，「連亞曼拉都不及我厲害，宇宙萬物都將臣服於我。」

「不，」我說，「你將臣服於我。」

我說得如此輕柔，塞特歪著頭，不確定自己聽到什麼。他打量我，我看到他的憤怒在某一刻轉化成十足的雀躍。「是妳！」他說，「原來註定成為我真命皇后的人是妳！我曾在夢中感知妳不容置疑的力量，我還以為是斯芬克司的，原來根本不是她，一直是妳。妳終於來找我了。」

「你實在錯得離譜，竟用你的假設來侮辱我。我是救世主！你以為我是來救你的，實際上，我是前來解救宇宙，免於受你荼害！」

塞特怒吼一聲，把法力摜往我身上，我看到空中充斥著滅絕的力量，在我們之間盪出漣漪，將碰觸到的物質轉化成純粹的能量，流入混沌之水中。我伸手舀起那股能量，握在掌心裡，那能量好美，跟混沌之水一樣瑰麗。我讓它從指間滴流而下，然後抬眼看著年輕的天神。

「妳究竟是誰？」看到我輕鬆地對付他的力量後，塞特震驚地倒退一步。

「這副軀體一度為莉莉安娜．楊所有，她就是毒蛇石，是那道刺穿黑暗的光。我受她吸引，並透過她的雙眼看到世界。她的天賦賜與我能力，進入你的領地。你的奈芙絲透過星群的罩紗瞥見我，我引導她穿越了亙古。幫忙帶我前來的人，就是你的首任妻子。

「我有許多名字，眾所周知的是薇斯芮特、救世主。有些人稱我克特栩或荷柯特，還有人當我是復仇三女神、命運三女神，或對男子歌唱令其聽命的女妖。這些都是真的。我是宇宙的女主人、看護者，我前來清算你的罪行。」

塞特舔著唇，狡猾地瞇起眼睛。「假如妳真的在看護宇宙，那麼妳就會知道，我一直受到不公平的對待。」他說，「我被自己家人囚禁數個世紀，妳不能因為我拿取自己應得之物，就損害我的名譽。」

「不能算你錯，塞特。你的野心受到傷害與誤解的刺激，可是你原本有機會超越它，師法他人，而不是急切地壯大自己。

「你已看過你做的各種選擇了，但你封鎖了親生兒子的實力，現在你將看到他的力量。看看你原可擁有的命運吧！」

我抽取混沌之水周圍的能量，讓塞特看到他最鍾愛的夢想。看到他本可從他手足身上獲得的，源源不絕的愛。塞特看得渾身發顫，但那並非出於自責，而是來自憤怒。他氣憤自己的夢想，未能按他所願地實現，他將自己的失敗歸責於別人。

我導出埃摩司的力量，讓塞特看到他走過的每條岔路，以及每條道路本應如何導向更幸福的結果。我該對他展示揭示者的力量時，嘆了口氣，因為知道無法改變任何事，但塞特還是必須看到。協助他了解自己錯失的一切、流失的幸福，比我能施加的任何懲罰都要嚴重。待塞特看完後，我說：「現在你明白了吧。你的兒子們——夢想者、尋路人和揭示者——是為了讓你能慎思自己的選擇，而賜與你的引路人。

「你若曾留意他們的警告，每隔千年，你所受的流放之苦便有可能減輕。可是你卻反將曾經深愛的族人推開，意圖創造自己的不可能之三角，將其中的力量據為私用。然而不可能之三角反而成了我的出入口，讓我能進入你的領地，修補被破壞的事物。你的做法毫無平衡可言，塞特，你必須怪你自己。」

我意識到那些倒下的人正慢慢甦醒，亞曼拉拉著奈芙絲的手，扶她站起，然後兩人一起走過來。女神微笑著跪到我腳邊，阿努比斯蹲在伊西斯身旁，從她顫抖的臂膀裡接過垂死的荷魯斯。接著埃摩司和阿蒙也走向前，站到我身旁。

「莉莉安娜．楊是最終喚醒我的關鍵。」我清楚地感覺到阿蒙猛抽口氣。「她將你創造的埃及之子們連結在一起，小仙子給了我翅膀，讓我從休息之地飛到你的領域。」聽到薇斯芮特提到他心愛的人時，這次換埃摩司渾身一僵。我僅頓了一下，「母獅將她的力量賜給我，讓我能完成任務。」

塞特握緊拳頭，咬著牙關，他的冥頑不靈令我厭煩。「你抱怨不公平，說人家欠你的，我現在就告訴你，這六位人士，比你更值得尊敬。他們出於對另一個人，對宇宙萬物的愛，無私地施用自己的力量。」

我轉向埃摩司和阿蒙，「對於你們的折損，我很感遺憾，但這是該你們做最後犧牲的時刻了。你們已交出自己的心了。」我指著三顆並排的心甲蟲，「現在我要求你們拿出藏在體中的心甲蟲。

「在你們取出心甲蟲之前，務請了解到，一旦我擁有這些心後，我將最後一次竊走你們的生命。你們的肉身消融後會流入混沌之水裡，不復存在。這股能量將在我體內排列成完美的直線，讓我擁有恢復平衡的力量。我不會強迫你們做這項決定，雖然我能辦得到，但我寧可你們出於自願。埃摩司，阿蒙，你們可願意這麼做？」

埃摩司率先回應，將手放到心口上，取出愛樹莉雅的心甲蟲。他吻住這塊綠寶石，然後靜靜遞給我。

「謝謝你。」我彈著手指，埃摩司的一小根頭髮便飛起來落入我掌心了。「我已選擇你做為我的夥伴，埃摩司。你的身體雖死，但等我完成任務後，會為你打造一副新的身軀。」

埃摩司似乎想說什麼，卻欲言又止，他定定注視他的兄弟良久，然後轉向我點點頭。看到他對自己的雀屏中選，沒有想像中的興奮反應，令我十分難過。我試圖安撫他說：「能在我身邊服務，是莫大的光榮，我們可以盡情地探索宇宙。」

「是的。」埃摩司說，「這確實是莫大的榮耀。」他恭敬地垂首，卻似乎言不由衷，感覺有些刺耳，我雖不願多想，卻無法忽略，只是我還有別的事情得處理。

阿蒙取出莉莉的心甲蟲，但他沒去看寶石，反而仔細地端詳我，似乎想尋找他失去的愛人。

「她不在這裡。」我柔聲說，「很抱歉，但我並沒有選擇你。我的選擇乃以哪位埃及之子最能與我和睦相處為依據。」

阿蒙沒理會我最後那番話，逕自問道：「我將來能再見到她嗎？」他用溫暖的手拉起我的手捂著。

「她會在我將要前去的地方嗎？」

我對他悽然一笑，「連我也無法知道一切，阿蒙。但你們二人心心相連，假若我能成功恢復平衡，你們的能量將會連結在一起，無論你們變成什麼，去往何處。」

阿蒙點點頭，把莉莉的心甲蟲交給我。我從肩套帶內側拿出蒂雅的心，這些心甲蟲屬於蒂雅、愛榭莉雅和莉莉，我讓它們飄到空中，越旋越快，每顆寶石散放光芒，光紋快速移動，直至三團光球變成純然的能量，最後射入我胸口，遁於無形。

我解下掛在肩上的肩套帶，裡面放著屬於埃及之子們的三顆心甲蟲。阿努比斯對兩名年輕人點點頭，眼神五味雜陳。亞曼拉抿著嘴，伊西斯一臉肅然，奈芙絲則含淚微笑。我體中載著三名女孩的心，情緒十分激動。我極力自持，知道自己非冷靜下來不可。

在我開始動作之前，塞特射出一股力量，幻化成龍。妳無法奪走屬於我的東西！他大喊。我鎮定地站著，看巨龍揮動巨翅，飛入空中。我看著他繞了一圈，然後在空中吐火，亞曼拉和奈芙絲大叫一聲往後跳開。塞特第二次繞經時，張開巨大的嘴朝我直接衝來，嘴裡還冒著火。

那麼你已做出選擇了，我說，準備承受後果吧。我吸口氣，直接在巨龍心裡，輕聲道出塞特的真名。阿斯卡隆。

那一瞬間，巨龍發出尖吼，不僅因為我使用他的真名，也因為阿蒙取了我的標槍，放長後躍入空中，一把刺入巨龍背後翅下的柔弱區塊。巨龍頹然倒臥，強大的胸膛往上抬著，我的標槍仍插在它身側。

我蹲下去，直視巨龍眼睛。「你創造的幾位年輕人，就是你敗戰的關鍵。你把自己的力量賜給他們，又想著將力量收回來，可是阿蒙殺掉你了，就像你執意要滅掉他一樣。老天賜與你如此之多，唯有你親手創造的人，才有力量以這種方式傷害你。很不幸，事態會走到這步田地，但我會完成阿蒙率先動手的工作。」

「等一等！」奈芙絲說，「阿蒙必須先歸還荷魯斯之眼。」

「以及金……金隼。」荷魯斯幾乎說不出話了，「她不僅是一種象徵。」

我點點頭。「好。阿蒙，你能上前來嗎？」

阿蒙走向前，痛到氣喘吁吁的荷魯斯施出咒語。光從阿蒙體中升起，塑化成生著翅膀的鳥形。我聽到一記尖鳴，光芒化作黃金製成的隼兒，金隼飛向荷魯斯，荷魯斯伸出殘剩的手臂抓住鳥兒，然後把嘴唇湊到鳥兒頭頂上的翎毛，吻了一下。「我好想妳啊，老朋友。」他說。

「現在請取荷魯斯之眼。」奈芙絲說，「阿蒙無法自行摘除，荷魯斯得親自將它取回。」

荷魯斯閉起眼睛輕聲念誦，一道金光從他殘破的身體射出。阿蒙發出慘叫，額心噴出一顆白亮的球，那光球懸在空中，逕自旋動。荷魯斯念罷咒語，光球急速朝他飛進，最後陷入他額心。荷魯斯疲累地張開眼睛，接著眼睛發出金光。他渾身注滿光芒，表情也跟著起了顯著的改變。荷魯斯更換姿勢，低頭看自己的身體，抬起一隻手臂仔細端詳，彷若第一次見到自己的手。接著他意味深長地注視我半晌，最後望向奈芙絲，點點頭。「完成了。」

「很好。」我說，「那麼我就繼續了。」

阿蒙跪倒在地上，似乎已經癱了。埃摩司跪到他身邊，環住自己的弟弟。我開始施咒，心甲蟲在空中打轉，然後也進了我的身體。這些心甲蟲鎖在一起——三顆心與三顆心連線。每顆心都與其他心連結，永遠再也不會移動了。我舉起弓，喚來一支箭，然後低聲對箭柄念出阿蒙的真名。弓箭嗖地一聲飛射出去，然後繞圈刺入阿蒙的胸膛。我對埃摩司依樣施計，失去他們，我悲痛地閉起眼睛，等我張眼時，阿蒙與埃摩司已跌入混沌之水，他們的身體在我面前融化。

塞特怒目看著我並走過去，「讓我死於阿蒙的攻擊吧。」他的生命之血滲入混沌之水，消失不見了。塞特的形體慢慢轉化成純然的能量，「把我的死因歸咎於他，我不能死於女人手下。」

我歪著頭打量塞特，「今天殺死你的並不是女人，」我笑了，「而是一位女神，事實上，是三位女神徹底將你擊敗。請記住她們的名字——伊西斯、奈芙絲、薇斯芮特。還有，你要知道，這種命運是你自己造成的。凡人一提到塞特，只會想到他是如何被擊敗的。你若能好好反省，對你大有好處。作惡多端的你，臨死前不妨好好感激那些同意成為你生命一部分的聰明女子們，並在未來記取這次的教訓。」
「記取這次教訓？」塞特啐道，「這話是什麼意思？」
「你以後自會明白，阿斯卡隆。奈芙絲、亞曼拉，請上前來。」
兩位天神走向前。
「你們可知我有何打算？」我輕聲問。
奈芙絲眼中含淚，點了點頭，然後轉向亞曼拉，「你確定嗎？」她問。
亞曼拉溫柔地撫著她的臉，「我會以任何方式與妳相守，」亞曼拉說，「我真心覺得這是正確的選擇，我們長久以來，就是在為這天做準備。」
奈芙絲用手緊緊環住他的脖子，把他的唇按往自己唇上。伊西斯驚抽口氣，阿努比斯震驚地張大嘴巴，但他們都沒說什麼。
等兩人分開後，亞曼拉拉起奈芙絲的手，一起轉向我。他輕輕吻了一下奈芙絲的指尖，然後說：「我們準備好了。」
「很好。」我朝著蒼穹揚聲說，把力量導入體中，舉起弓，但搭上去的並不是羽箭，而是我其中一把標槍，然後大喊，「阿斯卡隆，我從宇宙中刪除你的名字，取走你的生命能量，賦與你全新的面貌。」我拉開弓弦，射出標槍，武器深深插入巨龍胸口。那巨獸翻騰哀號，身體開始快速消融。
我轉向站在附近的那對夫妻說：「亞曼拉，我從宇宙中刪除你的名字，取走你的生命能量，賦與你全新的面貌。」
亞曼拉的身體在他的痛呼聲中化成白色的能量。奈芙絲尖叫著後退，淚流滿面。同時間，巨龍的身體已轉化成能量，我雙手一合，兩股能量開始結合。一時間，兩人看似要將彼此撕裂，但混亂的狀態靜止下來，能量交融成一個由光構成的形體。

「現在我將為你命名，命名後，你將有了全新的形貌，你的力量會獲得平衡，因為你將駕馭這種能力，去創造與滅絕。我截取你們二人最強的優點，奈芙絲現在是你名副其實的妻子了，她將永遠成為你的伴侶。我賜給你的名字，對那些深愛你的人而言，不會是祕密，你若怠忽職守，他們便有了督導你的力量，從今以後，你將被稱為艾登。」

艾登的形體聚了形，光芒漸次消滅，直到我們的眼睛能完全正視他。他是位英俊高大，氣宇軒昂的男子。第一次見到家族成員，艾登的眼神因敬畏與驚奇而發光。他的髮色黑如亞曼拉，但後邊有一小條翹起的頭髮。我發現艾登的五官有點像塞特及亞曼拉，但又獨樹一格——是一位兼具兩位天神特質的男子。

艾登轉頭對伊西斯及阿努比斯笑了笑，看到荷魯斯時，艾登皺起眉頭，他揮手喃喃念咒，荷魯斯的身子一僵，能量回到他體中，重建他斷去的手腳。伊西斯緊抱住康復的兒子，歡喜得淚流滿面。

艾登看著我，微微點頭，最後終於轉向奈芙絲。他單膝下跪，抬起手說：「妳能接受我嗎？我的皇后？」他用充滿希望的眼神看著奈芙絲。

奈芙絲肅然地偏著頭，「我願意，我的夫君。」

「那麼我將努力贏取妳的芳心，博得妳的忠誠。」

「我的心已屬於你。」

艾登起身拉著奈芙絲的手，一邊尋覓她的眼神。他很快明白過來，「妳把妳的心甲蟲給亞曼拉了。」

奈芙絲點點頭，「是的。」

「那麼我會把自己的心甲蟲給妳。」

他抽出自己的心甲蟲，那是一顆纏繞著黃金與縞瑪瑙的美麗寶石。奈芙絲接過寶石放到胸口，傾刻之後，寶石便消失了。她大眼一瞠，「我……可以感覺得到你。」她說。

「我也能感覺到妳，心愛的。」

天神與他的妻子彼此相互了解時，我揮動翅膀升入空中，準備下一份工作。

31 道別

我在其他人上方盤旋，用群星的聲音大聲呼喊，「治療混沌之水的時刻到了！索胡、沙蒙特，到我這邊！」

兩條巨蛇從水面上抬起頭，騰入空中。他們伸直長長的身體，隨混沌之水的能量波擺動。「索胡，」我說，「我從宇宙中刪除你的名字，取走你的生命能量，賦予你全新的面貌。沙蒙特！我從宇宙刪除你的名字，取走你的生命能量，賦予你全新的面貌。」

兩條巨蛇的身體，與亞曼拉和塞特的身體一樣，化成了純粹的能量，彼此相纏，互咬翻扭，直到最後停止下來。

「現在你們叫做索魯。索魯，你是混沌之水的守護者，接納你的新軀體，回到被你棄絕已久的崗位上吧。」

一條新的巨蛇在我面前聚形，新蛇的身體更加粗壯，鱗片閃著藍光，有對亮晃晃的黃眼。巨蛇張嘴發出嘶聲，然後快速滑向混沌之水的邊緣，在邊上繞行，直到彎繞一整圈。接著巨蛇咬住自己的尾巴，封成保護水域的圓。我瞥見蜘蛛的影子跟隨在巨蛇後方。

我落到水域表面，對一旁觀看的諸神表示：「我已完成任務，為了犒賞自己，我會為埃摩司創造新的肉身，他將成為我的夥伴，陪我橫越宇宙，用我的新樣貌探索世間萬物。」
我把保存的埃摩司頭髮放到掌中，準備召喚他，為他製造新的身體。「且慢。」荷魯斯說著站起來，微顫地測試自己的新四肢。
我頓了一下，思量諸神看我的期待眼神。「各位還有什麼希望我做的嗎？」我問眾人，「邪神已死，我也已盡職地恢復宇宙的秩序了。」
「我們想請妳把我們失去的親人還給我們。」沒想到回答的竟是荷魯斯，今天的種種事件，他是最局外的一個人。
「你是指誰？」我問。
「埃及之子及薇斯芮特的幾位女兒。」
「你知道我無法解救所有逝去的人，有些人獲得了重塑，但人死不能復生。別不滿足了，你說的那些人，他們的心永遠與我的結合在一起了。」
「那我這麼問吧。」荷魯斯踏向前說，「妳怎能受得了，妳伴侶的心，永遠與另一人連結？」
「他無從選擇，只能愛我，因為她的心在我體中。」
「妳真是為自己挑了份爛禮物，」他說，「那只是愛的影子罷了。我想請妳考慮一位與妳長久來並不相關的伴侶，一位被妳忘卻的人。」
我吸口氣，心臟因他的話而急跳。我鼓著嘴問：「敢問你說的是何人？」
「伊西斯和奧西里斯的兒子跟莉莉安娜·楊一樣，生下來便是毒蛇石，但這孩子的身體十分孱弱，因為混沌之水缺乏足夠的能量塑造另一位強大的天神。於是伊西斯編了一道咒語，挪用她與夫君的部分能量，讓孩子得以為續。當伊西斯發現，即便如此，孩子還是難逃一死時，我對她伸出援手了。」

奈芙絲挨近她姊妹，攬住伊西斯的腰。

「我提出一個建議，大家也接受了。在伊西斯、奧西里斯和奈芙絲的協助下，我們編造一道咒語，讓我與他們的兒子共存，同住在一副軀體中。我藉著荷魯斯，從黑暗中來到了光明裡。我跟妳一樣，在宇宙需要我時誕生。

「數百年來，是我轉移了塞特的注意力，使我們有時間準備第二位毒蛇石的出現，可是塞特開始懷疑，除了他的家族聯手要對付他之外，我們還有別的計謀。為了進一步保護我，諸神故意將我的真實身分從腦中移除，那身分藏在荷魯斯之眼裡，由亞曼拉親自保存很長一段時間。

「為了拖住塞特，亞曼拉編造出一套極為複雜的故事，說是要把荷魯斯之眼，送給一場為時數年的比賽獲勝者。我贏得比賽後，亞曼拉給了我一個廉價的小首飾聊表意思，可是塞特起了疑心，他渴望權力，並尋求各種方式，想竊取我們的祕密。為了保護神眼，我們把真正的荷魯斯之眼藏到一位埃及之子身上，阿蒙雖獲得足夠的力量，能負載神眼，卻不知神眼真實的本質。

「這段期間我一直隱匿不現，等待妳的到來。所以妳看吧，薇斯芮特，我跟妳一樣，借助別人的肉體生存。但我不像妳，現在我完全清楚自己是誰了，因為我有機會使用荷魯斯之眼，解答自己的出處，稱那種神力為『真知之眼』，或許妳更能理解。」

我吸了口氣，荷魯斯說話時身體發著光，感覺如此溫暖而熟悉。他走過來拉住我的手，兩人十指相扣。我望著我們的手，不敢置信。

他接著說：「我會受莉莉安娜．楊吸引，拚命追求她，是因為當她靠近時，我感覺到了自己的終生伴侶。定義我的神眼並非單獨存在，另外還有第二顆神眼，兩位使用神眼的人在一起，才能真知一切。妳能為這隻神眼命名嗎？薇斯芮特？妳能為我命名嗎？請看透我的心，看清我的人，看看我是誰。對我打開妳的心，了解我的善與惡、自私與無私，並了解我。」

荷魯斯拉住我的雙手，送到唇邊接連吻著。我定定注視他雙眼，看個透澈，尋找真相。他有種令人立即感覺舒服而迷人的氣質，我的手被他拉著，我敞開心懷，接著有個名字跳了出來。「你是……納肯尼。」

荷魯斯點點頭，微笑著追問，「那麼納肯尼又是誰呢？」

「納肯尼是薇杰特之眼使用者的配偶。」

他按緊我的手，「那麼薇杰特之眼的使用者又是誰？」

「使用那份神力的人是……」我身上竄流的能量突然凝住了。「是我。」我說，對這份乍現的意念感到驚奇。「薇斯芮特是世人給我的名稱，但我真正的名字叫薇杰特，我的力來源自於薇杰特之眼。」

知道自己真實的身分，賜與我巨大的力量，我因為終於了解自己的出處而激動到顫抖。

納肯尼撫著我的臉，平靜我抖顫的四肢。

「來吧，我長相陪伴的人兒，」他說，「我們必須重新熟識彼此，我有好多事要教妳，不過在我們離開眾神之前，他們請我們先協助治癒其他人。」

發現自己的真命天子，令我高興不已。我點點頭，「我會盡力。」

我治好幾乎犧牲自己的阿努比斯，我的同伴則忙著治療他的父母。

我取出埃摩司的頭髮，召喚他的生命能量。能量在我面前升起，納肯尼與我齊力為他打造新的軀體，直至恢復埃摩司在治療莉莉時所有放棄掉的能量。

阿努比斯走向前，向我們二人行禮，他的雙手各拿著一束頭髮。「這些是艾斯坦和阿蒙的頭髮。」他說，「哈森為我保留了每名男孩身上的東西，以防我們再次失去他們的身體。」

我抬手為阿蒙編織咒語，我的伴侶則為艾斯坦編咒。當兩名年輕人吸入第一口氣，漂流的影子與他們真正的形體相融時，我說：「我可以為莉莉製出與我一模一樣的新身體，但我無法為愛榭莉雅或蒂雅創造身體，因為她們的肉身很早便消失了。我給你們一個選擇，我可以讓所有三位女孩的能量再次注入一副身體中，或只召喚莉莉。你們希望我怎麼做？」

阿蒙踏向前，毫不猶豫地說：「莉莉會希望跟她們在一起。」

「那就按你說的吧。」

我從頭上拔下一根自己的頭髮，變出一個新身體，然後召來蒂雅、愛榭莉雅和莉莉的生命能量。三股光從混沌之水中升起，進入我的雙胞姊妹身體中。莉莉眨眨眼，身體不穩地搖晃著。阿蒙拉住她的臂膀，她感激地點點頭，「發……發生什麼事了？」莉莉問。

我急著想與同伴一起探索新狀況，便打斷她說：「我們已經盡力了。」我拿出六顆連結在一起的心甲蟲，交給莉莉，然後對她微微一笑。納肯尼親吻她母親和阿姨的臉頰。「母親？」他對賦與他生命的女子伸出手。「妳因為施咒讓夫君復活，已付出代價了。妳與奧西里斯之間，再沒有任何屏障了。謝謝妳給了我一個家，又這麼疼愛我，可是我該離開妳了。」

伊西斯擦去淚水，抱住她兒子。「帶著我與你父親的祝福去吧，無論你出自何處，你永遠都是我們的兒子。」

「妳也將永遠是我的母親。」

我們最後微笑，轉身一起望向群星。

我們緊附在光束上，升至蒼穹，開始展開兩人的新冒險。

☥

「剛才，剛才究竟發生什麼事？」我問。

阿蒙正待開口，這時一名男子走了過來，我從未見過他。「莉莉安娜．楊。」男子表示，「我是太陽神艾登，奈芙絲的丈夫。妳若跟我們回赫里波利斯，我們會解釋所有發生的事。」

不久混沌之水被遠遠拋在後方，變成黑暗中一片星光璀璨的亮點。我緊貼在阿蒙背上，用力抓緊他。我的翅膀不見了，其他神力也跟著消失，就連我的武器都不見了。薇杰特——也就是我現在的複製人？一模一樣的雙胞胎？——把那些東西全帶走了。

我想跟蒂雅和愛榭莉雅說話，但她們在回程途中異常安靜。我渾身僵緊不適，彷彿根本不是自己。有可能是因為我穿了女神的袍子，除了金色的繫帶涼鞋外，這身薄紗實在不是我的菜。我的頭髮往上梳攏，鬈髮垂在兩邊肩上。少了肩套帶，我覺得好像沒穿衣服。

眾人落地後，新的主神艾登下令擺開盛宴。盛宴準備期間，他將發生的一切告訴我，震驚實不足以形容我心情的萬一。我很高興自己沒有目睹阿蒙和埃摩司的死亡，看到艾斯坦去世，就夠教人悲慟了。艾登知無不言地講完後，拉起奈芙絲的手，兩人去檢視城市的修復狀況。

我頹坐在金色躺椅上，絞著手，不確定現在自己會如何。阿蒙、艾斯坦和埃摩司會回去守護冥界的入口嗎？我能拜訪他們嗎？我身上的斯芬克司之力已經消失了，那表示我再也無法看見他們了嗎？我的夢境仍與阿蒙連結嗎？我可以感知我們的心仍交織一起，可是我有太多問題找不到答案了。

埃及之子們被叫去與艾登和奈芙絲開會，盛宴上，阿蒙在桌底下拉起我的手，用拇指輕輕繞畫，弄得我渾身酥癢。伊西斯、奧西里斯和阿努比斯不在場，我想伊西斯是因失去兒子，難過不已，加上要照料丈夫的關係。荷魯斯顯然已確保奧西里斯能完全復元了，但我可以理解他們夫妻想要獨處，畢竟他們分開好長一段時間。我不知道阿努比斯跑哪裡去了，如果我就要被送回去了，我會想在離開前跟他道別。

盛宴結束後，少數倖存的獨角獸被召集過去，艾登彎身對我說：「我想，在妳返家之前，會希望頒個獎。」

我不解地皺起眉頭瞄向阿蒙，阿蒙只是聳聳肩，跟我一樣毫無頭緒。艾登讚許獨角獸英勇作戰、不畏死亡，感謝他們先輩的重大犧牲。接著他宣布，從今以後，所有獨角獸不再受到詛咒，獲許進入冥界了。沙子在艾登雙手中旋繞，發出閃閃的金光，然後形成一根完美的獸角。

「莉莉，」他說，「麻煩妳了。」

一頭美麗的獨角獸踏向前，毛皮裡像鑲了碎鑽似地閃燦，她垂首向我走來。獨角獸屈起一隻前腿跪下，長長的鬃毛掃在一隻眼睛上。

想到納布，我便淚眼矇矓，我連忙用指頭在眼下抹著。我走向獨角獸，小心翼翼地把獸角擺到她額心，艾登則在一旁念咒。獸角邊緣四周發出光芒，接著獸角便附著上去了。閃亮的沙子立即往房中每隻獨角獸的頭部聚合，等沙子凝聚後，每隻獨角獸都有了一支新的角。他們齊一昂身，四腿在空中刨踢，發出歡樂的嘶鳴。

我面前的獨角獸抬起頭笑道，謝謝妳，莉莉．楊。

「卓拉？」我張大嘴，「妳怎會這身白皮毛，害我沒認出妳。」

所有戰場上犧牲的獨角獸都贏得了這項殊榮。

「好……好美啊。」我說。

我雖微笑，心中卻感覺淒涼。卓拉轉身離去，阿蒙拉起我的手。我知道納布曾渴盼解掉無角的魔咒，很高興他的子女能有這福分。眾神決定，為犒賞埃及之子的辛勞，可順他們的意，賜他們成為凡人。兄弟們靜靜彼此商談，我咬著唇，自私地希望他們都能跟我回到人間，我無法想像永遠再也見不到他們。蒂雅和愛榭莉雅再度保持靜默，僅說：「我們等著看吧。」

三人做出決定後，宣布阿蒙願成為凡人，陪我回紐約。艾斯坦和埃摩司則留下來當冥界的守護者，不久便會指派給替代瑪特的新女神。想到得離開他們，便覺心碎，我清楚地感覺到在心底的輕泣聲。

艾登搭住阿蒙的肩膀，我看到阿蒙變成凡人的一瞬，差點踉蹌起來，但他對我露出甜美的笑容。我知道他雖神力不再，卻很高興能收受這份禮賜。在一切完成之前，我按捺住自己的意見。

阿蒙和我獲允陪伴兩兄弟到冥界，由於我們已非不死之身，亦非亡者，只能由天神帶領，前往冥界。奈芙絲自願帶我們過去，她一手搭住我的肩，另一手搭著阿蒙。埃摩司和艾斯坦則能返回冥界。我閉起眼睛，五個個人一起旋化成沙。

我覺得自己每一吋都在拆解，等我們凝聚後，我已站在一處熟悉的地方——審判之廳了。我撫著瑪特的王座扶手，深深吸氣，想平撫翻攪的情緒。當我轉身面對後方的三名男子時，忍不住哭出聲。我嘴唇發顫，好一會兒之後，才聽到心中有個輕柔的聲音說。

妳得放我們走了，愛榭莉雅說。

「什麼？」我大聲說，「我不懂妳在說什麼。」

我們已經決定了，莉莉，蒂雅柔聲解釋。

我們並不屬於人間，愛榭莉雅表示，不再是了。

我們希望妳能無拘無束地過一輩子，蒂雅又說，我們留下來只會造成妳的困擾，我們心裡也不好過。讓我們離開，是最仁慈的做法。

「可……可是妳們要去哪裡？」我淚流滿面地問。

也許我們最後會待在冥界，愛榭莉雅說。

可是如果無法留下來，我們也做好心理準備了。蒂雅說，反正結果都不會影響我們的決定。

「她們……」我結結巴巴地說不清，「愛榭莉雅和蒂雅想離開，這可能嗎？」我問奈芙絲。

「有可能。」她坦白說，「如果她們想走，只要放開妳就成了，她們的心會從妳心裡飄開。」

「她們最後會待在這裡嗎？」

奈芙絲遲疑著，「我想應該不會，因為她們是直接從混沌之水裡被喚來的，很可能會回到相同的地方。」

我雙臂抖顫，「不行。」我堅決地把一雙哆嗦的手臂疊到胸口，「我不允許。」姊妹，蒂雅說。看到我沒回答，她又輕聲喊我的名字。莉莉，我們愛妳，妳就是我們的家人，可是我們必須做我們認爲該做的事，這件事由不得妳選擇。

「求求妳們，」我懇求說，「別這樣做。」

我們離開之前，愛榭莉雅說，能讓我們道別嗎？

我用顫抖的手壓住嘴巴，眼角的積淚淌過臉頰，留下溼黏的淚痕。我只能點頭回應。愛榭莉雅明白後浮上檯面，我退回去抱住蒂雅。

「埃摩司？」她伸出手說。

「小愛？」他答道，立即擁她入懷。「妳確定要這樣做嗎？」他撫著她的頭髮問。

愛榭莉雅點點頭，貼在他胸口微微笑著，「這樣做最好，心愛的。把我的心留在你身邊。」愛榭莉雅取出與埃摩司的心甲蟲相連的寶石，放到他手中。

等寶石安穩地埋入埃摩司胸口後，他捧起愛榭莉雅的臉，「我愛妳，小愛。找到妳的仙子樹，然後在綠草如茵的山腰上等我，可能的話，我會在那裡與妳相會。」

「我會等你的，我的埃摩司，我會看著月兒尋找你的笑容，在月光中感受你的撫觸。」

埃摩司狂烈絕望地親吻她，然後跪倒下來靜靜啜泣，他高大的身軀抽動著，抱住愛榭莉雅的腿。

「哎，我的帥小子，」她說，「別哭了。」愛榭莉雅撥開他臉上的頭髮，埃摩司抬起一對灰眼激動地看著她。「給我最後一朵勇敢的笑容。」

埃摩司點點頭，努力擠笑，卻只是可悲地抽動嘴唇。

「再見了，我可愛的月神。」她說。空氣一陣輕擾，然後愛榭莉雅便消失了。我痛哭失聲地抱住蒂雅，她要我別哭，然後自己也浮到檯面上。

「愛榭莉雅已經走了。」她說，「我走之前，想跟艾斯坦說說話。」

阿蒙和埃摩司退到一旁，讓艾斯坦和蒂雅獨處。

「蒂雅。」艾斯坦才開口，蒂雅卻抬起手要他別說。

「我不像我的姊妹們那般擅長言語，」蒂雅說，「但在我看著你死去之前，我有很多話想對你說。」她抬起一根手指，緩緩劃著他一道黑長的眉毛。「艾斯坦，對我來說，你比日出還要美麗，你知道我是誰，了解我的本質，而且還愛上了我。我並不後悔放棄自己的肉身去接納莉莉，如果你現在能擁抱我，」——她深吸一口氣——「我將不會後悔離開你。」

艾斯坦垂手走近，輕輕環住她的腰，用額頭抵住她的。艾斯坦說道：「也許妳並不後悔離開，但我會後悔。我將在漫長的一生中，日日思念妳。每次看到太陽，便會看到妳金黃的眼眸。我將在夢中尋找妳，回憶妳要我吻妳的時光。妳可以離開我，但我永遠離不開妳。」

蒂雅抬起頭，血管熱血奔流，心臟鼓跳不已。「你是我從所有男子中挑出的配偶，我絕不會另謀他人。我將傾盡所剩的精力渴盼你，艾斯坦，到星群中找我。」

蒂雅與愛榭莉雅一樣，取出兩顆屬於她及擁抱她的男子的心甲蟲，埋入艾斯坦的胸口。「勿忘我，心愛的。」蒂雅說著吻住他的唇。

艾斯坦頷首吻住她，先是輕柔無比，然後逐漸加深，變得越發甜蜜深情。兩人分開時，艾斯坦在她唇邊說：「我永遠不會忘的，蒂雅。」

然後蒂雅便消失了，只剩下我一個人。我痛哭失聲，幾乎沒感覺艾斯坦將我交給了阿蒙。阿蒙輕輕抱住我，撫著我的脖子，我的淚水沾溼了他的衣袖。等我終於鎮靜下來後，奈芙絲表示：「來吧，莉莉，在妳離開前，去見見冥界的新女神。」

她帶我來到一間房間，一名女子正在試新袍。奈芙絲清清喉嚨，女人轉過身後，我張大了嘴巴。

「奶……奶奶？」我說著奔向她，抱住她的腰。

「莉莉丫頭，」她安撫地說，「好高興見到妳。」

我抬起頭，「可是……我不明白，妳怎麼會在這裡？」我問。「只有死人或天神才容許在此出現。還有，奈芙絲所說的女神是什麼意思？」

「呃，我被新的擺渡人送到了此地。」她抬起頭，對某個站在我後方的人微笑，「他來啦。」

我在她懷中轉身，看到笑臉迎人的哈森博士。他穿著平時的打扮，但多了一條插著河棒的新腰帶。

「船有點難停。妳見過我的新妻子啦。」他眼中發亮地說。

「妻子？」我瞠目結舌地看著他，然後回頭看看我家奶奶。

她安詳地笑著抬起我的下巴，「莉莉丫頭，我要妳照顧波西，雙胞胎過生日時別忘了幫他們烤蛋糕。還有，偶爾去掃掃妳爺爺的墳，給他獻個花？」

「好的，可是……」

奶奶打斷我，親吻我的額頭，搭住我的肩。「要做的事很多，我想我們倆得忙上一陣子了。」她對她的新任丈夫笑了笑。「對了，」奶奶又說，「我很喜歡妳的阿蒙，他有副堅毅的下巴。」奶奶朝阿蒙的方向抬起頭，對我擠擠眼。

「我，我，」我結巴地說，「我想哈森博士也是。」

「他是啊。」奶奶輕聲笑道。

「事情都打理好了。」我背後有個新的聲音說。

「阿努比斯？」我回過身，他竟恭敬地對我點頭，這跟我以前認識的粗魯天神大相逕庭。「令祖母與哈森博士的遺體，就埋在他們守護的地方。」他說，「妳若想去探望他們，他們的棺具擺在艾斯坦、埃摩司和阿蒙之前的屍體旁。」

「遺……遺體？」我的語氣掩不住恐懼。

「莉莉丫頭，」奶奶說，「艾登和奈芙絲需要更多協助，他們給了我們幫忙的機會。妳知道我們倆餘生都不長了，如今我們可相守數百年，彼此相互學習。擔任擺渡人的哈森可以常來探訪我，妳還能想到比他更適合協助亡靈過渡的人嗎？」

「他……他是個不錯的選擇。」我承認說，「可是……」

「妳有妳的阿蒙呀。我把農場留給妳了，妳可以把它賣掉，或送給雙胞胎，隨便妳處置。」

我顫著唇，「可是……奶奶……」

她抱緊我，「唉，莉莉，」奶奶說，「我知道妳很難過，我心裡也很疼啊，可是我以後會再見到妳，說不定能有機會，讓狡猾的阿努比斯時不時地載妳來看我。」她用拇指幫我擦淚，「乖乖回去，幸福地過上一生吧，我會再見到妳的。」

「可是怎麼見？」

「艾斯坦答應讓我到夢中探訪妳，我應該可以相信那小伙子的話。走吧，我有好多事得做。」奶奶輕吻我的臉頰，然後匆匆離開，後頭跟著一大群僕役。排隊候審的人龍，顯然非常非常地長。

「妳準備好了嗎？」哈森博士戴起他心愛的帽子問，「我送妳回人間。」

我難過地點點頭，努力對他微笑。我覺得自己像鷹巢裡的一隻雞，格格不入。埃摩司和艾斯坦各別擁抱我，埃摩司將我抱離地面，吻住我的額頭，艾斯坦環著我的脖子，很快在我臉上啄了一下。他們都努力裝勇敢，但我知道他們心痛已極。兩人凝重地跟阿蒙告別。

他緊抓住兩兄弟的臂膀，「生死不相忘，艾斯坦。生死不相忘，埃摩司。」

「生死不相忘。」他們重複著。

「我們會看顧你們。」埃摩司說。

「並守護你們去冥界的道路。」艾斯坦也說。

我還來不及弄清是怎麼回事，我們已跟著哈森來到一艘新船的甲板上了。

「好漂亮。」我說，想到崔弟和他的三桅帆船，悲傷立即減去了興奮之情。「你怎麼稱呼這艘船？」我問。

「我叫她赫雪瑟。」他咧嘴一笑，「阿努比斯說，等我下次回來，他會試著安排我去見赫雪瑟——是法老本人耶！想想看，我竟能見到我窮盡一生研究的對象！噢，我得開始擬張問題清單了。」

我對他淡淡一笑，哈森顯然很高興自己的好運氣，我雖然會想念他——他和奶奶——但我不能否決他們的幸福。

「出發！」哈森大喊，不久我們漂浮在混沌之水上。阿蒙與我站到船側，對奈芙絲、阿努比斯、艾斯坦和埃摩司揮手，直到再也看不到他們。然後我坐到甲板上，阿蒙坐到我身旁拉住我的手，劃著我的手紋。「掌心對掌心，我們一起冒險，一起生活，而現在，我們將一起死亡。」他攬住我抱近，一行人迎向升起的太陽。

後記

女教長

我八成在船上睡了很久，醒時，我已在奶奶農場裡的床上了。阿蒙坐在旁邊的藤椅上，雙腿交叉著跨在床邊，點頭打盹。我掀開被子，將阿蒙擾醒了。

「莉莉？」他問，「妳覺得怎麼樣？」

「覺得像被擰乾，晾在奶奶的曬衣繩上。」

「我也是。」他搔著脖子說。

「我們在這裡多久了？」我問。

「哈森昨晚讓我們下船，我抱妳進屋，他離開前，給了我這個裝滿文件和照片的袋子。」

「我能看看嗎？」我問。

阿蒙把袋子交給我，我在裡頭發現一張出生證明、一份護照、駕照、學校成績單和幾個國家的公民文件，包括埃及的。除此之外，還有一份世界各地的銀行帳戶清單，看到哈森心愛的考古工具也掉到床上時，我驚抽了一口氣。

我們已在農場住一星期了，我在睡夢中設法告訴爸媽，我在愛荷華遇見了一名英俊的埃及男生。月光灑在床上，我急喘著坐起身。阿蒙的聲音安撫了我，「怎麼了？」他問。

「我想是艾斯坦，他讓我看見一場夢。」

接下來我花了一個小時的時間，描述自己所見。伊西斯和奈芙絲召集協助恢復宇宙秩序的諸神，薇斯芮特和納肯尼帶著滿足的笑容出現了，納肯尼熱情地與他母親伊西斯打招呼，「我們能為您做什麼？」他問。

「奧西里斯和我已搜尋過地府了，亡靈饕餮死後我們得以逼迫地獄豺狼協助，採收者也幫了忙。」

「然後呢？」薇斯芮特耐著性子問。

「我們找到她的頭髮了。」她興奮地說，「有幾根頭髮留在燒焦的仙子樹的樹皮裡。」伊西斯把紅色髮束交給納肯尼。

「我帶來一名死產的埃及女嬰。」奧西里斯說著，把一個包裹的小身體放到地上。「我搜遍冥界，並未找到這孩子，我想，也許妳能重新打造她。」

薇斯芮特和納肯尼互望彼此，達成同意。「我們會按你的要求做。」兩人齊聲說。

他們接下女嬰與頭髮，重新出現在混沌之水表面，接著開始施咒：「蒂雅，我們召喚妳的生命能量，以這從未活過的身體，重新塑造妳的形貌。愛榭莉雅，我們傳喚妳的生命能量，命令妳進入妳的新身體。」

光芒聚合，從混沌之水中升起。巨蛇索魯好奇地看著他們工作，當兩名女子睜開眼睛後，她們彼此相望，開心地咧嘴一笑，然後又抱又笑。諸神護送她們來到冥界，偷偷將她們藏到審判之廳裡。等兩名守護者艾斯坦、埃摩司被喚來之後，薇斯芮特問他們，是否仍保有受託付的心甲蟲。兩人點著頭，從胸中取出心甲蟲，驚訝地感覺到他們深愛的女子的心跳。這時，找到新身體的女孩才與握有她們心甲蟲的男子團圓。

埃摩司抱著一名紅髮鬈曲，垂至腰際的美麗女子。她的鼻子上布著雀斑，一身綠衣襯得一對綠色笑眼越發燦爛。她背後兩片薄如蟬翼的翅膀興奮地震顫著。

埃摩司與愛榭莉雅相擁之後，轉向女神。

薇斯芮特說：「愛榭莉雅，妳已脫胎換骨，此後改名叫月神之妻露娜。將妳的新名字銘記於心，爾等齊心為宇宙服務，妳將擔任新領域的栽培者，以及東地平線的守護者。妳與妳的伴侶將獲得神力，行走於昨日與明日之徑。你們的連結將如妳所願，與伊西斯和奧西里斯的一樣，無法斬斷。從今以後，再無任何東西能將你們分開了。」

接著艾斯坦帶著一名絕美的公主走向前，她修長的腿踩著自信的步伐，傲然地高昂著頭。她的皮膚平滑黝黑，顴骨及下巴線條鮮明，嘴唇和身材豐潤而凹凸有致。她纖細的脖子上掛了一條粗亮的青銅色項鍊，是位不折不扣的女神。女子看著艾斯坦，對他狡黠一笑，她金色的眼中閃著光，艾斯坦在她耳邊輕語，女子揚起一邊嘴角。

「蒂雅，」納肯尼說，「從今以後，妳便喚作娜雷娣，星神之妻。」

艾斯坦輕聲地喃喃說：「我的小星星。」

「噓，艾斯坦。」女人低聲說，卻幸福地笑著。

那聲音與我記憶裡的有些落差，但看著她，我可以清晰地看到回望我的母獅。即便沒有像光環般襯出她漂亮臉蛋的茶色鬈髮，我還是會認出蒂雅，唯一欠缺的，就是那搖來擺去的尾巴。

「將妳的新名字銘記於心，爾等齊心為宇宙服務。妳將擔任天空的女獵者，西地平線的守護者。妳與妳的伴侶將獲得神力，行走於昨日與明日之徑。你們的連結將如妳所願，與伊西斯和奧西里斯的一樣，無法斬斷。從今以後，再無任何東西能將你們分開了。」

「沒了爪子，我實在不像女獵者。」女獅神坦言道。

薇斯芮特笑了笑，「那麼這些東西給妳，或許比給我更有用。」她從背後抽出兩把標槍交給蒂雅。變成女神的母獅撫著它們，滿意地發出呼嚕聲。

「我們對各位已經盡力了，」薇斯芮特說，「祝各位找到幸福。我們離開前，只剩一件事要提醒你們。」

四位神祇不解地面面相覷。

納肯尼對他們笑說：「各位雖不再需要將日月星辰排成一列，但各位的新法力，能使你們在工作閒暇之餘，離開冥界的崗位。各位若想造訪人間，或任何想去的領域，大可前去，但你們在地球停留的期間，也許偶爾需要凡人協助，擔任導遊。

「有位例稱為大宰相的人會提供服務，我們已選好人選了。」納肯尼在我夢中轉過身，直直地看著我。「阿蒙，此後你將成為新成立的艾登教團大宰相，為眾神服務。我們賜你服務眾神所需的知識，我們將用你的真名——阿蒙梭特——稱呼你。你會擁有這項職位所需的神力，包括施咒、對宇宙運行的真知洞識、對超自然力的敏銳度，和延年的長壽。你的任務包括照管諸神事務，為造訪人間的神祇提供凡人的食物與適當的協助。

「莉莉安娜．楊，」他接著說，「妳將擔任斯芬克司教團的女教長，成為神話中的女神娜貝瑟。妳將獲得伴隨這份職務的神力，包括強健的力氣、視力、聽力與長壽。伊西斯的弓箭便託付妳了，妳視情況使用，妳將伴同妳的夫君與同伴——大宰相——一起服務。妳是阿蒙的首任妻子。

「你們的連結將如妳所願，與伊西斯和奧西里斯的一樣，無法斬斷。從今以後，再無任何東西能將你們分開了。我們榮耀妳，並賜妳斯芬克司之珠。妳之前曾見過這份寶藏，它藏在妳首次見到伊西斯的神殿裡。妳也是隱藏在哈姬蘇神殿中的黃金屋繼承者。召喚擺渡人前來，他會進一步指示妳黃金屋的地點。」

納肯尼拋了一枚十分眼熟的金幣給我，我一把接住，將金幣翻過來，唯一不同的地方，是船夫所戴的帽子。

⚚

「納肯尼說完話後，我就醒了。」我對阿蒙說，「你覺得那是真的嗎？」

「我想是真的。」他拉起我的手吻住，然後在我手裡放了一枚金幣，壓住我的指頭並握住。「我在妳的枕頭上找到的。」他說。

「阿蒙梭特，」我說，「你的真名。你在金字塔把心甲蟲交給我時，低聲對我說的，就是這個名字。」

「是的。早在眾神告訴我之前，荷魯斯便讓我知道自己的真名了。」

「而你竟把真名交付給我？奧西里斯跟我說，連伊西斯都不知道他的真名。」

「奧西里斯騙妳的。」阿蒙說，「他跟他老婆交換心甲蟲時，便也交換彼此的真名了。那是咒語的必要環節，我會知道，是因為透過荷魯斯之眼目睹它發生。何況，我願意把任何東西託付給妳，小莉莉。」

阿蒙把一綹頭髮掖到我耳後。「妳知道嗎，我也做了一個夢。」

「什麼夢？」我環住他的脖子，往他身上蹭，感覺他的心甲蟲在我胸中跳動，我知道我們有著相同的反應。

阿蒙把我抱到腿上，緊摟住我的腰，然後彎身用輕吻逗弄我的唇。等我喘不上氣後，他抬起頭說：

「在我夢裡，有一頭咱倆都認識的獨角獸推我的肩。」

我驚抽口氣問：「是納布嗎？」

阿蒙點點頭，「他在冥界裡，背上載了一位美麗的公主，納布昂首闊步，傲然地甩著鬃鬃，為公主展現。當他轉身時，頭上的獸角閃閃發著光。他大步飛越山群時說：『令堂的祈願終於成真了，阿蒙，你找到我們大家都在尋覓的東西。』說罷他扭身揚長而去，並大聲喊：『你還欠我一份禮物。』」

我們一起大笑，然後阿蒙再次吻住我的唇。

我問他：「你母親的祈願是什麼？你能再度成為凡人嗎？」

阿蒙搖搖頭，「她希望我找到真愛，幸福快樂。」

「你有嗎？」我逗他問。

阿蒙抬起頭，狀似認真思索。「假如能有些填滿糖漬水果的圓餅，我想我會更幸福。」我捶他的手臂。阿蒙正色問道：「妳快樂嗎，小蓮花？」

「你是在開玩笑嗎？我都已經得到太陽了。」他溫柔地吻住我，兩人銷魂忘我，甚至沒聽到農莊屋頂上鳥兒呼喚同伴的鳴聲。

我們若是分神去看，便會瞧見一隻獵鳥——一隻鳶鳥——竄入空中，迎向一隻班奴鳥。他們成雙作對地朝地平線飛去，讓西沉的月兒，以光華勾勒出他們的身影。

感謝

我完成一套系列作品了，把故事單元做整合，實在過癮至極。我筆下的人物，這會兒可以繼續過著他們不為人知的生活，擁有各種新的探險了。

系列作品就像一篇故事，得有許多人的參與，才能製作出來。每個人都為本系列增添新的面向與貢獻專業，無論是在設計、編輯、版型格式或行銷上。

我好希望這組人員能走向臺前，接受讀者的喝采，因為他們的表現太精采了。參與本系列的人士有編輯Krista Vitola；校訂Heather Lockwood Hughes，Carrie Andrews，Janet Rosenberg，以及Colleen Fellingham，Angela Carlino，Chris Saunders，Mary McCue，和Hannah Black。

我要同時感謝我的經紀人Robert Gottlieb，以及所有Trident Media Group的工作人員，是他們的努力，把【埃及王子】系列送到全球粉絲的手中。

感謝我的家人，他們協助我巡展、與粉絲通電郵、管理我的網站、陪我參加各種會議，並仔細傾聽。特別感謝我母親Kathy，她幫我裝妥所有的禮品袋，並參與我每一場的活動。我一向對我老公Brad的伴陪感恩不已，他會陪我熬到凌晨三點，好讓我完成這本書。

沒有你們各位，我不可能辦得到！

LOCUS

LOCUS

LOCUS

LOCUS